KB062670

일편독심
3

일편독심 (一片毒心)

3

천사같은 장편소설

차례

13장

불이불조
不餌不釣

찌가 움직이질 않는다. 물고기도 먼 곳에서 휘적휘적 유영할 뿐이다.

낚시대를 쥔 손을 놓고 강가에 떡밥을 던진다.

떡밥이 없다면 물고기가 몰리지 않는 법이니.

이윽고 낚싯바늘을 무시하던 놈들의 지느러미가 움직인다.

* * *

당소소는 또다시 침상에서 일어났다. 독봉당의 침소였다. 주변을 두리번거리는 당소소. 별다른 인기척이 느껴지지 않았다. 아무도 없다는 것을 확인하고 당소소는 안도하며 자신의 머리를 쥐어뜯었다.

'이런 씨발, 대체 내가 무슨 짓거리를?'

머리칼을 혹사시키며 과거의 기억을 잊어보려 했지만 방금 전인 듯 생생했다. 감정에 휘둘려 시녀와 하인들에게 틱틱대던 모습, 진명에게 장난

치던 모습, 옛일을 떠올리며 백서희에게 막연한 증오를 보내던 모습, 당진천에게 어리광을 부리던 모습.

'나이가 몇 살인데 내가…. 아무리 힘들어도 참았어야 했는데.'

당소소는 숨을 크게 내뱉으며 부끄러운 감정을 희석시켜 보려 했다. 그나마 다행인 것은 더 이상 단전이 부글거리는 고통이 느껴지지 않았다. 별다른 변화도 없는 것 같았다. 태도를 의식해 보니 더 이상 여성스러운 태도도 느껴지지 않았다. 김수환의 이성을 깔고 앉은 당소소의 감정 또한 잠잠해졌다.

'산책이라도 해야겠어. 지금 몇 시지?'

당소소는 옷장을 열어 외투를 걸치고 창문을 열었다. 아침이 오기 전, 군청색으로 물든 하늘이었다. 내뱉는 숨결에 김이 나왔다. 시선에 닿는 솔잎들엔 서리가 내려앉아 있었다.

완연한 가을 아침.

당소소는 새벽같이 출근해 기름통으로 만든 화로에 손을 녹이던 때를 떠올렸다. 제아무리 당소소로 살아가기로 다짐했어도 편히 쉬는 건 여전히 어색했다. 당소소는 외투를 여미며 침소를 나섰다.

"누워 계시지요."

"으악! 누, 누구야!

갑작스레 들려오는 저음에 당소소는 다소 방정맞은 비명을 지르며 뒤로 물러섰다. 그녀의 뒤통수를 낯선 이가 막아섰다. 당소소는 어깨를 움찔거리며 자기도 모르게 또 소리를 질렀다.

"씨, 씨발! 누구냐고!"

"……."

당소소는 뒤돌아서 주먹을 내밀었다. 위협적으로 내민 앙증맞은 주먹은 전혀 위협이 되진 않았다. 회색 무복을 걸친 사내가 말했다.

"뇌린은루가 나찰염을 중화시키는 과정에서 아가씨가 잠시 이성을 잃으신 거라고 가주께서 말씀하셨습니다."

"…당웅?"

"이제 가라앉았다곤 하지만, 몸에 무리가 갈 수도 있으니 다시 침상으로 가셔야 합니다."

감정이 느껴지지 않는 무미건조한 목소리. 평소와는 달랐지만 확실히 당웅의 목소리였다. 당소소는 주먹을 살짝 내리고 당웅의 얼굴을 바라봤다. 멀끔하던 얼굴에 자잘한 상처들이 가득 생겼고, 사천교류회 때와는 비교할 수 없을 정도로 몸집이 부풀어 있었다. 당소소의 눈은 당웅의 손가락으로 향했다.

"그거, 대체 어쩌다가…?"

"……."

"한동안 안 보이더니, 무슨 일이 있던 거예요."

당웅은 당소소의 말에 아무런 대꾸도 하지 않았다. 그저 약지가 잘려나간 왼손을 뒤로 감출 뿐. 낯선 이를 경계하던 당소소의 표정은 간데없이 어느새 걱정으로 가득 차 당웅을 바라봤다. 당웅은 당소소의 시선을 피하며 말했다.

"쉬시지요."

"저 때문인 거예요? 사천교류회에서의 일 때문에?"

"아닙니다. 그저 임무 중에 잠시 넋을 놓은 것뿐입니다."

당웅은 여전히 건조한 말투를 유지하며 당소소의 말을 부인했다. 당소소의 뺨이 움찔거렸다. 남의 이야기가 아니었기에. 당소소는 당웅에게 다가갔다. 당웅이 성큼성큼 다가오는 당소소를 바라봤다.

"아가씨."

어떤 말을 해줘야 할까. 너무 열심히 하지 마라, 몸이 가장 소중한 법이다? 열심히 하면 손해만 본다? 몸이 다치면 다 무슨 소용이냐.

다 이치와 맞지 않는 말이었다. 그런 입에 발린 말들은 자신도 듣기 싫었으니까.

"산책을 갈 거예요."

"쉬셔야…."

"따라와."

당소소는 단호한 태도로 명하고 발걸음을 돌려 밖으로 나섰다. 새벽이 내려앉은 독봉당에는 성에 같은 고요가 끼어 있었다. 쌀쌀한 공기가 당소소의 뺨을 가볍게 쳤다. 당소소는 익숙한 새벽의 분위기를 들이켜며 독봉당 정원을 거닐었다.

"이제 날씨가 쌀쌀합니다. 무리하지 마시고 들어가시지요."

"넌 왜 무리를 했는데?"

"…당가의 무사로서 당연한 일을 했을 뿐입니다."

당소소는 그의 말에 콧방귀를 뀌며 정원을 벗어나 독봉당 입구를 나섰다. 하나둘 밝혀둔 등불이 군청의 새벽을 먼저 밝히고, 분주하게 아침을 준비하는 하인들은 당가에 내려앉은 고요의 성에를 떼어내고 있었다.

익숙한 감각이었다.

달라진 것은 부림을 받는 사람에서, 부리는 사람이 되었다는 것뿐. 그렇다면 어떤 태도를 취해야 할 것인가. 당소소는 알지 못했다. 그래서 자신이 가장 고통스러웠을 때 타인에게 가장 바라던 것을 내밀었다.

"수고했어요."

당소소는 오른손을 내밀었다. 당웅이 내민 손을 바라봤다.

어떤 이해를 바라고 일을 한 것은 아니었다. 그저 할 수 있던 것을 했을 뿐. 김수환에게 가정은 일말의 희망을 지불했고, 김수환은 그 일말의 희망을 안고 집안의 빚을 대신 갚았다. 그가 바라던 것은 이해와 공감이 아니었다. 단지 덤덤한 위로 한마디였을 뿐.

당웅은 왼손을 내밀어 당소소의 손을 잡았다. 맞잡은 손에서 느껴지는 네 손가락의 감촉이 약간의 허전함을 안겨줬다.

"앞으론 정신 좀 차리고 다니고."

당소소는 손을 놓고 하늘을 바라봤다. 따가운 햇살에 눈살을 찌푸렸다.

"문안인사를 하러 갈 건데. 따라올 거예요?"

"저도 할 일이 있어 같이 뵈러가긴 어려울 듯싶습니다. 가주 님껜 따로 보고하겠습니다."

"그래요. 조심하고."

당소소는 당웅의 팔을 툭 치며 가주전으로 향했다. 당웅은 잠시 멈춰 서서 자신의 왼손을 바라봤다. 직전까지 지끈거리던 환상통이 거짓말처럼 사라져 있었다. 굳은 얼굴에 균열이 갔다.

'정말 폭군이시군.'

암풍대의 수장이 되기 위해 가진 모든 것을 버리고 버둥거렸던 나날들이 그녀의 악수 한 번으로 아련하게만 느껴졌다. 그는 주먹을 움켜쥐었다. 더는 주먹이 허전하지 않았다.

* * *

당진천은 서류를 놓고 앞에 서 있는 당소소를 바라봤다. 다소 거만한 태도와 절도 있는 자세를 보이던 어제와는 달리 부끄러움을 타고 자신의 눈치를 보는 당소소가 서 있었다. 무슨 말을 할까 잠시 망설이다 다소 싱거운 태도로 안부를 물었다.

"…멀쩡하니 다행이구나."

"네, 아버지."

당진천은 긴 의자를 가리키며 말했다.

"앉거라."

"네."

쪼르르 의자에 다가가 눈치를 보며 앉는 당소소. 당진천은 헛웃음을 터뜨리며 등받이에 몸을 기댔다.

"당웅에게서 이야긴 들었느냐?"

"뇌린은루가 나찰염을 중화시키는 과정에서 소란이 있었다고 들었습니다."

"정확히는 흡수를 했단다. 뇌린은루는 하나하나가 극독이라 부르기에 부족함이 없을 정도의 독들. 이번 나찰염을 복용하며 결국 하나의 독정으로 거듭나버렸다."

"무언가 안 좋은 건가요?"

당진천이 고개를 저었다.

"뇌린은루보다 기운이 약한 것들은 전부 뇌린은루가 끌어당겨 흡수해버릴 것이다."

"그거 만독불침지체萬毒不侵之體아닌가요?"

"그런 편리한 것은 아니란다. 나찰염을 흡수하면서 꽤 고통스럽지 않았느냐?"

꾸역꾸역 참아내던 단전의 고통이 종국엔 칼로 쑤시는 듯한 고통으로까지 번져가며 정신을 갉아먹었었다. 당연하게도 그것이 천하의 모든 독이 듣지 않는다는 만독불침지체일 리 없었다. 작중에서도 오직 주인공만이 가졌던 것이니까.

당진천은 잠시 망설이다 한숨을 쉬고 말했다.

"어제처럼 독이 몸을 해하지 않는다곤 해도, 독의 고통은 그대로 느낄 것이다. 항상 조심해야한다."

"네, 아버지."

당소소는 웃으며 고개를 끄덕였다. 당진천의 시선은 당소소의 득의에 찬 눈 끝을 놓치지 않았다.

"뇌린은루를 믿고 네 몸을 험하게 다루지 말라는 소리다."

"네? 전 전혀 그런 생각을 하지 않았는데요."

"…누굴 닮아서 이렇게 솔직한지."

당진천은 노골적으로 마음을 보여주는 딸의 얼굴을 보며 혀를 차곤 다시 서류를 쥐었다. 잠시 찾아온 적막. 당소소는 눈을 깜빡이며 자신이 복용했던 나찰염이라는 독에 대해 떠올렸다.

'독각혈가가 주로 쓰던 독. 분명 초반부엔 정체가 드러나지 않았지. 사람의 악한 마음을 충동질하는 독이야. 모든 일의 배후엔 마교가 있다는 설정을 납득시키기 위한 장치였지.'

당소소는 작중의 일들을 떠올렸다. 나찰염을 주로 사용했던 사람의 이름이 머릿속을 스쳤다.

'독각음녀 당소소. 독각혈가의 독들을 주로 사용했어. 나찰염은 내가 주로 사용하던 독이었지.'

당소소의 마음이 심란해졌다. 크게 숨을 뱉으며 번뇌를 덜어내고 지금 상황에만 집중했다.

'나찰염이 지금 등장했다는 건, 마도육가의 한곳인 독각혈가의 인물이 여기에 있다는 거야. 그것도 거물로.'

나찰염은 악역을 마교에게 떠넘기는 전가의 보도였던 만큼 그리 많이 등장하지 않는다. 작중에서 나찰염을 사용한 인물은 천마 사마문, 독각혈가주, 독각음녀 당소소 뿐. 나찰염을 제대로 정제하는 데 그들의 독공이 필요하다는 설정이었다. 자신은 아직 변절하지 않았고, 사마문은 아직 교주의 직위에 오르지 않았으니 남은 사람은 하나뿐이었다.

'독각혈가주가 이곳에 있어.'

당소소는 거기에 생각이 미치자 당진천의 눈치를 살폈다. 독천인 그녀의 아버지에게도 마교에 대한 제대로 된 정보가 없는 듯했다. 그저 독각혈가 몇 명이 마교에서 침입해온 것이라 생각할 뿐. 생각을 확실히 하기 위해 당소소가 슬쩍 질문을 던졌다.

"아버지."

"왜 부르느냐."

"연회에 갈 준비는 언제부터 하면 될까요?"

당소소는 침을 삼켰다. 그저 가문의 일을 덜어주고자 자원했던 연회였으나 이젠 의미가 달라졌다. 이야기의 저변을 바꿔가던 자신의 행보가 직접적으로 이야기의 줄기에 영향을 끼칠 수 있는 상황이었다.

'그렇다면 기꺼이 가주마.'

기왕 바꾸기로 한 이야기의 비극들. 그중에서 상당 부분을 차지한 독각혈가의 독들을 초반부에 치울 수 있다면 다소의 위험은 가볍게 감수할 수 있었다. 그의 과정과 결말은 모두 당소소의 머릿속에 있었으니까.

'사마문의 지시인지, 아니면 나를 독각음녀로 만들기 위함인지. 어떤 연유인진 모르겠지만 독각혈가의 목표는 나야. 내가 연회로 가면, 그들도 움직인다.'

무릎에 얹어놓은 손가락이 꿈틀거리며 수를 계산하기 시작했다.

'하지만 놈들은 거물. 미끼가 제아무리 매력적이더라도 그럴듯한 떡밥이 없다면 움직이지 않을거야. 하연이 알려줬잖아? 혼이 담긴 언변이 있어야 한다고. 그럼….'

손가락의 움직임이 멎었다. 동시에 당진천의 입이 열렸다.

"산류수는 어느 정도 익혔느냐?"

"예? 갑자기 왜 산류수를…."

"한번 해보아라."

다소 뜬금없는 당진천의 요청. 당소소는 고개를 갸웃거렸지만 품 안에서 철전을 꺼내 손등 위에 올렸다. 손목이 부드럽게 꺾이며 철전이 미끄러졌다. 철전은 물 흐르듯 손가락 사이를 넘나들고, 두 번을 왕복한 뒤 당소소의 주먹에 쥐여지며 움직임을 멈췄다.

"아직 움직임이 뻣뻣하다만, 얼추 산류수 이 성二成이라고 칠 수 있겠구나."

당진천의 말에 당소소의 눈이 크게 뜨이고 감출 수 없는 미소가 흘러나왔다. 틈틈이 시간 날 때마다 손가락이 붓도록 연습했던 움직임이 결실을 맺었다. 당진천은 당소소의 미소를 바라보며 말했다.

"삼양귀원은 연습 중이냐?"

"그건 아직 잘…."

천양, 지양, 인양을 한 몸에 담고 본래의 한 점으로 회귀하라.

그녀는 소설을 읽었을 뿐이지 무공을 익히진 않았다. 그렇기에 당가 무술의 기초라 할 수 있는 삼양귀원의 자세조차 이해하기 벅찼다. 무공이라 설명한 것들 대부분 뜬구름을 잡는 듯한 구절들뿐. 스승인 독무후조차도 뭉뚱그려 설명하고 자세만 잡아줬기에 난해함은 더욱 배가되었다.

'게다가 최근에 발생한 여러 일들 때문에 제대로 연습할 시간조차 부족했어.'

당소소가 난감한 기색을 보였다. 당진천은 그 기색을 보며 고개를 끄덕였다.

"삼양귀원의 자세를 제대로 취할 수 있다면, 그때부터 연회에 갈 준비를 하거라."

"예?"

"제 한 몸 지키지 못해서, 어딜 나돌아 다니겠다는 게냐?"

당진천은 단호한 말투로 당소소를 꾸짖었다. 어찌 말리겠냐 말은 했지만, 당연하게도 병상을 벗 삼아 누워대는 딸을 성도 바깥으로 내돌릴 수 없었다. 심지어 이유는 모르겠지만 마교의 종자들이 노골적으로 목표로 삼았으니 더더욱 허락할 수 없었다.

'딸아이의 무재는 범재에 비해 좀 떨어지는 수준. 오 일 안에 삼양귀원의 자세를 제대로 취할 리 없다. 연회엔 스승님을 보낸다. 마침 모습을 드러내기 괜찮은 무대니까.'

"그리고 네가 스승님의 제자라고 칭하기 위해선, 적어도 기본적인 자세만큼은 제대로 취해야하지 않겠느냐?"

당진천은 이내 서류로 시선을 돌렸다. 원망은 받아들일 준비가 되어 있었다. 하지만 예상과는 다른 반응이 돌아왔다.

"알겠어요."

당소소는 순순히 대답하며 일어섰다. 그녀의 얼굴엔 원망도, 체념도 아닌 한아름의 의지가 담겨 있었다.

'독각혈가주를 꾀어내는 작전이야. 아버지의 말마따나 비수조차 제대로 던지지 못해서야, 내가 하는 행동은 그저 재앙을 불러올 뿐이겠지. 소설 속에서 그가 어떻게 죽었는지 검토도 해야 해.'

"며칠 뒤에 출발하실 생각인가요."

"오 일 뒤란다."

당소소는 고개를 끄덕이며 가주전을 나섰다. 소심하지도, 도도하지도 않았다. 성큼 걷는 보폭에선 사내에게서나 볼 법한 호방함이 느껴졌다.

"삼양귀원, 터득하고 오겠습니다."

독각혈가의 수괴를 낚아채기 위한 당소소의 출조出釣가 시작되었다.

* * *

"커억, 커억!"

독각혈가주, 독마 류시형은 입에서 독혈을 뱉었다. 독마의 칭호를 얻은 이후 처음 독에 중독되었다. 떨리는 손으로 입가를 쓸어 피를 확인했다. 번개에 말라비틀어진 손에 증세가 완연한 검은색 피가 묻어 나왔다.

"누구냐! 누가 감히 본좌에게 이런 치욕을 준단 말이냐!"

들판에서 울부짖는 독마. 하지만 적의 모습은 보이지 않았고, 주변엔 오로지 독각혈가의 무인들만이 풀처럼 쓰러져 있었다. 몸 안에선 벗이라 생각했던 기운이 자신을 갉아먹었고, 바깥에선 코를 찌르는 독향과 휘하의 무인들이 토해 낸 피 내음이 정신을 갉아먹었다.

"일 리里 밖에선 그들의 손을 조심해라."

낭랑한 여인의 목소리가 들려왔다. 독마는 미친 듯이 주변을 두리번거리며 피를 뿌렸다. 독기가 사방으로 퍼지며 시체와 대지를 가리지 않고 융해시켰다. 하지만 여인의 그림자조차 보이지 않았다.

"십 리 밖에선 그들의 암기를 조심해라."

"으아아!"

독마는 눈에 핏대를 세우며 팔을 휘두르고, 주먹을 겨냥해 내질렀다. 그곳에 아무것도 없음에도. 종국엔 독혈이 묻은 흙을 사방에 뿌렸다. 격렬한 독마의 부름에도 응답하는 건 고요한 혼잣말뿐이었다.

"백 리 밖에선 그들의 독을 조심해라."

"나와, 나오라고!"

독마는 울부짖으며 독기를 뿌렸다. 그리고 쓰러졌다.

"마교의 독마여, 당가의 아이를 가지고 놀 때는 즐거웠느냐?"

건조한 음성이 독마의 귓가를 울렸다. 독마는 또다시 발작하는 몸 안의 독기에 못 이겨 피분수를 뿜었다.

"본좌가, 독의 종주인 본좌가…!"

"너 따위가 어찌 본녀를 앞에 두고 독의 종주를 칭한단 말이냐?"

조소하는 말투. 흐릿해지는 독마의 시선에 익숙한 얼굴이 비쳤다.

"독무후…!"

"패를 너무 많이 보여줬더구나. 나찰염과 독각혈사연毒角血沙淵까지."

"…독각혈사연을 어떻게 파훼한 거지?"

"사천당가의 독심은 어떤 독보다 유독하다, 조무래기야."

절망하는 독마의 머릿속에 독무후의 웃음소리가 들려왔다. 그리고 백색의 가루가 그의 몸 위에 뿌옇게 깔려갔다.

"당가의 칠대극독, 신선폐神仙廢다."

목소리가 멀어졌다.

"살아남는다면, 독의 종주를 자처해도 아무 말 않으마."

들판에 깔린 하얀 침묵.

그것을 젖히고 일어서는 이는, 아무도 없었다.

* * *

여기까지가 쌍검무쌍에 서술된 독무후와 독마의 생사결이었다.

당소소는 떠올린 내용을 정리했다.

독각혈가주, 독마 류시형. 중후반부에 본격적으로 대두하기 시작한 마교의 일익. 독으로 주인공의 앞길을 막아서고, 당소소를 회유하고, 갖은 환란을 일으킨다. 그리고 아홉 기연 중 하나인 농천자弄天子의 서고書庫에서 격돌.

본래는 만독불침지체인 주인공이 상대해야 할 상대이나 당가의 은원을 언급하며 독무후가 전면전에 나선다. 그리고 장장 이틀에 걸친 독무가 평야에 깔렸다.

'독마가 스승님을 위협하던 것은 단 두 가지. 마공과 독공으로 만든 독강시들을 죽인 뒤 그 피로 주변에 독안개를 펼치는 독각혈사연. 몸 안에 독을 키워 스스로 사후경직을 만들고, 자신을 살아 있는 강시로 만들어 검기와 이능에도 상처 입지 않는 몸이 되는 것.'

벼락이 통하지 않았다. 그래서 독을 분석하는 데 하루. 그 후 독무후는 약을 먹여 독을 치유하고 뇌심용융으로 독마를 구워버렸다. 기라성같은 괴물들이 종횡하는 쌍검무쌍 속에서 독의 종주라 자칭할 법한 대응이었다.

"문제는 그 약을 구하는 건데."

당소소는 목을 꺾으며 뻐근한 몸을 풀었다. 활동하기 편한 무복으로 갈아입은 당소소의 손에 현천비가 들려 있었다. 왼발을 안쪽으로 비틀고 앞으로 내밀었다. 균형의 상실에서 오는 부하가 하체를 어지럽혔다. 오른발이 세워지며 회전하고 힘이 골반으로 쏟아졌다. 곧게 서는 허리. 힘껏 세우는 등. 힘이 몸의 중심을 질주했다. 쭉 뻗은 왼손은 틀어진 균형을 다시 조정하고 오른손을 휘두르며 격발.

짤그랑!

쇳소리가 들리며 비수가 바닥에 패대기쳐졌다. 목표인 목각인형에서는 한참 먼 거리였다. 당소소는 혀를 차며 비수를 줍기 위해 걸음을 뗐다.

"이제 하루긴 한데. 감이 안 잡히네."

당소소는 몸을 굽혀 비수를 줍다 발갛게 일어난 자신의 손을 바라봤다. 아릿한 통증. 더 손을 혹사했다간 물집이 잡힐 것 같았다. 그녀는 비수를 꼭 쥐고 자리로 돌아갔다. 하늘이 노랗게 젖어 황혼이 가까워지고 있었다.

짤그랑!

어김없이 떨어지는 비수. 당소소는 다시 비수를 줍고 돌아오길 반복했다. 다시 들리는 철 소리. 철 소리, 철 소리.

짤그랑!

"그렇게 요령 없게 던지기만 해서야, 어느 세월에 익히겠느냐?"

"황철 어르신? 언제부터…."

"네 스승이 지켜봐달라 부탁했단다."

황철이 무후당 창가에 턱을 괴고 앉아 따분한 표정을 지었다. 당소소의 얼굴에 경계심이 피어올랐다. 아침 일찍 무후당으로 와서 삼양귀원을 연습할 때부터 독마를 죽이는 장면을 떠올리던 때까지 쭉 자신을 지켜봤다는 것이니까.

황철은 당소소가 경계를 하든지 말든지 훈수를 던졌다.

"손끝이 잘못되지 않았느냐, 손끝이."

"이렇게요?"

"에잉, 쯧쯧. 그게 손끝이더냐? 손가락이지."

"그럼 이렇게?"

"그렇게 감각이 없어서야, 어찌 무공을 배울꼬."

당소소는 오른손을 이리저리 꼬아가며 황철에게 자문했다. 하지만 돌아오는 것은 영양가 없는 조언들뿐. 퍽 익숙한 느낌이 들었다.

'가뜩이나 생각할 거리도 많은데, 자기들 일 덜 한다고 옆에서 훈수나 두는 밉상인 놈들이랑 똑같은 짓을 하네.'

옛 기억이 떠올랐다. 편의점에서 궂은일은 모두 자신에게 몰아놓고 마치 자기들이 하는 것인 양 한마디씩 쏘아붙이던 다음 시간대 직원들. 얄미웠지만 굳이 분란을 일으키기 싫었던 김수환은 아무 말도 하지 않았다. 하지만 황철은 지그시 노려봤다.

"그런 말이나 할 거면 가세요."

"거 참, 조언을 해줘도…."

"제대로 조언도 안 하시면서."

짤그랑!

묘하게 날카로워진 당소소의 태도에 황철은 킬킬 웃으며 생각했다.

'녀석, 맹한 것이 골려 먹는 맛이 있구나.'

독무후의 종복이던 황철은 팍팍한 인물들에게 둘러싸여 살았다. 본래 주인인 독무후야 말할 것도 없고, 당가의 식구들은 하나같이 독종이었으며 작은 주인인 당진천은 여태 만나본 당가의 인물 중에서도 손에 꼽을 독종이었다.

그들에 비해 목각인형에 비수 하나 꽂아보겠다고 버둥거리는 귀여운 아가씨는 황철의 입장에선 신선했다. 짤그랑거리는 소리가 다시 들려왔다. 황철은 장난기 어린 표정으로 말했다.

"암기를 놓는 순간이 너무 느리고 일정하지 않잖느냐."

"놓는 순간이요?"

"자세는 부족하나마 천양, 지양, 인양을 따르고 있으나 귀원에서 어색하다. 본래로 회귀한다는 뜻을 잘 떠올리거라."

"너무 늦게 놓아서 제대로 돌아가야 할 힘이 어긋난다…?"

당소소는 다시 비수를 던졌다. 이미 버릇처럼 굳어버린 몸을 다르게 움직이긴 어려웠으나 최대한 비수를 빨리 놓기 위해 노력했다. 쇳소리가 들렸다. 비수가 한 뼘 앞으로 나아갔다.

'감각은 없다시피 한데, 이해 자체는 빠르구나. 독특한 아이야.'

황철은 흥미로운 시선으로 당소소를 바라봤다. 당소소는 한 뼘 나아간 비수를 향해 걸어가며 자신의 손가락을 바라봤다. 아까의 감각과 함께 손가락에 물집이 맺혀 있었다. 당소소는 물집 잡힌 손가락을 비비며 생각했다.

'패대기치는 각도에서 이미 몸이 굳어 있어.'

절망적인 반응 속도와 운동신경은 항상 최악의 자세를 추구했다. 더욱 편한 자세를 지향하며 근골의 무리를 거부했다. 힘겹게 감각을 깨우쳐도 언제 그랬냐는 듯 편한 자세로 돌아가려 발버둥을 쳤다.

"후우."

당소소는 숨을 고르고 다시 자리로 돌아가 비수를 던졌다. 한 뼘 나아갔던 비수는 다시 아까와 똑같은 자리에 패대기쳐졌다. 당소소의 입가가 아래로 비틀렸다. 쇳소리와 함께 황철의 웃음소리가 들려왔다.

"큭큭. 그만 포기하고 쉬지 그러냐? 네 스승도 그걸 바라고 있을 게다."

"에이, 씨팔. 졷도 안 맞네."

"……."

당소소는 씩씩거리며 욕을 뱉었다. 황철은 욕설에 잠시 당황하더니 헛웃음을 지으며 고개를 끄덕였다.

"뭐, 화가 날 법도 하지."

"…정말 안 맞네."

"푸핫."

황철은 하늘로 시선을 돌렸다. 해가 모습을 감추고 밤이 찾아왔다. 황철은 여전히 비수를 던지는 당소소에게 말했다.

"슬슬 저녁 시간이구나."

"먼저 가세요. 시녀들에게도 내가 체득하기 전까진 얼씬도 말라고 해놨으니."

"오 일 안에 익힐 만한 상황이 아니란다."

"……."

"핫핫. 고 녀석, 까칠하긴. 적당히 하다 들어가거라."

황철은 당소소에게 가볍게 경고하며 무후당을 나섰다. 당혁을 따르던 제독전의 인원들과 업무에 관해 이야기를 나눌 시간이었다. 성의 없는 대답을 성의 있는 대답으로 바꾸는 것은 황철의 특기였으니까.

당소소는 떠나가는 황철을 바라보다 고개를 돌려 목각인형을 바라봤다.

"문제는."

짤그랑!

비수가 바닥을 나뒹굴었다.

"놓는 순간을 의식해도 제자리로 돌아간다는 것."

손끝에서 흥건한 촉감이 느껴졌다. 물집이 짓이겨져 진물을 토해내고 있었다. 미미하게 신경을 건드는 자잘한 통증이 뒤따랐다. 당소소는 주먹을 쥐어 입가에 대고 후 불었다.

'스승님은 이번 일의 주모자를 처리하고 뒤처리하는 것 때문에 이틀 뒤에나 내 자세를 봐주실 수 있어.'

당소소는 아파 오기 시작하는 발을 놀려 비수를 집었다. 찢어진 물집에서 전해지는 고통이 미간을 찌푸리게 했다.

'그럼 늦는다. 독마의 독각생시毒角生屍를 파훼할 약을 구할 시간이 부족해.'

독무후가 독마를 독살시킬 당시, 독무후는 쌍검무쌍 작중에 등장한 모든 독을 연구한 상태였다. 거기에 정천무관에서 혼돈의와 교류하고 주인공에게 실험하며 독을 중독시키는 독공이 지금은 없다. 그렇기에 그 깨달음의 산물인 약을 구해야 했다.

약을 구할 시간을 내려면 최대한 빨리 삼양귀원을 체득해야 했다. 삼양귀원을 체득하지 않는다면 운신의 폭이 좁아질 것이고, 약의 재료를 구하는 것 자체가 어불성설일 테니까.

당소소는 삼양귀원의 자세를 취했다.

'삼양귀원을 제대로만 익히면 약은 쉽게 구할 수 있을 거야. 제독전에는 접근할 수 없지만 백서희가 당가에 있으니까. 약재는 백능상가에서 어렵지 않게 구할 수 있어. 독이 아니니까. 잡생각은 버리자. 여기에만 집중하면 되는 거야.'

찰랑, 찰그랑!

비수가 멀리 날아가며 바닥에서 미끄러졌다. 당소소는 주먹을 쥐며 그것을 바라봤다. 길이 보이는 것 같았다.

몸이 새로움을 거부하고 무의식적으로 자꾸 본래의 모습으로 돌아가려고만 한다면 수천수만의 의식적 움직임을 통해 강제로 바꿔버리면 된다.

당소소는 웃었다.

팔이 자꾸만 각도를 넓혀간다면? 백 번을 휘둘러 각도를 좁히고, 천 번을 의식해 본능을 강제한다. 놓는 순간이 계속해서 어긋난다면? 만 번을 던져 최적의 순간을 찾으면 그만이다.

그리고 당소소는 이미 그런 단순 반복 작업에 통달한 상태였다.

"그 정돈 나도 할 수 있지."

당소소는 힘이 빠져 부들거리는 팔을 들었다. 힘과 함께 본능도 빠져나가 후들거리면서도 의식한 각도가 새겨졌다. 그토록 어색하던 손끝도 떨림이 있지만 의식한 바와 같이 제대로 비수를 파지하고 있었다.

찰그랑!

달빛을 이지러뜨리며 비수가 땅바닥을 나뒹굴었다.

* * *

날은 밝았고, 햇빛은 어김없이 세상 만물을 비추었다. 무후당이라고 예외는 아니었다. 시녀 두 명이 기웃거리며 무후당으로 걸어오고 있었다.

"어젯밤에도 독봉당에 안 보이시던데. 무후당에서 주무시는 모양이야."

"늦게 시작하셔서 그런가, 열의가 꽤 있으신가 봐. 식사는 하셔야 할 텐…."

두 시녀는 무후당의 문턱을 밟는 순간 말문이 막혔다. 둘을 맞이한 것은 지쳐서 곤히 잠든 당소소가 아니라 찢어진 손가락을 축 늘어뜨린 채 거뭇한 눈가로 이쪽을 바라보는 깨어 있는 당소소였다.

"…아가씨!"

"이게, 이게 무슨…!"

"어서 약을…."

당소소는 호들갑을 떠는 시녀들에게서 시선을 돌려, 이젠 몸 전체를 할퀴어대는 고통을 느끼며 손가락을 움직였다.

퍽!

피 묻은 비수가 나무인형 밑동에 부딪혔다. 검날이 박힌 게 아니고 그저 손잡이가 닿았을 뿐. 당소소는 반사적으로 비수를 향해 걸어갔다. 시녀들이 서둘러 막아섰다.

"아가씨. 안 돼요. 쉬셔야 해요."

"대체 왜 이런 무리를 하시는 거예요! 이 고운 손에 흉진 것 좀 봐…!"

"어서 빨리 금창약을…!"

시녀들에게 가로막힌 당소소는 고통에 못 이겨 제멋대로 움찔거리는 손가락을 아래로 축 늘어뜨렸다. 그제야 놓았던 넋을 되찾고 주변을 둘러봤다. 피로가 눈동자를 짓누르고 무기력함과 통증이 전신을 주물러대는 익숙한 감각이 찾아왔다.

"하루 정도 더 던지면 맞출 수 있을 거 같은데."

당소소의 나지막한 말에 시녀들은 기겁하며 당소소를 독봉당으로 끌고 갔다.

* * *

독봉당 침소 안. 탁자에 앉아 있는 당소소는 피로에 젖은 눈으로 손가락을 바라봤다. 얇게 고약을 펴 바르고, 붕대를 감은 모습. 약간의 움직임에도 비명이 나올 것 같은 근육통이 몸을 짓누르고 있었다. 당소소는 인상을 찌푸리며 턱을 괴었다.

'이제 삼 일. 그 삼 일마저도….'

당소소가 창문으로 눈길을 던지자 달빛이 종잇장을 뚫고 방 안으로 흘러들었다. 고운 손에 혹여 흉이라도 질까 걱정하던 시녀들 덕에, 하루의 절반 이상을 허무하게 날려버렸다. 당소소는 턱을 괸 손가락으로 뺨을 두드렸다.

'하루를 꼬박 새워서 겨우 익힌 감각인데, 이렇게 하루를 통째로 쉰다면 다시 조정하는 데 하루가 걸리겠지. 그렇게 되면 남은 기간은 이 일. 약재를 구하긴 빠듯한 시간이야. 방법이 따로 없으려나….'

당소소가 고민을 하는 사이 익숙한 목소리가 들려왔다.

"아가씨, 하연입니다."

"들어와."

하연이 침소 안으로 들어와 꾸벅 인사를 했다. 당소소는 턱을 괸 손을 풀고 붕대에 감긴 손을 감추며 하연을 맞았다.

"이 저녁에 웬일이야? 시녀장 업무를 인계받느라 바쁘다고 들었는데."

"불경인 줄 압니다만, 아가씨가 염려돼서…."

"불경은 무슨. 난 괜찮으니 가서 쉬어."

당소소는 하연의 말을 듣고 자조했다. 상처를 감추며 말을 돌리는 자신의 행동이 당웅의 태도와 흡사했기 때문이다.

"아가씨."

"손가락에 관한 이야기라면 그만해. 종일 들었으니."

"…물론 그 이야기도 하고 싶기야 하지만, 바깥에서 백서희 소저께서 서성거리고 계신다고 말하고 싶었습니다."

"백서희가?"

당소소는 백서희가 서성거릴 이유를 생각했다.

'나찰염을 먹고 저지른 행동들이 문제가 된 건가?'

그녀는 감정이 이끄는 대로 백서희에게 악다구니를 쓰던 자신을 떠올렸다. 충분히 사과를 요구할 만한 상황이었다. 당소소는 머리를 긁적였다. 기껏 호전된 사이가 나빠져 속상했다.

"이쪽으로 오라고 할 수 있겠어?"

"말씀을 전하고 오겠습니다."

하연이 침소를 빠져나가고 얼마 지나지 않아 두 명의 발걸음 소리가 들려왔다. 당소소는 턱을 쓰다듬으며 이후의 상황을 예상했다.

'우선 사과는 해야겠지. 그러면 백서희를 통해 약을 얻긴 어려워지는 건가? 그럼 어떻게 해야 할까.'

"아가씨, 백서희 소저께서 뵙고자 하십니다."

"들어오라고 해."

당소소는 생각을 다 정리하지 못한 채 백서희를 맞았다. 불안해 보이는 눈동자와 다소 초췌해 보이는 기색이 당소소의 마음을 켕기게 했다. 등 뒤로 문이 닫혔지만 백서희는 당소소를 하염없이 바라보고만 있었다. 당소소는 백서희의 시선을 피하며 말했다.

"…우선 앉을래?"

백서희가 작게 고개를 끄덕이며 당소소를 마주하고 앉았다. 당소소는 그녀와 눈을 마주치지 못한 채 힘겹게 운을 뗐다.

"그, 미안해."

"미안?"

"그때 내가 말한 건 진심이 아니었어. 독을 먹고 정신이 나가버려서 그런 거라서."

"그게 왜 미안한데?"

백서희는 꾸짖듯 질문을 던졌다. 당소소는 묘하게 밀고 들어오는 백서희의 말투에 살짝 풀이 죽어 횡설수설했다.

"그게 너더러 비키라고 했던 거랑…."

"그것 때문에 난 오히려 널 더 믿을 수 있게 됐어. 부정적인 욕구가 터져도 나에게 험한 짓을 하지 않으려는 의지라는 걸 알고 있으니까. 내가 묻고 싶은 건 다른 거야."

백서희는 탁자를 두드려 당소소의 주의를 끌어당겼다. 당소소가 자신을 바라보자 백서희는 천천히 물었다.

"너, 일 년 전 일을 기억 못 하고 있지?"

"에이, 그걸 내가 왜 기억을 못 해. 내가 잘못한 건…."

"네가 나에게 먹이려고 했던 약은 구토약이 아니라 설사약이었어."

"……."

"너는 왜, 기억에도 없는 일을 사과하는 거야."

만감이 교차했다.

백서희가 무슨 생각으로 기억을 잃었냐고 물어왔는지 수많은 생각이 기화되어 증기처럼 당소소의 머리를 가득 메웠다. 기억을 잃고 하는 사과는 진정성이 없다고 느낀 것일까. 아니면 제대로 사과하지 않아서 화가 난 것일까. 그것도 아니라면 책임을 회피하려는 것으로 보였을까.

당소소는 제 발이 저려 먼저 사과를 했다.

"미안해. 정말. 잊었지만, 그래도 기억해내려 노력하고 피하지 않으려고…."

"네 기억에도 없는 걸 왜 사과하는 거냐고."

백서희의 외침에 당소소의 머릿속을 뿌옇게 흐리던 생각의 증기들이 달아났다. 그제야 비로소 백서희의 얼굴이 보였다. 그녀의 표정에 어린 감정의 정체는, 연민이었다. 당소소는 당황하며 눈을 깜빡였다.

"으, 응?"

"기억이 나지 않으면, 그냥 그런대로 살면 될 것이지. 미련하게 왜 사과를 하느냐고."

"기억하지 못하더라도 내가 잘못한 거니까. 내가 한 짓이니까…."

"너 정말 바보야?"

백서희는 자리에서 일어나 당소소를 내려다봤다. 당소소는 영문을 모르겠다는 눈빛을 하고 있었다. 그는, 그녀는 자기 일에 책임을 지지 않은 적이 없었다. 사소하게 잘못된 일에도 크게 사죄를 해야 했으며 종국엔 금전적인 불이익까지 받아야 했다. 그렇게 자신을 버린 가정에 대한 책임, 월급을 차일피일 미루는 직장에서의 책임들을 져왔다. 차분히 따지고 보면 자기 잘못이 아니었다. 하지만 당연한 일이라고 배웠고, 당연한 일이라고 생각해왔으니, 그것은 그녀에게 있어서도 당연한 일이 되었다.

백서희는 멀뚱멀뚱 자신을 바라보는 당소소의 눈빛에 속이 터질 것 같았다.

"기억하지 못한다면, 기억하고 있는 일에만 책임을 지면 될 것 아니야. 그런 부채감을 가질 필요도 없었다고."

"하지만 내가 잘못한 거야. 책임을 져야 한다고."

"잘 들어. 책임은 없어. 있더라도, 이미 채무가 끝난 상태야. 넌, 예전의 넌 충분히 불행했어."

백서희는 몸을 당소소 쪽으로 기울이며 한 글자 한 글자 꾹꾹 감정을 눌러 담아 말했다.

"그리고 난 널 진작 용서했어."

"하지만."

"하지만은 무슨 하지만!"

백서희가 책상을 내리쳤다.

"앞으로 내 앞에서 그런 천치 같은 행동은 하지 마. 책임져야 할 것에만 책임을 지라고. 네 몸을 던져서, 기억도 하지 못하는 것 때문에 목숨을 거는 그런…."

백서희의 목이 메어왔다. 좀 더 논리적으로, 좀 더 모질게 다그치고 싶었다. 그리고 좀 더 미안한 감정을 담아 사죄하고 싶었다. 하지만 좀처럼 마음대로 되지 않았다. 검만을 바라보며 살아왔던 탓일까, 당소소를 대하기가 무척이나 어려웠다.

"사죄는 그만 됐다고 하는데, 넌 계속 부채를 가진 것처럼 행동해. 학귀의 칼에 대신 찔리고, 혹여 내 음식이 남아 있으면 나에게 의심이 갈까 봐 독이 들어 있을지도 모르는 내 음식을 먹어."

"백서희."

"제발 그러지 좀 말라고! 넌, 넌 마음이 아프지도 않아…?"

볼이 축축해졌다. 백서희를 바라보던 당소소는 자기도 모르게 손을 들어 그녀의 눈물을 닦아주었다. 뺨에 느껴지는 낯선 감촉. 백서희의 시선엔 당소소가 손끝에 동여맨 붕대가 들어왔다.

"손, 그 손은…."

"아, 이거. 암기를 던지는 연습을 좀 했어. 아버지가 제대로 던지기만 하면 연회에 보내준다고 하셨거든. 그런데 알다시피 내가 영 재능이 없어서 말이야. 잘 안 되더라고."

당소소는 난감한 듯 볼을 긁적였다. 백서희의 눈에서 또다시 눈물이 터져 나왔다.

"대체 왜 그렇게 널 혹사하는 건데 멍청아…."

"난, 당소소야."

당소소는 처연히 웃으며 백서희의 물음에 답했다.

"당소소였던 나를, 당소소인 나를 긍정해야 해. 그래야 난 비로소 내가 되는 거야."

"…흑."

백서희는 당소소의 손길에 더욱 서럽게 울었다. 뺨을 통해 느껴지는 거칠어진 손의 감촉. 백서희는 당소소가 무엇 때문에 이렇게 처절히 움직이는지 이해하지 못했다.

"좀 더, 좀 더 요령 있게 살라고. 부정적인 감정은 조금 멀리하면서, 좋아하는 것들만 가까이하라고. 그렇게 살아도 힘든 것이 네 삶이야."

"미안…."

"대체 네가 왜 미안하냐니까!"

백서희는 눈물을 흘리며 당소소를 바라봤다. 마치 감정이 고장난 것 같았다. 원래 백서희는 감정적인 사람이 아니었다. 그저 올바른 것을 좋아하고 검 이외의 것에는 무관심한 외골수임을 자기 자신도 깨닫고 있었으니까. 하지만 지금의 백서희는 전혀 그런 사람이 아닌 듯 눈물을 뚝뚝 흘리고 있었다.

백서희는 떨리는 입술을 열었다.

"미안해."

"응?"

"미풍객잔에서 모진 말들을 해서. 널 울려서. 사천교류회에서 널 상처 입혀서 미안해. 기억하고 있지 못하다는 것을 알았다면, 좀 더 조심히 말했을 텐데…."

당소소는 피식 웃음을 터뜨리곤 고개를 저었다.

"기억하지 못하는 게 면죄부는 아니잖아? 충분히 그럴 수 있어."

"너, 그러지 마. 제발, 그러지 말라고…."

백서희는 답답함을 담아 당소소의 어깨를 살짝 밀쳤다. 당소소는 그저 웃을 수밖에 없었다. 과연 자신이 이 감정의 족쇄에서 벗어날 수 있을까. 악의에 의해 학습된 무지와 나태에서, 과연 벗어날 수 있을까. 장담할 수 없다.

당소소는 단전에 손을 올렸다. 전생의 일들, 자신이 받아들였던 당소소였던 일들, 그리고 살아가야 할 당소소의 일들. 이 모두를 부정할 수는 없으니까. 그럼에도.

"노력해 볼게."

김수환이 이제 당소소이듯, 당소소도 이제 김수환이다. 더 이상 김수환에게 무기력을 가르치는 사회는 없다. 더 이상 당소소에게 악의를 주입하는 자들은 없다. 그녀는 이제야 비로소 노력을 할 수 있는 사람이 되었다. 그리고 그것이 둔재인 그와 그녀가 유일하게 할 수 있는 것이었다.

당소소는 백서희의 뺨을 훑어주던 손길을 거뒀다. 흐느낌이 잦아들었다. 백서희가 울음기 가득한 말투로 물었다.

"어디서부터, 어디서부터 기억을 못 하는 거야?"

"음…. 내 신분을 빼면 전부?"

"…이 바보 같은 계집애."

백서희가 한숨을 쉬었다. 그 대답으로 현재 당소소의 본질을 깨우쳤으니까. 이해가 빠르다. 하지만 자신을 이해하려고 하지 않는다. 그렇기에 자존감이 매우 낮고, 평생을 저런 감정의 족쇄 속에서 고통스러워할 사람이었다.

그래선 안 됐다. 기억을 잃어서 저렇게 되었을지라도 지금의 그녀는 존중받을 가치가 있는 사람이었다. 악의에 제 몸을 긁혀 온갖 손해를 봐야

할 사람이 아니었다.

백서희는 눈가를 훔친 뒤 당소소의 어깨 위에 손을 올렸다.

"네가 그렇게 살다간, 내가 제 명에 못 살 거 같아."

"무슨 말인지…."

"친구 하라고, 나랑. 안 그러면 내가 답답해서 죽을 것 같으니까."

백서희는 씩씩거리며 당소소를 바라봤다. 당소소는 시선을 이리저리 피하며 난감해했다. 그럼에도 불같이 쏘아지는 백서희의 시선. 당소소는 복잡한 표정을 지었다. 지었던 죄 때문에 가까이하기 어려웠다. 하지만 내심 친하게 지내고 싶었던 게 속마음이었다. 모진 그녀의 태도에 지레 겁먹어 거리를 두었지만, 그녀는 당소소가 가장 좋아하던 소설에서도 가장 좋아했던 주연이었으니까.

"응."

당소소는 쑥스럽게 웃으며 고개를 끄덕일 수밖에 없었다.

"고마워."

그저 새하얗게만 보이는 대답에, 백서희는 볼살을 들썩이다 한숨을 쉬었다.

'이 순진무구한 애를 어찌 하면 좋을까….'

백서희가 혀를 찼다. 당소소는 친구라는 말에 마냥 헤실거리다, 웃음기를 지우고 백서희에게 물었다.

"서희라고 불러도 돼?"

"그래. 왜?"

"내가 만약 연회에 간다면, 도중에 누군가 날 습격할 거야."

"뭐? 그건 또 무슨 소리야."

백서희는 미간을 찌푸리며 당소소를 추궁했다.

"그래서 마교의 독마 류시형을 독살시킬 수 있는 독을 구해야 해."

"…너 진짜 미쳤구나."

백서희의 표정이 일그러졌다.

＊ ＊ ＊

마교.

혹자들은 마귀를 섬기는 종교라 말하고, 또 다른 자들은 그저 이방인들의 사이비似而非종교라 말한다. 그들 중에는 인육을 먹는다는 사람들도, 사교邪敎의 무리들이 약에 취해 난교를 벌인다는 사람들도, 삿된 것을 섬기며 비인외도의 길을 걷는다는 사람들도 있다고 믿는 사람들이 있다. 수백 명의 입에서, 수천 가지 괴담이 퍼져 나오는 곳. 하지만 그 많은 낭설 중에 단 한 가지, 모두가 입을 모아 하는 말이 있다.

마교의 교주이자 천하십강의 일 인인 천마와 그 휘하의 십계십마十界十魔.

중원이 아닌 머나먼 새외의 천산 한 구석에 박혀 있는 교단이 뭇사람들 입에 오르내리는 이유였다.

강했다.

악랄하게 강하고, 끔찍하게 강하다. 잔인하게 강하고, 절망적으로 강하다.

단지 그 이유였다.

그들이 가혹한 대지를 벗어나고자 몸부림쳤던 족적은 무림대전이라는 이름으로 쓰였고, 아직도 가시지 않은 상흔은 무림맹이라는 이름으로 남아 있었다. 그리고 다시 발호할 그들을 대비하기 위해 정천무관을 설립해 전체적인 무림의 수준을 한 단계 높이려는 시도가 진행 중이었다.

그리고 지금, 당소소는 그 악명 높은 십계십마 중 일 인을 잡으려 한다는 말을 꺼내고 있었다. 각각의 무위가 현 무림에서 가장 강하다 평가받는 구주십이천에 비견되는 이들을. 다른 의미로 복잡해진 머릿속은 백서희의 두통을 늘려갔다. 백서희는 미간을 찡그리며 말했다.

"나찰염이 마교의 독이라는 말은 들었어. 하지만 독마 류시형이 직접 널 습격해온다고? 말이 되지 않아. 이런 말을 하긴 미안하지만, 수지가 맞지 않아. 널 죽이기 위해 그 먼 천산에서 이곳까지 십계십마의 일 인이 올 리가 없잖아?"

"나찰염은 독마만이 정제할 수 있는 독이야. 날 죽이려드는 이유는 모르겠어. 그래서 대응책이 필요한 거고."

백서희는 머리를 짚으며 고개를 저었다. 마치 그녀의 기억마냥, 너무 많은 곳에 논리의 구멍이 있었다. 십계십마인 그가 왜 중원에 잠입해 있는지, 그 악명 높은 자가 왜 하필 당소소를 노리는지. 게다가 그런 사실들을 기억을 잃은 당소소는 어찌 알고 있는지.

"좋아. 백번 양보해서 그렇다고 가정할게. 넌 그런 사실들을 어떻게 안 거야? 기억도 잃었고, 대부분의 지식도 잃었을 텐데."

"……."

당소소가 멋쩍은 웃음을 지었다. 자신의 상황을 밝힐 순 없지만 그럴싸한 핑계는 댈 수 있었다. 하지만 방금까지 펑펑 울음을 터뜨렸던 백서희에게 밝혀도 되는 핑계인지 고뇌가 잠시 스쳤다. 당소소는 결국 입을 열었다.

"마교에 납치를 당했었어."

"납치?"

"대략 십 일 정도 고문을 당했어. 다행히도 날 납치한 사람이 날 죽이고 싶어 하지 않았어."

귀를 의심하는 백서희. 당소소는 고개를 끄덕이며 말을 이어갔다.

"그 이후 그들에 대해 조금 알아봤지. 겸사겸사 내 기억들도 좀 찾아냈고. 썩 좋은 인생을 살진 않았더라고."

"…하아."

백서희는 더욱 엉켜가는 심정에 한숨을 쉬며 고개를 조금 아래로 떨궜다.

'대체 얜 뭐야?'

그녀에게 업보가 있긴 했다. 그러나 제멋대로 굴던 행동의 인과치곤 너무 값비싼 응보였다. 학대의 끝에 기억을 잃고, 칼에 찔리며 기억하지 못하는 악의를 갚아나가고 있었다. 거기에 마교의 음습한 손길마저 뻗쳐 있었다니.

"납치를 한 목적은?"

"그건 잘…."

당소소는 고개를 저었다. 마도공자를 벌써부터 무대 위로 올릴 수는 없는 노릇이니까. 적어도 그를 감당할 수 있는 주인공과 만난 후에야 언급할 수 있는 존재였다. 백서희는 자리에 앉아 탁자를 두드렸다.

"납치한 자들은 널 살려두고자 했고, 이번에 널 독살하고자 했던 자는 네가 죽길 원했다. 아마 마교 안에서도 다른 계파일 가능성이 있어. 아니면 같은 계파지만 뜻이 다르거나. 같은 이는 아니라는 거야."

"그렇구나."

당소소가 눈을 멍하게 뜨며 고심에 잠겼다.

'독마 류시형은 작중에서 마도공자의 휘하에 있었어. 같은 계파야. 그는 왜 날 죽이려들지? 사마문이 날 죽이려 들었다면, 이런 식으로 죽이진 않았을 거야. 간살을 하거나, 더 잔인한 방식을 취했겠지.'

백서희는 탁자를 두드려 당소소의 주의를 돌렸다. 당소소가 고심을 내려놓고 그녀를 바라보자 백서희가 말했다.

"무엇이 되었든, 너와 나로선 해결하지 못할 일이야. 나보단 가주 님께 먼저 말씀드리는 게 옳아."

"말할 거야. 출발하고 나서."

"뭐?"

"지금 말하면 분명히 연회에 보내지 않으실 거야. 대신 나가시거나, 스승님인 독무후 님을 내보내시겠지. 두 분 다 가문의 일 때문에 바쁠 뿐더러, 그래선 독마가 모습을 드러내지 않을 거야. 내가 미끼가 되어야 해. 그래야 독마가 미끼를 물기 위해 움직일 거야."

딴죽을 걸고 싶은 문장투성이인 당소소의 말. 백서희는 가장 먼저 짚고 넘어가야 할 것을 말했다.

"…너, 독무후 님의 제자가 됐어?"

"어? 응."

"그럼 이건 이제 단순한 문제가 아닌데."

백서희는 심각한 표정을 지으며 고개를 주억거렸다. 당가의 혈육을 살해하려는 시도도 큰 문제지만, 그 혈육이 독무후의 제자라면 이야기는 완전히 달라진다. 전자가 당가만을 척지는 행동이라면, 후자는 정파무림을 적대하는 행동이다.

천마와 같이 천하십강의 일 인이자, 당가의 의협을 바로 세우고 정파를 위해 여러 위업을 세웠던 그녀. 그렇기에 가볍게 던질 만한 주제는 아니었다. 크게 키우자면 마교와 두 번째 전쟁을 할 수도 있는 일.

"경우에 따라선 전쟁이 일어날 수도 있어."

"전쟁…."

당소소는 고개를 저었다. 목적과 너무 멀어지는 주제였다. 그녀의 소망은 쌍검무쌍의 모든 비극을 종식시키는 것인데.

"그래서 더욱 내가 미끼가 되어야 해. 가만히 내버려 두다간, 더 악랄한 수법으로 당가에 폐를 끼칠 거야. 이 방식이 최대한 잡음이 없는 방식이잖아?”

“가문 걱정이 아니라 네 걱정부터 하지 그러니?”

백서희가 핀잔을 줬다. 당소소는 그 말을 흘려들으며 말을 이어갔다.

“독마가 되었든, 그에 필적하는 자가 되었든 내가 빈틈을 보이면 모습을 드러낼 거야. 마교의 고수들은 대부분 자존감이 하늘을 찌르거든.”

“…그런가? 나라면 목표가 홀로 연회에 나서면 오히려 의심하면서 좀 더 정보를 수집할 것 같은데.”

“그점은 걱정하지 않아도 돼. 그들은 반드시 올 거니까.”

당소소는 백서희의 의문을 얼버무렸다. 그리고 탁자를 내려치며 말했다.

“미끼에 끌려나온 독마가 중독되어 죽는다면, 마교가 그 사실을 공표할 수 있을까?”

“그럴 수 없겠지. 자신들이 존재할 수 있는 단 하나의 이유인 압도적인 힘에서 나오는 공포를 포기하진 않을 거니까. 하지만 어떻게 그 독마를 중독시킬 건데?”

“스승님께 도움을 청할 거야. 독공에 있어선 스승님을 따를 자가 없어. 그리고 내가 독마를 약화시킨다면…!”

“부정확한 사실에 모든 것을 걸다니 어리석은 짓이야. 차분하게 생각해.”

백서희는 당소소를 진정시켰다.

“미끼를 뿌리려면 좀 더 교묘하게, 먹음직스럽게 뿌려야 하는 법이야. 제대로 된 계획도 없이 우격다짐으로 밀고 들어가면 잃지 않아야 할 것들까지 잃게 된다고.”

“그건, 그렇지.”

백서희의 차분한 어투에 당소소는 고개를 끄덕이며 탁자에서 슬쩍 손을 치웠다. 독마와 독무후가 겨뤄 독마가 패하는 것은 이미 확정된 미래. 하지만 예정된 미래를 알려줄 순 없기에 당소소는 한 발짝 뒤로 물러섰다. 백서희가 머리를 짚으며 말했다.

"일단 정리를 해보자. 널 노린 것은 마교. 그중에서 독마의 계파. 나찰염은 독마가 아니면 정제할 수 없고, 사천성 안에 숨어 있을 확률이 높다?"

"맞아. 나찰염은 소금에 섞은 독이라서 빨리 사용하지 않으면 성질이 변해. 대략 삼 일 정도. 그걸로 독마가 이곳에 있다는 걸 추정할 수 있어."

"그리고 넌 그 독마를 지금 죽이고 싶은 거고. 그래서 연회 참석을 미끼 삼아 그를 끌어내려고 한다."

백서희의 정리에 당소소는 고개를 끄덕였다. 백서희는 앞섶으로 흘러내린 땋은 머리를 뒤로 넘기며 생각했다.

'생각해 볼 수 있는 몇 가지 가설이 있어. 마교에 책임을 추궁하는 것, 지금 당장 보고해 독마를 추적하는 것, 무림맹에 소소가 독무후의 제자임을 공표하고 공식적으로 대응하는 것.'

"어떤 방식이 되었건 소란이 일 것은 자명해. 하지만 넌 소란을 피우기 싫은 거겠지?"

"독마는 말 그대로 독술사로서 일가를 이룬 자야. 그를 상대로 소란을 피웠다간, 보통의 무림인들을 자극할 때와는 비교도 할 수 없는 큰 피해가 발생할 거야."

백서희 또한 당소소의 말에 고개를 끄덕였다.

독은 위험하다.

무림의 굴레 안에서 그 어느 것이 위험하지 않겠냐만, 독은 그 중에서도 특별하다. 제대로 보이지 않고, 형태가 특정되지 않는다. 들에 풀린 독이 산을 넘어 무고한 이들을 해할 수도 있고, 긴 세월을 남아 꾸준히 사람을 고통스럽게 할 수도 있다. 여타의 다른 냉병기와는 궤를 달리하는 위험이었다.

'그를 자극했다간, 사천성 그 어느 곳도 안전을 장담할 수 없게 돼. 소소의 선택이 맞아. 무림맹이 당가를 정파로 받아들인 이유도 대응이 어려운 사파와 마교의 독에 대응하기 위해서였으니까. 다만 좀 더 적극적으로 당가의 어른들에게 상담을 했어야 할 텐데….'

백서희는 걱정스런 시선을 던졌다. 당소소가 너무 위태로워 보였다. 연약한 몸으로 태산을 짊어지려는 마음이 역력했다. 당소소는 지그시 웃어 보였다. 백서희가 혀를 찼다.

"이번엔 달리 대안이 없어 보이니 도와줄게. 그래서 난 뭘 구하면 되는데?"

"묵우黙牛의 뿔과 천산양天山羊의 간. 수선충壽蟬蟲의 몸에서 피어난 동충하초."

"…꽤 가격이 나가는 약재들이네."

백서희는 당소소의 입에서 거론되는 약재들을 하나하나 떠올렸다. 그녀 입장에서 가격이 좀 나간다는 것은, 일반적인 기준으론 평생을 쏟아도 구경하지 못할 정도의 가격이라는 뜻이었다.

"가장 싸게 구할 수 있는 것이 일단 묵우. 그저 울지 않는 소라는 특별함 때문에 가격이 높은 거니까. 다음이 문제인데. 천산양은 이름 그대로 마교가 집권하고 있는 천산의 산양. 구하기 어려워. 그리고 고승이나 도인의 사리를 먹고 자라는 벌레, 수선충의 동충하초는…."

"구할 수 없어?"

당소소가 불안한 눈치로 묻자 백서희의 입술이 움찔거렸다. 피로에 찌든 모습을 하고 자신을 올려다보는 당소소에게, 차마 안 된다는 말을 할 순 없었다.

"…내 선에선 힘들어. 하지만 본가의 오라버니라면 가능할 거야. 연락이 가는 데 하루, 구하는 데 이틀. 다시 전달하는 데 하루가 걸릴 거야."

"예상보단 빠르네."

안심하는 당소소. 백서희는 세 약재 가격에 대해 말하려 했다. 하지만 그동안 봐왔던 그녀의 모습이 떠올랐다. 허름한 옷을 입고 다니며, 고급품을 어색해하고, 값비싼 부채 하나에도 벌벌 떠는 모습. 그녀에게 약재 가격이 시선의 부채 스무 개는 가볍게 넘는다는 사실을 귀띔했다가 어떤 반응이 나올지 눈에 선했다.

"대금은…."

"아, 참. 값을 치러야 하지. 얼마야?"

"…독마를 죽이고 난 뒤에 생각해 보자고."

'이건 출발한 뒤 가주 님과 상의해야 할 문제겠어.'

백서희는 고개를 저으며 자리에서 일어섰다. 저 어리숙한 소녀가 백능상단의 괴물과 직접 거래를 하게 둘 순 없었다. 본격적으로 상도를 배우지 않은 자신도 저 오똑한 코를 베어 먹을 수 있을 정도인데, 백진오가 그녀를 상대했다간 끔찍한 사건이 벌어질 테니까.

백서희는 끔찍한 상상을 지우며 창가를 바라봤다. 흐붓한 달빛도 시들어가며 깊은 밤을 알려주고 있었다.

'일단은 여기까지.'

백서희는 눈꺼풀을 부르르 떨며 근육통으로 뻣뻣한 움직임을 보이는 당소소를 바라봤다. 분명 한계 상황이었다. 이 이상 붙잡고 이야기를 나누었다간 또 몸져 누울 것만 같았다.

백서희가 말했다.

"밤도 깊었고, 피곤하기도 하니까. 내일 이어서 하자."

"고마워, 서희."

친근한 인사에 당소소도 배시시 웃으며 답해주었다.

"으음…."

백서희는 얼굴을 붉히며 신음 소리를 냈다. 얼마 전까지 원수와도 같았던 아가씨에게 이름으로 불리는 낯선 감정이 백서희의 마음을 간질였다. 백서희는 그 마음을 꾹 누르고 침소를 나가며 말했다.

"푹 쉬어 소, 소소…."

말이 끝나자마자 들리는 빠른 걸음 소리. 부끄러운 감정이 발걸음에도 묻어나는 듯했다. 걸음 소리가 멀어져 들리지 않게 되자 그제야 당소소도 자리에서 일어섰다.

"그럼 나도 가볼까."

그녀의 손엔 비수가 쥐어져 있었다.

* * *

당진천은 집무실에 앉아 차곡차곡 쌓여 있는 경위서를 둘러보고 있었다. 마주 앉은 독무후가 다리를 꼬고 창가를 보며 당진천의 시선을 피했다. 당진천은 자신의 머리를 툭툭 두드리며 말했다.

"왜 혼자 처리하셨습니까."

"제자가 어찌 스승을 모른단 말이냐."

당진천은 가장 위에 있는 경위서를 집어 펼쳐봤다. 큰 글씨로 호방하게 써내려간 글자들이 눈에 들어왔다.

경위, 불쾌不快!

당진천은 고개를 저으며 경위서를 덮고 스승에게 말했다.

"성정은 여전하시군요."

"그러는 너도 정신을 잃을 정도였지 않았느냐."

"…어찌되었건, 대로변에서 사람 하나를 구워버리는 것은 너무 지나친 행동이셨습니다."

"흥, 말리지 않았더라면 당장이라도 달려가 백능상단을 씨몰살시켰을 녀석이 하는 말이라 들리지 않는구나."

독무후는 콧방귀를 뀌며 턱을 괴었다. 당진천은 독무후의 경위서를 한 곳에 두고 다음 경위서를 집어 훑었다. 독무후의 지시. 또 다음 경위서도, 독무후의 지시. 당진천은 한숨을 쉬며 경위서 훑기를 그만뒀다. 이미 독무후가 흑풍대를 윽박질러 책임 소재를 자신에게 돌려놓았기에.

"잘도 가문의 어른을 파는군."

"어쩌겠느냐, 사실인 것을."

"관부는 또 어떻게 설득하신 겁니까?"

독무후는 당진천의 질문에 대답 대신 품속에 넣어 둔 금룡패를 슬쩍 꺼내 보여줬다. 당진천은 혀를 차며 팔짱을 꼈다.

"황실의 은인이라는 표식인 금룡패를 하필 스승님께…, 고양이에게 생선을 맡긴 격이군."

"흐흣. 어쩌겠느냐, 주겠다는 것을."

독무후는 슬쩍 웃어 보이며 다시 금룡패를 집어넣었다. 그리고 다시금 창가를 바라보며 물었다.

"그래서 무엇 때문에 날 잡아두고 있는 것이냐?"

"곧 올 겁니다."

당진천의 말이 떨어지자마자 시녀의 목소리가 들려왔다.

"가주 님, 총관께서 오셨습니다."

"들라 하여라."

문이 열리고, 장보가 고개를 숙이며 안으로 들어왔다. 당진천은 눈썹을 긁적이며 말했다.

“왔으면 저기 와서 앉게.”

“예, 가주 님.”

장보는 독무후의 눈치를 슬슬 보며 그녀 옆에 앉았다. 무공의 효능으로 사십 대 미부같이 보이던 이십 년 전의 모습과는 다르게 당소소를 쏙 빼닮은 어린 몸의 독무후. 그 역시도 장보에게 익숙해지지 않는 모습이었다. 독무후는 그 시선이 탐탁찮은 듯 길게 하품을 하며 말했다.

“그리 눈치 보지 말거라.”

“예, 예. 독무후 님.”

“네가 눈치를 보아야 할 사람은 내가 아니지 않느냐.”

그는 황급히 정신을 차리며 당진천을 바라봤다. 당진천의 표정은 고요했다. 무엇 하나 읽어낼 수 없었다. 장보는 침을 삼켰다.

“가, 가주 님.”

“총관. 요즘 꽤 고생하고 있다고 들었네.”

“별거 아닙니다. 총관으로서 당연히 해야 할 일일뿐….”

당진천의 말에 장보는 극구 부인하며 고개를 숙였다. 평소와 같이 서로 간의 안부를 묻는 말. 하지만 느낌이 달랐다. 낯설었다. 그가 가주의 자리에 오를 때부터 함께 해온 장보였지만 어떤 표정조차 짓지 않은 적은 없었다. 그는 가문 내에서 퍽 인자한 사람이었으니까.

하지만 지금은 그의 얼굴에서 어떤 감정의 편린도 느껴지지 않았다. 장보는 팔걸이에 올려놨던 손을 조심스레 무릎 위로 모았다. 심드렁한 태도의 독무후와 왠지 모르게 위압감이 느껴지는 당진천. 쉬이 예측할 수 있는 상황이 아니었다. 장보가 물었다.

“그, 어떤 것 때문에 절 부르셨는지 질문해도 되겠습니까?”

“어떨 것 같은가?”

“아무래도 하인들의 처분 문제인 듯싶습니다.”

당진천은 미미하게 고개를 끄덕이며 장보의 말에 긍정했다.

"언제까지고 그들을 구금해둘 수도 없는 노릇이고, 책임자인 자네와 처벌에 대해 토론을 해야 하겠지."

"당가의 일을 외부로 발설할 수도 없는 노릇입니다."

"그렇다면?"

"안타깝지만, 잘못한 자들은 벌을 받아야 하겠지요. 암풍대 쪽에 처리를 맡기는 것이 옳은 듯합니다."

"옳은 말이네."

당진천은 장보의 말을 긍정했다. 그리고 독무후를 바라보며 물었다.

"제독전주는 장보를 언제부터 봤는가?"

"제가 황실로 떠나기 전, 제 아버지를 따라다니며 일을 배우는 것까진 봤습니다."

갑작스레 변하는 말투. 독무후는 당황하지 않고 능숙하게 대꾸했다. 존댓말을 요구하는 것은 공적인 자리로 여기겠다는 것. 당진천은 독무후의 말을 짚으며 말했다.

"그렇네. 자네가 당가의 총관을 받게 된 시기도, 내가 가주의 자리에 오른 것도. 이젠 스무 해가 넘어갔지."

"…많은 세월이 흘렀군요."

"참 많은 일들이 있었지. 갖은 일에 치여 기억은 잘 나지 않지만. 총관, 자네 덕분에 여기까지 올 수 있었네."

"아닙니다. 제가 무엇을 하였다고…."

몸 둘 바를 몰라 하는 장보. 당진천은 그제야 웃으며 자리에서 일어섰다. 잔뜩 긴장되었던 가주전 안의 공기도 느슨해지는 기분이었다. 당진천은 그대로 걸어가 장보를 지나 그 뒤에 멈췄다.

"항상 감사하게 생각하고 있네. 당가를 가꿔주는 것도, 내 아이들을 도와준 것도."

"가주 님이 그렇게 생각해 주시는 것만으로도, 소인은 만족합니다."

겸손한 태도를 견지하는 장보. 당진천은 고개를 끄덕이며 뒤를 돌아 그의 어깨에 손을 올렸다.

"헌데, 왜 그랬나?"

"예? 무슨 말씀이신지…."

"왜 아직도 내 아이들을 도와주느냔 말이네."

"그런 사실은 없습니다, 가주 님."

태연한 체 말하는 장보. 독무후는 그를 힐끗 쳐다봤다. 제 딴에는 평정을 유지하기 위해 노력하고 있지만, 살짝 가빠진 숨결까지 숨길 순 없었다. 미묘하게 빨라진 혈류로 인해 올라가는 체온. 부자연스럽게 움직이는 손가락과 얼굴 근육까지. 독무후는 헛웃음을 지으며 다시 창가로 시선을 돌렸다.

"소소가 마교에 납치되었을 때, 마교의 종자들이 어찌 알고 당청과 당혁에게 접촉했겠는가?"

"그것은 당청과 당혁의 독단적인 행동이었습니다. 전 그저 독강시들을 발견하고 소란을 수습했을 뿐…."

"그리고 시녀가 보고해온 당소소의 동선. 당가 안에서 시녀 하나와 백능상단의 사신, 그리고 나만 알고 있었을 텐데. 마교의 종자들이 어찌 알았을까?"

"그걸 제게 물어보신다면, 하지 않았기에 전 답해드릴 것이 없습니다."

장보의 대답. 당진천은 별 다른 말은 하지 않고 그의 어깨에서 손을 뗐다. 그리고 문 쪽으로 고개를 돌려 말했다.

"암풍대주, 게 있느냐."

"예."

축 가라앉은 당웅의 대답이 들렸다. 당웅이 가주실 안으로 들어왔다. 손가락 하나가 없는 그의 손에, 식은땀을 질질 흘리고 있는 하인 한 명이 들려 있었다. 당진천의 시선이 장보를 훑었다. 차마 더는 숨길 수 없는 당혹감이 전신에 묻어 나왔다.

"이, 이게 무슨…?"

"이자의 몸에서 나온 겁니다."

당웅이 종이 한 장을 내밀었다. 당진천이 그것을 펼쳐서 읽었다.

— 독각혈가에 안전하게 도착. 추후 다시 연락을 취하겠음.

당진천이 다 읽고 하인을 바라보자, 당웅이 또 다른 종이를 내밀었다. 탄내가 당진천의 코를 찔렀다. 군데군데 그을린 모양새인 종이였다. 당진천은 그것을 받아 펼쳤다.

— 음독실패. 당소소는 지금 제독전에 있음. 추가적인 조치가 필요함.

당진천은 두 종이를 다시 당웅에게 내밀었다. 당웅은 그 종이를 받으며 말했다.

"제독전주께서 처리하신 그자의 몸에 있던 것입니다."

그는 하인의 입에 묶어놓은 헝겊을 풀었다.

"살려, 살려주십시오. 가주 님."

"……."

당진천은 애걸하는 하인을 바라보며 아무 말도 하지 않았다. 그저 그에게 다가가, 눈을 맞출 뿐. 하인의 눈동자는 오갈 곳을 모르고 난잡하게 움직였다. 하인의 잔뜩 떨리는 변명이 당진천에게 내밀어졌다.

"제가 원해서 한 일은 아니었습니다. 암, 그럼요! 제가 어찌 소소 아가씨에게 해를 끼치겠습니까."

"이 서신은 그럼 누가 보낸 것이지?"

당웅의 걸걸한 음성이 하인의 심신을 짓눌렀다. 하인은 기겁을 하며 고개를 저었다.

"제가, 제가 아닙니다! 전 그저 시킨 일을 했을 뿐입니다. 하하, 제가 얼마나 당가를 위하는 지 아십니까? 매일 쓸고 닦고, 잡일을 하고…."

우드득!

"으, 으아악!"

"좀 진정하시게, 고경. 차분해지자고."

당진천의 발이 하인의 발등을 으깨고 있었다. 하인은 고통으로 몸부림을 치며 발에서 벗어나려 했지만, 그럴수록 당진천의 발끝이 더 깊게 파고들었다. 당진천은 손가락을 한차례 튕겨 고통으로 이성을 잃은 그의 정신을 환기시켰다.

"이보게, 고경."

"으윽, 흑! 예, 예! 예, 가주 님."

"난 자네가 관리하던 뜰을 참 좋아했네. 부지런하여 아침같이 일어나 가장 먼저 주방 일을 돕는 것도 알고 있네. 부지런히 일을 찾기에 제독전의 장원을 청소하는 것도 자네라는 걸 알고 있고. 헌데, 왜 이런 짓을 했나?"

"아악, 윽…. 암요, 암요! 전 당가를 사랑합니다, 가주 님. 절대로 이건 제 뜻이 아닙니다!"

당진천은 그 말에 발을 살짝 느슨하게 풀었다. 그리고 고경을 향해 물었다.

"그럼 누구의 짓인가?"

"그건, 그건…!"

"자네, 좀 진정하라 하지 않았는가."

"으으으윽!"

고경이 말을 더듬자 당진천은 곧장 발등을 으스러뜨렸다. 뼈가 으스러지는 고통에 정신을 차리기가 버거웠다. 누가 봐도 진정하지 못하는 쪽은 당진천이었다. 눈가에 성성한 분노 때문에, 당진천이 어떤 상태인지는 누가 봐도 쉬이 알 수 있었다. 하지만 그 안에 있는 사람 그 누구도 당진천을 말리지 못했다.

"고경 이 사람아."

"죄송합니다, 죄송합니다…!"

"죄송할 필요는 없다고 하지 않았나. 자네는 벌을 받을 게야. 당가의 식구이니, 은원의 무게는 잘 알리라 생각하네."

"잘못했습니다. 다시는 이러지 않겠습니…! 아아윽!"

고경의 목소리가 당진천의 심기를 거슬렀다. 당진천은 발에 힘을 주며 말했다.

"잘못을 빌지 마시게. 그리고 사주한 자에 대해서 밝히게."

"허윽, 허윽…!"

"그래야 내가 자넬 고통스럽게 하는 일이 없지 않겠나."

뿌득거리는 소리와 함께 당진천의 발이 움푹 들어갔다. 고경은 발이 으깨지는 고통에 눈을 까뒤집으며 까무러쳤다. 당진천은 쓰러지려고 하는 그의 멱살을 휘어잡은 뒤, 뺨을 후려갈겨 그를 깨웠다. 뺨이 찢어져 당진천의 손에 피가 묻었다.

"살려, 살려주십시오…."

"자넨 죽을 걸세."

"아, 아아…."

"그러니 적어도 고통스럽게 가진 않아야 하지 않겠나?"

당진천의 말에 고경은 체념했다. 이곳은 독과 암기의 가문인 당가였다. 당진천이 집권하기 전까지는 그 누구보다 사파에 가까웠던 정파였다. 끝까지 입을 다물고 있다간, 인간이 겪을 수 있는 모든 종류의 고통을 겪으며 죽을 것임을 고경은 너무 잘 알고 있었다.

그리고 고통 없는 죽음을 제시하는 것이 당진천이 식구였던 자에게 내미는 마지막 자비라는 것 또한, 이해하고 있었다.

죽음을 체념하고 나서야 머릿속이 맑아지고 무엇을 해야 하는지 명확해졌다.

"전 독효당毒梟當의 하인이었습니다…."

"당혁의 하인이라는 것은 이미 알고 있네. 주동자를 말하게."

"그리고 제 생계가 어렵다는 것을 아신 총관께서 절 부르셨습니다. 충성했던 당혁 님께 도움이 되어야 하지 않겠냐고. 그저 서신만 전해주면 되는 일이라고…."

"천한 놈이, 내가 언제 그런 말을 했느냐!"

장보가 자리를 박차고 일어나 소리쳤다. 독무후는 그 행동에 키득거리며 말했다.

"장보야. 앉거라."

"앉지 못하겠소. 저놈이 날조를 하지 않…! 어…?"

"앉으라고 하지 않았느냐."

장보는 온몸에 힘이 풀려 다시 자리에 털썩 주저앉았다. 그녀의 손끝에서 방전과 함께 희미한 아지랑이가 일었다. 그녀는 손을 한 차례 털며 자리에서 일어났다.

"그 말썽쟁이가, 꽤 머리가 굵어졌구나."

"아니, 아니야…. 난, 아니야…."

"하긴, 자넨 언제나 그랬지. 다 밝혀질 텐데 꿍꿍이속을 숨기고 행동했어. 정이 들었기에 아니길 바랐건만."

독무후는 장보의 머리를 쓰다듬은 뒤 당진천에게 말했다.

"적당히 하세요, 가주."

"…살펴가십시오, 제독전주."

독무후가 울적한 한숨을 쉬며 가주전을 떠났다. 당진천이 당웅을 바라봤다. 당웅은 고개를 끄덕이며 문을 열어 주변을 살폈다. 아무도 없었다. 기감을 퍼뜨려 좀 더 자세히 살폈다. 인기척은 없었다. 당웅은 그제야 문을 닫고 정문을 걸어 잠갔다.

"자네, 자네 뭐하는 건가…?"

"복귀해서 그동안 배웠던 것."

당웅은 무심히 답한 뒤, 웃옷을 벗어 가주전의 창문을 가렸다. 달빛이 가려졌다. 오로지 명멸하는 등불만이 당웅의 몸을 비추고 있었다. 갖가지 방법으로 찢겨나간 흉터가 장보의 눈에 들어왔다. 불그스름한 상처들이, 비교적 최근에 입은 흉터임을 알려주고 있었다.

"그, 그만…."

장보가 허우적거리며 느릿하게 말하지만, 당웅의 손길은 거침없었다. 허리춤의 철사를 풀어 장보의 몸을 고정시키고, 무감각한 눈빛으로 장보를 바라보고 있었다.

"그럼."

당진천은 다시 자리로 돌아가 경위서들이 쌓여 있는 집무책상에 앉았다.

"총관 장보의 경위에 대해 듣기로 하겠네."

당진천의 말이 떨어지자 당웅이 장보에게 다가갔다. 마비독에 마비되어 침을 흘리고 있는 장보의 눈에는 뻗어오는 당웅의 네 손가락만이 보이고 있었다.

* * *

탁, 탁.

탁자를 두드리는 정갈한 소리가 고요한 적막을 긴장시켰다. 안면 근육이 마비된 장보가 경련을 일으키며 말했다.

"저, 전…. 아무 것도…."

"당웅."

"예."

당진천이 손을 들어 입가를 가리며 말했다.

"해독제를 먹여라."

"컥, 커억!"

당웅은 당진천의 말이 떨어지자 허리춤에 손을 댄 뒤, 장보의 입을 거칠게 쥐었다. 버둥거리는 장보. 당진천은 눈 하나 깜빡이지 않고 그 광경을 지켜보고 있었다. 독무후가 던져놓고 간 적당히 하라는 말. 괜히 그녀가 그 말과 함께 마비독을 하독하고 간 것이 아니었다.

'선을 지켜라…. 꽤 어려운 숙제를 내셨군.'

그는 분명 바위같이 굳건한 의지를 가진 고수였다. 하지만 바위는 여러 풍랑에 마모되기 마련. 그가 가문을 돌보지 않았기에 터져 나온, 가문의 상잔과 계속해서 맞이하는 당소소의 위기. 그리고 스무 해를 넘게 함께해 온 식구의 모반. 그렇기에 황실에 있던 독무후도 아무 것도 묻지 않고 당가로 복귀한 것이었다.

아무리 독천이라도 당진천의 현 상태는 위태로워 보였다. 당진천의 스승이 던져놓고 간 것은 바로 일선을 넘지 마라는 간접적 경고였다.

당진천은 초점이 돌아오는 장보의 눈동자를 바라보며 말했다.

"제독전주에게 감사하거라. 한 시진 정도는 독이 듣지 않을 테니, 고통을 주는 독은 없을게다.

"헉, 허억…! 아닙니다. 전 아니란 말입니다…!"

"난 변명을 요구하고 있는 게 아니야."

당진천의 말이 떨어지자 당웅은 곧장 장보의 손목을 잡아챘다. 내공이 지나는 통로이자, 혈맥이 지나는 통로인 혈도[穴道]를 짚는다. 그리고 내기를 풀어 넣으며 혈도를 쥐고 비틀었다.

"윽, 으윽…!"

독무후가 풀어놓고 간 마비독 때문에 가속화되지 않는 고통. 하지만 해독제의 약효가 돌기 시작하며 근육이 찢기고 뼈가 으스러지는 고통이 번져갔다. 그릇에 담긴 물에 염료를 떨어뜨린 것처럼 고통은 손목을 타고 흐르며 척추, 뇌리를 쑤셔댔다.

"이게 분근착골分筋錯骨이라는 걸세."

"악, 으아아악!"

"입."

당웅은 나머지 손을 들어 장보의 입을 틀어막았다. 내뱉지 못하는 고통의 신음이 머리를 쥐어짰다. 달그락거리는 의자의 소음만이 가주전을 메웠다. 당진천이 책상을 두 차례 두드렸다. 당웅은 손목을 쥔 손가락을 거두며 분근착골을 잠시 거뒀다.

"지금부터 자네가 어떤 행동을 해왔는지 묻겠네."

"읍, 으읍!"

"자네의 행적에 대해서는 이미 암풍대에서 조사를 마쳤네. 사실과 다르다면, 당웅이 움직일 게야."

당웅이 장보의 입에서 손을 뗐다. 너무 거칠게 움켜쥐었는지 볼 안쪽이 찢겨나가 이빨에 피가 묻어났다.

"저는, 저는…!"

"우선 가문의 분란을 언제부터 관망하게 되었는지 말하게."

"분란, 분란은 없었습니다. 아시잖습…. 악, 아악!"

당웅은 다시금 그의 손목을 휘어잡았다. 장보가 목청 높여 소리를 지르자 당진천은 관자놀이를 긁으며 말했다.

"독고수아가 가문을 휘어잡을 때부터 시작되었다는 걸 알고 있거늘."

당웅은 소리를 지르려는 장보의 입에 천을 쑤셔 넣었다. 당진천은 서랍을 열어 깨끗한 종이 한 장을 책상에 깔았다. 그리고 붓을 들었다.

"장보. 이십 년이네, 이십 년."

"읍, 읍!"

"서로 알 만큼 아는 사이지 않나?"

장보의 숨이 막혀왔다. 눈동자가 점점 위로 올라가며 초점이 희미해졌다. 당웅은 손을 거두고 장보의 뺨을 후려 강제로 정신이 들게 했다. 당진천은 그 광경을 보며 먹에 적신 붓을 종이 위로 가져갔다.

"방조는 이십오 년 전. 동조는 이십 년 전. 가담은…?"

"컥, 커억…! 전, 전 그저 가주 님의 명령에, 명령에 따라 도련님들을 모셨을 뿐입니다!"

"과연, 십 년 전이군."

붓이 움직였다. 고통과 공포에 젖은 장보의 눈이 쉴 새 없이 돌아갔다. 정확히 그의 말대로, 당가의 어둠을 놓기 위해서 움직였던 십 년 전부터 계획은 시작되었다.

계속해서 외부로 도는 당진천과 그 행보가 마음에 들지 않던 장로회의 은근한 지지. 첫째 부인이 배반하는 사건 때문에 가문에서 은근히 소외를 받게 됐던 당청과 당혁. 시녀들과 하인들을 완벽하게 휘어잡고 싶다는 알량한 정복욕. 모든 것이 맞아떨어졌다. 그 교차점에서 당청이 몸을 일으켰다.

'총관.'

'예, 소가주 님.'

'당가는 다시 위대해져야 하네.'

'…지당하신 말씀입니다.'

장로회는 당진천이 버려둔 암풍대를 수습해 정보를 통제했으며, 당청과 당혁의 행보에 눈을 감아줬다. 당청과 당혁은 당가의 힘을 포기하는 당진천의 행보를 경멸했다. 외각은 당청의 세력 아래 있던 자신이 휘어잡았으며, 내각은 제독전주인 당혁과 소가주인 당청이 단단히 휘어잡았다.

남은 것은 때를 기다리며 당진천을 추락시키고 다시 당가의 어둠을 움켜쥐는 것뿐. 하지만 단 한 가지 변수가 그 수년에 걸친 모든 계획을 수포로 만들었다.

"쭉 입을 다물고 있게. 나도 그 편이 좋으니."

구주십이천, 독천 당진천. 그의 주된 활동 영역은 무림맹이 위치한 개봉이었다. 그렇기에 역설적으로 사천성에서는, 가문에서는 그의 무위가 제대로 알려지지 않았다. 독무후의 제자라서, 단지 무림맹에서 공을 세워서 대단한 칭호를 받았으려니 하는 생각이었을 뿐. 당진천은 턱짓을 하며 말했다.

"당웅, 다시 입을 막아라."

"잠시만, 잠시만!"

장보가 고문을 재개하라는 당진천의 말을 막아섰다. 그는 눈을 미친 듯이 깜빡이며 수를 읽었다.

'마교라면. 홀몸으로 중원을 떨게 한 그 문파라면, 사천당가를 능히 상대할 수 있다고 생각했거늘…!'

당진천은 의협을 고집할 것이고, 독무후는 여전히 행방이 묘연한 채로 있었을 것이다. 많은 정보를 수집하고 은폐했던 암풍대는 여전히 장로회의 손아래 있었을 것이다. 숙청으로 인해 감축된 세력은 운신의 폭이 제한되었을 것이다. 그렇게 되어, 마교가 사천성에서 성공적으로 암약할 수 있었을 것이다.

하지만 그 계획마저 모두 실패했다. 한 명의 하찮은 움직임이 불러온 나비효과였다.

'…원인은 그녀이군.'

장보는 당소소의 얼굴을 떠올렸다. 당소소가 사천교류회에서 벌인 일 때문에, 당진천은 당가의 어둠에 손을 내밀었다. 당소소를 제자로 들이기 위해, 행방이 묘연하던 독무후가 가문에 등장했다. 그로 인해 무력과 인력의 공백이 사라졌다.

당소소의 행동 하나 때문에, 당혁의 잔당들은 이젠 우위로 설 곳이 없어졌다. 당진천은 흑풍대주였던 당웅에게 당소소 호위 실패에 대한 죄를 물어 암풍대주로 좌천시켰다. 그리고 은폐, 조작해왔던 정보를 움켜쥐었다. 그렇게 되니 비교적 중요하지 않은 세력들을 던져 몸을 숨기던 자들이 암풍대의 추적에 하나둘 모습을 드러내고 있었다.

장보도 그중 하나였다.

당진천은 일필휘지로 써내려간 종이에 온점을 찍고 붓을 놓았다. 그리고 장보의 말을 기다렸다. 장보가 말을 하려고 호흡을 시작하자 당진천이 그 호흡을 자르며 먼저 말을 꺼냈다.

"자네는 바닥에 누워 있는 저자와는 다르게 죽지 않을 게야."

"저는, 옛?"

"제대로 사실을 말하기만 한다면."

당진천은 고개를 까딱이며 말했다. 호흡을 잘라 기세를 훔치고, 상상도 하지 않던 희망을 심는다.

"내통한 사실은 이곳에 묻어두도록 하지."

조용히 고양된 공기와 당진천의 위세에 맞물려 장보의 심중을 흔들었다. 마교는 이미 당가가 일으키는 파도에 휩쓸려 모진 꼴을 당해 떠나는 배였다.

'이게 마지막 기회. 가주는 정이 많은 사람이다. 날 쳐내는 것이 마음에 켕기는 것이겠지. 거기에 오랫동안 가문의 중추를 지켜온 총관이 죽는다면, 성도로 모이기 시작하는 분가의 세력들이 흔들릴 것이고. 장로들도 꼬투리를 잡아 가주를 압박해올 수 있다.'

여러 사실이 장보를 향해 웃고 있었다. 장보는 고개를 끄덕이며 말했다.

"…말하겠습니다."

"마교와 접촉한 횟수는 몇 회 정도지?"

당진천은 종이를 접으며 장보에게 물었다. 장보는 자신을 뚫어져라 노려보는 당웅의 시선을 외면하며 입을 열었다.

"마교와 내통한 지는 얼마 되지 않았습니다. 당청이 모반을 꾀하기 한 달 전이었습니다. 당청의 지시가 있었고, 저는 소교주의 심복이라는 요재와 접촉했습니다."

"빈도를 묻고 있지 않나?"

당진천의 핀잔에 당웅이 움직이려는 모양새를 취했다. 장보는 눈을 질끈 감으며 말했다.

"독강시를 만들기 위한 마공을 제공받을 때 한 번, 정보를 교환할 때 한 번이었습니다."

"이후는?"

"마교 측에서 당혁을 보호하고 있다는 서신을 받은 뒤, 저 종놈을 통해 하루에 한 번씩 정보를 교환했습니다."

"내용을 말해라."

당진천은 접은 종이를 들고 일어서며 말했다. 당진천의 움직임에 철사로 묶인 손이 움찔거렸다. 철사가 살을 파고들며 붉은 상흔을 그렸다. 하지만 잔뜩 긴장한 그는 고통을 느낄 수 없었다. 장보는 침을 삼키고 말했다.

"우, 운남성에서 움직이던 마교의 독각혈가에서 당혁을 보호 중이라고 합니다. 연유는 말하지 않았으나, 당소소를 독살하기 위한 정보를 요구했습니다."

"……."

장보의 말에도 아무 말이 없는 당진천. 그는 눈을 데룩데룩 굴려 정보를 더 쥐어짜냈다.

"제 생각입니다만…."

"네 생각을 물어본 적은 없다."

당진천은 그렇게 말하며 장보에게 다가갔다. 당진천의 모습이 불빛을 받아 일렁일 때마다 장보의 숨결이 점점 더 가빠졌다. 당진천이 장보 앞에 섰다. 그리고 천천히 상체를 숙여 장보의 손등 위에 자신의 손을 올리고 얼굴을 귓가에 가져다댔다.

"네놈이 말하지 않았던 장로회의 묵과, 당혁이 숨겨왔던 제독전에서의 끔찍한 실험. 당청이 외세를 끌어들여 나를 죽이고 당가를 그들에게 팔아치우려고 했던 것들. 네놈이 당청의 명을 받아 행해왔던 회와 소소를 핍박했던 행동들. 모를 거라 생각하나?"

"아닙, 아닙니다…."

"이건 마지막 기회네."

당진천은 얼굴을 거두고 그의 품속에 접어두었던 종이를 넣었다.

"자네가 직접 가서 그들과 접촉하고, 실상을 염탐해오게."

"예, 옛?"

"왜, 하기 싫은가?"

당진천은 발을 움켜쥐고 공포에 질려 있는 하인을 바라봤다. 장보는 힘차게 고개를 저었다. 우선은 살아야 했다. 감각이 점점 돌아오기 시작했다. 마비독이 사라지고 있다는 증거였다. 이후의 위기를 떠나서, 당장 그가 독공을 수련한다는 당혁의 손길 아래 절규하던 하인이 될 수도 있었다.

"죄, 죄인이 무슨 벌을 마다하겠습니까. 당연히 해야지요. 물, 물론입니다."

"당웅, 고약을 내놓게. 멀쩡한 상태로 그들과 접촉하려면 상흔을 없애야 하지 않겠나."

당진천의 말에 당웅은 조개껍질 하나를 내밀었다. 당진천은 장보를 묶고 있던 철사를 풀어준 뒤, 상처 부위에 고약을 발라주며 말했다.

"나를 실망시키지 마시게."

"예, 물론입니다. 가주 님."

"죽이는 것보단, 살리는 것이 가치가 있었기에 살려두는 것이니까. 부디, 그 가치를 잃어버리지 말도록 하고."

당진천은 당웅에게 고약을 던진 뒤 말했다.

"총관, 그럼 다음 임무. 조심히 수행하시게."

"예, 가주 님. 예…!"

총관은 바닥에 넙죽 엎드려 당진천에게 예를 표한 뒤 서둘러 가주전을 빠져나갔다. 당진천은 고약을 발라준 자신의 손가락을 바라봤다. 당웅이 허리춤에 조개껍질을 집어넣으며 말했다.

"따라붙어야 합니까?"

"뭐하러?"

당진천은 그렇게 답하며 손을 털었다. 손가락에 묻었던 약간의 고약이 바닥에 뿌려지며 매캐한 냄새를 풍겼다.

"새 총관이나 물색해두게."

당웅은 고개를 끄덕이며 가주전을 나섰다.

가주전에 홀로 남은 당진천은 다시 자리에 앉았다. 열린 문을 타고 들어오는 바람이 등불을 꺼뜨렸다. 착잡한 어둠 속. 그는 이마에 손을 얹고 오랫동안 움직이지 않았다.

* * *

“여기서 뭘 하고 있는 게냐?”

“앗, 죄송…. 응?”

외각 밖에서 서성거리던 백서희 곁으로 독무후가 다가와 말을 걸었다. 백서희는 고개를 갸웃거리며 하늘을 바라봤다. 달이 하늘 정중앙에 걸린 한밤중이었다. 그리고 독무후는 영락없이 어린아이처럼 보이는 외모였다. 소소를 닮은 얼굴이, 그녀의 정체를 어렵지않게 예측할 수 있게 했다.

“보아하니 네가 소소의 사촌동생인가 보네. 밤이 늦었으니, 부모님 걱정시키지 말고 자러 가렴.”

“…흐흣.”

독무후는 단호한 백서희의 말에 그저 웃을 뿐이었다. 그런 두 사람 곁으로 시녀들이 다가왔다.

“백서희 소저, 소소 아가씨는 아직 수련 중에…. 앗, 독무후 님.”

“…….”

백서희에게 당소소의 상황을 보고하러 왔던 시녀가 독무후를 발견하곤 깊게 허리를 조아렸다. 독무후는 아무 말 없이 자신의 땋은 머리를 쥐고 빙글빙글 돌리며 백서희를 바라봤다.

‘반로환동? 정말 실재하는 경지였어?’

백서희는 잠시 멍청하게 서 있다 황급히 포권을 했다.

“아, 아미파의 말예가 독무후 님을 뵙니다.”

“거칠어서 누구 하나 잡지 못한 아미파의 검이었는데, 세월이 지나니 결국 잡을 사람이 하나 정돈 나왔구나.”

"과찬이십니다. 저는 그런 대단한 인물은 아닌지라…."

독무후는 손짓을 하며 백서희의 포권을 받았다. 그리고 머리를 쥐었던 손을 놓으며 뒷짐을 지었다.

"본녀가 그렇다면 그런 것을, 어찌 부정을 하느냐?"

"…예, 죄송합니다."

"그래서 이곳엔 무슨 일 때문에 있었는고?"

독무후의 물음에 백서희는 염려 섞인 말투로 말했다.

"독무후 님의 제자가 밤이 깊었는데도 독봉당으로 돌아오지 않기에, 걱정이 되어서 나왔습니다."

"제자가 좀 고집이 세긴 하지."

독무후는 백서희를 바라보다 말했다.

"보러 가볼 테냐?"

"예? 제안은 감사합니다만…. 전 외인이기에 수련을 훔쳐보는 짓은 할 수 없습니다."

"무슨 대단한 것을 배우는 것도 아니니, 따라오너라."

독무후는 그렇게 말하며 외각 안으로 들어갔다. 잠시 망설이던 백서희. 시녀들은 고개를 끄덕이며 모습을 감췄다. 타인, 타 가문의 수련을 엿봐선 안된다는 마음과 무림의 대선배인 독무후의 명 사이에서 갈등하던 백서희.

"오거라."

"예."

독무후의 재촉에 백서희는 그 마음을 구석진 곳으로 밀어놓고 그녀를 따라갔다.

얼마 지나지 않아 도착한 무후당. 독무후는 입술에 손가락을 대며 조용하라는 신호를 보냈다. 그리고 훌쩍 뛰어올라 담벼락 위에 앉았다. 옆자리를 손바닥을 툭툭 두드려 백서희에게도 앉으라 재촉했다.

백서희는 고개를 끄덕이며 몸을 날렸다. 그리고 독무후 옆자리에 다리를 모으고 공손히 앉았다. 그런 그녀의 눈에 들어온 당소소.

짤그랑!

독무후 말대로 대단한 무술은 아니었다. 그저 비수를 던져 목표에 맞추는 간단한 무술. 하지만 백서희에게 간단한 무술이 당소소에겐 전혀 간단해 보이지 않았다.

"으읏…."

당소소는 고통에 절여진 오른손을 움켜쥐며 바닥을 나뒹구는 비수를 바라봤다. 백서희의 눈이 가늘어졌다. 당소소가 쉬지도 않고 수련을 한다며, 시비들이 제발 말려달라는 말을 건넸던 일이 떠올랐다.

"삼 일 내내 저걸…?"

"무엇이 저 어린 것을 저리 독하게 만들었을꼬."

당소소는 비수를 줍기 위해 비척거리는 걸음을 옮겼다.

* * *

손가락에 감아둔 붕대에서 핏물이 번져 흘렀다. 당소소는 정신을 헤집는 고통을 느끼며 팔을 내렸다. 달은 졌다. 어둠은 아침의 불씨에 군청색으로 밝아오고 있었다.

삼 일 차 수련이 끝났다.

당소소는 아쉬움에 헐거워진 자세로 비수를 던졌다. 어림없는 쇳소리가 들려오며 당소소의 신경을 건드렸다. 그녀는 녹초가 되어 주저앉았다.

'…좀 힘드네.'

아무리 단순 반복에 이골이 나 있는 그녀였어도 변화가 없는 노력은 꽤 힘든 일이었다. 적어도 벽돌을 나르면 어디에 쌓이는지는 보이거늘, 밑 빠진 독인 걸 알면서도 하염없이 물을 부어야 하는 일은 다른 차원이었기에.

욱신거리다 못해 화끈거리기까지 하는 통증도 무시할 수 없었다. 패인 살에 달라붙은 붕대는 떼어낼 날이 두려워지게 했다. 근육통으로 몸을 제대로 움직일 수도 없었다. 제대로 처참한 처지에 신음소리 대신 웃음이 터져 나왔다.

"씨팔, 허탈하네…."

지양. 땅을 제대로 접지하여 굳건한 힘을 끌어와야 한다. 인양. 최적의 움직임과 올바른 자세로 손실 없이 힘을 전달해야 한다. 천양. 근골을 겨냥하고 힘을 일점에 모아야 한다. 귀원. 모은 힘을 최적의 자세, 최적의 시간에 터뜨린다.

처음엔 이해가 가지 않았지만 이젠 이해할 수 있다. 하지만 몸은 그렇지 않았다.

땅을 접지하면 근골이 흐트러지고, 올바른 자세를 취하면 힘을 제때 터뜨리지 못하는 몸. 차라리 다른 주연의 몸이 되었다면 어땠을까라는 생각이 절로 들었다.

'…고려할 가치도 없는 생각이지만.'

당소소는 생각을 접고 비틀거리며 일어났다. 제아무리 칼이 좋아도 쓰는 이가 시원찮으면 그 쓰임새도 하찮아질 뿐이다. 그녀는 땅에 떨어진 비수를 주워 허리춤에 끼워 넣고 한숨을 쉬었다.

"힘들어 보이는구나."

"앗, 스승님."

"어디 보자꾸나."

독무후는 당소소에게 다가갔다. 피범벅이 된 손을 잡더니 이리저리 바라보며 혀를 찼다.

"황철에게 약을 가져오라고 하마. 하지만 이리 할 필요가 있느냐?"

"…앞으로 이 일 후에 연회로 가는 행렬이 꾸려져요. 아버지께서 연회에 참가하려면 제가 삼양귀원을 익혀야만 한다고 말하셔서."

"제 딸의 성격을 알면서도 고 놈이…."

독무후는 턱을 쓰다듬으며 당진천을 탐탁지 않아 했다. 당소소가 고개를 가로저었다.

"저도 동의한 부분이에요. 비수 하나 던질 수 없는 몸으로, 누가 봐도 위험한 외출을 할 순 없는 노릇이니까요."

"마음가짐이야 뛰어나다만."

"그리고 제가 가지 않으면 안 되는 이유가 하나 더 있어요."

당소소는 독무후를 내려다봤다. 독무후는 고개를 갸웃거리며 당소소의 시선을 받았다.

"이유?"

"사천성을 탐내는 무리를 끌어내려면, 제가 가야 해요."

"허허."

독무후는 당소소의 말에 헛웃음을 터뜨렸다. 독을 먹고 방금 일어난 사람이 미끼를 자청했다. 독무후는 뒷머릴 긁적이며 생각했다.

'사천교류회의 일에서 예상하곤 있었다만, 생각보다 더 위험한 지경인데….'

"뭐 그래. 우선 네 계획이나 들어보자꾸나."

독무후의 말에 당소소가 말했다.

"나찰염은 절정을 넘어선 연기화신의 초절정고수만이 다룰 수 있는 독이에요."

"맞다. 어떤 것의 형질을 변환시키는 것은 사상의 무학, 그것도 경지가 꽤 높은 자의 소행이다. 독공에 조예가 깊은 자일 게다."

"게다가 나찰염은 마교의 주구들이 주로 사용하는 독, 그렇다는 이야기는…."

"널 미끼로 던져 독마를 낚아보겠다는 말이냐?"

당소소는 독무후의 짐작에 고개를 끄덕였다. 독무후의 헛웃음은 가실 기미가 보이지 않았다.

'확실히 독각혈가의 수괴가 사천성에 왕래했을 가능성이 지배적이다. 나찰염을 사용한 점이 그렇다. 자신의 흔적을 남기지 않을 생각이었다면 남기지 않을 수도 있었다. 독이란 그런 것에 특화되어 있으니까. 싹수가 노란 놈이라지만 독에 대해선 내 제자 다음으로 이해하고 있는 놈.'

"그게 그놈이 노리는 바일 게다."

"예?"

"독은 형태가 없는 검이다. 흔히 통용되는 비소砒素나 독사의 독, 그것도 아니라면 알려지지 않은 독을 사용해도 무방해. 그쯤 되는 놈이라면 어느 독을 사용하던지 너에게 위해를 가할 수 있다. 하지만 나찰염을 사용했지. 이것이 뜻하는 바가 무엇일까?"

"일부러 흔적을 남겼다…?"

독무후는 손가락을 튕기며 말했다.

"일반적인 무술로 따지면 잘 알려진 자신의 성명절기를 써서 흔적을 남긴 것이지. 네 아비에 버금간다는 놈이 나찰염을 사용하면 발각된다는 사실도 몰랐을까?"

"도발을 한 건가요?"

"그것도 맞다. 하지만 더 간교한 이유가 그 안에 숨어 있지. 맞춰보거라, 제자야."

독무후가 던진 질문. 당소소는 손가락의 고통도 잊을 정도로 궁리하기 시작했다.

'작중에서 독마는 꽤 교활한 인물이다. 확실히 내 짧은 생각으로만 재단할 사람은 아니었어. 그쪽이 고려할 것을 생각해야 해. 아마 아버지를 염두에 두고 나에게 독을 먹였을 거야. 그럼….'

"아버지를 충동질해 당가를 흔든다?"

"격장지계라…, 좀 더 자세히 생각해 보거라. 마교의 위치는 멀다. 우리가 찾아가기엔 너무 먼 곳에 있지. 그래서 우리보다 더 멀리 있는 무림맹에서도 나서기 애매하단다."

지원군은 없다. 선제공격이나 다름없는 자신의 독살 미수. 격변하고 있는 사천의 정세. 당소소의 얼굴이 어두워지며 답을 내뱉었다.

"하지 않으면 안 되게 만들었군요."

"독살에 몸을 웅크리면 백진오 고놈은 당가에 있는 제 동생이 어떻게 되든 말든 아미파와 청성파에 찰싹 붙어버릴 것이야. 그렇다고 움직이면 놈들은 만전의 기세로 대기하고 있겠지. 어느 쪽이든 그놈이 노리고 있는 수다."

감정에 이끌린 실착이라 생각했다. 하지만 독무후의 설명에 비로소 대국이 보이기 시작했다.

제아무리 작중에서 죽음을 맞이한다곤 하지만 독마는 쌍검무쌍의 중요 악역의 오른팔이었다. 서 있는 위치와 살아온 시간의 농도가 다르니, 쉬이 목을 내줄 만한 상대는 아니었다.

그는 마교와의 분쟁에 무림맹이 섣불리 올 수 없다는 것을 알고 있었고, 사천성의 역학구도 또한 이해하고 있었다.

그렇기에 마음 놓고 당가를 상대로 도발할 수 있었다. 문파 간의 알력 싸움이 심해졌다는 것도 알고 있거니와 무림맹의 엉덩이가 무겁다는 것도 인지한 상태. 설령 온다 하더라도, 무난하게 당가가 제패할 사천성의 구도가 완벽하게 어긋나게 된다.

그렇다고 당가가 움직이게 된다면.

"이 지점에서 네가 움직인다면 그야말로 사흘 굶주린 범의 아가리로 기어들어가는 셈이지."

"……."

"하지만 나서지 않으면 명예와 실리 모든 것을 잃게 된다. 당가의 혈족이 마교의 독에 당했는데 들고 일어서지 않는 저급한 가문이라고 헐뜯길 것이며, 가문의 불안과 성도의 패권. 모든 것을 잃는다."

당소소는 아랫입술을 깨물었다. 막연한 생각만으로 도모할 상대가 아니었다. 가볍게 던진 한 수에도 교활함과 지독함이 엿보이는 전형적인 독공의 고수. 당소소는 상처 입은 오른손으로 주먹을 불끈 쥐었다. 피가 방울져 주먹을 적셨다.

대안이 필요했다.

그리고 당소소가 할 수 있는 것은 하나뿐이었다.

"가겠어요."

"…내가 한 말은 들은 게냐?"

"저도 나름 준비해온 것이 있어요."

당소소는 인상을 찌푸리고 있는 독무후를 바라보며 말했다.

"독마 류시형. 천산의 독특한 독물로 재해를 일으키는 것을 즐김. 지혈암각신공池血巖角神功, 독각천시, 독각혈사연이 그의 무공."

"호오."

독무후는 가소롭다는 듯 웃으며 당소소의 말끝을 잡았다.

"꽤 많이 알아본 듯한데…. 하지만 안다고 달라질 것이 있겠느냐? 고작 비수 하나 목각인형에 맞추지 못하는 실력으로."

독무후는 강한 어조로 당소소의 기를 죽였다. 그녀 또한 무리하는 것을 즐겨한다지만 어린 제자의 경우엔 결이 달랐다. 곧 죽을 사람처럼 몸을 던지고, 내일이 마지막인 것마냥 행동했다. 한계보다 조금 더 가보는 것과 끝이 없을 정도로 몸을 벽에 부딪치는 것은 현저히 달랐으니까.

독무후의 걱정이 무색하게 당소소는 더욱 강한 어조로 답했다.

“그의 무공을 파훼할 수 있어요.”

“뭐라고 했느냐?”

“그의 무공의 핵심은 누가 뭐래도 제 몸을 살아 있는 강시로 만드는 독각천시. 천 가지의 도검, 만 가지의 독이 들지 않고 사지는 마치 신병이기처럼 예리하게 만드는 것이죠.”

“거기까진 용케도 알아냈구나.”

독무후는 당소소의 말에 입을 가리고 입술을 매만졌다. 독마에 관한 정보는 널려 있는 것이 기록이니 쉬이 찾아볼 수 있었을 것이다. 하지만 그것을 파훼하는 것이라면 이야기는 달라진다. 자신의 제자는 이제야 내공을 깨우치고 기본을 연습하는 삼류무사였으니까.

당소소는 독무후의 생각에도 아랑곳 않고 독마를 패퇴시킬 방법을 늘어놓았다.

“그의 몸이 독으로 정련되었다면, 해독시키면 되는 거예요.”

“…해독.”

“묵우의 뿔. 천산양의 간. 수선충의 몸에서 피어난 동충하초.”

독무후의 눈가가 움찔거렸다. 고려해본 적도 없는 독특한 조합이었다.

그리고 고려해본 적도 없는 확실한 파훼였다. 독무후의 생각이 전개되며 독각천시에 약재들이 반응하는 미래를 떠올렸다.

“수선충의 동충하초로 근골의 사후 경직을 풀어준다. 천산양의 간으로 피를 돌게 하며, 묵우의 뿔로 몸 안에 독기가 응축된 독정毒精을 괴사시킨다….”

"예. 그렇게 된다면 더 이상 그는 생강시가 아니에요. 그저 자기 독에 자기가 중독된 바보가 될 뿐이죠."

독무후는 눈을 찡그리며 당소소를 유심히 바라봤다. 독공의 기초도 모르는 초보자가 할 법한 발상은 절대 아니었다. 이치에 통달한 누군가가 밀어 넣은 깨달음이 확실했다. 독무후는 사건의 이면을 뒤집고 훑었다. 손끝에 걸리는 지점을 움켜쥐었다.

"이 발상은 혼돈의의 것이구나."

"예, 옛?"

"만상萬象을 병마로 인식하는 미친놈이 달리 여러 명 있는 것이 아니지. 보아하니 칠혼독을 삼켰을 때 당시의 기억은 아직 몸이 기억하고 있는 듯하구나. 그래. 그렇게 된 것이었군."

당소소는 예리한 독무후의 지적에 헛숨을 들이켜고 그녀의 결론에 안도의 한숨을 쉬며 말했다.

"네. 그렇게 한다면, 확실히 독마를 패퇴시킬 수 있어요."

"독마야 그렇다 치자. 그럼 목표가 당가인가로 넘어가야 할 터. 이건 아마 당혁이 마교의 독각혈가에 합류했다는 뜻이겠지."

"당혁이…."

"그놈 입장에선 불안을 지우고 싶을 뿐더러, 독마도 당대 최고의 독공 집단인 당가의 모든 것이 탐날 테니."

독무후는 고개를 주억거리며 뒷짐을 졌다. 자신이 취할 방침이 정해졌다. 독무후는 입꼬리를 미미하게 틀어 올렸다.

'제법 머리를 굴렸네. 제 아비가 도와주긴 커녕 바짓가랑이를 부여잡고 뜯어말릴 것 같으니 날 끌어들이고.'

탐구심이 짙은 자신의 성정에 기대, 연회에 같이 가자 종용하는 제자의 책략. 간교하기보단 노골적이었고, 교묘하기보단 솔직했다. 순수하게 책략의 완성도로만 따진다면 매우 부실했다. 하지만 매력적이었다. 독무후는 푸석한 제자의 앞머리를 만지작거리며 말했다.

"…이 일이 남았구나."

우직한 제자는 스승이라면 피할 수 없는 기특한 얼굴을 들이밀며, 대단히 매력적인 머리를 들이밀며 쓰다듬어 달라 외치고 있었다. 독무후는 당소소의 책략에, 그 우둔하지만 넘어갈 수밖에 없는 영악한 꾀에 넘어가주기로 했다. 독무후는 고개를 슬쩍 돌려 백서희를 불렀다.

"이제 나와도 된단다."

"예."

사제 간의 대화를 엿들을 순 없는 노릇이라며, 멀찍이 밖에 서 있던 백서희가 무후당 안으로 들어왔다. 독무후는 지친 기색이 역력한 당소소를 가리키며 말했다.

"이제 데리고 가거라. 무리하지 못하게 꽉 붙들어 매고."

"네, 그…! 목숨을 다해서…!"

"너까지 그러진 말거라."

독무후는 실없이 웃으며 가보라는 손짓을 했다. 당소소는 아쉬운 듯 무후당을 뒷눈결질로 훑으며 말했다.

"아직 완성이 되진 않았는데…."

"연회에 나와 같이 가려면, 네 상태를 제대로 조율해야 하지 않겠느냐?"

"허락하시는 건가요?"

"내가 따라붙지 않는다면 담벼락도 넘을 기세의 널 누가 말리겠느냐."

독무후의 간접적인 허락. 안색이 눈에 띄게 밝아지며 당소소가 헤실거리기 시작했다. 독무후는 웃음기를 섞으며 혀를 찼다.

"쯧쯧, 그리 감정을 숨기는 데 서툴러서야. 어디 가서 당가의 혈족이라고 하면 믿겠느냐?"

"헤헤."

"가서 쉬고 오후의 수련이나 조심히 하거라."

당소소와 백서희가 꾸벅 인사를 하고 무후당에서 사라졌다. 독무후는 그들의 뒷모습을 바라보다, 무후당의 돌바닥을 훑었다. 철과 돌이 부딪혀 생긴 돌가루와 상흔이 어지러웠다. 독무후는 그 흔적을 뒷짐을 지고 따라 걸었다.

삼 일에 걸쳐 새겨진 상흔. 무술에 뜻이 있는 자라면 하루 만에 이룬다는 돌팔매질도 이토록 오래 걸릴 정도로, 그녀의 제자는 분명 무재가 전무한 아이였다. 하지만 당소소에겐 색다른 것이 있었다.

"자세의 미세한 오점을 자신의 의지로 수정한다라."

단순 반복. 그저 반복. 돌아가려는 본능을 거스르고, 억지로 자신의 몸을 끌어당겨 휘두른다.

당소소는 그것으로, 무의식의 영역을 의식의 영역으로 끌어올린다.

이것은 결코 쉬운 선택이 아니었다. 무공 고수조차 제대로 하기 힘들다는 자기객관화, 그리고 무리를 넘어 혹사를 향해 나아가는 기질과 그저 하나의 결과에 생각을 집중하는 의지. 그것이 맞물려 새로운 이치를 만들어 내고 있었다.

"이걸 제자 복이 좋다고 해야 할지."

독무후의 머릿속엔 이 사실을 당소소에게 알려주면 어떤 일이 생길지 훤히 그려졌다. 독무후는 고개를 저으며 머리를 짚었다. 영 골치 아픈 제자였다. 그때 황철이 다가왔다.

"…주인님, 어떻게 하실 생각입니까?"

"내가 무엇을 어쩌겠느냐."

독무후는 허탈하게 웃으며 말했다.

"귀여운 제자가 원하는데, 그리 해주어야지."

독무후는 발걸음을 옮겼다. 제독전으로 향하는 그녀 앞으로 여명이 밝아오고 있었다.

* * *

이불 속에서 느껴지는 뼈마디가 쑤셔오는 고통과 근육통. 당소소는 떠지지 않는 눈꺼풀을 힘겹게 들어올렸다.

삼양귀원을 수련하기 시작한 지 사 일 차가 되었다.

변화는 체감되지 않았다. 다만 연약하기 짝이 없는 몸 상태는 절절히 느낄 수 있었다. 근육이라곤 붙어 있지 않은 연한 살결과 무리한 움직임을 겪어본 적 없는 약한 뼈마디들. 조막만 한 폐는 몸이 필요로 하는 숨결을 담는 것조차 버거워했다.

당소소는 굳은 몸으로 이불을 걷었다.

"…몇 시야."

그녀는 바싹 마른 입을 달싹이며 침상에서 일어섰다. 창밖에서 쏟아지는 가을 햇살. 창가에 놓인 해시계로 보아 신시申時:15시~17시였다. 당소소는 비명을 지르는 몸을 힘겹게 옮기며 탁자에 앉았다.

'종이?'

탁자엔 종이 한 장이 올려져 있었다. 당소소는 접힌 종이를 집어 들어 펼쳤다.

— 상품 발주하러 감, 무리하지 말 것. 백서희.

당소소는 고개를 끄덕이며 종이를 내려놨다.

물고기를 낚기 위한 작업이 순조롭게 진행되고 있었다. 다소 억측이 있던 부분도 독무후의 조언으로 수정되어 계획은 정상 궤도에 올라섰다. 기대하지 않았던 백서희와의 교류 덕택에 재료도 예상보다 쉽게 구할 수 있었다.

이제 남은 문제는 하나뿐이었다.

"너무 오래 잤어."

당소소는 이빨을 꽉 깨물었다. 탁자를 짚고 일어서는 손이 고통에 파르르 떨렸다. 그럼에도 태연한 걸음걸이로 침소를 나섰다. 과거의 평상시보단 꽤 독한 통증이었지만, 그럭저럭 버틸만한 고통이었다.

'일급을 주지 않아 약도 못 산 게 몇 번인데.'

당소소는 피식 웃으며 오른손을 내려다봤다. 진물과 피에 엉킨 붕대가 손가락을 헐겁게 얽매고 있었다. 당소소가 다시 고개를 들자 결연한 표정의 시녀들이 그녀를 바라보고 있었다.

"오늘은 누워 계세요, 아가씨."

"고운 손이 어쩌다 저렇게 되었는지…. 제가 얼른 가서 미용품들을 가져오겠습니다."

"연회에 나가시려면, 늦었지만 지금부터라도 몸을 가꾸셔야 합니다."

당소소 앞을 막아서며 그녀를 설득하는 시녀들. 당소소는 지친 표정으로 그런 시녀들의 뒤에 서 있는 하연을 바라봤다.

"하연도 그렇게 생각해?"

"……."

하연은 당소소의 질문에 아무 말도 하지 않고 고심했다. 그리고 나지막한 목소리로 말했다.

"잔말 말고 비켜드려라."

"시, 시녀장 님?"

"아가씨께서 걷고 계신 대로를, 하인되는 자로서 어찌 막는단 말이냐."

하연은 그렇게 말하며 당소소에게 다가왔다. 당소소는 미안함이 담긴 눈빛을 하연에게 보냈다.

"상처를 닦을 수건과 붕대, 고약을 가져와라."

"예, 시녀장 님."

"잠시, 실례하겠습니다."

그녀는 시녀들에게 명령을 내리며 당소소의 오른팔에 손을 가져갔다. 당소소는 그녀의 손길을 허락하며 하연의 표정을 관찰했다. 엄격해 보이는 무뚝뚝한 얼굴에서 왠지 모를 분노가 느껴졌다.

하연은 푹 젖은 붕대를 당소소의 손에서 떼어냈다. 피와 진물이 난잡하게 엉킨 상처가 드러났다. 다른 시녀가 내미는 깨끗한 물수건으로 세 손가락을 깨끗하게 닦아낸 뒤, 고약을 발랐다.

"윽."

"……."

소리 죽인 신음이 하연의 귀를 간질였다. 고약을 바르던 손길이 잠시 멈췄다. 하지만 다시 움직여 당소소의 손엔 깨끗한 붕대가 감겼다. 손가락을 몇 차례 움직여 붕대가 꽉 매어졌음을 확인한 당소소가 하연을 바라보며 웃었다.

"갔다 올게."

그녀는 어느새 옆으로 물러선 시녀들을 지나며 말했다. 하연은 고개를 숙이고는 당소소가 독봉당을 떠날 때까지 아무 말도 하지 않았다. 당소소가 모습을 감춘 뒤에야 긴 한 숨을 쉬며 주인의 무사를 염려하는 모습을 보일 뿐이었다.

"후우."

주인의 뜻을 존중하고 보좌해야 한다는 전임 시녀장의 가르침이, 오늘따라 너무나 무거웠다.

* * *

무후당에 도착한 당소소는 찌뿌둥한 몸을 이리저리 움직였다. 옆구리, 팔목, 허벅지, 어깨 등등. 고통이 느껴지지 않는 곳이 없었다.

"으윽."

한차례 앓는 소리를 뱉은 당소소가 품속에서 비수를 꺼냈다. 나흘간 제대로 사용되지도 못한, 못난 주인을 만난 현천비. 당소소는 왼손으로 비수의 날을 튕겼다. 파리한 음색이 울리며 당소소의 마음을 예리하게 저몄다. 당회가 호언장담했던 대로 무기는 멀쩡했다.

당소소는 천천히 걸어가 목각인형 앞에 섰다. 연회에 갈 준비를 해야 한다는 시녀들의 말이 떠올랐다.

'오늘 안에는 끝내야 해.'

당진천은 오 일을 던져줬지만, 실제로 당소소에게 주어진 시간은 사 일이었다. 삼양귀원을 익힌 뒤 연회에 갈 준비까지 마쳐야 했으니까.

'그래서 하연이 왔구나.'

시녀장 수업을 받느라 두문불출하던 그녀가 독봉당에 모습을 보인 이유. 연회를 준비해야 한다는 말을 하기 위해서. 하지만 그녀는 별다른 말을 하지 않았다. 자신의 주인이 혹여 신경을 쓰느라 실패할 염려 때문이었다.

당소소는 거리를 가늠한 뒤, 목각인형에서 조금 떨어졌다.

한 호흡을 머금는다. 비틀리는 두 발끝. 다리가 긴장하며 허리가 꼿꼿이 섰다.

호흡이 뱉어진다. 잠시 상체가 흔들렸다.

다시 들이켜는 호흡. 상체 근육이 빳빳하게 굳으며 앞으로 뻗는 자세를 잡았다. 그리고 오른손은 목각인형을 겨냥했다. 그리고 호흡은 다시 바깥으로 되돌아갔다.

짤그랑!

목각인형 근처에서 비수가 요란한 소리를 냈다. 당소소는 붕대 안에서 느껴지는 고통에 주먹을 움켜쥐며 입술을 깨물었다. 하지만 애써 무시하며 몇 차례 더 반복했다.

자세는 미세하게 수정되었지만, 쇳소리는 수정되지 않았다. 붕대 너머로 다시 고약이 엉킨 피가 배어났다. 당소소는 비수를 줍는 대신 자신의 손을 바라봤다.

'…무엇이 문제일까.'

당소소는 자세를 회고했다. 발과 다리의 자세인 지양은 수정할 점이 보이지 않았다. 허리와 상체의 자세인 인양 또한 독무후가 취했던 자세 그대로였다. 목각인형을 겨냥하는 시선과 감각, 손끝인 천양은 완벽하게 목각인형의 머리를 겨누고 있었다.

그리고 숨결을 다시 자연으로 돌려주며 힘을 맺는 귀원. 손을 놓는 순간은 지난 삼 일 간 계산해왔던 최상의 박자였다. 그러나 비수는 불안한 회전 끝에 목표에 미치지 못하고 땅에 떨어졌다.

당소소는 고개를 갸웃거릴 수밖에 없었다. 모든 것이 보고 듣고 배운 그대로였다.

적절한 부하가 걸리지 않던 다리. 수정했다. 제대로 뒤틀지 않아 땅의 힘을 제대로 끌어내지 못하던 발. 수정했다. 제대로 서지 않았던 허리. 수정했다. 힘의 방향이 올바르게 나아가게 하는 상체의 근육. 수정했다. 목표를 겨냥하는 감각과 정신. 사흘간 잡념을 깎아 수정했다.

하지만 미치지 못하고 있었다. 당소소는 평균 이하의 재능을 가지고 있었고, 김수환에겐 이 세계의 상식이 결여된 탓이기 때문이리라.

'…현대인이라는 게 이렇게 절망적일 수가 없네.'

잡념도 잠시, 손가락의 고통이 가시자 당소소는 어김없이 비수를 향해 걸어갔다. 다시 비수를 줍고, 겨냥했다. 두 호흡이 지나고, 다시 한 호흡을 더 가다듬으며 자세를 되새김질했다.

'지양, 완벽. 인양, 완벽. 천양…, 수정했어.'

잡념을 깎아내며 손끝은 목각인형의 머리를 겨눴다. 숨결이 순간 멎었다. 빛을 뿌리며 오른손을 휘둘렀다. 다소 둔탁한 소리가 귓가를 때렸다. 숨결이 돌아왔다. 단 한 번 유효한 결과를 냈을 때처럼, 비수의 손잡이가 목각인형의 하체를 때렸다. 당소소는 서둘러 자신의 행동을 복기했다.

'무엇이 달랐지? 자세는 완벽히 똑같았어. 다른 생각을 하다 천양을 수정했던 것이 유효했던 건가?'

당소소는 빠른 걸음으로 비수를 집은 뒤 다시 돌아가 삼양귀원의 자세를 취했다. 근육통 때문에 잠시 뒤틀림이 있었지만, 이내 자세를 바로잡으며 생각했다.

'주인공은 예향의 소원을 들어준 뒤 강호를 유랑하고 있겠지?'

슬쩍 떠올리는 잡념. 그리고 고개를 저으며 잡념을 깎아냈다. 다른 생각을 깎아내고, 다른 소리를 깎아내며, 다른 시야를 깎아냈다. 비로소 남은 목표 하나. 팔이 움직였다.

짤그랑!

"…씨팔."

당소소의 예측은 보기 좋게 빗나갔다. 그녀는 머리를 긁적이며 자리에 앉았다. 무식하게 던지기만 한 지도 벌써 사흘이었다. 시간 제한이 없으면 몰라도, 이대로 무식하게 던지기만 해선 제시간에 맞추지 못한다는 직감이 당소소의 심중을 쑤셨다.

'내 입으로 말하긴 그렇지만, 자세는 괜찮아. 무언가 놓치고 있는 거야.'

당소소는 비수를 빤히 바라봤다. 던지는 물체의 문제는 당연히 아닐 것이다. 삼양의 각 자세도, 귀원에 이르는 자세도 썩 괜찮았다.

'…스승님한테 물어보기도 좀 그렇고.'

당소소가 독무후를 연회에 끌어들인 바람에, 독무후는 팔자에도 없는 야근을 하며 시간을 두고 처리해야 할 제독전의 업무를 몰아서 처리하고 있었다. 당소소가 부탁한 류시형과의 일전을 준비하는 것과 함께. 그렇기에 그녀를 더 이상 귀찮게 할 순 없었다.

'아무리 이긴다는 미래가 확정되어 있다지만, 스승님을 위험에 밀어넣는 거니까. 내가 그 위험을 덜어내야 해.'

당소소는 그 생각과 함께 땅을 짚고 일어섰다. 저녁에 가까웠던 유시의 하늘이 어느새 노랗게 물들어갔다. 그녀는 자기도 모르게 쌍검무쌍의 한 장면을 떠올렸다. 무당산에서 내려오며 나누던 예향과 주인공의 대화였다.

'노을이 아름답네요.'

'아침도 아니고, 저녁도 아닌 것이 무엇이 아름답단 말이오?'

한휘는 예향의 말에 퉁명스럽게 답하며 술잔을 홀짝였다. 사문의 가르침을 부정해달라는 요청이 꽤나 힘들었는지, 무당파의 해검지에선 지칠 줄 몰라 하던 그도 지친 기색을 비췄다. 예향은 그런 그의 태도에 잠시 눈총을 주더니, 점소이가 내려놓은 소면을 그의 앞에 밀어주며 말했다.

'해가 녹아내려 저녁과 낮을 이어주는 것 같잖아요?'

'…뭐, 운치가 있다는 것은 부정하지 않겠소.'

한휘는 심드렁한 태도로 대꾸를 하며 술병을 들어 흔들었다.

'이것과 곁들이면, 금상첨화겠구려.'

'후우. 궁기 어르신은 왜 이런 자를…. 그냥 한 잔 주기나 하세요.'

예향은 고개를 저었다. 그리고 어울리지 않게 과격한 손짓으로 술잔을 내밀었다. 한휘는 웃으며 그녀의 잔에 술을 채웠다.

'걱정마시오. 사문이 낮이고 소저가 밤이라면, 내가 그 사이를 이어주는 해가 될 터이니.'

당소소는 회상을 털어내고 웃음기 담긴 한숨을 쉬었다.

"에휴. 부러워라."

저 장면이 쌍검무쌍을 봐왔던 이유였다. 쌍검무쌍은 강한 주인공이 이곳저곳을 쏘다니며 풍류를 즐기다 벌어지는 사건들을 그려낸 작품이었다. 그것이 좋았다. 주인공은 현실을 걱정하지 않아도 되었다. 그저 흘러가는 구름 한 조각을 안주 삼아 술을 한 잔 홀짝이고, 도도하게 흐르는 강물을 술 삼아 소면 한 그릇을 삼키면 그만인 사람이었으니까.

김수환은 그런 여유가 부러웠다.

당소소는 고개를 젓고 비수로 향해 다시 그것을 쥐었다.

'오늘도 밤새 던져야 하나.'

당소소는 크게 숨을 내쉬며 멍하니 하늘을 바라봤다. 예향의 말마따나 군청으로 저물어가는 하늘과 황색으로 타오르는 하늘이 해를 중심으로 어지러이 뒤엉켜 있었다. 그야말로 황혼黃昏이었다.

그리고 당소소의 눈이 커졌다.

'해가 둘을 잇고 있어. 맞아. 그래.'

당소소는 그 생각을 하며 숨을 깊게 들이켰다. 폐포 한 올 한 올이 모든 숨결을 움켜쥔 뒤에야, 들숨을 멈추고 자세를 잡기 시작했다.

다리는 땅의 힘을 올바르게 쥐고, 허리는 그 힘을 손실 없이 전한다. 상체는 그 힘을 목표로 향해 겨누고, 오른손은 장전된다.

고요한 정적.

최적의 때를 고른다.

사흘하고도 한 시진의 시간이 그녀의 손끝에 어린다. 일 각의 호흡은 이백이십오 번의 반복이었다. 한 시진은 천팔백 번의 반복이었고, 사흘은 이만천육백 번의 반복이었다.

그것들은 모두 분절되어 당소소의 의지를 조각내고 있었다.

그렇기에 그녀는 해가 되어야 했다.

호흡은 그 외의 모든 것이었다.

당소소의 숨은 아직도 내쉬어지지 않았다.

이만천육백을 한곳으로, 천팔백을 한곳으로, 이백이십오를 한곳으로, 셋을 한곳으로, 이윽고 하나를 한곳으로 움켜쥔다.

파앗!

쩌억!

"……!"

현천비가 목각인형의 머리에 박혔다. 당소소의 동공이 확장됐다. 그리고 숨을 뱉으며 말했다.

"됐다…."

사흘 동안 수만 갈래로 흩어졌던 것들이 하나가 되어 비로소 자신의 근원으로 돌아갔다.

삼양귀원三陽歸元.

쌍검무쌍 속 당가의 암기술이 그녀의 손끝에서 펼쳐졌다.

* * *

당소소의 예상과는 다르게 독무후는 제독전에 있지 않았다.

"…됐다."

무후당의 지붕에 걸터앉아 쾌재를 부르는 당소소를 지켜보는 독무후. 그는 옆에서 투덜대는 황철의 옆구리를 쿡 찌르며 말했다.

"어떠냐?"

"무엇을 말입니까."

"내 제자 말이다."

황철은 고개를 절레절레 저으며 독무후의 물음에 답했다.

"다 늙은 시종을 지붕에 앉혀놓고 하는 소리가 고작 제자 자랑입니까?"

"다 늙어서 한번 지붕에서 굴러떨어져 볼 테냐? 묻는 말에만 답하라고."

"…재미있는 아이입니다."

독무후가 주먹을 치켜들자 황철은 엉덩이를 옆으로 살짝 움직이며 고분고분 대답했다.

"늦었고, 재능도 없고, 이해하는 방식이 꽤 낡은 방식입니다."

"무공이라곤 접해보지 않은 아이니 어찌 보면 당연한 게지."

당소소는 그들의 대담을 듣지 못했는지 다시 비수를 던지며 터득의 쾌감을 만끽하고 있었다. 고통과 피로 속에서도 가실 줄 모르는 헤벌쭉한 미소. 독무후가 턱을 괴고 그 장면을 지켜보고 있자, 황철은 당소소에 대한 평가를 이어갔다.

"그 모든 것을 악착같은 마음으로 감내하고 있다지만…."

두세 번에 걸쳐 터득한 바를 확인한 뒤, 만족스러운 표정으로 무후당을 떠나는 당소소. 그 뒤로 황철의 걱정이 따라붙었다.

"저런 자세를 언제까지고 견지할 수만은 없을 겁니다. 저 아이는 아직 어리니."

노회한 황철은 여러 인간 군상을 겪었다. 그 과정에서 느낀 것은, 심력은 느리게 채워지는 샘과 같다는 것이었다. 노력에 마음을 쓴다면 다시 채워질 것이나 그 정도가 느리다. 만약 모조리 사용한다면 샘은 말라비틀어질 것이다.

그것이 위태로운 당소소의 현 상황이었다.

여유 없이 자신을 소비하고 있었다. 위기에 몸을 던지고, 쫓아갈 수 없는 것을 자신을 소비해 쫓으려 했다. 언제고 마음의 샘이 말라 주저앉아도 이상하지 않을 행동을 수없이 이어갔다. 독무후는 황철의 생각을 읽고 고개를 끄덕였다.

"소소의 심혼이 썩 굳건하다만, 아직 어린아이의 오기일 뿐이야."

"그럼 더더욱 이번 연회는 보내시면 안 되는 거 아닙니까? 보나마나 독마를 상대로 무리를 할 것이 뻔할 터. 못난 시종의 시선으론 주인님만 가는 것이 옳아 보입니다만."

황철은 독무후에게 말했다. 독무후는 아래로 훌쩍 뛰어내리며 황철의 의문에 답해줬다.

"약속을 지키지 않을 수는 없는 노릇 아니더냐? 이러나저러나 움직이기는 해야 한다. 내가 갈 길을 막는다면, 더 초조해할 아이이니."

"주인님께서 그리 생각하신다면 더 이상 말하진 않겠습니다만…."

"너도 꽤 마음에 들었나보구나."

독무후는 뒤따라 내려오는 황철에게 말했다. 황철은 헛기침을 하며 시선을 돌렸다. 독무후는 목각인형에 다가가 가슴팍을 세 차례 올려쳤다. 그러자 돌이 맞물리는 소리가 들려오며 지하로 향하는 계단이 모습을 드러냈다.

"나도 늘그막에 들인 제자가 썩 마음에 든다. 부러지지 않게 조심히 보살필 생각이다."

독무후는 계단을 내려가며 말했다.

"하지만 자신이 살고 싶은 대로 살지 못하면, 어찌 나의 제자라 할 수 있겠느냐."

별처럼 동굴을 밝히는 천장을 바라보다 아래로 내려가는 걸음을 계속했다. 이윽고 당소소가 뇌린은루를 삼켰던 곳이 나타났다. 비처 안은 깔끔하게 청소되어 있었다. 황철이 벽에 걸린 횃불을 가져와 독무후 옆에 섰다. 독무후는 탁자 아랫부분에 달린 서랍을 열었다. 독무후는 실소를 비치며 서랍 안을 바라봤다.

"이 나이를 먹고 다시 이걸 찾을 일은 없을 줄 알았건만."

서랍 안엔 커다랗고 낡은 청동열쇠 하나가 놓여 있었다. 독무후는 열쇠를 쥐고 앞으로 걸어갔다. 그녀가 반구형 끝에 다다라 손을 들어 한차례 벽을 쓸어내렸다. 우둘투둘한 벽면에 뜬금없는 자물쇠 하나가 달려 있었다. 독무후는 청동열쇠를 자물쇠에 넣고 돌렸다.

카락!

녹이 쓸리는 소리와 함께 자물쇠가 열렸다. 독무후는 자물쇠를 휙 던졌다. 황철이 능숙한 솜씨로 받자, 독무후는 벽면 사이에 있는 미세한 실금 사이로 손을 넣었다. 쇠가 긁히는 소리와 함께 벽이 앞으로 열리기 시작했다.

드러난 안쪽은 꽤나 거대한 방이었다. 거대한 방 안이 갖은 잡동사니들과 암기들로 가득 채워져 있었다. 네모난 목함에 잔뜩 꽂혀 있는 침, 검은색 철사, 빨간 채찍과 독특한 모양의 비수들, 큼지막한 장포와 옷가지 등등. 독무후는 감회에 젖은 얼굴로 옷들이 걸린 곳으로 다가갔다.

"후후."

독무후는 옷걸이에 걸린 낡은 장포를 살짝 꼬집었다. 흑색 바탕의 두꺼운 재질. 단 한 올의 자수 없이, 대신 안을 비단으로 덧대 암기와 독물들을 수납할 수 있는 주머니들을 만들어 놓았다. 그녀는 장포를 놓고 옆으로 시선을 돌렸다.

주머니가 많이 달린 혁대革帶가 있었다. 수십 년이 지난 터라, 낡고 삭고 많은 상흔이 새겨져 있었다. 암기가 쓸고 간 흔적, 세월이 쓸고 간 흔적. 그녀의 손때가 고스란히 눈에 밟혔다. 그리고 자연스럽게 흘러가는 시선은 회색 가죽장갑으로 향했다.

"…이게 여기 있었나?"

독무후는 가죽장갑을 옷걸이에서 가져와 손에 끼워봤다. 조막만한 손은 장갑과 맞지 않았다. 그녀는 쓰게 웃으며 장갑을 벗었다. 황철은 그런 독무후의 행동에 의외라는 듯 말했다.

"회룡피갑灰龍皮匣은 지니고 계셨을 줄 알았습니다만."

"나도 가져갈까 했었는데, 내 손가죽이 더 질기더구나."

독무후는 웃으며 회룡피갑을 챙겼다. 용의 가죽으로 만들었다는 그 이름처럼, 오독문 시절부터 독무후의 손과 함께해왔음에도 그 색과 질감이 바래지 않고 오히려 고풍스런 기색을 풍기고 있었다.

"내 손엔 맞질 않으니, 제자에게 선물로 주도록 할까."

독무후는 살가죽이 벗겨진 당소소의 손가락을 떠올렸다. 마침 그녀의 제자도 독과 암기를 다루는 무인으로서 손을 보호하기 위해 장갑이 필요한 참이었다. 수십 년의 세월을 거치며 주인과 함께 만독을 거쳐 간 회룡피갑은, 암기를 다루기에도 용이한 도구였다.

"만독을 머금은 회룡피갑이라면 오독문의 기보奇寶라고 해도 부족하지 않을 테지요."

은근히 아쉬움을 표시하는 황철. 독무후는 그를 노려보며 말했다.

"내 제자에게 주는 것이 그리 아깝더냐?"

"그것이 아니오라…."

"오독문은 장문령부掌門令符가 있잖느냐?"

"…물건이 아까워서 말씀드린 것이 아니라, 오독문에도 관심을 가져주시라는 말이었습니다."

황철은 독무후의 시선을 피하며 말했다. 독무후는 콧방귀를 뀌며 옷걸이에 걸린 장포를 빼내 황철에게 던졌다.

"조만간 돌아갈 것이니, 그리 보채지 않아도 된다."

"예, 주인님."

"그것보다 네 무기나 챙기거라."

독무후는 실패에 감긴 검은 색 철사를 황철에게 던졌다. 황철의 눈빛이 변했다.

"그 정도입니까?"

"무엇이 말이냐."

독무후는 의미심장한 황철의 말을 대충 흘려들으며 암기들을 뒤적거렸다. 황철이 말했다.

"이 노구가 나서야 할 정도로 중대사냔 말입니다."

"푸훗. 널 너무 높게 치는구나. 그저, 네가 따분해 보였을 뿐이니라."

독무후는 황철의 말에 웃으며 목함을 집어 뚜껑을 열어 안을 확인했다. 드문드문 녹이 슨 철침이 눈에 들어왔다. 목함을 다시 닫고 황철에게 던졌다. 시선을 위로 올렸다. 세월이 지나도 아직 예리한 비수 열 자루가 있었다. 그녀는 그것을 가져가기 위해 손을 뻗었다. 하지만 작아진 키로는 닿질 않았다. 독무후는 뾰로통한 표정을 지으며 말했다.

"저거나 챙기거라."

"십촌철十寸鐵을 말씀이십니까?"

"그냥 비수 쪼가리에 거창하게 이름씩이나 붙이곤…."

"요즘 이 노구에게 너무하신 거, 알고 계십니까?"

황철은 독무후와 대수롭지 않은 대화를 나누며 벽에 걸린 비수를 챙겼다. 독무후도 여러 암기를 챙겼다. 끝이 꺾인 수전手箭, 철침들이 꽂힌 죽통과 자그마한 쇠구슬들이 잘그락거리는 가죽자루. 그리고 두 개의 칼날이 날개처럼 펼쳐진 비수 하나. 황철은 그 비수를 유심히 바라보며 말했다.

"쌍살호접인雙殺胡蝶刃은…."

"뭘 그리 중얼거리는 게야? 잔말 말고 챙기라면 챙기거라."

"문파 하나라도 홀로 상대하실 생각입니까?"

"인정하기 싫다만, 그 독 어쩌고 나부랭이는 문파 하나 정돈 쉽게 말아먹을 수 있는 놈이긴 하지."

독무후는 마지막으로 자그마한 죽검 하나를 황철에게 던지고 다시 되돌아왔다. 황철은 투덜거리며 장포에 암기들을 수납했다. 장포가 두둑했다.

"…넌 당가를 지키고 있거라."

"무슨 말씀이십니까. 전 오독문주의 하인이자 오독문의 총관입니다."

"단순히 겨루기만 하면 될 문제가 아니니다."

독무후는 사건의 기저에 깔린 수상쩍은 암류를 깨닫고 있었다. 사천교류회의 습격. 그것은 그저 기폭제에 불과했고, 증세는 그 이전부터 있어왔다.

"내가 당가를 떠나기 전까지만 해도 아미파의 본산에는 그럭저럭 그들의 신공절학을 이을 후기지수가 꽤 있었다. 청성 또한 마찬가지. 하지만 지금은 어떠한가?"

"아미파에는 백서희만이, 청성파에는 운령과 운류만이 남았습니다."

"그래. 사천교류회의 사건은 사천성 무림을 주무르던 암류가 잠깐 겉으로 드러난 것에 불과하다."

독무후의 눈길에 예기가 어렸다. 모든 암기를 정갈히 집어넣은 황철은 장포를 독무후의 어깨에 걸쳐주며 말했다.

"사천성 무림에 찾아온 일련의 혼란은 마교의 소행일 가능성이 높다는 말씀이시군요."

"마교 놈들이 감숙성이나 청해성을 꿰뚫는다면 가장 먼저 당도할 중원의 땅이 어디겠느냐?"

독무후의 말에 황철은 고개를 끄덕였다.

"곤륜파와 공동파 후엔…. 사천성입니다."

"그래. 그렇기에 지금 예봉을 꺾어야 한다. 놈들은 당혁을 손에 넣어 기고만장해 있을 것이고, 우린 그것을 알고 있다."

독무후는 낡은 혁대를 매며 장포를 고정시켰다. 황철이 다가와 허리춤 뒤편에 갈색 죽검을 꽂아주었다. 독무후가 말했다.

"다시 말해 지금 이 상황은 내 귀여운 제자가 가져온 천고의 기회라는 것이지."

대략적이지만 상대가 마교의 독각혈가임을 특정했다. 또한 당소소가 제시해온 해답 덕에 적의 마공을 파훼할 방법 또한 존재했다.

남은 것은 군침을 흘리고 있는 그들의 입속으로 기꺼이 걸어가주는 것뿐이었다.

"아마 진천이에게 가면 네가 뭘 해야 할지 알려줄게다."

"이 사안을 가주 님도 알고 계십니까?"

독무후는 황철의 말에 방을 나서며 웃었다.

"네 작은 주인이 바보처럼 협행 운운하며 바깥을 나돌아 다녔다곤 하지만, 너무 얕잡아보는구나."

"전 그런 생각은…."

황철이 황급히 부인했지만 독무후는 그가 채 감추지 못한 감정의 편린을 바라보며 말했다.

"고놈은 그 누구보다 음흉해질 수 있는 녀석이다."

"…작은 주인께서?"

독무후의 답에 황철의 얼굴은 의아함으로 물들었다. 독무후는 황철의 얼굴을 유심히 바라보더니 그의 종아리를 걷어차며 말했다.

짜악!

"억!"

"쯧쯧. 나이가 몇인데. 생각을 숨기는 시늉이라도 하거라."

"…정말 요즘 저에게 너무 하시는 거, 알고 계십니까?"

"그럼 평소에 잘하지 그러느냐."

걸음을 이어가는 독무후. 품안에서 잘그락거리는 암기들이 독무후의 감각을 곤두세웠다. 밝은 계단을 지나 지하를 나섰다. 황철이 뒤를 따라 나오고 지하의 문이 닫히자 먼 곳에서 짐승의 울음소리가 들려오며 백서희가 나타났다.

"용케 그 짧은 시간에 귀하기 짝이 없는 것들을 구했구나."

"가문의 후광일 뿐입니다."

"가문의 후광도 잘 쓸 수 있는 사람이 쓰는 법 아니겠느냐?"

독무후는 백서희 뒤를 따라온 독특한 생김새의 산양을 바라봤다. 독무후가 산양을 쓰다듬자 백서희는 자기도 모르게 고개를 끄덕였다. 당소소가 사천당가의 위명을 이용해 남을 핍박하는 장면이 떠올랐다. 예전엔 그렇게 자연스러운 일이었건만 지금은 언제 그랬냐 싶을 정도로 어색한 대입이었다.

"수고했다. 내일 중으로 약을 만들어 놓을 테니, 대금은 그때 청부하도록 하거라."

"예, 독무후 님."

"그래. 고생했을 터인데, 연회로 출발하기 전까지 쉬고 있거라."

백서희가 포권을 하며 무후당을 떠났다. 떠난 자리엔 동충하초와 묵우의 뿔이 들어 있는 목함 두 개가 놓여 있었다. 독무후는 상자를 바라보며 날카로워진 기감을 얹었다. 내용물엔 문제가 없었다.

마치 전 가주와 사천을 활보하던 때와 같은, 그리운 긴장감이었다.

'나도 참 주책이군.'

독무후는 입가에 손을 얹고 소리 없이 웃었다. 그리고 독마를 맞이할 연회를 준비하기 위해 제독전으로 걸어갔다.

* * *

가주전 안. 당진천은 의자에 앉아 자신을 찾아온 자를 바라봤다. 그자는 당진천을 앞에 두고 주눅이 들기는커녕 거만한 시선으로 뒷짐을 진 채 가주전 안을 이리저리 둘러보며 말했다.

"가주."

"말씀하시지요."

"최근에 꽤 정력적으로 활동을 하십니다."

당진천은 대수롭지 않다는 듯 고개를 끄덕였다.

"무림맹에서의 일도 얼추 마무리되었고, 이젠 가문의 일도 신경 써야 하지 않겠습니까?"

"꽤 태연한 기색이십니다."

"마음에 들지 않으시는지?"

당진천이 시선을 올려 등받이에 상체를 뉘였다. 시선이 부딪히고 얽혔다. 그는 가볍게 웃으며 먼저 시선을 돌렸다.

"그럴 리가. 구주십이천의 독천이, 이젠 가문까지 돌보게 되었으니 당가의 홍복이 아니겠습니까?"

"과찬이십니다."

당진천이 미소를 그려주며 답했다. 그리고 손가락으로 팔걸이를 매만지며 생각했다.

'무거운 엉덩이를 들고 올 정도로 급하긴 한가보군.'

"그래서 공사가 다망하신 분께서 본가엔 어인 일로 찾아오셨습니까?"

상냥한 기색의 말투에 그자가 볼살을 움찔거렸다. 하지만 동요의 편린도 잠깐. 그는 이런 상황이 익숙하다는 듯 감정을 지우고 말했다.

"뭐 별 일이 있어서 찾아왔겠습니까? 그저 안팎으로 시끄러운 가문을 돌보는 가주가 걱정되어 찾아온 게지."

"하핫, 역시 제 걱정을 해주시는 분은 장로님밖에 없습니다."

"조심하세요. 가뜩이나 흔들리는 당가일진데, 가장 굳건한 기둥이 흔들려서야 되겠습니까?"

"명심하겠습니다."

당진천은 장로의 시답잖은 대화에 응하며 가볍게 웃었다. 장로 또한 분위기에 맞춰 웃어주었다. 서로 변죽을 울리는 중이었다. 장로는 웃는 눈을 옆으로 흘겨 시간을 가늠했다. 제아무리 조심스러운 움직임이었어도 당진천의 눈은 그것을 정확히 포착했다.

서로가 서로에게 원하는 바가 있는 상황이었다. 그리고 서로가 서로의 약점 또한 잡고 있었다. 그렇기에 섣불리 협상을 시작하는 칼을 뽑아들 수가 없었다. 먼저 칼을 뽑는 쪽이 초조함을 인정하는 셈이 될 테니까.

당진천은 웃으며 장로에게 제안했다.

"차라도 한 잔 하고 가시겠습니까? 마침 이번 교류에서 꽤 괜찮은 찻잎을 선물로 받았습니다. 아마 다도를 즐기시는 장로께서도…."

"가주."

"예."

여유 있는 자의 은근한 도발. 시간도, 세력도 자기 쪽이라는 뜻. 장로는 더 이상 웃지 않았다. 그는 당진천의 태도에서 자신이 먼저 칼을 뽑지 않았다간 영원히 변죽만 울리게 될 것임을 직감적으로 깨우쳤다. 초조한 자가 먼저 협상을 시작할 수밖에 없었다.

"백능상단과 교류를 시작한 저의가 무엇입니까?"

"저의라뇨? 전 그저 집단의 책임자끼리 허심탄회한 이야기를 나눴을 뿐입니다."

"그런 이야기를 하자는 것이 아니잖습니까, 가주."

당진천이 시치미를 떼자 장로의 눈가가 찌푸려졌다. 그는 분가와 그들이 이끄는 사업체를 대변하는 장로 중 한 명. 여유를 연기할 여유도 없고, 이미 시작된 협상에서 미사여구는 필요 없었다. 장로가 말했다.

"당문상단은 당가가 설립한 이후 지금까지 서로 상생을 하는 혈육이자 맹우라는 것, 알고 계시겠지요."

"물론입니다. 항상 노고에 감사드리고 있지요."

"헌데 이제 와서 백능상단과의 거래를 하겠다는 태세를 취하는 것은…."

장로는 노기 어린 숨을 뱉으며 말했다.

"방계와 그들의 사업체를 적으로 돌리겠다는 뜻으로 받아들여도 되겠습니까?"

"적이라…."

당진천은 팔걸이를 쓰다듬던 손을 멈췄다. 잠시 정적. 장로를 바라보는 당진천의 눈에서 이유 모를 감정이 요동쳤다. 하지만 그것도 잠시. 당진천은 실소를 터뜨리며 장로의 말을 부인했다.

"그럴 리가요. 제가 어찌 당가의 전통과 방계와의 우애를 저버리겠습니까."

"그렇다면 어째서 그들과 거래를 하려는 겁니까?"

"장로님. 제가 지금까지 어느 곳에 있었습니까?"

당진천은 장로에게 역으로 질문을 던졌다. 장로는 망설임 없이 물음에 답했다

"하남성 개봉에 계셨지요."

"예. 전 무림맹에 있었습니다. 그곳에서 제가 무엇을 보고 느꼈을 것 같습니까?"

"……."

당진천은 침묵하는 장로에게 정답을 말해주었다.

"그곳에서도 당가의 병기와 약학은 꽤 희귀한 축에 속한다는 겁니다."

"그게 백능상단과 무슨 연관이…."

당진천이 책상을 두드렸다. 시녀가 문을 열고 들어와 다기류와 함께 찻잎이 담긴 통을 내려놓았다.

"그들이 가져온 복건성의 백호은침입니다. 비단, 그것도 중원 제일 비단이라는 촉금을 주력으로 거래하는 그들은 비단길을 따라 다른 지역과도 거래를 하는 중입니다. 그로 인해 다양한 품목을 취급하게 되었고, 그렇게 사천성 제일의 상단이 되었지요."

"……."

"이제 어떤 연관이 있는지 아시겠습니까?"

장로의 눈이 가늘어졌다. 당진천이 내놓을 말이 머릿속에 예상되었다.

"가문의 방계가 운영하는 당문상단은 다른 지역과 거래를 하지 않습니다."

"그것은…!"

"우리의 품목은 촉금보다 더 가치가 있지 않습니까?"

"…맞는 말입니다."

정파에서는 그 누구도 독을 전문적으로 취급하지 않았다. 그에 파생되는 약학 또한 전문적으로 취급하는 가문이 없다시피 했다. 다들 지방의 유명한 의원에 기대거나, 명의로 유명한 이들을 수소문해 찾아다닐 뿐.

그렇게 수많은 기회가 있음에도 당문상단은 그저 사천성 안의 행보에만 만족하고 있었다. 장로는 서둘러 그렇게 할 수밖에 없었던 이유를 내

뱉었다.

“하지만 가문의 비의가 혹시 다른 성에 퍼질까 염려하는 옛 가주들의 방침이었습니다.”

“잘 알고 있습니다. 그렇기에 거래처를 방계가 운영하는 당문상단으로 정했다는 것도.”

“당가의 기본적인 방침은 언제나 폐쇄였습니다. 왜 저희가 데릴사위를 원칙으로 하고, 각종 요직은 직계혈족에게만 허락하며, 방계를 맡고 있는 당가의 장로들에게 당가의 사업을 맡기는지 이해하고 계시지 않습니까.”

당진천은 장로의 말에 고개를 끄덕였다.

“독은 재료를 알고 비율을 분석하면 조합할 수 있으니까. 무공초식은 모방하기 어려우나, 당가의 암기는 사용법만 알고, 그에 맞게 사용만 하면 되는 것이니까 그랬지요.”

“맞습니다. 그리고 가주 님께선 그 누구보다 독과 암기의 위험성에 주의를 기울이시는 분 아닙니까?”

“잘 알고 있습니다, 장로. 하지만….”

당진천이 자리에서 일어나며 말했다.

“고인 물은 썩기 마련입니다.”

“비유가 알맞지 않은 것 같습니다만.”

“아니, 이전에도 우리는 고인 물이었습니다. 그것을 제 스승의 문파인 오독문을 끌어들여 해결했었지요.”

당진천은 장로를 바라봤다. 자글한 눈가의 주름이 고집스레 파였다. 당진천이 웃었다.

“받아들이기 어려우시겠지요.”

“솔직히, 가주의 행보에 웃어줄 방계는 많지 않습니다.”

의미심장한 말이었다. 당진천이 장로를 바라봤다. 하지만 장로는 더 이상 물러서지 않았다. 정확히는, 더 이상 물러설 곳이 없었다. 여러 사업을 방계에게 나눠주어 당가의 재정을 맡겼다곤 하지만, 여전히 그 사업을 하청하는 것은 본가였으니까.

"전통을 버리고 본가에 헌신한 방계를 박대하며, 명예에 눈이 멀어 가문을 돌보지 않는 행동…. 저희 입장에선 더 이상 좌시하기 힘듭니다."

당진천은 장로의 말에서 느껴지는 떨림을 움켜쥐었다. 이이상 몰아붙이면 선전포고가 되는 행위임을 직감했다. 당진천은 부드럽게 고개를 끄덕였다.

"전 장로 님들과 싸우려는 것이 아닙니다."

"그럼 이 행보는 대체 무엇이란 말입니까? 명백히 방계를 밀어내고 당가의 가치를 훼손시키는 행동을 하고 있는 것 아닙니까? 당장 사천교류회라는 모임도 가주의 명예욕을 고취시키기 위함 아닙니까?"

"…그럴 리가요."

당진천은 많은 반박을 마음속으로 구겨 넣고, 격앙된 장로에게 말했다.

"제 행동은 어디까지나 당가를 더 나은 곳으로 이끌기 위함이었습니다."

"가문의 안위를 팔아 독천이라는 이름을 얻은 가주께서, 그걸 지금 저에게 믿으라고 하는 말입니까?"

당진천의 표정이 잠시 굳었다. 장로와의 독대에서 처음 보이는 감정의 변화였다. 후덥지근해진 가주전 안으로 시녀의 낭랑한 목소리가 날아왔다.

"가주 님, 아가씨가 뵙길 청하십니다."

"……."

"……."

당진천은 눈을 감았다. 그리고 깊은 한숨을 내쉬었다.

"그동안은 툭 터놓고 이야기할 여유가 없었지요."

"가주께서 좀처럼 바빴어야지요."

"모든 것은 분가와 방계가 모두 모이는 날, 당가대회의에서 말씀드리겠습니다."

장로를 달래며 넌지시 내미는 은근한 축객령. 장로 또한 격앙된 숨을 뱉으며 말했다.

"가주가 우리 방계를 이렇게 대우하지 않을 거라고 믿고 있습니다."

"물론입니다. 백능상단과의 거래도 제대로 설명하겠습니다."

"알겠습니다. 곧 다시 보도록 하지요."

장로는 당진천의 말에 수긍하고 등을 돌려 가주전 밖으로 나갔다. 장로는 자신을 바라보는 당소소를 발견했다. 그가 웃는 기색으로 말했다.

"오랜만이네."

당소소는 의문이 생긴 표정으로 장로를 바라봤다. 누군가 닮은 것 같다는 느낌이 그녀의 마음속에 피어났다. 하지만 당가의 아가씨가 된 입장에서 먼저 인사를 건넨 사람을 무시할 수 없는 노릇이었다. 당소소는 포권을 하며 그의 인사를 받았다.

"가주 님의 여식, 당소소라고 합니다."

"변했다는 말은 들었는데…. 어머니를 닮아가는구나."

알쏭달쏭한 시선을 뿌리는 장로에게 당소소는 무어라 대답해야 할지 혼란스러웠다. 그녀는 고심 끝에 자신의 관점에서 가장 무난한 대답을 내밀었다.

"가, 감사합니다?"

"푸훗. 그래. 가주 님 대신 연회에 간다는 소식은 들었다."

장로는 그녀의 어깨를 두드렸다.

"조심히 다녀오거라."

장로가 가주전을 떠났다. 당소소는 팽배해진 의문으로 그의 뒷모습을 유심히 바라봤다.

'누굴 닮았다는 느낌이면 당소소가 원래 알던 사람이라는 건데.'

"왔으면 들어와 앉거라."

"앗, 네."

나지막한 당진천의 말에 당소소는 퍼뜩 정신을 차리고 가주전 안으로 들어갔다. 당진천은 자리에 앉아 지친 기색으로 눈을 감고 있었다. 당소소가 조심스레 물었다.

"무슨 일이 있으셨나요?"

"별거 아니다. 네가 연회에 간다고 떼를 쓰는 것보다야."

"……."

당진천의 말에 당소소는 난감함에 말을 이을 수 없었다. 당진천이 그 모습을 보고 낄낄거리며 손을 들어 손가락을 까딱거렸다.

"던져보아라."

"예?"

"삼양귀원을 체득했으니, 나에게 온 것 아니겠느냐?"

"그건, 예. 그렇지만."

"네 아빠가 너무 멋있어서, 차마 던지지 못하겠느냐?"

"……."

파앗!

한 호흡에 내달려온 현천비가 당진천 손에 잡혔다. 흠잡을 곳 없는 자세, 깊고 벼락같은 호흡, 그리고 깔끔한 궤적. 완벽한 투척이었다. 당진천은 자신의 손에 잡힌 비수를 바라보며 섭섭한 표정을 지었다.

'…사춘기인가?'

당진천은 시선을 들어 당소소를 바라봤다. 그리고 표정을 늘어뜨릴 수밖에 없었다. 자신만만해하는 표정을 지으며 칭찬을 요구하는 그녀의 얼굴을 바라봤기에. 당진천은 탁자 위에 현천비를 내려놓으며 말했다.

"용케 삼양귀원을 체득했구나."

"독무후의 제자인데, 그 정도는 해야죠."

우쭐대는 모양새의 당소소를 바라보는 당진천. 그의 시선은 슬쩍 내려가 당소소가 뒤에 숨기고 있는 오른손에 가닿았다. 지금도 코에 잡히는 미세한 혈향이 그녀가 얼마나 수련에 매진했는지 여실히 알려주고 있었다.

"고생했다. 연회에 가도 좋다."

"네!"

"대신 나와 약속을 하나만 하자꾸나."

당진천은 입에 걸린 웃음을 지우며 말했다.

"독마 근처엔 가지 않도록 하거라. 스승님께도 말해둘 테니."

당소소의 얼굴이 굳었다.

'어떻게 알았지?'

당진천은 굳어 있는 당소소를 외면하며 태연스레 말했다.

"할 말이 없으면 나가보도록 하고."

"잠시, 잠시만…!"

"싫으면 가지 않아도 괜찮다."

"그런 건 아닌데요…."

"아니면 더 할 이야기가 없는 것 같군. 진향."

당진천이 시녀 하나를 호출하자, 시녀가 들어와 당소소의 곁에서 말했다.

"처소까지 모셔다 드리겠습니다, 아가씨."

"…네."

체념한 채로 가주전을 떠나는 당소소. 문이 닫히자 병풍 뒤에서 목소리가 들려왔다.

“가주 님, 다 늙은 노친네를 여기에 두신 연유를 여쭙고 싶습니다만.”

“알고 있잖아?”

“뭐, 요새 가르치는 흑풍대의 아해들과 함께 장로들을 주시하라는 뜻입니까?”

“녹풍대를 이끌고 소소 쪽으로 붙어. 장로 쪽은 내가 직접 움직이지.”

“그건 편애입니다, 가주 님. 가문을 수호하는 녹풍대를 움직이라니요. 무엇보다 독무후께서 계시지 않습니까? 잘 저지하시겠지요.”

당진천은 고개를 저었다.

“내 딸아이는 반드시 독마를 찾아갈 것이야, 단혼사.”

당진천은 한숨을 쉬었다.

“전장은 그쪽이다. 가서 낚싯대 잡아주는 것이라도 거들어주고 와.”

당진천이 눈을 감았다. 다른 의미로 말을 듣지 않는 딸아이는, 새로운 방식으로 당진천을 힘들게 하고 있었다.

그 잔망스런 행동들에, 당진천은 웃었다.

14장

쟁인자유

爭人者濡

쟁어자유爭魚者濡라는 말이 있다.

물고기를 낚으려는 자는 물에 젖는다는 뜻의 사자성어.

그와 마찬가지다.

사람을 낚으려는 자는 피에 젖어야 한다.

* * *

장보는 산기슭을 오르고 있었다. 가빠진 숨과 메스꺼워진 속은 가뜩이나 힘든 등산에 족쇄가 되었다. 장보는 산 중턱에 멈춰 서서 숨을 골랐다. 그리고 주변을 두리번거렸다. 그의 시선에 오두막 주제에 갖은 휘장과 장식이 걸려 있는 집이 포착됐다.

'…이자들은 정녕 사천성에 공작을 하기 위해 숨은 것이 맞나?'

장보는 품속 투서에 손을 올렸다. 새살이 돋은 손목이 간지러웠다. 장보는 손목을 긁으며 자신을 발견하고 다가오는 무인들을 바라봤다. 가죽옷을 입은 그들은 허리춤에 꽂힌 단도를 위협적으로 내보이며 말했다.

"당가의 총관인가?"

"그렇소."

무인 한 명이 장보에게 접근했다. 코를 킁킁거리며 냄새를 맡더니 몸을 수색하기 시작했다. 여행에 쓰인 철전과 품에 넣어둔 투서만이 손길에 걸렸다. 무인이 투서를 흔들며 물었다.

"이것은?"

"독각혈가주에게 드릴 물건이오."

무인은 눈을 좁히며 투서의 이모저모를 뜯어봤다. 냄새를 맡아도 보고, 손으로 쓸어도 본 뒤, 내공을 불어넣기도 해보고 손가락을 혀에 가져다 대 되새김질을 해보기도 했다. 일련의 검사가 끝난 뒤 무인이 뒤돌아서며 말했다.

"따라오도록."

무인은 화려한 오두막으로 향했다. 장보는 헛기침을 하며 긴장감을 죽이고 그의 뒤를 따라갔다. 문을 경계하며 서 있는 독각혈가의 무인들이 장보를 노려봤다. 장보의 걸음이 약간 빨라지며 오두막 안으로 들어섰다.

익숙한 비린내가 코를 찔렀다. 장보는 코를 찡그렸지만 내색하지 않고 걸었다. 오두막 구석에선 뱀과 전갈, 갖가지 독물들을 움켜쥔 자들이 장보를 돌아보고 있었다. 장보는 애써 그들의 시선을 회피하며 뱀가죽으로 둘러싼 의자 앞에 섰다.

그 의자엔 독각혈가의 주인이 무료한 표정으로 앉아 장보를 바라보고 있었다.

"당가의 총관인가?"

"혈가의 주인을 뵙니다."

장보는 포권을 하며 독마에게 예를 표했다. 하지만 독마는 어떤 움직임도 보이지 않았다. 장보가 미간을 좁히며 그를 바라보자 독마는 고개를 기울이며 그를 삐딱하게 바라봤다.

"이곳은 어디인가?"

"……?"

장보는 당황하여 침을 삼키고 생각했다.

'이곳의 지명은 사천성의 무토산. 허나 그것을 묻는 것은 아닐 것이다. 그렇다면….'

결론을 도출한 장보의 입술이 꿈틀거렸다.

"오만하구려."

"천마신교天魔神敎의 영토는 어디까진가? 하늘과 가장 가까운 천산의 봉우리? 그것도 아니라면 신강新疆의 오로목제? 청해성青海省의 일부? 과연 어디라고 생각하는가?"

"벌써 청해성까지…?"

놀라는 기색의 장보. 독마가 웃어넘기며 말했다.

"천마께서 보살피는 이들이 서 있는 곳. 바로 그곳이 천마신교의 신역神域이자 그분의 영토."

"……."

독마는 등받이에 몸을 기대며 말했다.

"그러니 이곳은 곧, 천마신교이자 독각혈가의 영토라는 게지."

"마교의 방식으로 예를 표하란 말씀이오?"

"과연, 본좌와 연서를 주고받을 만큼의 머리는 돌아가는 것 같구나."

독마는 키득거리다, 웃음을 지우며 말했다.

"이해하였다면, 마교라는 역겨운 지칭은 이곳에선 사용하지 말도록."

독마의 맹렬한 시선이 장보의 목을 졸랐다. 장보는 제대로 숨을 쉴 수가 없었다. 그저 고개를 끄덕여 목을 조르는 살의를 걷어내는 수밖에 없었다. 그럼에도 독마는 시선을 거두지 않았다. 장보는 숨이 쉬어지지 않아 꺽꺽거리는 소리를 내며 무릎을 꿇었다.

"오체투지는 그렇게 하는 것이 아니야."

독마는 손을 앞으로 뻗었다. 그리고 움켜쥐었다. 장보의 한쪽 어깨가 푹 짓눌렸다. 장보는 그대로 상체를 푹 숙였다. 움켜쥔 손에서 검지를 펼쳐 위로 들어올렸다. 그러자 장보의 양손이 앞으로 내밀어졌다. 그의 손바닥은 하늘을 바라보고 있었다.

"이것이 천마께 항복하는 자세다."

"허억, 허억…!"

장보는 숨을 몰아쉬었다. 짓눌린 숨결 때문에 고통스러웠다. 메스꺼웠던 속이 더 부대껴왔다. 손목이 간지러웠다. 아니, 팔 전체가 간지러웠다. 독마는 굳어 있던 표정을 풀며 말했다.

"그래서 무엇을 위해서 직접 본좌에게 온 것이지?"

"전서, 전서를…. 윽…!"

"흥, 살짝 힘을 주었을 뿐인데 연약하긴. 당가의 위세가 겨우 그 정도인가."

독마는 장보를 비웃으며 옆에서 전서를 내밀고 있는 무인에게 손을 내밀었다. 무인은 그의 손 위에 전서를 올렸다. 독마는 접힌 전서를 펼치며 글자를 읽었다.

— 화화골산火花骨酸.

독마의 귀가 움찔거렸다. 시선이 아래로 내려갔다.

— 당가의 답변이네.

글귀를 확인한 독마의 시선이 곧장 전서 너머로 향했다. 꺽꺽거리던 장보는 어느새 몸을 배배꼬며 고통스러운 비명을 지르고 있었다.

"컥, 으억!"

"…호오."

독마는 실소를 지으며 그것을 바라봤다. 장보의 살점이 불에 녹아내리는 것마냥 역겨운 냄새를 풍기며 녹아내리고 있었다.

"읔, 살려주시오…. 살려달라고!"

"독천이라고 했나…."

"아악, 으아아악! 가주, 가주 그 새끼가…!"

그의 절규는 독마에게는 흥미를 돋우는 음율에 불과했다. 독마는 장보의 비명을 들으며 고개를 끄덕였다. 장보의 살점이 바닥에 떨어지자 매캐한 냄새를 풍기며 독연을 퍼뜨렸다. 독연에 노출된 무인 한 명이 픽 쓰러졌다.

"흐으, 흐으."

독각혈가의 무인들은 쓰러진 자를 확인하자마자, 가죽으로 만든 가면을 얼굴에 뒤집어씌우며 비명을 지를 기관지조차 녹아내린 장보의 목숨을 끊기 위해 다가갔다. 독마가 전서를 접으며 말했다.

"다가가지 마라."

"존명."

전서를 쥔 두 손가락이 살짝 비틀렸다. 연기화신에 이른 경지를 증명하듯, 삼매진화가 일어나며 전서를 불살랐다. 독마는 권태로운 몸을 일으켜 세웠다. 그리고 장보에게 다가갔다. 한쪽 눈까지 녹아내려 고통과 버무려진 시선엔 독마가 제대로 보이지 않았다.

"흐으…!"

"영 무른 이로만 봤었는데, 꽤 서늘한 자였군."

"흐으, 흐으."

"고통스럽나?"

공기 새는 소리와 함께 절박한 끄덕임이 독마에게 가닿았다. 독마는 발을 들어 장보의 머리를 짓밟아 터뜨렸다.

"천마의 자비를 내려주지, 배교자."

뿌연 독연과 역겨운 냄새가 오두막을 가득 채웠다. 장보의 시체가 온전히 녹아내렸다. 강력한 산성의 영향으로 그의 뼈가 이어서 으스러졌다.

으스러진 모양새가 마치 꽃과도 같았다. 화화골산이라는 이름 그대로였다. 독마의 입가가 비틀렸다.

* * *

당진천은 뒷짐을 진 채 조촐한 행렬을 바라봤다. 천중에 높이 뜬 해가 살짝 기울어졌다. 그림자의 길이가 미약하게 늘어났다.

"시간이 되었군."

"예, 출발 준비가 완료됐습니다."

새로이 흑풍대주가 된 진명이 보고를 올렸다. 당진천은 고개를 끄덕이며 가보라는 턱짓을 했다. 진명은 고개를 숙이며 마차를 정비하기 위해 걸음을 옮겼다. 진명이 떠나자 단혼사가 곁으로 다가왔다.

"시녀도, 하인도 딸려 보내지 않은 채 셋만 보낸다니요. 당가를 어떤 시선으로 볼지."

단혼사가 염려를 담아 말하자 당진천이 고개를 저었다.

"소소의 제안이 옳아."

당진천은 출발하기 전날, 나름 애교를 부리던 딸을 떠올렸다.

'아, 아빠.'

'…무엇을 사줄꼬?'

‘이번 여행엔 시비나 하인은 오지 않는 것이 좋겠어요.’

‘그리해서 당가의 체면이 서겠느냐.’

‘체면을 세우자고 그들을 위험에 빠뜨릴 순 없어요.’

“체면을 세우자고 당가의 식구들을 위험에 빠뜨릴 순 없는 노릇이지.”

“그것도 옳은 말씀이긴 하군요.”

당진천은 딸의 고집스런 얼굴을 떠올리며 심란한 마음을 털어냈다. 단혼사도 고개를 끄덕였다. 당진천은 한숨을 쉰 뒤, 단혼사를 바라보며 말했다.

“…그럼 배웅을 하도록 하지.”

“후회되십니까?”

앞으로 걸어나가는 당진천의 발걸음이 멈췄다. 단혼사는 여러 감정이 쌓인 당진천의 등을 바라봤다. 바람이 불었다. 당진천은 바람을 따라 걸음을 재개했다.

“후회된다.”

“그렇다면 당가대회의는 조금 미루는 것이…?”

“그러나 이미 걸어간 길이다.”

당진천은 더욱 어깨를 펴며 고개를 치켜들었다.

“돌아선다면 이끌지 못하느니.”

그렇게 걸어간 마차엔 당소소가 분주하게 움직이며 짐을 나르고 있었다. 그리고 곁에서 하연이 조잘거리며 당소소를 뜯어말리고 있었다.

“아가씨, 체통 없게 짐을 나르시고. 어서 마차 안에 들어가 계세요. 그 고운 옷에 흙이라도 지면 어쩌시려고요.”

“내가 쓸 짐들인…, 걸.”

당소소는 옷이 든 보따리를 들어 짐마차로 옮기다 어느새 다가온 당진천과 시선이 맞았다. 당소소는 시선을 피해 슬쩍 하연을 돌아봤다. 하연은 어서 짐을 내려놓으라는 눈짓을 보냈다. 당진천이 웃었다.

"내려놓거라."

"네에…."

당소소가 짐꾸러미를 내려놓자 시녀들이 쪼르르 달려와 짐을 들고 사라졌다. 당소소는 쭈뼛거리며 당진천의 눈치를 봤다. 당진천은 검소한 행렬을 바라보며 말했다.

"스승님 말을 잘 듣거라."

"네, 아버지."

"내 말도 명심하도록 하고."

"…네, 아버지."

당진천은 턱을 쓰다듬다 손을 한 차례 털며 나무막대를 쥐었다. 길쭉한 나무막대 뒤에 손가락을 넣을 수 있는 구멍이 뚫려 있었다. 당진천은 그것을 당소소에게 내밀었다. 당소소의 눈이 호기심으로 반짝였다. 당소소는 나무막대를 받아 유심히 살폈다.

"이건…?"

"이제 산류수 삼 성으로 가야 하지 않겠느냐?"

"네, 네!"

당소소가 환하게 웃으며 답하자 덩달아 당진천도 싱글거리며 답했다.

"철전을 자유롭게 놀렸다면, 이제 기존 암기와 비슷한 규격의 나무막대를 자유로이 다루는 것에 집중해 보거라."

"이걸, 이렇게…."

당소소는 손가락 사이로 나무막대를 움직였다. 하지만 길쭉한 모양새 때문인지 마디마디에 턱턱 걸리며 잘 움직여지지 않았다. 당진천은 끙끙거리는 당소소에게서 나무막대를 다시 받아 가볍게 손가락을 움직였다. 그것은 마디마디를 회전하며 마치 연한 물체마냥 흐느적거렸다. 손등을 회전하기도 하고, 손끝에서 휘돌며 위치를 자유자재로 바꾸기도 했다. 그리고 검지를 막대의 구멍에 넣어 가볍게 돌린 뒤 움켜쥐었다. 시선을 빼앗는 기교를 당소소가 선망의 눈초리로 바라보고 있었다. 당진천은 만족스런 표정으로 다시 당소소에게 막대를 내밀었다.

"이것을 자유롭게 할 수 있다면, 산류수 삼 성이라고 말할 수 있단다. 삼 성의 경지가 된다면 간단한 암기 정돈 자유롭게 다룰 수 있을 터이니, 꾸준히 연습하도록 하여라."

"네!"

당소소는 소매 안에 막대를 감추며 활기차게 대꾸했다. 당진천은 당소소의 머리 위에 손을 얹었다.

"그럼…. 조심히 다녀오거라. 부디, 내가 했던 말들을 꼭 지키도록 하고."

"명심할게요."

하연의 인도에 따라 당소소가 마차에 올라탔다. 뒤를 따르던 백서희가 포권으로 인사를 건넸다. 당진천은 고개를 끄덕여 인사를 받았다.

"만인이 아는 팔불출 모습을 뽐내러 온 것은 아닐 테고. 굳이 나온 이유가 무엇이냐?"

"스승님께 언질을 드릴 것이 있기에 잠시 시간을 내 나왔습니다."

"…거짓말만 늘어선. 그래, 어디 한 번 들어나보마."

독무후가 당진천의 대답에 가소롭다는 듯, 실소를 머금으며 말했다. 당진천은 독무후를 내려다보며 말했다.

"이 여로는 백능상단의 본점이 있는 도강언都江堰에 가는 것이지요."

"그렇지."

"도강언과 성도 사이의 길은 큰 관도가 뚫려 있어 습격에 용이하지 않으며, 전투가 벌어져도 애매한 상황이 벌어질 겁니다."

독무후는 혀를 차며 당진천의 말에 동의했다.

"놈들은 사천성의 환란을 원한다. 싸움이 벌어질 곳은 이미 정해져 있는 셈이지."

독무후가 당진천을 올려다봤다. 당진천이 고개를 끄덕였다.

"스승님의 생각대로 독마는 도강언에서 숨을 죽이고 있을 겁니다. 만약 당가가 출발하지 않는다면, 다른 곳에서 분란을 일으킬 수 있도록."

"그래서 나에게 요구하는 바가 무엇이더냐?"

"아마 당혁도 그곳에 있을 겁니다."

"그렇겠지."

당진천의 무감각한 말엔 고의로 감정을 긁어낸 티가 역력했다. 당진천은 잠시 뜸을 들이다 말을 이었다.

"되도록 소소와 마주치지 않게, 스승님 선에서 끝내주십시오."

"…그러도록 하마."

준비가 다 끝났다는 진명의 고함이 들려왔다. 독무후는 삭막한 분위기를 걷어내며 당진천에게 말했다.

"그럼 가보도록 할까. 참, 내가 돌아오기 전까지 당가대회의는 미루거라."

"연유가 무엇입니까?"

독무후는 웃으며 마차로 향했다.

"코찔찔이 놈들이 오줌을 지리는 모습을 봐야 하지 않겠느냐?"

"아직까지 멀쩡하시군요."

"너무 멀쩡해서 작아지기까지 한 것이 안 보이느냐?"

당진천은 못 말린다는 듯 실소를 지으며 그녀를 배웅했다. 마차의 문이 닫히고 시녀들과 하인들이 몇 걸음 멀어졌다.

말 울음소리가 길게 울리며 백능상단 본가로 향하는 마차가 당가를 출발했다.

* * *

백능상단 본가, 도언강으로 가는 사천당가의 일행은 꽤나 단출했다. 짐 싣는 마차와 사람 타는 마차가 각각 한 대 씩 나란히 대로를 걷고 있었고, 당가에서 고용한 마부 두 명이 마차를 몰았다. 마차 안에는 당소소, 백서희, 그리고 독무후뿐. 그녀들을 보좌할 시녀나 하인들은 달리 동행하지 않았다.

"……."

백서희는 말없이 독무후와 당소소를 바라봤다. 당소소는 창밖을 바라보며 감상에 젖어 있었고, 독무후는 팔짱을 낀 채 눈을 지그시 감고 있었다. 마차 안엔 덜컹거리는 바퀴소리만 들릴 뿐이었다. 백서희도 벽에 기대 바깥을 바라봤다.

'이런 것도 괜찮네.'

백능상단의 아가씨, 아미파의 소중한 후기지수인 그녀는 항상 이동할 때 수많은 사람들과 함께했다. 그녀를 호위하는 상단의 무사들, 그녀를 친근하게 대하며 아부를 하는 상단의 상인들. 그리고 혹여 그녀가 해를 입진 않을까, 붙어 다니던 아미파의 사저와 사숙들.

백서희는 간만에 느끼는 조용한 여행에 왠지 모를 안락함을 느꼈다. 백서희도 눈을 감으며 조용히 생각에 잠겼다.

'마교의 주구들을 상대로 내 검이 통할까?'

조용히 생각 안으로 침잠하는 백서희. 풍경을 바라보던 당소소는 눈을 돌려 생각에 빠진 백서희를 바라봤다.

당소소에겐 모든 것이 신기하고 놀라웠다.

평생 회색 건물 틈바구니에서만 살아왔던 김수환. 그런 그에게 길가의 수목 하나, 하늘을 휘도는 새 한 마리는 각별하고 신비로웠다. 그리고.

'백서희와 친해질 줄은 몰랐어.'

평생 온기를 나눌 사람이라곤 없던 그였다. 그러나 이젠 많은 사람들이 그녀가 된 그에게 온기를 나눠주고 있었다. 당소소는 옅은 미소를 지으며 생각했다.

'지금 나는 행복하구나.'

그 생각이 들자, 당소소는 지었던 미소를 지우며 다시 창가로 시선을 돌렸다. 이런 안락함과 행복함은 그녀에겐 아직 어색했다. 막연한 불안감과 약간의 괴리감이 생각 뒤에 뒤따라왔다.

'나는 과연 이들의 관심에 어떤 대가를 지불해야 할까.'

김수환은 안락함을 얻으려면 대가가 필요했다. 몸을 뉘일 수 있는 단칸방을 얻기 위해선 노동을 지불해야 했으며, 노동을 얻기 위해선 홀대를 견딜 인내를 지불해야 했다. 허울뿐인 가족에게 근거 없는 안심을 얻기 위해선 금전을 지불해야 했으며, 금전을 얻기 위해선 자신을 지불해야 했다.

당소소는 불안했다.

이들의 관심에 대가를 지불하지 않는다면 금방이라도 이 행복들이 사라질 것 같은 기분이었다. 자신은 당소소를 연기하고 있는 김수환. 그렇기에 무엇인가 하지 않으면 당소소에게 내밀어진 행복을 가질 수 없을 것만 같았다.

"제자야."

"…네."

독무후가 눈을 뜨며 당소소를 불렀다. 화들짝 놀란 당소소가 살짝 떨리는 음성으로 대답했다. 독무후는 당소소를 바라봤다. 게슴츠레 뜬 눈은 마치 그녀의 생각을 꿰뚫어보는 듯했다.

"호흡이 거칠어졌구나."

"오랜만의 외출이라 살짝 들뜬 것 같아요."

"…그러냐?"

독무후는 시선을 내려 당소소의 움켜쥔 주먹을 바라봤다. 역시, 그녀는 감정을 숨기는 것이 영 어색한 사람이었다. 독무후는 시선을 돌려 마차 벽을 바라봤다.

'긴장하고 있나보군. 정신적으로 몰려 있는 상태인가.'

여러 사건 이후, 당소소는 단 한 순간도 쉬지 않았다. 마치 최선을 다해 자신을 홀대하는 것 같았다. 자신을 둔재라고 생각하며, 자신을 속죄해야 하는 죄인으로 생각하며. 이런 부정적 감정에 가라앉은 마음은 단숨에 되돌릴 수 없었다. 그녀의 첫 제자인 당진천도 그러했으니까.

독무후는 땋은 머리를 쓸어내리며 제자의 마음을 달랠 방도를 생각했다. 손길이 멈추고 그녀의 입이 열렸다.

"잠시 독공에 대해 배워보도록 할까."

"네? 독공…."

"그래."

당소소가 독무후를 바라봤다. 관심을 돌리는 데는 성공했다. 명상을 하고 있던 백서희의 눈이 뜨이며 독무후에게 말했다.

"무후 님. 독공이라면 당가의 비전인 듯싶은데, 제가 들어도 되겠습니까?"

"제아무리 독의 종가라곤 하나 독공의 기본까지 자신의 것이라고 우기겠느냐?"

"그렇다면 염치 불구하고…."

백서희는 독무후의 말에 자세를 고쳐 앉으며 껴안고 있던 검을 옆으로 내려놓았다. 독무후는 주먹을 쥐고 설명을 시작했다.

"독공이란 즉, 용독술用毒術의 형식화. 다양한 종류의 독을, 그 성질에 맞는 방법으로 사용하는 것이다. 그렇다면 독공을 익히기 위해선 무엇을 먼저 알아야 하겠느냐?"

"쓰고자 하는 독이 어떤 성질을 지니고 있는지 알아야겠지요."

당소소가 답했다. 독무후는 고개를 끄덕이며 검지를 펼쳤다.

"그 말대로 자신의 무기가 검인지, 창인지, 그것도 아니라면 활인지 알아야 하는 것이 먼저다."

독무후는 검지를 이리저리 휘두르며 설명을 이어갔다.

"독을 다루는 이들에 따라 다르겠지만, 내가 독을 분류하는 기준은 어느 것을 중독하느냐, 어떤 기운을 띄고 있느냐에 따라 나눈다."

독무후가 손가락으로 자신의 팔뚝을 꾹 눌렀다.

"산酸. 닿은 물체를 녹이는 성질이 있으며, 대부분은 근골에 직접적인 상해를 입힌다. 근골은 뭐라고 했지?"

"체라고 하셨습니다."

"그래. 체를 무력화할 때 효율적인 독이다."

독무후는 검지를 조금 움직였다. 손가락의 궤적을 따라 핏방울이 몽글 솟아나왔다. 당소소가 깜짝 놀라 독무후를 봤다. 독무후가 웃으며 말했다.

"그리 겁먹지 말거라. 스승의 육체는 상식의 바깥에 있으니까."

"…예."

"다음은 혈액독血液毒이란다."

작은 팔뚝 아래로 검붉은 핏방울이 떨어졌다. 핏방울은 아래로 떨어지며 곧장 검은 색으로 메말라 붙었다. 바닥엔 핏방울 대신 검은 혈전이 나뒹굴었다. 독무후는 혈전을 바라보며 가볍게 팔뚝을 털었다. 피는 더 이상 나오지 않았다.

"독물毒物이라 불리는 동식물들에게서 주로 채취되는 것이다. 정精에 반응해 피를 굳게 하거나, 반대로 피를 멎지 못하게 방해하기도 한다. 그런 독들은 출혈독, 혈관독이라고도 불리지."

독무후는 손가락으로 혈전을 가리켰다. 혈전은 손가락의 궤도에 올라타 바닥에서 일어나 허공으로 떠올랐다. 엄지와 검지를 슬쩍 비비니 혈전이 붕괴되며 검은 부스러기로 변했다.

"융해독融解毒. 이것은 다양한 이름이 있다만, 그것들의 주된 특징은 대부분 사람을 사람으로 묶어놓는 것을 녹이고, 그 결속을 끊는 것들이다. 대부분의 광물독이 이곳에 속한다. 몇몇 강력한 독물들도 이런 성질을 가지고 있지."

"사람을 구성하는 것이라면…."

"선천지기先天之氣 같은 것들이군요."

백서희가 당소소의 궁리에 대신 대답했다. 독무후가 고개를 끄덕였다.

"이것은 육체와 반응해 내공화한 기氣를 녹인다. 더 이상 녹일 것이 없다면, 선천지기가 잠들어 있는 내장, 내장과 연결되어 있는 기맥. 기맥마저 녹여도 중화되지 않았다면, 그 이후의 남아 있는 것들을 녹여버리지."

독무후의 설명에 백서희는 침을 꼴깍 삼켰다. 설명만 들었는데도 소름이 등줄기를 타고 흘렀다. 기를 녹여 근과 골을 잇는 고리를 끊고, 피와 내장의 이음매를 부순다. 그 연결이 끊어지면 곧 침식이 시작된다. 그렇게 되면 더 이상 사람이라고 불릴 수 없는 존재가 될 것이다.

'융해독….'

당소소는 무의식적으로 단전 위에 손을 올렸다. 광물독, 그 결합을 저해하는 특수한 독물들. 그런 독물들로 이루어진 뇌린은루는 융해독의 총체라 할 법했다.

독무후는 축 가라앉은 분위기를 느꼈는지 다음 설명으로 넘어갔다. 검은 부스러기가 별안간 바닥으로 툭 떨어졌다.

"사람이 자신의 의지로 몸을 움직일 수 있는 신경神經. 그것들에 침식해 신경을 마비시키거나, 정도가 심한 독은 신경을 파괴해 다시는 그 부분을 움직이지 못하게 하는 독이다. 이를 신경독神經毒이라 부르니."

독무후의 손가락은 관자놀이를 툭툭 두드렸다.

"얼핏 보면 마비에만 용이해 보이나, 신경은 곧 신이 기거한다는 신역神域이라 불린다. 정신과 사상이 집결하는 상단전인 뇌로 향하는 통로니라. 그렇기에 이 신경독은."

혈맥은 정의 통로였고, 기맥은 기의 통로였다. 그리고, 사상이 흐르는 통로는 신경이었다. 그렇기에 높은 경지의 무인일수록 신경독의 반향이 더욱 컸다.

"사상화된 기를 이지러뜨릴 수도 있지."

"하지만 그 정도의 효능은 당가의 무형지독뿐이지요."

독무후의 말에 백서희가 첨언하자 독무후가 쿡 웃으며 고개를 저었다.

"구주는 넓고, 팔황은 더욱 넓다. 세상엔 아직 내가 알지 못하는 독들이 산재해 있다. 다음으로 설명할, 사람의 영혼을 침식하고 붕괴시키는 심독心毒이 그러하니까."

"독무후께서 모르는 독이 있습니까?"

"나도 최근에야 알게 되었다. 심혼을 녹이는 독이 있을 거라곤, 생각조차 하지 못했느니."

독무후는 그렇게 말하며 당소소를 바라봤다. 그녀의 몸에 주입되었던 칠혼독이 바로 심독이었다. 조금씩 투입되는 칠혼독은 언뜻 보기엔 기와 혈액에 작용하는 듯 보였으나, 실상은 심혼을 침식하고 붕괴시켰다. 이성을 마비시키고, 인의를 괴사시킨다. 종국엔 자아를 으깨 병상에 누워 있는 당소소의 모양으로 만드는 독이었다.

"영혼이 녹아내리는 고통은 어떨지, 이 오래된 머리로도 상상하기가 꽤 힘들구나."

"…그렇네요."

당소소가 쓰게 웃으며 답했다. 독무후는 침체된 분위기를 느끼곤 목청을 가다듬어 분위기를 환기시켰다.

"크흠. 다음으로 넘어가자꾸나. 중독시키는 물질에 따른 분류를 알아봤으니, 기운에 따른 분류를 알아보자꾸나. 오행은 모두 이해하고 있겠지?"

당소소와 백서희가 고개를 끄덕였다. 독무후는 손가락으로 별 모양을 그렸다.

"오행의 무슨 성질을 띠고 있는지에 따라 독의 기운이 정해진다. 그리고 그 기운에 따라, 독을 어떤 식으로 활용할지가 정해지지."

손가락이 멈췄다. 손가락은 당소소를 향했다. 독무후의 질문이 날아들었다.

"화행火行의 산酸. 어떤 방식으로 중독시키는 것이 옳겠느냐?"

당소소는 독무후의 질문에 눈을 찌푸리고 입술을 쓸며 생각했다.

'불처럼 번지는 산. 불은 물체를 연소시키고, 무너뜨린다. 그러니 일정한 형체를 갖추지 못하고 있겠지.'

"액체로 만들어 흩뿌려야 하지 않을까요?"

"기화氣化가 필요하단다."

독무후는 부드럽게 웃으며 고개를 저었다.

"흩어지기 쉬운 성질과 근골에 작용하기 쉬운 성질. 독연으로 만들어 그것을 기로 조종하는 편이 가장 효율적이지. 이런 식으로 독의 성질과 기운들을 파악하는 것이 독공의 시작이란다."

"오행과 체정기신심."

당소소는 언제 울적했냐는 듯, 독무후의 가르침에 푹 빠져 깊은 깨달음을 얻고 있었다. 백서희는 고개를 숙였다.

"…또 당가의 어르신께 가르침을 받았습니다. 어찌 보답을 해야 할지."

"네 앞가림도 하지 못하는데, 보답은 무슨 보답을 준단 말이더냐."

그녀가 베푼 가르침은 그저 주의하고자 겉핥기식으로 배우는 독공과는 차원이 달랐다. 그야말로 독공의 종주가 가르치는 독공의 기초였으니까. 독무후는 팔짱을 끼고 창밖을 바라봤다.

"세상이 어찌 손損과 익益의 논리 속에서만 굴러가더냐?"

창가 멀리, 대로변의 객잔이 가까워지고 있었다. 말들의 가쁜 숨소리와 함께 해는 어느덧 산과 맞닿아 모습을 감춰가고 있었다. 독무후는 다가오는 객잔을 보며 말했다.

"필요한 것을 갈구함에도, 얻지 못하는 이들이 있으니. 갈구하는 자에게 필요를 베푸는 것. 같이 살아간다는 것은 그런 것이 아니겠느냐?"

생각 속에 빠져 있던 당소소의 정신이 독무후의 말 한 마디에 현실로 끌어올려졌다. 덜컹거리는 마차가 점점 속도를 줄였다. 내달리는 창가의 풍경들도 점점 보폭을 줄여갔다. 말의 투레질 소리가 들리며 마차가 객잔 앞에 멈췄다. 그리고 당소소의 고뇌도 함께 멈췄다.

"그런 건가요. 그런 것도 있었네요."

당소소는 웃었다. 독무후는 애수를 터뜨리는 그 웃음을 마주했다. 그리고 고개를 떨어뜨리며 한숨을 쉬었다.

"후우. 백서희라고 했느냐?"

"예, 독무후 님."

"먼저 가서 객실을 잡아두거라."

"…예."

백서희는 당소소의 얼굴을 바라보고, 고개를 끄덕이며 마차에서 내렸다.

그녀가 봤던 당소소의 얼굴은 기쁨과 슬픔으로 범벅이 되어 어찌할 바를 모르는 눈물을 토해내고 있었다.

"……."

전생에 걸쳐 쌓인 애수는 좀처럼 그칠 줄을 몰랐다. 독무후는 위로의 말을 꺼내 당소소를 달래진 않았다. 다만 양팔로 그녀의 머리를 감싸 구슬프게 내리는 비를 막아줄 뿐이었다.

❋ ❋ ❋

울음소리는 점점 잦아지고, 들썩이던 어깨도 어느덧 잠잠해졌다. 진정된 기색의 당소소. 슬픔을 비운 자리에 이윽고 다른 감정이 찾아왔다.

'또 울었군.'

부끄러움이 확 밀려들며 얼굴을 덮쳤다. 안색이 붉어지며 고개를 들 수 없었다. 항상 김수환의 이성을 유지하려고 노력하지만, 종종 자신을 휩쓰는 감정의 파도는 영 주체하기가 어려웠다. 당소소는 팔을 들어 소매로 눈가의 물기를 닦았다.

'아무리 감정을 조절하는 게 힘들다지만, 남자의 정신머릴 가지고 있으면서 이런 같잖은 것에 계속 울긴….'

제아무리 당소소임을 받아들이고, 당소소의 인생을 대신 살아가고 있다지만 자신의 본질은 김수환의 이성이었다.

전생이 억울하지 않았다면 거짓말이었다. 하지만 이미 받아들이고 그녀의 내부에서 삭아 바스러진 감정들이었다. 당소소는 팔을 내리고, 연철전에서의 마음가짐을 다시 한 번 되새겼다.

'이 이질적인 감정과 생각을 구분해야 해.'

당소소와 김수환을 구분해야 한다는 다짐이 부끄러움을 느끼는 그녀의 감정을 고요하게 가라앉혔다. 얼추 마음을 추스른 당소소가 한숨을 쉬었다. 독무후가 등을 두드려주며 말했다.

"네 친구가 기다리고 있을 게다."

"…죄송해요, 스승님."

"까짓것 울 수도 있는 게지. 나도 네 나이 땐 하루 종일 울상이었단다."

"스승님이요?"

"그래. 영 마음에 들지 않는 것이 천지라."

독무후는 당소소를 달래며 껴안았던 그녀의 머리를 놓아줬다. 채 울음기가 가시지 않은 제자의 상기된 얼굴이 그녀를 반겼다. 독무후는 그녀의 머리를 한번 쓰다듬은 뒤 구겨진 옷을 다듬으며 자리에서 일어났다.

"얼추 정리가 된 것 같으니, 기막은 걷어도 괜찮겠지."

마차 주위를 감싸던 기막이 걷혔다. 독무후는 마차 벽에 걸어둔 장포를 걸치고 마차 문을 열었다. 문 너머에서 마부가 독무후에게 고개를 숙였다.

"기다리게 했군. 사제 간에 할 이야기들이 있어서 좀 늦었네."

"아닙니다."

"짐은 객잔 위로 올려두게. 따로 숙소가 있을 터이니, 그곳에서 대기하도록 하고."

"예, 제독전주 님."

독무후는 마부와 대화를 나누며 마차에서 내렸다. 그리고 당소소에게 고갯짓을 했다.

"가자꾸나."

"예."

당소소는 채 닦지 않은 눈물을 마저 닦은 뒤 독무후를 따라 마차에서 내렸다. 마부가 문을 닫고 마차를 몰아 마굿간으로 향했다. 당소소가 오늘 묵을 숙소를 확인했다.

"백능상단이 보유한 객잔이라곤 하더구나."

"이건 객잔이라기 보단 별장 같은데…. 진짜 객잔이 맞나?"

거대하고 화려한 건물. 그럼에도 오가는 사람 하나 없이 고즈넉한 분위기. 당소소는 주변을 두리번거리며 혹시라도 객잔을 오가는 사람이 있나 확인했다. 주의 깊게 살펴본 터일까, 한 무리의 상단이 입구에 서 있는 것을 목격했다. 그들은 입구에 서서 객잔을 지키고 있는 직원들과 실랑이를 벌이고 있었다.

"아니, 왜 숙식이 안 된다는 것이오? 변주객잔이 언제부터 사람을 가려 받게 된 것이오?"

"오늘 저녁부터 익일 아침까지 한 분께서 객잔의 모든 장소를 대여하셨습니다."

"그 한 분이 누구요? 대체 어떤 자이기에 이 거대한 변주객잔을 통째로 대여한단 말이오?"

"철혜검봉 백서희 아가씨입니다."

직원의 입에서 백서희의 이름이 나왔다. 상단을 대표해 직원에게 따지던 이의 입이 꾹 닫혔다. 직원이 곧 고개를 숙였다.

"죄송합니다, 행수 님. 대신 주변 객잔에 연락을 취해보겠습니다."

"크흠. 백서희 소저께서 대여를 하셨다면야, 어쩔 수 없지…."

백서희의 이름을 듣자 꼬리를 내리는 상인들. 일단의 무리가 순순히 변주객잔을 떠났다. 변주객잔으로 향하려던 당소소의 발걸음을 독무후의 목소리가 붙잡았다.

"잠시만 기다리거라."

"네?"

독무후는 장포 품을 뒤적거렸다. 익숙한 촉감이 손끝에 감겼다. 회색가죽으로 만들어진 장갑이 당소소 앞에 내밀어졌다.

"쓰거라."

"이건…."

"모자란 스승이 제자의 손을 미처 신경 쓰지 못했더구나. 손의 부담을 덜어줄 것이다."

"아, 손."

당소소는 아직 아물지 않은 손가락을 바라봤다. 독무후는 그 모습을 안쓰럽게 바라보며 말했다.

"껴보겠느냐?"

당소소가 장갑을 꼈다. 가죽은 살짝 답답한 기색이 느껴질 정도로 감겨왔다. 손가락을 움직였다. 다소 빽빽했던 감각이 움직일수록 여유로워졌다. 주먹을 움켜쥐었다. 답답한 기색이 더는 느껴지지 않고 마치 오랫동안 써온 것처럼 그녀의 손길에 잘 길들여졌다.

"불편하진 않느냐?"

"편해요. 엄청 좋은 재질인 것 같고."

"내가 왕년에 쓰던 장갑이라 맞을까 걱정했는데, 우려할 일은 없겠구나."

"왕년에 쓰시던 거라면…."

독무후의 말에 쌍검무쌍의 내용이 절로 떠올랐다. 전투에 임하는 독무후의 손엔, 언제나 회색장갑이 끼워져 있다는 서술이 있었다. 만독에도 그 광택이 바라지 않고, 천인千刃에도 흠집하나 나지 않는다는 그녀의 장갑. 고작 장갑 따위에 그렇게 여러 수식어가 붙으며 당가의 그 어떤 유명한 극독과 암기보다 더 이름난 기물이 되었다.

'만독통치萬毒通治, 불인독수不刃毒手….'

"설마 이 장갑, 회룡피갑인가요?"

"그새 이 스승의 뒷조사라도 했느냐?"

독무후는 툴툴 웃으며 변주객잔으로 향했다. 당소소는 손을 꼼지락거리며 머뭇거렸다. 그녀의 행동, 말투 모두 보지 않아도 무엇을 말하고자 하는지 뻔했다. 독무후는 자신을 걱정하는 제자에게 기특함을 느끼며, 뒷짐을 진 채 말했다.

"스승이 준 선물을 사양하는 것은 큰 무례다, 알고 있느냐?"

"그렇지만 제가 이 장갑을 가져버린다면 스승님께선 어떻게 하시려고…!"

"그 장갑도 쓰지 않은 지 어언 이십 년을 훌쩍 넘었단다. 쓸모가 없어졌거든."

"회룡피갑으로 독과 암기를 사용하셔야 하잖아요."

독무후는 뒷짐 진 손을 보란 듯이 쥐었다 펴며 말했다.

"이젠 내 손가죽이 더 질기더구나."

"하지만…."

"거짓 같으냐?"

독무후의 웃음기 섞인 질문. 당소소는 고개를 저었다. 독무후는 머뭇거리는 제자를 뒤로 한 채 변주객잔으로 걸어갔다. 당소소는 잠시 그녀의 뒷모습을 바라보다 장갑을 벗어 한 손으로 꼭 움켜쥐었다.

* * *

"후우."

자리에 앉아 쉬고 있던 백서희. 나른해 보이는 얼굴엔 미약하게 수심이 담겨 있었다. 피로에 젖어 반개한 눈은 객잔 문을 향했다. 독무후가 객잔 입구로 들어서자 백서희가 자리에서 일어섰다.

"일은 잘 마치신 듯해 다행입니다."

"그리 걱정할 일은 아니었단다."

독무후는 눈물에 젖은 자신의 옷깃을 바라보며 픽 웃었다. 백서희는 독무후에게서 시선을 돌려 문을 바라봤다.

"제자께선…."

"그리 불편한 호칭을 사용하지 않아도 된다. 곧 올게다."

독무후는 백서희가 앉아 있던 탁자에 다가가 주위를 둘러봤다. 거대하고 화려한 외관을 따라, 안쪽도 구색이 상당히 화려했다. 사각형의 무대를 둘러싼 형태의 객잔은 총 사 층이었다. 벽에는 유행하는 화백들의 그림과 청자가 놓여 있었고, 금색 장식과 노란빛 등불은 적색 기둥과 맞물려 화려함을 자아내고 있었다.

독무후는 자리에 앉아 턱을 괴었다.

"나도 꽤 화려한 곳에서 지냈다고 자부할 수 있건만, 그에 버금갈 정도구나."

"백능상단의 장인들이 심혈을 기울인 객잔입니다. 삼 층까진 객잔의 역할을 하고 있고, 그 위로는 백능상단의 손님에 한해 숙박을 제공하고 있지요."

독무후가 고개를 끄덕이더니 자리에서 일어섰다.

"한번 둘러보고 오마."

"그렇다면 지배인을 불러 안내를 맡기겠습니다."

"그럴 필요 없다. 산보가 번잡해지거니와 되도록 내 모습을 보이고 싶지 않으니."

독무후가 뒷짐을 지고 걸음을 옮기려는 순간 멀리서 당소소가 안내를 받으며 걸어오고 있었다. 독무후는 백서희에게 말했다.

"왜 너에게 독공을 알려줬는지 알겠느냐?"

"곧 습격해올 독마와의 일전을 준비시키기 위해서인줄 아옵니다."

"아니다."

"그렇다면, 연유가 무엇인지 알 수 있겠습니까?"

독무후가 백서희를 돌아봤다.

"독마는 현재 도강언에 있다."

"그 악적이 본가에 어찌…?"

반개하고 있던 백서희가 눈을 부릅떴다. 나른하던 표정엔 이제 적의와 긴장감이 감돌았다. 독무후는 태연하게 설명을 이어갔다.

"가장 피하고 싶은 전장은 성도. 그러나 당가의 영역이기에 침범하지 못한다. 그렇다면 차선은 성도 못지않게 큰 혼란을 가져올 곳으로 택하는 것이 옳지."

"하지만 백능상단도 그리 녹록하진 않을 겁니다."

"백능상단의 저력을 무시하는 것이 아니다. 순전히 성도를 침범하지 못한 이유가 당가이기 때문이라는 이야기다."

백서희의 눈썹이 꿈틀거렸다. 왜 성도를 침범하지 못하는가. 사천 내에서 가장 강한 문파이기에? 독무후는 그것을 부정했다. 그렇다면 이유는 하나였다.

"상대가 독마이기 때문에…."

"똘똘하구나. 철혜검봉이라는 별호를 얻을 만해."

"그렇다면 길을 재촉하지 않은 연유는 무엇입니까?"

독무후는 혀를 차며 말했다.

"당가의 무인들이 이미 먼저 가있단다. 네 오라비 또한 사실을 알고 있겠지."

"그렇다곤 해도, 상대가 독마라면 독무후께서 직접 가셔야 하지 않겠습니까?"

"도강언에 도착하는 순간 환란은 시작된다. 다른 방향으로 생각한다면,

도착하기 전엔 폭풍이 오기 전처럼 고요하다는 뜻이지. 그렇기에 다소 여유를 두고 대비할 것은 대비해두는 것이 옳다. 미리 도강언의 민초들을 대피시키고, 대응할 수 있는 수단들을 마련한다면 피해도 적을게야."

독무후는 이 층 난간으로 훌쩍 뛰어올랐다.

"요는 충분한 휴식으로 최적의 상태에서 전투에 임해야 그나마 최선의 결과를 바라볼 수 있다는 게다."

"확실히, 제가 너무 성급했습니다."

"이해한다. 본가가 습격받는다는 말을 듣고 어찌 평정심을 유지할 수 있겠느냐?"

독무후는 쭈뼛거리며 걸어오는 당소소를 바라봤다. 그녀는 귀여워 죽겠다는 듯 피식 웃으며 말했다.

"또래아이들이 노는데 이 늙은이가 눈치 없게 끼어들기는 좀 그렇겠지."

"아닙니다, 독무후 님이 있어서 얼마나 편한지 모릅니다."

"말만이라도 고맙네. 그럼, 소소에겐 잠시 산책을 갔다 전해주고."

독무후는 난간에서 내려 이 층으로 사라졌다. 백서희는 한숨을 쉬며 마음을 가득 메운 걱정을 쏟아냈다. 그리고 당소소를 바라보며 말했다.

"이리 와서 앉아."

"어, 응."

이곳저곳을 신기하다는 듯 쳐다보는 시선은, 영락없이 촌사람이 난생처음 도회지로 상경했을 때와 같았다. 당소소의 그 모습에, 채 쏟아내지 못했던 걱정이 가시며 백서희의 얼굴엔 실소가 그려졌다.

'화려한 건물에 주눅이 든 당가의 규수라니.'

"너, 애월루는 어떻게 간 거야?"

"…그땐 주변에 집중할 상황이 아니었긴 해. 당가는 애초에 이런 화려한 건물이 없고."

"뭐, 그렇다고 칠게."

당소소는 주변을 두리번거리며 자리에 앉았다. 전생에 화려한 건물이라곤 완공되어 멀리서 바라보던 주택뿐이었다. 내부 장식이 화려하거나 세련된 음식점은 그녀와는 전혀 인연이 없었기에 낯선 감각은 더욱 가중되었다.

당가에는 실속과 검소를 강조하는 건물들이 대부분이었고, 화검공자를 만나기 위해 나섰던 애월루는 사마문이라는 충격적인 존재 덕에 신경쓸 겨를도 없었으니.

백서희는 실소를 지으며 팔짱을 꼈다.

"어때? 변주객잔."

"내가 여기에 있어도 되나, 이런 느낌…."

"이게 아가씬지, 시골처녀인지."

백서희는 한쪽에 뻣뻣하게 서 있는 지배인을 불렀다.

"아저씨?"

"예, 아가씨. 말씀만 하십시오."

"간단한 음식 좀 내오실 수 있나요?"

"간단한 음식이라면, 어떤…."

"그냥 적당히 가져오세요."

백서희는 고개를 끄덕이며 덧붙였다.

"곧 잠들 시간이 가까워 오니까 너무 무거운 음식은 좀 그러네요. 목욕물도 좀 데워주시고."

"…최선을 다해 준비하도록 하겠습니다."

지배인이 허리를 푹 숙인 뒤 주방으로 사라졌다. 소심한 당소소와 별 생각이 없는 백서희 사이에 침묵이 시작되었다.

"……."

"……."

백서희가 먼저 다리를 꼬았다.

'어떤 의미에선 운령보다 더하네.'

까딱거리는 발끝. 친구가 되자고는 했으나 아직 서로에겐 가시지 않은 앙금이 남아있는 듯했다. 팔을 두드리는 손가락. 조용한 것을 좋아하는 백서희였지만 이런 상황에서까지 침묵을 고수하는 취향은 아니었다.

"…소소."

"응?"

"취미가 뭐야?"

당소소는 미간을 좁히며 고심했다. 소설을 읽는 것이라 답하기엔 그나마 하나 보던 소설이 쌍검무쌍이었기에 답변으로 삼기 애매했다. 그것을 제외하자니 취미가 없다시피 했다.

'내가 평소에 뭘 했더라….'

고심 끝에 당소소는 머리를 긁적이며 백서희의 질문에 답했다.

"공사장 멍하니 바라보는 거?"

"……."

겨우 여성들의 수다가 시작되었다.

* * *

대화를 시작하려던 백서희의 시도는 보기 좋게 실패했다. 까딱거리던 발끝의 움직임은 좀 더 신경질적으로 변했다. 손가락이 팔을 두드리는 주기도 빈도가 점점 짧아졌다.

'아무리 기억을 잃었다지만, 사람이 이렇게 변했다는 게 믿기질 않네.'

이어지는 침묵은 이젠 초조함까지 불러왔다. 기분 탓인지 간단한 음식을 만들어온다던 지배인도 늦어지고 있었다. 백서희는 복잡한 감정이 담긴 숨을 뱉으며 다시 물었다.

"그런 건 취미가 아니잖니. 무언가를 수집한다든지, 여행을 다닌다든지, 자수를 수놓는 걸 즐긴다든지 그런 거 없어?"

"음…."

당소소는 머리를 긁적이던 손을 내리고 시선을 위로 올리며 고민했다. 전생의 하루가 떠올랐다.

아침 다섯 시에 일어나 조촐한 아침을 먹고, 여섯 시까지 현장에 도착한다. 정오를 조금 넘겨서까지 흙먼지를 마시며 일을 하고, 점심을 먹고 삼십 분 휴식. 그리고 오후 여섯 시까지 일을 한 뒤 집으로 돌아가 몸을 씻는다. 다시 일하는 편의점으로 향해 저녁을 해결하고 또 일을 시작한다. 끝나면 어느덧 새벽 한 시. 집에 돌아와선 꿈조차 꾸지 못하는 잠을 청한다. 그리고 다시 다섯 시.

'그렇다고 현생의 취미가 있냐면, 딱히 없는데.'

당소소로서의 삶도 그리 녹록치 않았다. 일상을 영위하려고 하니 당청이 반란을 일으키고, 몸은 과거의 기억에서 벗어나지 못하고 있다. 소설 속 악역에게 납치당하고, 별다른 대비 없이 향했던 사천교류회에선 사파의 절정고수 둘을 만나기까지. 사건이 끝나서 숨 좀 돌리고자 했더니 이젠 독을 먹었다. 이래저래 쉴 틈 없는 나날들이었기에 취미는커녕 당소소로서의 일상조차 제대로 살지 못하고 있었다.

"…어, 일단 없는 거 같은걸."

없는 것을 있다고 할 순 없기에 당소소는 멋쩍은 웃음을 지었다. 백서희는 팔짱을 풀어 탁자 위로 손을 올렸다. 탁자를 연신 두드리는 손가락에선 직면한 상황이 영 마음에 들지 않는다는 느낌이 팍팍 묻어났다.

'어렵네….'

백서희가 말주변이 좋고 붙임성이 좋은 성격이었다면 이런 고난에도 쉽게 말을 이어갔겠으나 그녀 또한 무뚝뚝한 성향이 짙었다. 지위가 지위였던지라 대부분의 대화는 상대 쪽에서 시작하는 경우가 많았고, 당소소와 비슷한 성격인 운령과는 검술이라는 공감대 덕분에 해결할 수 있었다.

"그래."

"응."

단답이 오가고 다시 침묵이 찾아왔다. 백서희는 주방 쪽을 바라보며 말없이 지배인을 애타게 찾았다. 백서희는 백서희대로 당소소를 배려해 더 깊이 캐묻지 않았고, 당소소는 당소소대로 백서희의 눈치를 보며 말을 아꼈다.

서로의 배려가 맞물려 이어진 긴 고착 끝에 지배인이 음식이 담긴 그릇을 내려놓았다.

"맑은 국물에 양고기를 찢어 넣은 탕입니다. 변주객잔에서만 드실 수 있는 청양탕清羊湯이지요."

"좀 늦었네요."

그릇을 바라보던 백서희가 다소 신경질적으로 지배인을 쏘아붙였다. 지배인은 머리를 조아리며 서둘러 변명했다.

"가장 품질 좋은 고기를 골라 새로 육수를 냈던 터라 좀 지체된 점, 사죄드립니다."

"뭐, 일단은 알겠어요."

"그럼, 부디 맛있게 즐겨주시길…."

지배인이 물러나자 요리 앞에 앞접시와 수저가 놓였다. 물끄러미 청양탕을 바라보는 백서희. 당소소도 청양탕을 바라봤다. 서로 겉돌던 시선이 드디어 한 점에 모였다. 백서희가 헛기침을 하자, 당소소도 고개를 휙 돌렸다.

"흠…."

백서희가 청양탕을 접시에 덜려고 국자를 움켜쥐자 다시 당소소의 고개가 돌아왔다. 그녀의 시선을 읽은 백서희는 국자로 요리를 휘휘 저은 뒤 자기 앞접시에 덜었다.

"은이야."

"으, 응?"

"여기 식기는 다 은이라고."

백서희는 당소소의 접시를 뺏어와 요리를 덜어줬다. 눈앞의 음식을 보고 잠시 머뭇거리는 당소소. 백서희가 안쓰럽게 바라보며 말했다.

"꺼려진다면 먹지 않아도 돼."

"아니, 그런 건 아닌데."

"넌 얼굴에서 티가 다 나니까 숨기지 말고."

백서희는 옆머리를 귀 뒤로 넘기며 수저로 국물을 떠마셨다. 은수저와 그릇이 부딪히며 달그락거렸다. 국물을 먹은 백서희는 당소소를 향해 살짝 웃어주었다. 당소소도 고개를 끄덕이며 청양탕을 떠마셨다.

간이 다소 심심했지만 잘 우러난 육향과 진한 육수가 간의 심심함을 잊게 할 만큼 감칠맛을 펼쳐놓았다. 맛을 음미하던 당소소는 백서희를 바라보며 웃었다.

"괜찮네."

"기왕이면 제대로 대접해주고 싶었는데 말이지."

둘은 식사를 이어갔다. 침묵이 이어지던 둘 사이엔 어느새 수저 달그락거리는 소리가 대신 자리하고 있었다. 식사에 집중하다 보니 둘은 금세 식사를 마쳤다. 백서희는 탁자를 툭툭 두드리며 점소이를 불렀다.

"여기요."

"예, 아가씨."

점소이 대신 지배인이 기다리고 있다가 달려와 그릇을 치우려 했다. 백서희는 지배인을 만류했다.

"절 각별하게 대하고 싶어 하시는 마음은 알겠어요. 하지만 변주객잔의 지배인으로서 좀 더 고상한 모습을 보이는 편이 좋지 않을까요?"

백서희의 지적에 지배인은 몸을 움찔거리며 그릇을 내려놓았다. 그리고 목청을 가다듬으며 말했다.

"죄송합니다. 마음이 너무 들떠 있었나 봅니다. 이봐, 여기 그릇들 좀 치우지."

"예, 나리."

점소이가 쪼르르 달려와 잽싸게 그릇을 들고 주방으로 향했다. 안절부절못하던 지배인이 겨우 한 마디 꺼냈다.

"식사는 어떠셨습니까?"

"괜찮았어요. 식기들을 은으로 내오라는 주문은 꽤 갑작스러웠을 텐데, 잘 이행해 주셨더군요."

지배인의 입술이 살짝 움찔거렸다. 하지만 백능상단 아가씨에게 이런 감정을 보일 순 없는 일. 서둘러 표정을 지우고 고개를 숙였다. 백서희는 탁자 끝을 매만지며 어느덧 밤이 된 바깥을 바라봤다.

"차는…. 좀 늦은 것 같고."

당소소도 바깥을 바라보며 어색했던 공기 때문에 잊고 있던 것을 떠올렸다.

"저기, 스승님은 어디 가셨는지 알아?"

"우리끼리 있으라고 하시면서 잠깐 산책하러 나가셨어."

"그렇구나."

짧은 대화가 오가고 다시 무거운 공기가 내려앉았다. 백서희는 고개를 저으며 생각했다.

'진짜 독무후 님이 계시는 편이 훨씬 편했을 텐데.'

별다른 일을 하지 않았는데도 피로가 몰려오는 기분이었다. 백서희는 머리에 손을 얹고 당소소를 바라봤다. 청양탕 국물에 푹 젖은 그녀의 옆머리가 보였다. 백서희는 웃음을 참고 머리를 가리키며 말했다.

"…너 그거."

"응? 뭐가."

"옆머리."

"옆머리?"

당소소는 백서희의 손가락을 따라 시선을 돌렸다. 흑단같은 머릿결이 육수로 번들거리고 있었다. 당소소의 인상이 팍 찌푸려졌다.

"에이 씨."

당소소는 옆머리를 옷에 쓱 문지르려다가 가까스로 자신이 당가의 규수임을 상기하고 움직임을 멈췄다. 비단옷에 국물을 닦는 대신 미간을 좁히며 생각했다.

'콱 잘라버려?'

하연이 들었다면 뒷목을 부여잡았을 생각이지만, 전생에선 항상 반삭발에 가까운 머리를 하고다녔으니 긴 생머리가 너무 거치적거렸다. 당소소는 한숨을 쉬었다.

"혹시 씻을 곳 있어?"

"저기."

백서희가 가리키는 방향으로 측간廁間이라는 명패가 보였다.

"그럼, 금방 씻고 올게."

당소소가 측간으로 향하자 백서희도 일어나 그녀를 따라 측간으로 향했다.

"……?"

“…….”

당소소는 어리둥절한 표정으로 자신을 따라오는 백서희를 바라봤고, 백서희도 왜 바라보냐는 표정으로 당소소를 바라봤다.

‘쟤도 측간에 가나보지, 뭐.’

당소소는 시선을 돌려 측간으로 향하는 문을 열었다. 짧은 통로를 지나, 바깥에 위치한 측간이 나왔다. 불쾌한 냄새가 나긴커녕 복숭아향이 풍겨오는 측간은, 옛날이라곤 믿기지 않을 정도로 말끔했다. 당소소는 코를 킁킁거렸다.

“생각보다 깔끔하네?”

“원래 측간이 깔끔한 가게는, 모든 것이 깔끔하기 마련이지. 물은 저기 있어.”

백서희가 웃으며 물이 담긴 큰 항아리를 가리켰다. 물을 뜨는 박이 담긴 항아리 옆엔 선반과 함께 대야가 놓여 있었다. 당소소는 대야에 물을 떠서 머리카락을 씻었다.

백서희는 선반을 열어 수건을 하나 꺼내 당소소에게 내밀었다. 머리를 꾹 쥐어 물기를 짜낸 당소소가 수건을 받으며 물었다.

“넌 측간 안 써?”

“……?”

“……?”

서로 영문을 모르겠다는 표정으로 바라보는 당소소와 백서희. 당소소는 수건으로 옆머릴 닦으며 다시 물었다.

“같이 오길래 너도 측간을 쓰려고 오는 줄 알았는데.”

“당연히 난 네가 가길래 따라나왔지.”

“그래?”

“그래. 그 수건은 나가서 점소이한테 건네줘.”

백서희는 대수롭지 않다는 듯 다시 안으로 향했다. 당소소의 얼굴엔 여전히 백서희의 행동에 대한 의문이 가득했다.

'대체 왜 따라온 거지?'

당소소는 백서희를 따라가며 골똘히 생각했다. 측간을 나서자 점소이가 손을 내밀었다.

"다 쓴 수건은 저에게 주시지요, 손님."

"아. 감사해요."

당소소는 일단 고민을 내려놓으며 점소이에게 수건을 건넸다. 그리고 지배인과 대화를 나누고 있는 백서희를 바라봤다.

"그래서 지금 쓸 수 있는 방이 한 개라는 건가요?"

"예. 굳이 쓰자면 쓸 순 있습니다만, 침상을 새로 올리고 하는데 시간이 꽤 걸릴 듯 싶습니다."

"……."

"정말 죄송합니다. 아가씨 혼자 오시는 줄 알고 있었기에…."

불편한 기색을 숨기지 않는 백서희. 당소소가 백서희에게 다가갔다.

"무슨 일이야?"

백서희는 물기에 젖은 당소소의 옆머리를 흘깃 바라보며 제대로 닦였는지 다시 한 번 확인했다.

"방 하나를 제외하곤 침상을 교체하는 중이라 못 쓴다고 하네."

"…어?"

"그렇게 됐으니 올라와."

백서희가 계단을 올라갔다. 당소소는 눈을 깜빡거리며 그 모습을 바라봤다. 지배인은 백서희의 눈치를 보다 아직 자리에 있는 당소소의 눈치를 보기 시작했다. 당소소가 지배인을 돌아봤다.

"다시 한 번 정말 죄송합니다. 허나 불편하시진 않을겁니다. 가장 고급스런 방이라는 것, 제 지위를 걸고 약속드릴 수 있습니다."

"어…?"

지배인의 호언장담에도, 당소소가 낼 수 있는 소리는 적나라한 당황이 담긴 외마디 비명 뿐이었다.

"어어…?"

어떤 의미에서건 여자와 숙박하는 것은 두 삶을 통틀어서도 처음이었으니까.

* * *

변주객잔의 사 층에 올라서자 보란 듯이 계단 맞은편에 화려한 장식의 큰 문이 있었다. 당소소는 문을 열고 안으로 들어섰다.

어느새 편한 복장으로 갈아입은 백서희가 먼저 눈에 들어왔다. 두 개의 침상 중 한곳에 앉아 있는 그녀. 항상 땋고 있던 머리는 물기에 젖은 채 풀려 있었다. 백서희는 젖은 머리를 수건으로 비비다가 당소소를 바라봤다. 당소소가 난색을 표하며 시선을 돌렸다. 백서희는 눈가를 좁히며 당소소를 바라봤다.

"왜 그렇게 쭈뼛거려? 문을 열었으면 들어오지."

"어, 음. 응."

당소소는 백서희의 말에 이끌려 문을 닫고 안으로 들어왔다. 큰 등불 하나가 방 안을 비추고 고급스런 침상엔 비단이 드리워져 있었다. 당소소와 독무후의 짐들이 한쪽 구석에 잘 정돈되어 있었고, 살짝 열려 있는 또 하나의 문이 보였다. 문틈으로 큰 목욕통과 수건이 삐죽 삐져나온 서랍이 보였다.

'미치겠네….'

당소소는 갑작스런 상황을 받아들이지 못하고 어지러움을 느꼈다. 하지만 계속 서 있을 수도 없는 노릇이었기에 백서희를 피해 자신의 침상에 앉았다. 백서희가 자리에서 일어나며 물었다.

"넌 안 씻어?"

"어, 응? 아…. 괜찮아."

"아까부터 이상하네."

백서희는 문 옆에 있는 상자에 수건을 놓고 자리에 돌아와 앉았다. 그리고 낯을 가리는 당소소를 바라보며 다리를 꼬았다. 당소소는 한껏 움츠러들어 백서희의 시선을 피했다.

"옷은 안 갈아입어?"

"그, 그게 무슨 소리야."

"…? 불편하잖아. 편한 옷으로 갈아입어야지."

백서희는 머릴 뒤로 넘기며 말했다. 하지만 당소소는 그 말에 대답할 수 없었다. 실제론 별 일 아니었고, 그나마 시녀들이 옷을 벗겨주는 데 겨우 익숙해진 그녀였다. 하지만 숙소에서 시녀가 아닌 여성과 같이 자는 일은 달랐다.

'어지럽네….'

당소소는 생각하기를 포기하고 신발을 벗은 뒤 그대로 침상에 몸을 뉘였다. 깃털을 가득 채워둔 침상의 질감이 당소소를 포근하게 감쌌다. 백서희는 콧소리를 내며 그녀를 바라봤다.

"피곤한가보네."

"…어, 피곤해. 그냥 이대로 쉬고 싶네."

"네가 그렇다면야…. 그럼 불 꺼줄게."

백서희는 자리에서 일어나 열려 있던 창문을 닫고, 걸려 있던 등불을 바람을 불어 껐다. 방 안에 빛은 사라지고, 창문을 타고 흐르는 달빛만이 바닥을 메웠다. 백서희는 자리에 누우며 말했다.

"편하게 쉬어. 내일은 도강언에 가야 할 테니까."

"고마워."

백서희는 당소소의 목소리에 몸을 움찔거렸다. 그리고 혀를 차며 말했다.

"친구잖아."

백서희는 등을 돌린 뒤 이불을 끌어올려 얼굴을 가렸다. 당소소는 등돌린 백서희의 뒷모습을 바라봤다. 어색하기만 하던 기류가 조금이나마 해소된 느낌이었다. 당소소도 얼굴까지 이불을 끌어올렸다.

"고마워, 친구."

당소소는 눈꺼풀을 내렸다. 투척술을 연습한 것도 아니고, 학문을 배우는 것도 아닌데 어쩐지 힘든 하루였다.

* * *

당소소가 눈을 떴다. 미간을 구기며 자리에서 일어났다. 한껏 찡그린 눈으로 시간을 가늠했다. 아직 마르지 않은 달빛으로 보아 얼마 되지 않은 듯했다. 그녀는 머리를 긁적이며 자신이 일어난 이유를 생각해봤다.

'축축한데.'

당소소가 이불 안에 손을 넣었다. 당소소 손끝에 습기가 묻었다. 당소소는 손을 꺼내 상황을 파악했다.

"어…."

퀴퀴한 냄새는 아니었다. 오히려 비릿한 냄새에 가까웠다. 손을 움직여 달빛에 비춰봤다. 손가락에 붉은색이 묻어 있었다. 당소소는 지끈거리기 시작한 머리를 움켜쥐며 한숨을 쉬었다.

"이거 그거구나."

침상에서 일어나 이불을 걷었다. 하얀 이불은 보란 듯이 붉은색으로 물들어 있었다. 골치가 아파왔다. 두통은 점점 어지럼증으로 번졌다. 당소소는 천천히 바닥에 주저앉아 자신의 침상을 바라봤다.

'씨팔, 진짜 가지가지하네….'

당소소는 자조했다. 하지만 별다른 동요는 일어나지 않았다. 여성의 몸인 걸 자각하고 있거니와, 당장의 감정은 자다가 몽정을 한 느낌 정도였으니까.

'약간 다른 점은, 힘이 풀린 느낌 정도인가.'

몽정이든, 다른 것이든 이불에 실례해놓고 그대로 내버려 둘 수도 없는 노릇이었다. 당소소는 주저앉은 채로 꼼지락거리며 이불을 걷어내기 시작했다. 이불을 걷어내는데 뒤척이는 소리가 들려와 당소소는 고개를 들어 백서희를 바라봤다.

'…그냥.내 이불 소리인가보네.'

백서희는 자신을 등지고 잠자는 상태 그대로였다. 당소소는 다시 침상에 깔아둔 이불을 걷는 데 집중했다.

긴 날숨와 함께 백서희의 몸이 뒤척였다.

* * *

백서희가 눈을 떴다. 부스럭거리는 소리와 미약한 혈향. 달아난 잠기운은 되려 감각을 북돋아 줬다. 백서희는 예민해진 감각으로 주변을 훑었다.

"이거 그거구나."

소리죽여 자조하는 당소소의 목소리였다. 백서희는 뒤척이는 척 슬쩍 몸을 돌려 당소소를 관찰했다. 이불을 걷고 자리에서 일어난 당소소는 사시나무 떨듯 몸을 파르르 떨며 자리에 주저앉았다. 떨리는 손길은 얼룩진 이불을 침상에서 걷어내고 있었다.

"후우."

침상 위의 이불들을 걷어낸 당소소는 눈을 감고 침상에 기대 축 늘어졌다. 백서희의 몸이 움찔거렸다. 당소소가 고개를 들어 백서희 쪽을 바라보자 자신도 모르게 눈을 감고 자는 척을 했다.

'…달거리인가? 그런데 행동을 보면 주기도 제대로 모르는 것 같은데.'

백서희의 기척이 자신의 착각이라 생각한 당소소는 이마에 송골거리는 식은땀을 닦았다. 또다시 입술을 비집고 나오는 한숨. 마치 뇌린은루를 삼키기 전으로 되돌아간 느낌이었다. 발목을 움켜쥔 무력감을 뿌리치고 이불을 움켜쥐고 일어섰다. 그녀의 가는 허벅지 안쪽을 타고 핏물이 흘렀다.

"찜찜하네."

당소소는 옷을 들춰봤다. 비단옷이 피에 젖어 끈적거렸다. 그녀는 불쾌감을 꾹 누른 채 이불을 옮겼다. 낑낑대는 모습을 보며 백서희는 잠시 그녀를 도와야 하나 고민했다.

'내가 나서면 부끄러워 할 것 같은데. 그렇다고 도와주지 않자니, 혼란스러워 하고 있을 것 같고.'

백서희는 날숨을 길게 뱉으며 생각을 정리했다. 낯설어하며 숨기려 드는 모습을 보면 첫 월경이 분명했다. 자신이 상관할 일은 아니었다. 오히려 그녀가 민망하지 않게 모르는 체해주는 것이 백서희의 관점에 가장 가까웠다. 이곳이 당가거나, 여정에 따라온 시녀가 있었다면 당연히 그랬을 것이다.

"으윽."

당소소가 이불을 들고 휘청거리며 걸어갔다. 더는 두고 볼 수 없던 백서희가 자리에서 일어나 당소소에게 다가갔다.

"이리 줘."

"헉. 백서희."

갑작스레 나타난 백서희의 음성에 당소소는 그리 놀라는 기색을 보이진 않았다. 하지만 몸은 그렇지 않았다. 파들거리는 손이 꼭 쥐고 있던 이불을 놓아버렸다. 백서희는 잔떨림이 보이는 당소소의 손을 보며 말했다.

"…처음이야?"

"음, 아마?"

"뭐, 그렇겠네."

백서희는 당소소가 기억을 잃었다는 것을 상기하며 바닥에 떨어뜨린 이불을 주웠다. 붉은 얼룩이 묻은 이불을, 다 쓴 수건을 넣었던 상자에 넣었다. 당소소는 그 광경을 바라보며 침상에 앉았다. 으슬으슬한 오한이 등골을 타고 흐르는 듯했다.

"어후. 이거 원래 이런 건가…."

당소소는 굳은 피가 묻은 허벅지를 바라봤다. 질척거리는 속곳은 당장이라도 벗어던지고 싶은 기분이었다. 하지만 백서희의 시선이 의식되어 그러지도 못하고 있었다. 백서희는 벽에 걸어둔 외투를 걸쳤다.

"새 걸로 받아올 테니, 쉬고 있어."

"내가 갈게."

"그 꼴로?"

당소소는 피가 묻어 있는 자신의 옷을 움켜쥘 뿐이었다. 백서희는 자기 침상에 있던 이불을 당소소 어깨 위로 덮어줬다.

"가져올 동안 내 이불이라도 덮고 있어."

"괜찮은데."

"아마 첫 달거리라 몸이 놀랐을 거야. 사람마다 증세가 다 다르지만, 통증도 좀 있을 거고."

당소소는 욱신거리는 아랫배에 손을 올렸다. 고통스럽다든지, 움직일 수 없을 정도의 고통은 아니었다. 하지만 남자일 땐 겪어보지 못한 찜찜한 감각이 그녀의 정신을 살살 괴롭히고 있었다. 몸 안의 피가 빠져나간 탓에 끈적한 의복, 현기증을 동반한 빈혈, 거기에 손끝과 발가락도 시렸다.

당소소는 월경에 대해 논하는 것이 쑥스러워 시선은 바닥에 고정시킨 채 백서희에게 물었다.

"음…, 뭘 해야 해?"

"따뜻한 물로 몸을 씻어야 해. 몸을 따뜻하게 하는 게 우선이야. 그리고 두꺼운 천을 덧댄 속곳으로 갈아입어야지. 피가 흐르지 않게."

한밤중에 일어난 여파로 백서희가 하품을 했다. 당소소는 두 손을 맞잡고 오들오들 떨고 있었다. 여전히 백서희의 시선을 피하는 중이었다.

"그렇게 민망해하지 않아도 돼. 여자라면 다 겪는 일이니까."

"…그게 문제인데."

당소소는 영문 모를 말로 툴툴거리며 팔짱을 끼고 좀 더 움츠러들었다.

"따뜻한 물을 올려보내라고 할 테니까, 잘 추스르고 있어."

백서희가 아래층으로 내려갔다. 문이 닫히는 소리가 들리자, 당소소는 이불 속으로 쏙 들어가며 나지막하게 불쾌한 기분을 토해냈다.

"씨팔."

마음속에 담아둔 불만이 조금씩 새어 나오고 있었다. 걸리적거리는 가슴, 필요 이상으로 신경을 써야 하는 청결, 부족한 근력과 체력. 육체의 불편함은 곧 정신의 괴리를 가져왔다. 남자 주연으로 태어났다면, 더 편하게 꿈을 이룰 수 있었을 텐데. 그런 감정이 정신을 괴롭혔다.

하지만 당소소는 그 감정에 비웃음을 던지며 고개를 저었다.

"그렇지만 내가 쌍검무쌍의 주연이 되었다간, 어떻게 될지 눈에 선한데."

쌍검무쌍의 주연들은 하나같이 무재를 타고난 사람들이었고, 그 무재에 걸맞게 무공에 대한 이해도 또한 높았다. 그 숭고한 육체를 이 저열한 이해도로 움직였다간 본작만큼의 무공도 못 쌓고 주연이 해결해나갔던 사건들은 난항에 빠졌겠지.

'최선은 아니지만, 최악도 아니지.'

당소소는 눈을 감았다. 단전의 내공이 일렁이며 마음을 안정시키고 있었다.

호흡을 골랐다.

호흡의 고저를 따라 뇌린은루에 깃든 실낱같은 만류귀원신공의 기운이 혈도를 타고 흘렀다. 창백했던 안색에 다시 홍조가 돌았다. 소주천이라고도 부르기 민망한 한줄기 지류의 흐름이었다. 하지만 분명한 내공이었다. 내공을 머금은 피는 몸을 데우고, 그 온기로 말미암아 머리에 낀 먹구름을 걷어냈다.

'그리고 난 이 현실에 만족해.'

어떤 육체든, 어떤 정신이든.

스승의 따뜻한 보살핌, 아버지의 관심, 시녀들의 걱정과 수하들의 충정, 당소소이기에 가질 수 있었던 현실. 안타깝게 지켜봐야만 했던 암류에 휩쓸린 이들. 쌍검무쌍을 각별히 여기는 김수환이기에 가질 수 있는, 하찮은 자의 숭고한 이상.

뭇 별들을 따라잡을 순 없을 테지만, 그 별을 바라보며 걸을 수 있게 되었다는 것이 그녀에겐 각별하게 다가왔다. 당소소는 걷지 못했고, 김수환은 별을 바라보지 못했다. 그렇지만 김수환은 묵묵히 걸어왔고, 당소소는 별을 바라볼 수 있는 위치에 있다.

"다 괜찮아. 다 괜찮은데…. 진짜 귀찮네. 한 달마다 이래야 하나?"

당소소는 한숨을 푹 쉬며 뒤집어쓴 이불 바깥으로 머리를 빼꼼 내밀었다. 마침 백서희가 김이 뿜어지는 대야를 든 시녀와 함께 들어오고 있었다. 백서희는 그녀를 잠시 바라보더니, 당소소의 짐을 뒤적거리며 말했다.

"아프진 않아?"

"그렇게까지 아프진 않아."

백서희는 당소소의 옷가지에서 붉은색 계열의 옷들을 집었다. 그리고 자신의 짐을 뒤지며 시녀에게 눈짓했다. 시녀는 고개를 끄덕이며 뜨거운 물이 든 대야를 목욕통이 있는 곳으로 가져갔다. 백서희는 당소소의 침상에 옷가지 몇 개를 내려놓았다.

"우선 피부터 씻어내자. 불을 더 때라고 해뒀으니, 춥진 않을 거야."

당소소는 몸을 일으켜 목욕통으로 향했다. 시녀가 대야의 뜨거운 물을 목욕통에 부으며 온도를 조절하고 있었다. 당소소가 다가오자 시녀는 허리를 숙였다.

"세신을 도와드리겠습니다, 아가씨."

"저, 저 혼자 할게요."

슬쩍 뒤로 물러서며 사양하는 당소소. 하지만 시녀는 완강했고, 백서희는 더 완강했다. 백서희는 단호한 음성으로 말했다.

"벗어."

"응?"

"네가 새색시도 아니고, 왜 이렇게 부끄럼을 타는 거야?"

"새, 색시라니."

당소소는 얼빠진 표정으로 백서희를 바라봤다. 백서희는 당소소와 눈도 마주치지 않고 뒤로 돌며 말했다.

"…씻고 있어."

문이 닫혔다. 시녀는 물수건을 물에 적셔 당소소를 씻길 준비를 했다. 당소소는 한숨을 쉬며 옷을 묶고 있는 매듭을 잡았다. 당가에서 매일 겪는 일이면서, 영 익숙해지지 않는 일이기도 했다.

비단 쓸리는 소리가 들리며 창백한 나신이 드러난다. 피에 젖은 하얀 속곳과 때 타지 않은 하얀 젖가리개. 그것들의 매듭을 잡은 당소소는 잠시 고민하다, 느릿한 움직임으로 두 개 모두 벗었다.

가녀린 몸에 영근 꽃잎들. 위태롭게 피어 있는 그 자태는 독화라는 별호 그대로였다. 잠시 넋을 잃고 그녀의 나신을 바라보던 시녀.

"그, 빨리하죠."

"앗, 죄송합니다."

당소소가 한기에 몸을 살짝 움츠리자 시녀는 그제야 정신을 차렸다.

"실례하겠습니다."

시녀는 바닥에 널브러진 옷을 받아 선반에 올려놓고, 대야에 목욕물을 퍼서 당소소의 몸에 끼얹었다. 온기가 번져가며 잔뜩 긴장한 당소소의 심신을 이완시켰다. 당소소는 온기에 눈을 감았다.

"후우, 시원하다."

"예?"

"……."

되묻는 시녀에겐 시선을 반대로 돌리며 침묵으로 답했다. 시녀는 고개를 갸웃거렸지만 자신의 본분을 잊진 않았다. 따뜻한 물수건으로 당소소의 몸 이곳저곳을 닦고 말라붙은 핏줄기들을 닦아냈다. 얼추 핏자국들을 닦아낸 시녀는 다시 물을 끼얹어주며 물었다.

"핏자국들은 다 씻었습니다. 혹시, 더 씻으실 곳은 없으신지요?"

"괜찮아요. 한밤중에 쉽지 않은 일이었을 텐데, 감사해요."

시녀가 당소소의 몸에 묻은 물기를 닦아주며 옷과 속곳을 집어주고 옷가지의 매듭을 묶어주었다. 붉은 저고리의 매듭까지 꽉 조인 당소소가 문으로 걸어갔을 때였다.

똑똑.

문 두드리는 소리가 들렸다. 당소소의 움직임이 잠시 멈췄다. 잔뜩 낮춘 백서희의 음성이 들려왔다.

"지금 열지 마."

"응?"

어리둥절한 의문 뒤에 들린 것은 말이 아닌 칼 뽑는 소리였다. 장검 뽑히는 긴 울림이 문틈으로 새어 나왔다. 그에 화답하는 쇳소리 또한 그 뒤를 따라 들려왔다. 당소소가 미간을 찡그렸다.

'이건, 야습.'

궁정이라도 하듯 물건이 깨지는 격렬한 소리가 들려왔다. 당소소는 시녀를 돌아봤다. 그녀는 이런 일에 익숙하지 않은지 오들오들 떨고 있었다.

"구석에 숨어 계세요."

"예, 예! 아가씨…."

시녀가 서둘러 목욕통 뒤로 숨자 당소소는 벗어놓았던 옷을 뒤져 회룡피갑과 현천비를 회수했다. 당소소는 회룡피갑을 끼고 현천비를 한차례 휘둘러봤다.

'맨살로 다룰 때와는 전혀 다른 감각인데.'

회룡피갑 위로 느껴지는 촉감은 꽤 이질적이었고, 빈혈기에서 유발된 현기증이 균형 감각을 위협했다. 하지만 익숙해지기 위해 시간을 쓸 수도 없는 노릇. 당소소는 현천비를 움켜쥐며 문을 열었다. 피 냄새가 훅 끼쳐왔다. 바닥엔 장검에 베인 흑의의 무인들이 신음하며 널브러져 있었다.

백서희는 피에 젖은 장검을 호쾌하게 털어내며 말했다.

"야습이야."

"마교?"

"그래. 독무후 님의 말대로라면 본가인 도강언에 집결해 있을 거라 하셨는데."

"휴식을 방해할 목적으로 보낸 조무래기들이다."

독무후의 목소리였다. 독무후는 창문을 통해 방 안으로 들어왔다. 그녀의 몸에선 혈향과 고약한 탄내가 풍기고 있었다. 독무후는 바닥을 바라보며 고개를 저었다.

"지금 대외적으론 넌 호위도 없이 혼자 여행을 떠나는 모양새다. 그 정보의 진위 여부를 파악하기 위해 조무래기들을 보낸 게지."

"그럼…."

당소소는 고통에 지쳐 헐떡이는 그들을 바라봤다.

"이변을 감지했겠네요."

콰아앗!

나무 벽이 무너지며 장정 한 명이 망치를 들고 나타났다. 그 쇳덩이엔, 피와 살점이 붙어 있었다.

"이년들, 여기 있었구나."

"그래, 이곳에 있다."

독무후가 그에게 다가가며 말했다. 장정은 가소롭다는 듯 웃으며 말했다.

"어린년이 마교의 대마두를 보더니 이성을 상실했구나!"

다가오는 독무후에게 쇳덩이가 휘둘러졌다. 한껏 부푼 근육에서 묻어나오는 내공의 잔재. 이류무인의 것이었다. 쇳덩이는 정통으로 독무후를 강타했다.

파직!

그러나 으깨지는 것은 독무후의 자그마한 몸이 아닌 투박한 쇠망치였다. 쇳덩이가 두 조각으로 나뉘며 땅바닥을 나뒹굴었다. 독무후의 주먹이 앞으로 내밀어져 있었다.

"본녀가, 이곳에 있다."

경악하고 있는 사내의 어깨로 비수 하나가 날아들었다. 현천이라는 이름을 지닌 비수는 그의 어깨에 단단히 박혔다. 삼양귀원의 자세를 충실히 이행하고 있다는 방증이었다. 사내는 어깨를 움켜쥐었다.

"큭! 이런 비열한…!"

"후후, 몰랐느냐?"

독무후는 기꺼운 웃음을 터뜨리며 당소소를 바라봤다. 당소소는 잔뜩 긴장한 얼굴로 독무후를 바라보고 있었다. 독무후는 다시 고개를 돌리며 그를 바라봤다.

"벼리어진 교활함을."

발걸음이 움직였다.

"정제된 지독함을."

뻗어오는 손. 저항하려 몸부림을 쳐보지만, 몸을 짓누르는 기운이 그에게 어떤 행동조차 허락하지 않았다. 조막만 한 손이 현천비를 움켜쥐었다.

"너희의 비열함은 곧, 우리의 정의이니라."

현천비를 타고 뇌전이 흘러 들어갔다. 거구의 사내가 비명조차 지르지 못하고 경련을 하며 바닥을 나뒹굴었다.

"여기다!"

"독화라는 별호가 있다더니, 요물이 따로 없군!"

"어떻게 죽이라는 말은 없었으니, 재미를 좀 봐도 되겠어."

사내 뒤편으로 일단의 무리들이 무기를 들고 계단을 걸어오고 있었다. 뒤편의 살기. 독무후는 옆으로 한걸음 물러섰다. 창문을 통해 날아든 철침이 계단을 달려오는 한 사내에게 적중했다.

"컥!"

단말마를 기점으로 무인들이 계단을 달리기 시작했다. 요동치는 사람의 물결. 마치, 강을 역류하는 물고기 떼처럼 보였다.

독무후는 현천비를 다시 뽑아 당소소에게 던져주며 말했다.

"따라오거라."

거친 인파의 물결이 부딪혀왔다. 피가 사방으로 튀며 그녀들을 적셨다.

때 이른 출조出釣가 시작되었다.

15장

독심괴취

毒深怪聚

수심어취水深魚聚.

물이 깊고 맑으니 물고기가 절로 모여든다.

그녀가 고개를 든다.

독연과 유혈이 낭자한 이곳.

독이 깊으니 괴이怪異에 몸을 담은 자들이 한데 모여든다.

* * *

금색 비단이 길게 드리워진 침소. 백진오가 기지개를 켜며 일어났다. 책장엔 다양한 고서가, 반대편 .전시대에는 다양한 골동품들이 올려져 있었다. 느릿한 움직임으로 탁자 앞에 앉은 그가 말했다.

"동정洞庭 벽라춘碧螺春. 꽤 알맞은 찻잎이야."

백진오는 찻잎이 든 항아리를 열었다. 가볍게 덖어낸 찻잎에선 그윽한 향이 흘러나왔다.

"여봐라."

"예, 도방都房 님."

그의 부름에 시녀의 목소리가 들려왔다. 아침 바람이 꽤 찼다. 시녀는 물주전자를 내려놓았다. 그리고 다기 옆에 있는 자그마한 화로를 집었다. 동봉해온 화섭자를 열어 화로의 불을 댕겼다. 백진오는 시녀가 가져온 물주전자를 작은 화로에 올렸다.

"손님이 오셨으니, 그만 가 봐도 좋다."

"예."

시녀는 홀로 앉아 있는 백진오가 의아하단 생각을 하면서도, 곧장 고개를 숙이며 침소를 떠났다. 백능상단의 단주대행인 그가 해왔던 수상한 행동에는 모두 뜻이 있었으니. 시녀가 떠나자 백진오는 팔을 걷고 자그마한 나무상자를 열었다.

"팽자천수烹煮泉水라, 좋은 차는 곧 맑은 물을 끓이는 것에서 시작되니."

열린 나무상자엔 종이로 싼 향이 있었다. 백진오는 향 하나를 집고 상자를 닫았다. 그리고 청동으로 빚은 조그마한 향로를 조심스레 배치했다.

"분향정기焚香靜氣. 향을 피우는 것은 이곳에 머물고 있는 탁기의 정화淨化라, 차가 베푸는 자연을 더욱 고요한 상태에서 받아들이기 위함이다."

백진오는 화로에 향을 지펴 향로에 꽂아두었다. 은근한 향이 묵은 공기와 섞이며 방안을 메워갔다.

"오룡포진烏龍布陣. 다기를 배열해 삼라와 만상을 구분한다…."

그는 손을 움직여 다기를 놓았다. 흑색 찻잔을 자기 앞에 놓고, 또 다른 흑색 찻잔을 맞은편에 놓았다.

"지켜보기 불편해 보이시는데, 앉아도 괜찮습니다."

"꽤 복잡해 보이는군."

고서가 꽂혀 있는 책장 뒤편에서 걸걸한 목소리가 들려왔다. 백진오는 싱글거리며 끓어오르는 물주전자를 들었다.

"교역을 위해 멀리 떠난 대방大房을 대신해 거대문파의 장문인, 대상단의 대방, 몇 백 년 동안 그 지방을 다스린 호족을 상대해야 하는 처지입니다. 다례茶禮는 필히 숙달해야 하는 것 아니겠습니까?"

"아쉽게도 난 차향보단 혈향과 더 가까운 사람인지라."

백진오가 더운 물을 찻주전자에 붓자 책장 뒤에 있던 사내가 모습을 보였다. 백진오의 입꼬리가 슬쩍 올라갔다.

"단혼사 님. 어인 일로 오셨습니까."

"…태평하군."

"촉한의 상국相國께서 직접 보수하신 사천의 곡창입니다. 태평하지 않을 리가요."

단혼사는 못마땅한 얼굴로 백진오를 바라봤다. 백진오는 손등으로 찻주전자의 열기를 재고, 안에 들어 있는 물을 다해茶海라 불리는 받침그릇에 쏟아냈다. 그리고 앞에 엎어두었던 찻잔을 들어 수건으로 닦았다.

"앉으시지요. 잔을 데워야 하니."

"마교에 대해선 알고 있나?"

수건을 닦는 손길이 잠시 멎었다.

"저희는 비단길을 걷는 상단입니다. 당연히 알고 있지요."

"십마에 관해선?"

"제가 아무리 무공을 익히지 않은 상인이라지만, 강호의 위협을 무시하겠습니까."

백진오는 말끔히 닦은 찻잔을 내려놓으며 웃었다. 칼날이 앞으로 향한다면 상단의 무사요, 칼날이 뒤로 향한다면 상품을 탐하는 도적이었으니.

상단에게 무림인은 여러 중요한 요소 중 하나일 수밖에 없었다.

"당연히 알고 있지요."

"지금 십마의 일원인 독마 류시형이 수하를 이끌고 이곳 도강언에 잠복해 있다."

단혼사의 말에 백진오는 크게 웃으며 찻잎을 찻주전자에 넣었다.

"핫핫. 도강언을 실질적으로 관리하는 자로서 그걸 모를 리가 있겠습니까. 직접 찾아오신 연유가 그것이었군요."

"그래. 당가에서도 독마를 토벌하기 위해 녹풍대를 파견했다. 자네는 피난을 준비해두도록."

"독천의 친위대인 녹풍대를 파견했다라. 상당히 위급한 사안으로 판단하셨습니다. 헌데…."

단혼사의 조언에, 백진오는 더운물을 찻주전자에 부었다.

"왜 그래야 하지요?"

"…뭐?"

"독마와의 격전에 지레 겁먹어 대피한다면 하루, 싱거운 결투에 하루, 수습에 이틀쯤, 그리고 다시 일상으로 복귀하는 데 또 하루."

백진오는 부글거리는 찻잎을 바라봤다.

"총 오 일의 손실. 귀 가문에서 부담하실 겁니까?"

"꽤 무례하군."

단혼사는 낮은 목소리로 뇌까렸다. 백진오는 고개를 끄덕이며 말을 이어갔다.

"맞습니다. 무례하지요. 그렇기에 저희가 당문의 심기를 거스르는 짓을 하겠습니까?"

"무슨 뜻이지?"

"대피는 없습니다."

백진오는 찻잔에 차를 따랐다. 연녹색의 물결이 잔을 매워갔다.

"백능상단의 호법, 시인矢人과 묵객默客이 그들을 막아설 테니. 그들이라면 독마와도 겨룰 만하지 않겠습니까?"

그는 찻잔에 담긴 차를 큰 그릇에 비웠다. 단혼사의 표정이 굳었다. 백진오는 슬며시 웃었다.

"그러고 보니 그들과는 구면이시겠군요."

"…이곳에 있었나?"

"달리 있을 곳이 있겠습니까?"

단혼사는 어금니를 깨물며 말했다.

"사천성을 벗어나지 못했고, 황천에라도 있는 것이 아니라면…. 그래, 이곳에 있겠지."

"백능상단을 걱정해주신 그 마음, 잊지 않겠습니다. 차라도 한잔 하시겠습니까?"

백진오가 단혼사를 향해 말했다. 하지만 단혼사 쪽에 놓았던 찻잔은 여전히 뒤집혀 있는 상태였다. 단혼사가 혀를 찼다.

"음흉한 놈."

"항상 드리는 말씀이지만, 절 칭찬해 주시는 분은 단혼사 님밖에 없을 겁니다."

"상대를 꽤나 위협하고 다니나 보군."

단혼사는 백진오의 축객령에 굳이 대응하지 않고 콧방귀를 뀌며 그를 지나쳤다.

"시인과 묵객은 네가 다룰 놈들이 아니다."

"금전으로 모든 것을 살 순 없지요."

백진오는 고개를 끄덕이며 다시 찻잔에 차를 따랐다.

"하지만 대부분은 금전으로 살 수 있지 않습니까?"

찻잔을 들어 색을 탐닉하고, 향을 음미한다. 향기로 사람을 놀라게 해 죽인다는 뜻에서 붙여진 벽라춘의 또 다른 이름인 하살인향嚇煞人香. 아찔한 향취에 백진오는 눈을 감았다. 한 모금을 머금고, 찻물을 혀 위로 굴렸다. 과일나무를 이웃해서 자란 찻잎이었기에 연한 녹차 맛 사이로 풋풋하게 묻어나는 과일 향이 느껴졌다. 화려한 복색의 여인이 살짝 드러낸 살결과도 같았다. 고작 찻물 한 모금에 느껴지는 감흥에 백진오는 웃음을 감출 수 없었다.

"만고의 충신도, 천하의 안위도. 몇 가지 예외를 제외한다면, 그 대단해 보이는 것들도 별거 아닌 철전 쪼가리를 따라간다는 게지요."

감흥에 취했는지 평소라면 드러내지 않았을 감정을 내비쳤다. 단혼사가 문을 열며 말했다.

"명심해라. 사천이 흔들리면 마교의 본산이 움직인다."

"전 손해 보는 장사를 하지 않습니다, 단혼사 님."

백진오는 찻잔을 홀짝였다.

"언제든지."

* * *

계단을 거슬러 오르는 인파의 물결을 걷는 독무후의 발걸음이 다소 나른해 보였다.

"컥!"

비수가 날아 숨통에 박혔으며,

"팔이, 씨발!"

철침이 혈도를 찢자 팔이 축 늘어졌다.

"쉬익, 쉬익!"

쇠구슬은 목을 꿰뚫어 안식에 들게 할 숨결조차 허락하지 않았다.

"의미 없는 짓들을."

역류하는 사람의 물결은 쏟아지는 피가 되어 아래로 쏟아져 내렸다. 독무후는 장포에 한쪽 팔을 걸치고 그들을 내려다봤다. 어린아이의 모습을 보며 안광을 뿜고 달려드는 이들의 걸음은 계단 아래로 흘러내리는 끈적한 핏물에 멈춰 섰다.

독무후는 장포에 넣어둔 손목을 비틀어 주머니 하나를 움켜쥐었다. 다섯 개의 쇠구슬이 자그마한 손에 쥐어졌다.

"…우스운 꼴이군."

독무후는 자그마한 자신의 손을 비웃으며 쇠구슬을 뿌렸다.

천 개의 구슬을 뿌린다는 독무후의 암기술, 천잔산구千殘散球.

건성으로 내민 손길이었다. 느릿하게 날아드는 쇠구슬엔 전혀 건성처럼 보이지 않는 신묘한 무리武理가 담겼다. 그리고 맹독마저 찢는 벼락마저도.

콰드득!

다섯 개의 쇠구슬은 뇌기를 담고 계단의 위쪽을 모조리 쓸어버렸다. 살이 찢겨나가고 뼈가 으깨지며 종국엔 벽에 긴 상흔을 내며 박혔다. 계단을 틀어막고 있던 십수 명의 인파가 한 수에 으스러져 아래로 나뒹굴었다. 독무후는 쇠구슬을 뿌린 손가락을 천천히 꺾었다.

"천잔산구는 본래 천 개의 구슬을 뿌리는 것인데 말이지."

독무후가 아래를 내려다봤다. 그녀가 보이는 무위가 믿기지 않는다는 얼굴들이었다. 독무후는 얼굴에 어린아이의 순수가 담긴 웃음을 그렸다.

"강호에선 어린아이와 노인을 조심하라고 하지 않았느냐?"

당소소는 침을 꼴깍 삼키며 겁에 질려 있는 그들을 바라봤다.

마공은 본디 사람의 마음을 마성魔性에 적셔 사람의 마음으론 연성할 수 없는 무공을 다루는 것이다. 경지가 높아질수록, 마공에 노출되는 기간이 길어질수록 인간의 감정은 마비되고 욕망만이 남는다.

그러나 그들은 독무후의 무위를 보며 두려움에 떨고 있었다. 마성을 밀어내는 이성은 발걸음을 뒤로 움직이게 하고, 인간의 본능은 부정하고 싶은 경악에 사로잡혀 있었다. 당소소는 이런 경향을 보이는 이들의 경지를 잘 알고 있었다.

"정예가 아니네요."

"호오, 어찌 그렇게 생각하느냐?"

독무후는 계단을 내려가며 물었다. 발걸음에 묻어나는 피가 찰박거리는 소리를 냈지만 그 누구도 제지하는 이가 없었다. 피에 젖은 계단을 바라보던 당소소는 잠시 눈썹을 꿈틀거렸지만 독무후의 뒤를 따르며 말했다.

"이성이 남아 있어요. 아직 마인魔人의 경지를 밟진 못했다는 거죠."

"마인?"

백서희는 공포를 이기고 달려든 무인의 복부를 가르며 물었다. 검붉은 피가 터져 나와 백서희의 얼굴을 적셨다. 당소소는 몸을 움찔거리며 고개를 끄덕였다.

"마교는 무공의 경지를 다른 식으로 불러. 마공에 갓 입문한 자는 마졸魔卒. 이류무인 정도의 경지야. 마공의 마성이 심중에 자리 잡은 이는 마인魔人. 일류무인이지. 그리고…."

쐐액!

당소소의 설명은 더 이어지지 못했다. 날아든 화살이 그녀의 눈을 향하고 있었기 때문. 그러나 화살은 당소소의 눈에 박히긴커녕 마주 날아온 쇠구슬과 부딪혀 애꿎은 벽을 쑤셨다.

"내 제자가 말하고 있잖느냐. 하찮은 마구니들아."

독무후는 웃음을 지우고 장포에 손을 넣었다. 구슬들이 손길에 쓸리며 들리는 잘그락거리는 소리가 그들에겐 삼도천이 흐르며 들리는 귀곡성 같았다.

팟, 파앗!

다시 펼쳐지는 천잔산구.

"컥, 커억!"

한 더미의 무인들이 또 쓰러졌다. 아래로 향하는 길이 열렸다. 독무후는 그 길을 천천히 걸었다. 감히 막아서는 이들은 존재하지 않았다. 독무후는 그들을 곁눈질하며 생각했다.

'탐색이라기엔 쪽수가 너무 많고, 토벌이라기엔 오합지졸들이다. 그렇다면 목적은….'

계단의 밑부분을 걷는 독무후. 길을 틀어막은 무인들이 썰물 빠지듯 물러섰다. 백서희도 이변을 느꼈는지, 독무후에게 말했다.

"독무후 님, 저들의 움직임이…."

"그래, 시간을 끌고 있구나."

독무후는 계단을 내려와 진각을 밟았다. 혼비백산한 무인들이 다급한 뒷걸음질로 멀어졌다. 장포에 넣지 않은 손에선 방전이 일어났다.

"꺼져라."

머뭇대는 상대들. 복색이 다른 사내가 칼을 휘두르며 외쳤다.

"무엇을 겁먹느냐? 마웅대魔雄隊의 이름이 부끄럽지도 않…!"

"꺼지라고 이르지 않았느냐?"

"칵, 커억!"

마웅대의 대장으로 보이는 사내는 더 이상 말을 이어갈 수 없었다. 그의 목에 감긴 철사가 숨통을 조르고 있었기에. 목줄기의 연약한 피부는 예리한 철사에 긁혀 핏방울을 토해내고 있었다.

"무엇이 오고 있으며, 도강언에는 어떤 일이 일어나고 있느냐?"

"말, 말해줄 성싶으냐…. 그르륵!"

철사를 타고 전류가 흘렀다. 경련하는 마웅대 대장의 몸. 그러나 물러선 무인들은 움찔거리기만 할 뿐 어떤 대응도 할 수 없었다. 마교의 소모품으로 키워진 마웅대의 무인들조차 느낄 수 있는 독무후의 무력이 그들의 어깨를 짓누르고 있었으니.

독무후는 뇌기를 거두고 철사를 당겼다. 숨통을 조여오는 예기에 이성이 마비되어 갔다. 사내는 앞으로 고꾸라지며 몸을 부르르 떨었다. 독무후는 부들거리는 그의 머리를 발로 짓눌러 고정했다.

"네 속셈이 무어냐."

"그륵, 그르륵…."

이성을 잃을 정도의 고통에도 거품만 뿜어내며 대답을 거부하는 사내. 독무후는 철사를 당겼다.

그리고.

"이젠 제 수하가 된 이인데, 너무 가혹하게 하진 마시지요. 이모 할머님."

귀에 익은 목소리가 들려왔다. 당소소의 숨결이 일순간 멎었다. 독무후는 철사를 놓고 손을 아래로 뻗었다. 방전이 일어나며 피를 씻어냈다. 보랏빛 증기가 뿜어져 나오며 공기를 더럽혔다.

목소리를 따라 인파가 갈렸다. 청년 한 명이 걸어왔다. 뿔 달린 뱀이 수놓인 흑색 장포가 펄럭였다. 독무후는 자신의 제자를 쏙 빼닮은 얼굴을 바라보며 입을 열었다.

"그 거만한 입을 닫거라."

독무후가 손을 뿌렸다. 한 줄의 뇌전이 일었다. 열풍은 가속했고, 한 마리의 나비가 강철로 짜낸 날개를 파닥였다. 청년은 다급히 손뼉을 치며 사이한 기운이 묻어나는 주문을 외웠다.

"아, 우, 움. 야마칙령암."

그 음성에 반응해 청년 뒤에서 튀어나오는 두 명의 인영人影. 시체와도 같이 창백한 혈색의 그들은, 양팔을 펼치며 나비의 비행을 막아섰다.

스륵.

파육음은 없었다. 나비의 오른 날개는 그들의 목을 날렸고, 왼 날개는 사지를 도려내 바닥을 나뒹굴게 했다. 사방에 흩뿌려지는 검은 피. 하지만 그 피보라 속에서도 나비의 비행은 멈추질 않았다.

"이게 독무후의 촌철寸鐵과 살인殺人 중, 살인인 쌍살호접인雙殺胡蝶刃이로군요."

채 막지 못하고 어깨에 박힌 쌍살호접인. 그는 어깨를 깊게 베어내고 가슴을 찌르고 있는 독무후의 비수를 뽑았다. 피는 흐르지 않았다. 그러나 당혹과 공포가 혈액 대신 흘러나오고 있었다. 반면 마교의 비술에 의해 경직이 일어난 얼굴엔 감정이 없었다.

"그들의 비열함은, 우리의 정의라는 말이 있잖습니까?"

그는 쌍살호접인을 흔들었다. 그리고 입꼬리를 들어 올려 웃음을 꾸며냈다. 당소소가 가슴을 움켜쥐고 피에 젖은 바닥에 주저앉았다. 독무후는 슬쩍 당소소를 돌아봤다.

"못난 스승이라, 약속을 지키지 못했구나."

철컥!

독무후는 장포를 묶고 있던 혁대를 풀었다. 장포가 아래로 늘어지며 안에서 무수한 암기가 드러났다.

"그렇다면…. 나머지 약속도 지킬 필요 없겠지."

장포가 부풀어 올랐다. 뇌기가 꿈틀거렸다. 먹구름이 일 듯 주변에 회색빛 독연이 일어났다.

"제 피를 배반하고 마교의 골수를 빠는 당가의 배신자야. 네 죽음은 가장 고통스러운 방식으로 끝내주도록 하마."

독무후의 발언에 그는 더 이상 연기를 하지 않았다. 연기의 허위를 걷어낸 입엔 쾌락에 젖은 웃음이 있었다. 피가 뿜어지지 않는 상처에선 별안간 녹색의 독액이 뿜어져 나왔다. 그는 그 상처를 움켜쥐며 말했다.

"당가의 태상호법이자 오독문의 문주, 독무후."

녹색의 독액이 안개처럼 퍼졌다. 길게 찢긴 어깨의 상처가 녹색 안개 속에서 점차 아물어갔다. 독무후가 미간을 찌푸렸다.

"독각혈사연."

쌍검무쌍의 작중, 독각혈가주인 독마 류시형이 사용하던 독문무공이었다. 당소소는 힘겹게 숨을 되찾으며 당혁을 바라봤다. 당혁은 공포에 젖은 눈으로 자신을 바라보는 당소소를 마주하며 웃었다.

"독각혈가의 소가주, 당혁이 새롭게 인사하지."

* * *

'저리 가라, 꼴 보기 싫으니.'

따르던 친오빠에게 소박을 맞고 쭈그려 앉아 있었다. 말하지 않아도 그 눈길은 원수를 보는 눈이었다. 습기가 자욱한 눈으로 하늘을 바라봤다. 하늘은 넓고, 대궐 같은 집도 하늘같이 넓었다. 누구 하나 그녀를 찾아주는 이는 없다는 것도 비슷했다.

"궁상맞게 여기서 무엇을 하고 있느냐?"

조금은 낯선 목소리가 들려왔다. 그녀는 하늘을 바라보던 고개를 내리며 목소리의 주인을 확인했다. 그리고 몸을 일으켜 경계하는 모양새를 취했다.

"아침은 먹었느냐?"

그녀는 침을 삼켰다. 식사를 하고자 한다면 독봉당으로 돌아가면 될 일이지만, 달갑지 않은 눈빛으로 자신을 바라보는 이들 사이에서 쉬고 싶진 않았다. 대답 대신 경계를 보이는 그녀를 향해 또 한 번의 목소리가 들려왔다.

"따라오너라. 썩 괜찮은 음식점을 발견했으니."

당혁의 목소리는, 퍽 자상했다.

* * *

"오지 마. 아니, 잘못했어요…."

당소소는 몸을 웅크리며 알 수 없는 말을 되뇌고 있었다. 백서희가 다가오는 무인들에게 장검을 휘둘러 위협하면서 당소소에게 다가갔다.

"무슨 일이야?"

"나는…. 그게, 무서워. 아니, 그냥."

언어는 와해되었고 이성의 편린은 보이지 않았다. 백서희는 아랫입술을 깨문 뒤 몸을 돌려 장검을 위협적으로 휘둘렀다. 불혼패엽공이 그 궤적의 뒤를 따랐다. 사이한 것을 허물고 악한 것을 멸한다는, 아미파의 독문심공이 충만했다. 황금빛 내공이 물결치며 혼탁한 기운을 물러서게 했다.

'뚫고 나갈 길은?'

백서희는 발을 비틀어 자세를 갖추었다. 비스듬히 서서, 장검은 양손으로 쥐고 뺨으로 가까이. 지향점은 상대의 조금 아래. 그녀의 눈은 마교의 무인들이 짜놓은 그물의 틈을 살폈다.

'실력은 모자라고 집단의 통제도 그다지 뛰어나진 않아.'

자신의 검으로도 성긴 그물을 헤집을 수 있는 정도였다. 앞서 당소소가 말했던 것처럼 이류무인 그 이상처럼 보이는 이는 전무했고, 독무후의 무력에 대응할 여지도 보이지 않고 박살이 난 사기는 군기마저 사라지게 했다.

'당장 찢어발길 수 있고, 실제로 그렇게 했겠지.'

백서희의 보폭은 당소소 쪽으로 조금 기울었다.

'예전이라면.'

그녀는 아미파에서 손꼽히는 후기지수였다. 사천교류회 사건에서 그녀는 신중해야 함을 익혔다. 예전이라면 벽사파마의 의지로 눈을 불태우며 그들을 바라봤겠지만 조숙해진 그녀의 시선은 그물 뒤편을 관찰했다.

"…당가의 둘째가 변절을 하다니."

드러내지 않았기에 몰랐다. 다음 대의 가문을 이끌어갈 기재라 평가받던 첫째도 머무는 동안 보이지 않았다. 아마 그는 숙청되었거나, 눈앞에 있는 변절자와 같은 배를 탔을 것이다. 사건의 이면은 그곳에서부터 들춰진다.

무력? 부족. 군기? 전무.

그리고 그런 그들을 지휘하는 이들은 다른 이도 아니고 얼마 전까지 당문의 요직에 앉아 있던 당가의 직계혈족이었다. 제아무리 마교의 명을 받고 움직인 무인들이고, 형편없는 무공 때문에 보는 눈이 낮다곤 하지만 독무후의 무위는 맹인조차 보고 느낄 수 있을 정도로 강렬했다.

그렇기에 의문이 발생했다.

'왜, 도주하지 않는 거지?'

아쉽게도 의문의 답을 내리기엔 할애할 시간이 부족했다.

"저년들을 어서 눕혀라!"

"그분의 명을 따라라!"

적의를 겨누고 다가오는 자들. 백서희는 귀찮다는 표정을 지었다.

후웅!

검이 울었다. 백서희의 양손은 위치를 바꿔 검을 위로 들어올렸다. 아미산의 흉맹한 호랑이를 꿇린다는, 복호검법의 기수식이었다.

"오너라. 벽사파마의 업을 피하진 않을 테니."

산봉우리처럼 우뚝 솟은 그 자세에 쉬이 접근하는 이가 없었다. 대치 상황이 이어지자 백서희의 주의는 독무후 쪽으로 향했다. 벼락과 독무를 몸에 두르고 당혁을 바라보는 모습은 마치 신화 속 뇌신의 현신과도 같았다.

"당혁."

독무후의 입에 맞은편에서 거만하게 웃고 있는 당가의 둘째 이름이 담겼다. 차마 고개를 들지 못하고 바르르 떨고 있는 당소소의 떨림이 등 뒤로 느껴졌다.

"마음에 안 들어."

높디높은 봉우리가 기운다. 감정이 기울고, 검이 기운다. 철혜검봉의 검이 거대한 내력의 토사土砂를 쏟아냈다.

* * *

콰릉!

당소소 쪽에서 격돌음이 났다. 그럼에도 독무후의 시선은 무심했다. 당혁은 그점이 마음에 들었다.

"독술사는 언제나 교활하고, 지독해야 한다. 역시, 독공의 종주."

"어린 것이 벌써부터 같잖은 격장지계를 쓰려고 하느냐."

독무후의 품에서 독특한 모양새의 비수 하나가 떨어졌다. 손잡이조차 달리지 않은 날것의 비수. 날이 서 있진 않으나 예기를 풍기고 있는 기묘한 형태의 비수였다. 당혁의 입술이 비틀렸다.

"촌철을 꺼내면서 그런 말을 한다면, 누가 그 말을 믿겠어?"

"아해야."

독무후의 말이 떨어지자 들끓는 내공과 이성이 한줄기로 엮였다. 감정은 뚜렷한 의지가 된다. 내공은 십이경맥을 떠돌며 정제된 내기가 된다. 의지는 곧 사상이 된다. 내기는 기경팔맥을 떠돌며 뇌람심공의 공정으로 가공된다. 사상은 뇌기를 타고, 뇌기는 사상을 싣고 전류가 된다. 절정을 넘어선 초절정의 고수만이 보일 수 있는, 연기화신의 무학이었다.

"본녀는 충분히 이성적이란다."

촌철이 제멋대로 움직이기 시작했다. 당혁도 그에 맞춰 사이한 진언을 외웠다. 그 부름에 응해 뒤편의 강시들이 딱딱한 움직임으로 몸을 던졌다.

크륵! 그르륵.

한 마리의 강시가 지성이라곤 한 줌도 느껴지지 않는 소리를 내며 내쏘아진 촌철을 막아섰다. 뭉툭한 칼끝에 급작스레 파리한 뇌기가 어린다. 그리고 비수가 자아내는 소리라곤 믿기지 않을 굉음을 터뜨렸다.

우르릉!

벼락이 대지를 찢는 소리가 났다. 강시의 몸도 촌철에 담긴 거력을 이기지 못하고 흉폭한 절단면을 보이며 반으로 갈라졌다. 촌철은 뇌인雷刃을 거두고 다시 독무후의 손으로 돌아왔다.

"보이느냐?"

"영락없이 격노한 모양새로 보이는데?"

존중을 내려놓고 조소를 머금는 당혁. 독무후도 당혁을 보며 웃었다.

"꽤 견문이 좁나보구나."

"견문이 좁은 것은 다 늙었음에도 독강시를 제대로 상대하지 못하는 당신이겠지."

반으로 갈라졌던 독강시의 살점이 부글거렸다. 검은색 피가 증기를 뿜으며 나무바닥을 녹이고있었다. 독무후의 시선이 가라앉았다.

“기어코 당가의 비밀을 유출시켰구나.”

독무후는 매캐한 독연을 뿜어대는 독강시를 바라보며 숨을 뱉었다.

“화화골산을 담은 당문독강시. 그렇게 감정에 휩쓸려 죽여서야 쓰겠어?”

당혁은 독무후의 행동에 혀를 차며 고개를 저었다.

“이것이 현 당가의 고여버린 실체야. 독은 곧 무형의 검이지. 그 어떤 것보다 날카롭게 벼릴 수 있고, 그 어떤 초식보다 자유로운 모양새를 할 수 있어. 자, 봐. 천하십강이라는 당신이, 경직된 사고를 벗어난 독에 당황한 모습을.”

독무후는 굳이 대꾸하지 않고, 몸을 감싸고 있는 거뭇한 독무의 농도를 올릴 뿐이었다. 당혁은 키득거리며 옆에 자리한 독강시의 어깨를 강하게 때렸다.

“화골산만 알던 놈들이 당가의 화화골산을 보더니 마치 별천지를 보는 듯한 눈초리더군. 그것이 마땅히 받아야 할 대우였어. 누구보다 날카로운 검을 가지고 있는 당문이 받아야 할 경외였다고!”

화골산化骨酸이라는 독이 있었다. 산의 성질을 가지고 있고 화행의 속성을 지닌 화골산은 인간의 몸을 뼈만 남기고 모조리 녹여버릴 수 있다는 소문과 함께 암중에서 은밀히 거래되고 있었다. 실제로 화골산에는 그런 성능이 있었다. 다만 사람들 생각처럼 한순간에 백골로 만들어버리는 정도는 아니었을 뿐. 그러나 화골산은 곧 아무도 찾지 않는 독이 되었다.

화행을 따르는 산이라는 것이 그 이유였다. 화행을 따르니 자그마한 충격이나 티끌만 한 불순물에도 반응을 보이니 보관이 어려웠고, 그런 성질 때문에 사용이 어려웠다. 대응이 어렵냐면 그것도 아니었다.

산은 곧 근골을 녹이는 독. 살결에 닿지 못하면 위력이 반감된다. 문명

인이라면 대부분 입고 다닐 의복에 뿌려진 순간, 대응할 수 있는 약간의 시간 또한 생기니 도태되는 것은 어쩔 수 없는 일이었다.

당가는 모두에게 도태된 그 독을 거뒀다.

"멍청한 놈들. 화골산에 수행의 속성을 섞고, 고약과 같은 형태로 보관할 생각은 못 하다니."

수행을 띈 독을 섞으니 화행이 억제되고, 사소한 것에도 모조리 반응했던 그 성질이 옅어졌다. 고약과 같은 형태가 되니 사용도 보관도 간편했다. 단 하나, 즉발적인 효과를 기대하기 어려웠을 뿐.

그렇기에 당혁은 그 요소를 독강시에 불어넣었다. 잠복하고 있는 독기는 독강시의 원동력으로, 한참 시간이 지나야 비로소 발휘되는 지효성은 숨겨진 칼날로.

"비단 화화골산에만 국한된 것이 아니야."

당혁의 말에 아래층 독강시가 천천히 걸어왔다. 어떤 것은 시체의 색처럼 창백했고, 또 어떤 것은 독혈을 가득 담은 듯 거무튀튀하고 몸이 부풀어 올라 있었다. 형형색색, 천태만상의 강시들이 변주객잔을 가득 메웠다. 수많은 강시들에게서 익숙한 복색이 독무후의 눈에 밟혔다.

"…제독전 식구들이로군."

독무후의 무감정한 한마디. 당혁의 입가가 찢어질 듯 벌어졌다.

"맞아. 당가의 진보를 반대하던 걸림돌들이지. 하지만 이젠 오히려 존경하고 있어."

당혁은 당가의 옷을 입고 있는 강시에게 다가가 뺨을 어루만졌다.

"이들은 당혁의 초석이 되었으니."

어루만지는 손길이 점점 거칠어졌다. 뺨을 꼬집고, 때리고, 주먹으로 후려치기까지 했다. 하지만 독강시는 미동도 없었다. 당혁이 웃었다.

"부정하는 이들을 이런 효율적인 방식으로 설득하고, 당가는 더 나은 세상의 더 강한 세가로 거듭나야 했다. 독으로 하여금 우리는 위인이 되어야 했어. 우리는 존중을 받아야 했어!"

"푸훗."

독무후는 참을 수 없었는지 결국 웃음을 터뜨렸다. 웃음소리가 그칠 줄 모르자 당혁이 파르르 떨며 고함을 쳤다.

"무엇이, 무엇이 우습지? 당가의 식솔들이 희생해 네년과 네년의 제자를 띄워주었는데. 그 희생이 우습나?"

"연기는 그만하거라."

"이 울분을 연기라고 생각한다? 우습다!"

"그리 거창한 이유가 아니지 않느냐."

독무후의 눈꼬리가 길게 휘어지며 손으로 입가를 가렸다.

"재미있으니까."

"무엇이…!"

"소소에게 실험을 했을 때도, 제독전의 지하에서 사람을 가지고 여러 독을 실험할 때도. 그리고 지금 나를 바라보며 감추지 못하는 눈가의 웃음기도."

입가를 가린 손이 내려갔다.

"동물들을 산 채로 헐벗겨 죽일 때도. 누군가의 애원을 음미할 때도. 그저 실험의 표본이 나온다면, 즐거웠지 않느냐."

"……."

"재미는 있었으나, 부정한 일임은 인지하고 있었을 것이고. 그렇기에 초인이 되어, 선민이 되어 네가 즐기는 향락에 정당함을 부여하고 싶었지 않느냐."

"…야마칙령암."

내내 이죽거리던 표정이 이제 사라졌다. 적의가 가득한 당혁의 주문이 들리고, 독강시들이 인파의 그물 사이에서 튀어나왔다.

"크락!"

"우워엇!"

갖가지 괴성과 파육음. 푸른색 강시가 뇌전에 으스러졌다. 복부가 찢어지며 독무후에게 끼얹어지는 분말 형태의 독분. 채 물러서지 못한 마웅대의 무인이 숨을 들이켰다. 점막에 닿은 독분은 순식간에 폐를 괴사시키며 날숨 대신 피를 토하게 만들었다.

뚱뚱한 흑색 강시가 차단된 시야를 틈타 날아들었다. 길쭉하게 깎아낸 손톱으로 독분을 투과해 찌른다. 느껴지는 것은, 살점의 감촉이 아닌 방향을 잃고 축 늘어진 부러진 손목. 흑색강시가 입을 벌렸다. 검붉은 독액이 아직도 허공을 떠도는 독액에 뒤섞였다.

"컥, 으억!"

"물러서라. 독공이야!"

멍하니 그 광경을 바라보던 마웅대가 황급히 물러섰다. 그에 화답하듯 독액과 섞인 독분은 격렬하게 반응하며 삼 층 전체에 갈색의 독연을 흩뿌렸다. 당혁이 독연을 슬쩍 핥으며 자신을 이곳에 보낸 이의 말을 떠올렸다.

"시간만 끌라니. 이렇게나 쉽고 즐거운 일을."

당혁의 시선은 독연 너머 독액을 토해내고 있는 독무후를 바라보고 있었다. 그녀 뒤엔 오들오들 떨고 있는 자신의 귀여운 누이와 적의를 드러내는 백서희가 있었다.

"같잖은 년들을 위해 그 귀한 몸을 희생하다니, 정말이지 의협이라는 역겨운 사상은 도저히 이해할 수가 없군. 영 수지가 맞질 않아."

당혁은 이미 아물어 있는 어깨를 긁으며 웃었다.

"자, 그럼. 독강시 두 구를 더 받아내야 하겠지."

그의 시선은 당소소와 백서희의 몸을 훑았다. 양질의 촉매였다. 하지만 어떤 실험에서도, 도출된 사실을 어떠한 증명 없이 진실로 판정할 순 없는 일. 독무후의 확실한 죽음을 위해 당혁은 주문을 외워 독강시를 부렸다.

"야으, 마…. 치, 착령…. 어…?"

제대로 된 발음이 되지 않았다. 당혁은 다시 힘주어 혀를 놀렸다.

"야, 야…. 므으으…."

여전히 제대로 된 소리가 나오질 않았다. 숨이 가빠왔다. 당소소와 백서희에게 닿았던 시선도 어째서인지 초점이 맺히질 않았다. 독연은 여전히 그대로인 것처럼 보였다. 독혈을 토하던 독무후는 이미 차갑게 식어 바닥에 누워 있었다.

아니, 누워 있던가?

독연은, 퍼졌던가?

강시들은, 달려들었던가?

나는.

눈을 깜빡였던가? 숨을 쉬었던가? 독마의 마공을 익혔던가? 당가의 제독전주였던가?

즐거워했던가?

"이제 좀 견문이 넓어졌겠구나."

"어…?"

독무후의 음성이 들려왔다. 아물었던 어깨에서 언제 그랬냐는 듯 검붉은 피가 주룩주룩 흘렀다.

당혁은 부자유한 몸을 움직였다. 목 아래론 감각이 없었다. 고개를 들었다.

누워 있는 것은 자신이었다.

강시들은 처음부터 움직인 적이 없었고, 마웅대의 인원들 또한 독공에 놀라 움직인 적이 없었다. 그저 움직이지 않는 몸을 꿈틀거리며 자신과 같이 바닥을 나뒹굴고 있었을 뿐.

당혁은 그제야, 자신이 독무후의 독에 당했다는 것을 인지할 수 있었다. 독무후의 목소리가 머릿속을 울렸다.

"독의 특징은 무형이라는 것이다. 그리 요란하게 뿜어내서야 제대로 쓸 수나 있겠느냐?"

"환신향幻神香…?"

"네 몰이해한 헛소리를 들어주는 것도 이젠 진력이 나는구나."

독무후는 피를 쏟아내는 당혁을 내려다보며 말했다.

"그럼, 훈계를 시작하도록 하겠느니라."

당혁의 코앞으로, 촌철 한 자루가 박혔다.

* * *

"으, 으으…."

천근처럼 무거운 눈꺼풀을 힘겹게 들어 올리는 당혁. 작은 손이 시야에 들어오고, 손은 촌철을 잡는다. 눈앞에 박힌 촌철이 천천히 뽑힌다. 장포를 입은 작은 몸이 쭈그려 앉으며 그의 얼굴을 바라본다. 당소소를 닮은 어린 얼굴, 나뭇가지 하나 꺾을 힘도 없어 보이는 여리한 몸이 보였다.

"누가 널 보냈느냐?"

"이, 입이, 으…."

"아 참, 늙으니 깜빡깜빡하는구나."

독무후는 뽑아든 촌철을 당혁의 손등에 박아 넣었다. 두부를 찌르듯 부드럽게 스미는 칼날. 다행인지, 환신향에 중독된 당혁은 고통을 느낄 수 없었다. 그녀가 당혁의 등에 걸터앉으며 말했다.

"서희라고 불러도 되겠지?"

"예? 아, 네!"

"내 제자를 돌봐주거라."

백서희는 독무후의 말에 잠시 당황했으나, 이내 당소소가 헐떡이고 있다는 것을 깨닫고 무릎을 꿇고 그녀를 바라봤다. 독무후의 말이 무슨 뜻인지 인지한 백서희는, 당소소를 구석으로 데려가 그녀의 뺨을 움켜쥐고 들어올렸다.

"학, 하악."

"소소, 정신 차려 봐."

"…나는, 괜찮아. 응. 멀쩡해. 정말이야."

백서희와 눈을 맞춘 당소소의 동공은 힘이 풀린 듯 커다랬다. 백서희는 그녀의 움직임이 부자연스럽다는 걸 깨닫고 있었다. 반신반의하는 목소리가 당소소에게 전해졌다.

"정말이야?"

"괜찮아. 팔에 박혀 있는 금침金針들만 좀 빼면. 응, 괜찮을 것 같아."

당소소는 팔이 움직이지 않는다는 것을 보여주려는 듯 어깨를 움찔거리며 팔을 덜렁거렸다. 당연한 이야기지만, 그녀의 팔에 박혀 있는 침은 전무했다.

백서희의 볼이 꿈틀거렸다. 자세한 내막은 모르지만, 그녀가 학대를 받아왔다는 사실을 알고 있는 백서희. 당소소가 지금 어떤 상태인지 짐작할 수 있었다.

"너, 실험을 당한 거야?"

"마비독이, 해독이 잘못됐다나 봐. 응. 팔이 안 움직여. 그런데 금침을 좀 놓으니까 감각이 돌아오는 것 같기도 하고. 침을 좀 빼줄 수 있어?"

"…소소. 침은 없어. 지금 네 몸은 멀쩡해."

"그래도 오늘은 아프진 않아서 다행이야. 마비독은 그렇게 안 아프거든…."

당소소는 어깨를 움찔거리다가 헤죽 웃는다. 백서희의 표정이 점점 일그러졌다. 당소소의 뺨을 움켜쥔 손의 힘이 풀렸다. 손아귀가 느슨해지자 당소소의 고개가 돌아갔다. 바닥에 누워 독무후에게 추궁을 받고 있는 당혁의 얼굴을 확인했다. 그녀의 동공이 수축했다.

"…서희."

"으, 응? 이제 정신이 좀 들어?"

"몸이 이상해."

당소소가 절박한 눈으로 백서희를 바라봤다. 백서희는 당황하며 그녀의 얼굴을 다시 돌려세웠다.

"무슨 말이야. 괜찮아. 저놈은 쓰러졌어. 이제 더는 널 가지고 장난칠 수 없어."

"몸이, 간지러워. 숨이, 막혀. 목이, 타는 거 같아."

"정신 차려. 네 몸은 멀쩡해."

"내 손톱은 다시 났어? 오른쪽 팔에 감각이 없어. 흉터는 남았어? 녹아내린 흔적이 있을 것 같은데."

당소소는 왼손을 들어 자신의 팔을 움켜쥐었다. 소매를 들춘 오른 팔에는 다행스럽게도 아무런 흉터도 남아 있지 않았다. 당소소는 드러난 맨살을 벅벅 긁었다.

"간지러워."

피가 났다. 그래도 긁었다.

"간지러워. 간지러워."

"하지 마. 네 몸은 괜찮아. 내가 옆에 있어. 괜찮아."

백서희가 당소소의 왼손을 움켜쥐었다. 당소소가 몸부림쳤다.

"내 오른손에 벌레, 벌레가…! 조, 좀 떼어줘."

"아무 것도 없어."

"거, 거기 있는 독단毒丹을 줄래? 그걸 먹지 않으면 다른 사람이 먹어야 하거든."

"아무 것도 없다니까!"

백서희가 분을 참지 못하고 벌컥 소리를 질렀다. 제대로 숨을 쉬지 못해 호흡을 끊어 쉬던 당소소의 호흡이 멎었다. 백서희는 당소소의 얼굴을 꼭 안으며 말했다.

"아무 것도 없어, 아무 것도…."

"거짓말하지 마. 아, 그래. 분명 날 벌주려고 속이는 거지?"

"아니야. 진정해."

백서희의 옷깃이 눈물로 젖었다. 백서희는 눈을 질끈 감았다. 기억의 혼탁이었다. 과거의 기억과 현재의 기억이 뒤엉켜 당소소의 온몸을 짓누르고 있었다. 백서희는 그녀의 머리에 손을 올리고 조용히 불문을 외웠다.

"사리자, 색불이공, 공불이색…."

"나, 난…."

벽사파마의 내기가 실린 불문이 당소소의 뒤엉킨 기억들을 붙잡았다. 더 엉키는 것을 막고, 몰려든 기억에 파묻힌 이성을 불러왔다. 들썩이는 어깨가 점점 잦아들었다.

"…모지 사바하."

"서희…."

잔뜩 쉰 목소리가 백서희의 귓가를 때렸다. 백서희는 꼭 안았던 당소소의 머리를 살짝 놓으며 물었다.

"이제 좀 진정됐어?"

"…일단 잠시만 이대로 있어줘."

당소소는 눈을 감고 숨을 골랐다. 겪어본 적 없는 감정의 격류였다. 몸은 차가웠고, 정신은 아직 기억의 늪을 빠져나오지 못해 허우적대고 있었다. 불행 중 다행으로 백서희가 외웠던 불문이 바닥에 처박힌 이성을 불러왔을 뿐.

'다시 저 새끼 얼굴을 봤다간…. 좀 위험할 수도 있을 것 같은데.'

여러 일화를 겪으며 이런 부정적인 반응이 얼추 종식됐다고 느꼈었다. 아직도 어두운 방 안에 홀로 있는 것은 버거웠지만, 갑작스레 발작하거나 격한 감정에 휘둘리는 행동은 독무후의 제자로 거둬지며 점점 잦아들었다.

'그저 정신과 육체를 서로 조율해 나가는 과정이겠거니 했는데, 이건 좀….'

하지만, 지금 겪은 공포는 여태 겪었던 후유증과는 차원이 다른 고통이었다. 온갖 더러운 기억이 몸의 신경을 좀먹는 기분. 육체에 남은 공포의 본질이었다. 당소소는 잔뜩 긁힌 오른손으로 백서희의 팔을 잡았다. 가냘프게 떨리는 팔이 꽤 애처로웠다.

"무슨 일을 겪었는지, 물어봐도 돼?"

"아직. 아직은 다 기억해내지 못했어."

백서희의 질문에 당소소는 숨을 고르며 고개를 저었다. 이전과 같이 발작에 따라오는 기억을 모두 잊진 않았다.

마비독을 써서 오른손을 마비시키고 손톱을 뽑는다든지, 독의 내성을 확인해 본다며 독을 먹인다든지, 당진천에게 고발하겠다는 말에 당한 물고문같은 것들. 당소소는 속이 메스꺼워졌다.

그만 고통스럽고 싶었다. 몸과 영혼이 맞지 않아 느끼는 괴리이든, 그저 끔찍한 과거의 반추이든. 고통에 익숙하다는 것이 아프지 않다는 것은 아니었으니까.

'왜 난 당소소일까.'

백서희의 팔을 잡았던 손이, 힘이 풀려 아래로 툭 떨어졌다. 자신이 당소소라는 것은 애초부터 받아들인 일이었다. 다짐도 했었다.

하지만 이 고통까지 받아들이기는 싫었다. 발작하는 공포에 끌려다니기 힘들었다. 기억에도 없는 것들이 자신을 괴롭히는 것이 싫었다. 이 모두를 받아들이겠다 다짐한 자신이 싫었다.

'하다못해 그냥 아무런 존재도 아닌 길거리의 행인이었다면….'

일련의 사건에 몸도 정신도 지쳤다. 자신은 고작 일용직을 전전하던 사람일 뿐이었다. 이야기의 암류니, 사람의 행복이니. 그런 거창한 것을 논하던 사람이 아니었다.

'그냥 도망가고 싶어.'

익숙하지 않은 여인의 몸도, 자신의 입장에선 짐일 뿐이었다. 사천당가의 규수라는 자리도, 자신의 입장에선 의미 없는 감투일 뿐이었다. 쌍검무쌍의 모든 전개를 알고 있다는 것은 오히려 모든 일에서 도망갈 수 있다는 뜻이기도 했다.

"그만할까."

당소소는 탄식하듯 말했다. 백서희가 잠시 놀랐다. 익숙한 얼굴을 한 당소소가 자신을 바라보고 있었다.

"힘들어?"

"……."

기억을 잃고 난 뒤 처음 만났던 미풍객잔의 그 얼굴. 질문에 돌아오는 대답은 없었다. 그 이후 당소소가 어떤 일들을 해왔는지, 그녀는 알고 있었다. 백서희는 머리를 안은 손에 힘을 꼭 주며 말했다.

"…쉬어도 돼. 아니, 오히려 쉬어야 해."

"하지만, 내가 하지 않으면…."

"네가 하지 않으면 내가 하겠지. 내가 하지 못하면, 네 스승님이 하실 거야. 사람은 강철이 아니야. 자야 할 때는 자야 하고, 먹어야 할 때는 먹어야 해. 해야 할 때는 해야 하겠지만, 또 쉬어야 할 때는 쉬어야 하겠지."

단 한 번도 들은 적 없지만 수십 번을 보았던 말이 귀에 생생하게 들려왔다. 궁기의 후예를 자청하며 모든 일을 홀로 감당하려던 주인공에게 백서희가 했던 말이었다.

'네가 하지 못하면, 내가 할 수 있어.'

무뚝뚝하기만 하던 백서희의 염려가 썩 인상 깊은 장면이기도 했다. 당소소는 실소를 지었다.

'그 말을 해버리면….'

당소소는 고개를 들어 얼굴을 붉힌 채 시선을 피하는 백서희를 바라봤다.

어찌 포기할 수 있을까?

그녀가 가장 사랑하는 이 이야기를.

어찌 울 수 있을까?

그녀에게 손을 내미는, 그녀가 가장 좋아하는 인물들을 앞에 두고.

'이런 생각을 할 수가 없잖아.'

그녀는 포기할 수도 없었다. 울 수도 없었다. 그러니, 웃을 수밖에.

당소소가 백서희에게 말했다.

"…그 말 잊지 말고 꼭 기억하고 있어."

"무, 무슨 낯부끄러운 소리를 하고 있어."

"조만간 다시 쓸 날이 올 거야."

"뭐래, 갑자기."

백서희는 끌어안고 있는 당소소의 머리를 가볍게 흔들며 실없는 소리를 하는 당소소를 책망했다. 누군가에게 이런 말을 하는 것이 부끄러운 듯, 말을 더듬는 백서희.

"……."

"……."

어색한 침묵이 찾아왔다. 백서희는 누군가를 위로하는 말을 꺼낸 것이 부끄러웠고, 당소소는.

'생각해 보니까 처음으로 여자한테 안겼잖아….'

매우 부끄러웠다. 당소소는 목을 가다듬으며 감정을 추슬렀다. 우울했다가 부끄러웠다가. 오락가락하는 감정이 영 수줍었다.

"그…."

"왜? 또 힘들어?"

"머리…."

"머리? 아."

백서희는 당소소가 부끄러워하는 연유를 깨닫고 그녀의 머리를 놔주었다. 그리고 멋쩍은 듯, 한줄기로 땋은 자신의 머리를 쓰다듬었다. 당소소는 당소소대로 백서희의 시선을 피하며 자신의 머리를 정돈했다.

"그래서, 이제 좀 진정됐어?"

"조금."

"무슨 일을 겪었는지는 말할 수 없는 거야?"

백서희의 물음에 당소소는 생채기가 난 자신의 오른팔을 바라봤다. 그리고 소매로 팔을 덮으며 말했다.

"아직은."

당소소는 자리에서 일어났다. 그녀의 시선은 삼 층으로 올라오는 한 사내에게 집중되었다. 백서희의 시선도 당소소를 따라 움직였다.

"누구지?"

"…장패군."

당소소의 입이 달싹거렸다. 백서희는 이름을 들었음에도 정체를 짐작하지 못했다. 당소소는 비틀거리며 그에게 걸어갔다. 백서희가 그녀 앞을 막아섰다.

"장패군이 누군데. 왜 네가 움직이는 거야?"

"마교의 네 부교주 중 한 명이야."

사내의 상아색 장포엔 전설 속 환수들이 수놓아져 있었고, 흐리멍텅한 시선은 어느 곳을 바라보는지 알 수 없었다.

"요마妖魔 장패군."

당소소의 말을 들은 듯 그의 흐릿한 시선에 초점이 잡혔다. 좁아진 동공은 당소소의 얼굴을 포착했다. 고개가 살짝 기울어졌다.

"네가 소천마를 홀린 독화라는 계집이군."

목소리가 들렸다. 당소소는 깜짝 놀라 뒤를 바라봤다. 직전까지 계단 근처에서 서성이던 장패군이 당소소 바로 뒤에 서 있었다. 눈동자가 떨려왔다. 필사적으로 부정해오던 사실이 머리에 떠올랐다.

'…진짜 여기서 죽을 수도 있겠는데.'

당소소는 뒷걸음질을 쳤다. 하지만 뒤는 낭떠러지였다. 무심코 옆을 봤다. 자신을 달래주던 백서희도, 당혁을 제압하고 정보를 알아내던 독무후도, 객잔을 나뒹굴던 마교의 무인들도 보이지 않았다. 오로지 요마 장패군과 당소소만 마주하고 있는 기암절벽의 조그마한 산봉우리였다.

당소소는 이 무공이 무엇인지 잘 알고 있었다.

'선시요화안仙諡妖畵眼.'

"호오. 그리 놀라지 않는 눈치군. 소천마에게 귀띔을 받았나?"

"요즘 이런 급격한 상황변화를 받아들일 일이 너무 많아서."

장패군이 천천히 그녀에게 다가갔다. 당소소가 뒤를 돌아봤다. 물러설

곳은 없었다. 다시 앞을 바라봤다. 앞으로 걸어갔다. 서로의 걸음이 멈추고, 시선이 만났다. 거구의 장패군은 시선을 아래로, 당소소는 시선을 위로.

"어떻게 그 마귀를 홀린 거지?"

"지만 아는 좆 만한 새끼가 뭘 말해줬겠어?"

장패군의 얼굴이 굳었다. 과거의 기억이 어지럽게 엎질러진 당소소의 머릿속은, 쌍검무쌍의 내용을 떠올리며 차분해져갔다. 축지성촌縮地成寸, 요접탈각妖蝶脫殼, 요선지화妖仙之火, 천요만악행千妖萬惡行 등등. 쌍검무쌍에 등장해 수많은 사람을 해하던 무공들 중 굳이 선시요화안이라는 살상 능력이 없는 무공을 사용했다.

이자는 지금 자신을 죽일 생각이 없다.

"왜, 꼴렸데?"

"…독특한 계집이군."

선시요화안은 도술, 사술로 분류되는 기환奇幻에 걸쳐 있는 무공이었다. 그렇기에 제아무리 천하십강의 고수라도 곧장 감지할 수는 없는 영역이었다. 하지만 이런 위기에도 당소소는 울상을 짓는 대신 웃음을 지었다.

'넌 마도공자를 통제할 방법을 찾고 있을 거야. 작중에선 결국 주인공의 기연을 빼앗아 성공했을 테지만, 그건 몇 년 후의 이야기지.'

그 웃음을 바라보던 장패군의 웃음 또한 짙어졌다. 당소소가 자신의 목적을 꿰뚫어봤다는 것을 눈치 챈 것이다.

"상당히 영특하군."

"사내새끼가 좀 차였다고 지 보호자한테 꼰지르기나 하고. 걔 사실 여자 아니야?"

"…크흐흐."

관건은 독무후가 이변을 감지할 때까지 장패군을 상대하는 것. 그녀의 장기를 발휘해야 할 때였다.

"그래서 나한테 무엇을 원해서 이렇게 접근한 거지?"

"본좌에게 무례한 언사는, 수업을 통해 고치면 되겠군."

"뭐?"

장패군은 당소소의 멱살을 움켜쥐며 들어올렸다. 바둥거리는 당소소. 장패군이 말했다.

"살고 싶다면 천마의 비가 되라."

당소소의 얼굴이 찌푸려졌다.

"좆까."

단호한 대답이 이어졌다.

* * *

백서희가 당소소를 데리고 구석으로 갔다. 독무후는 둘에게서 시선을 거두고 당혁의 손등에 박아 넣은 촌철을 쥐었다. 짜릿한 방전이 일어나며 촌철에 덧씌였다.

"마비독이 정확히 어떻게 작용하는지 알고 있느냐?"

"그, 그…."

"근육 한 올 한 올엔 제각기 전기가 맺혀 있다. 전기는 서로 작용하며 근육을 수축, 이완시키지. 마비독은 그 전기의 고리를 끊어내는 것이고. 환신향도 그 마비독에 다른 속성을 불어넣은 것뿐이다. 네가 자랑처럼 떠벌린 화화골산의 골자처럼."

혓바닥마저 마비되어가는 당혁은 독무후의 말에 대꾸조차 할 수 없었다. 촌철에 덧씌인 전류가 천천히 당혁의 손으로 스몄다. 파직거리는 새파란 방전음이 들렸고, 마비되었을 당혁의 팔이 미친 듯이 꿈틀거렸다.

"으그그극!"

"마비시켜뒀던 신경을 다시 살려주도록 하마. 그 후에 그 잘난 입으로 대답해 보거라. 내가 언제 널 환신향에 중독시켰을꼬?"

"몰, 몰라…."

"모른다면 모든 것이 해결될 줄 아나보구나. 세상은 그리 만만치 않거늘…."

독무후는 다시금 전류를 흘렸다. 팔에서 시작된 경련은 전신으로 번지고, 아무런 표정도 없던 얼굴에 공포를 그려냈다. 당혁의 허리가 활처럼 꺾이자 독무후가 전류를 거뒀다.

"자, 이제 기억이 나느냐?"

"헉, 허억…. 독무…. 독무를 퍼뜨릴 때…."

"…견문이 좁구나."

독무후는 나지막이 실마리를 던져주며 말을 이었다.

"대답하지 못하면 다음은 없다."

"당, 당문독강시."

"이제야 깨우쳤구나."

환신향이 퍼진 것은 화화산골을 넣어둔 당문독강시가 촌철에 베어나갔을 때. 독무후의 안목을 비웃던 당혁의 모습이 떠올라 독무후의 입가에 가소로운 웃음이 그려졌다. 그리고 다시 방전. 당혁의 몸이 다시 한 번 뒤틀렸다. 침이 끓어오르는 소리가 들렸다. 그제야 독무후는 전류를 거두고 당혁의 머리를 손으로 짓눌렀다.

"주, 죽여…."

당혁은 힘겹게 죽여달란 한마디를 쥐어짜냈다. 눈앞엔 수많은 환영이 어른거렸다. 독각혈가의 소가주로서 당가를 정복하는 자신, 바닥에 누워 시체가 된 자신. 사천당가의 가주가 되어 사천성을 지배하는 자신….

하지만 그 어느 것도 진정한 자신이 아니었다. 전류는 이미 마공에 찌들어 통각이 마비되었을 몸을 꿰뚫고 온몸의 감각을 되살렸다. 환신향의 환각도 더욱 증폭되어갔다. 독무후는 당혁의 머리칼을 움켜쥐고 상체를 숙였다.

"이제부터 내가 너에게 질문을 할 것이다. 제대로 된 대답이 나올 거라는 기대는 하지 않아."

"그륵, 그르륵…."

"그래도 평안한 죽음을 바란다면, 그럴싸한 대답을 하는 게 좋을 게다."

독무후의 스산한 음성이 당혁의 목덜미를 훑었다. 당혁의 동공이 흔들렸다.

"당가의 비밀을 어디까지 누설했느냐?"

"합성, 합성독까지 말했습니다."

"내가 원하는 대답이 아니잖느냐. 그리 젠체하더니 본녀가 무엇을 묻는지 모르겠느냐?"

독무후는 곧바로 당혁의 머리를 땅에 처박았다. 나무 바닥이 패이며 당혁의 고개가 깊게 박혔다. 촌철에 박힌 손가락이 고통스레 경련했다.

"헉, 헉…! 난, 난 아니야. 난 당문의 무공을 익히지 못했어. 그냥 독밖에 모른다고."

"네놈이 무능하다는 것은 이미 네 아비에게 들어서 알고 있다. 남을 질투할 기반이라도 만들기 위해 독을 연구하는 데 매진했다는 것도."

"그, 그럼…."

"처음부터 말했잖느냐. 그럴싸한 대답을 하라고."

바닥에 처박힌 당혁의 눈에 수많은 환영이 오고갔다. 독을 접하지 못한 자신, 길바닥을 전전하는 자신, 아무것도 아닌 자신. 당혁의 정신이 돌아올수록, 신경이 제 기능을 찾을수록 환신향은 더 기승을 부렸다.

몽롱한 정신과 그가 가장 피하고 싶었던 것을 적나라하게 보여주는 현실은 전류보다 더욱 효과적으로 당혁의 머리를 짓이겼다.

"팔대극독은, 팔대극독은 말하지 않았어."

"네 가벼운 주둥아리를 내가 어떻게 믿어야 할꼬?"

촌철이 우렛소리를 내며 작게 울었다. 당혁의 숨결이 거칠어지며 서둘러 설명을 덧붙였다.

"나도 비빌 언덕이 필요했어, 날 살려둘 패가 남아 있어야 했다고…!"

"당가의 금지禁地는, 그 사려 깊은 주둥아리에 담았느냐?"

독무후의 물음에 당혁은 고개를 저었다. 독무후는 당혁의 머리를 다시 끌어올리며 상체를 숙여 그의 흔들리는 눈을 바라봤다.

"아마 하나 정돈 이미 나불거렸으리라 생각하지만, 서둘러 죽여버리고 싶으니 다음 주제로 넘어가도록 하마."

"정말, 정말이라고…."

당혁의 간절한 변명에 독무후는 피식 웃었다. 그리고 촌철 위로 손을 올렸다. 당혁이 발작을 하며 고개를 저었다.

"나, 난 사실만을 말했어! 믿어줘, 아니…. 믿어주세요! 믿어주십…그그그극!"

당혁의 신발이 바닥에서 번잡하게 허우적거렸다. 나무 바닥을 불규칙적으로 두드리는 불쾌한 소리가 울렸다. 독각혈가의 마공을 쑤셔 박아 어떤 고통도 느끼지 않아야 할 육체가 고통으로 오그라들 무렵, 독무후는 전류를 거두고 무심하게 말했다.

"다음."

"으극, 으하아…."

"네 동생한테 무슨 짓을 했지?"

"……."

당혁이 침묵했다. 파르르 떨리는 입에선 침이 뚝뚝 떨어졌다. 독무후는 혀를 차며 촌철을 움켜쥐었다. 그러자 당혁의 입이 움직이기 시작했다.

"독, 독을 먹였습니다. 새로운 독을 만들고 싶어서…."

"왜 네 동생이었지?"

"당, 당가의 직계 혈족이라면 다, 다른 반응이 있을 것 같았습니다."

"그 외에는?"

독무후의 무덤덤한 목소리가 당혁의 뜨거운 머리를 식혔다. 당혁은 눈 앞에 어른거리는 환각을 바라보며 말했다.

"독을 먹지 않으면 다른 이에게 먹였습니다. 독물의 독성을 실험해 보기도 하고, 유독 반항이 심한 날에는 다양한 고문을 했습니다."

"……."

"무, 물통에 처박는다든지, 손톱을 꺾은 뒤에 약, 제약당의 성능을 실험해 보기도 했습니다. 하지만 모두 흉지는 일 없이 만들었습니다. 정말입니다."

독무후는 잠시 눈을 감고 감정을 추슬렀다. 천하십강이라 불리길 수십여 년, 감정을 추슬러야 할 정도로 흔들린 것은 오랜만이었다. 나름의 결론을 내린 독무후는 천천히 말했다.

"더는 더러운 삶을 이어가지 않게 해주마."

"으, 으아아!"

"천하십강씩이나 되어서, 아직도 그런 품위 없는 짓을 하는군."

독무후의 손길을 막는 사내의 음성. 독무후는 자리에서 일어서며 고개를 돌렸다. 음성의 발원지는 계단. 독무후는 당장 백서희와 당소소가 있던 곳으로 고개를 돌렸다.

그가 누구인지는, 이미 알고 있었으니까.

"잡귀 같은 놈이 왔구나, 장패군."

"아직도 사천투봉이라 불리던 시절의 손버릇을 못 고쳐서야. 어찌 천하 십강이라는 고풍스런 이름이라 불리는 건지."

독무후는 장패군의 도발에 응하지 않고, 천천히 백서희를 향해 걸어갔다. 백서희의 안색이 창백했다. 누워 있는 당소소의 상태가 심상치 않았다. 장패군은 독무후가 다가오자 슬금슬금 뒤로 물러섰다. 백서희가 넋이 나간 표정으로 당소소를 바라보고 있었다.

"독무후 님, 소소가…. 소소가…!"

"……."

독무후는 누워 있는 당소소에게 다가갔다. 눈을 감고 곤히 잠든 듯한 기색의 당소소. 눈꺼풀을 뒤집어보니 흐리멍텅한 동공이었다. 숨결은 없고, 생명이라면 마땅히 느껴져야 할 맥동조차 없었다.

"…하하."

독무후는 웃었다. 장패군도 그 웃음을 마주하며 한쪽 눈썹을 들어올렸다.

"진중하지도 않…."

말이 채 끝나기도 전에 장패군의 가슴이 길게 찢겨나갔다. 피가 쏟아지며 바닥을 적셨다. 장패군은 자신의 가슴을 내려다봤다. 그리고 크게 웃으며 뒤로 한 발짝 물러섰다.

"…싸움닭의 오명은 여전하군. 여전히 진중하긴 커녕 경박스럽고 급해."

"요마."

"요접탈각은 겪어본 바 아니었던가?"

뒷걸음질 친 장패군의 모습은 가슴이 갈리기는커녕 의복에 손상도 가지 않은 채로 멀쩡했다. 바닥을 적신 피만이 독무후의 손속을 짐작하게 했을 뿐. 장패군은 뒷짐을 지며 독무후를 내려다봤다.

"부디 나를 즐겁게 해주길."

"뭐?"

장패군은 그 말을 하며 손을 놓았다. 천애절벽 아래로 당소소가 추락했다. 머리가 바람에 흩날리며 아찔한 추락감이 전신을 움켜쥐었다. 허공을 헤매는 손발. 아득한 시야는 공포를 불어넣었다.

"…아?"

한 박자 늦은 탄성. 큼지막해진 동공에 점점 다가오는 지상이 담겼다.

일 리里.

숲이 보였다.

일 장丈.

거대한 나무가 가까워졌다.

일 척尺.

지반이 어른거렸다.

바위, 자갈, 모래, 잡초, 흙.

그리고.

으드득!

"헉…!"

당소소는 자신의 머리를 움켜쥐었다. 허공을 유영하던 발은 땅을 딛고 있었다. 당소소는 커진 동공으로 뒤를 돌아봤다. 기암절벽 위, 가파르기 짝이 없는 봉우리 그대로였다. 당소소는 숨을 몰아쉬며 앞을 바라봤다. 장패군이 목젖을 드러내며 웃고 있었다.

"죽음은 어떠한가?"

"……."

"무섭던가? 고통스럽던가? 아니면, 즐겁던가?"

당소소는 그 말에 뒷걸음질을 쳤다. 하지만 뒤편은 까마득한 절벽이었다.

"넌 본좌의 선시요화안 안에서는 죽지 않는다는 것을 깨닫고 있는 듯한데."

"그래서, 네 제안을 받아들일 때까지 죽기 직전의 상태로 만든다는 거야?"

"눈치도 제법 빠른 듯하고."

"컥!"

당소소는 가슴을 움켜쥐고 천천히 쓰러졌다. 직전까지 쿵쿵대던 심장이 일순 멎어버려 당소소의 자유를 앗아갔다. 장패군은 목을 움켜쥐고 몸부림치는 당소소에게 다가갔다.

"하지만 그 눈치를 이용해먹을 만큼의 오성은 부족해 보인다."

"학, 하악…!"

장패군은 목을 움켜쥔 팔을 우악스럽게 잡아채며 내공을 움직였다. 팔뚝에서부터 시작되는 소름이 당소소의 몸을 뱀처럼 기어 올라갔다.

"읏…!"

"무재는 없다시피 하니 혹여 무공을 익혀 천마신교를 어지럽힐 일도 없을 테고."

장패군이 그녀의 팔을 놓자 당소소의 몸이 축 늘어졌다. 그리고 서서히 몸을 일으켰다. 다시 되찾은 호흡에 놀란 듯, 거친 숨결을 들이쉬었다. 장패군은 그런 그녀를 바라보며 말했다.

"너에게도 불리한 조건이 아닐 텐데?"

"후욱, 후욱…."

"네 안전도 보장할 것이고, 원한다면 요구하는 것을 모두 줄 수도 있다. 그저 사마문의 예쁘장한 장난감이 되어 움직이면 되나니."

장패군은 주저앉아 파들거리는 당소소에게 손을 내밀었다.

"사천은 곧 불바다가 된다. 내 손을 잡아, 신교의 대업에 동참해라. 그렇다면, 네가 소중히 여기는 이들은 살려주도록 하마."

"대업?"

"그래. 천마신교는 만인을 구원하기 위한 대업을 꿈꾸고 있다. 그 시작점이 바로 너다. 통제불능의 사마문을 통제 가능한 상태로 만든다면…."

"사마문을 마신魔神으로 옹립해, 그를 요마의 손으로 통제한다?"

당소소의 말에 장패군의 파리한 웃음이 시들었다.

"그리고 그렇게 통제한 마신을 통해, 온전한 신의 가르침을 얻어 모두가 천선天仙의 영역에 들어서겠다?"

심중을 꿰뚫는 당소소의 말에 장패군의 눈빛이 흉흉해졌다. 잠시간의 침묵. 장패군은 고개를 끄덕였다.

"발칙한 계집이군. 허나, 잘 이해하고 있다. 본교는 모두의 행복을 위해 움직이고 있는 종교, 무지한 민초들은 마교라 손가락질하나 본좌는 그들의 무지마저 구원하기 위해 움직이고 있지."

내민 손에선 이젠 살기마저 느껴졌다.

"사마문의 태도가 마음에 들지 않는다면, 이해한다. 하지만 그들의 구원을 생각해라. 이 손은 요마 장패군의 손이 아닌, 빛을 받지 못하는 그늘 속 민초들의 손이다."

"그럴싸하네…."

당소소는 고개를 숙인 채 키득거렸다. 이제 떨림이 멈춘 손은 주먹을 움켜쥐고, 장패군의 손을 잡는 대신 땅을 짚었다. 그녀는 천천히 몸을 일으켜 세우며 말했다.

"그럼 그 온전한 신의 가르침이 죽음을 가리킨다면, 기꺼이 따르겠구나."

"무슨 소릴…."

"이 현상은 거짓이요, 차안此岸을 넘어 피안彼岸으로, 현세를 넘어 선계로.”

당소소는 발을 앞으로 내밀고 손을 앞으로 뻗었다. 오른손을 뒤로 당기니 삼양귀원의 자세였다.

“그 귀로歸路는, 영원한 안식이라.”

“……!”

당소소의 손이 쏘아졌다. 텅 빈 손에서 난데없이 생겨난 비수가 장패군의 미간을 꿰뚫고 저 멀리 나아갔다. 당소소는 구겨진 장패군의 표정을 보며 물었다.

“네가 그토록 원하던 신의 가르침이 만약 이것이라면, 넌 어떻게 할 생각이지?”

“네 이년….”

“모든 민초의 피로 대지를 적시고, 현세를 무너뜨려 선계로 향하는 길을 만들 셈인가?”

물음을 던지는 당소소의 배가 꿰뚫리며 더운 피를 쏟아냈다. 고통스런 신음이 심산유곡을 울렸다. 그러나 그녀는 다시 일어섰다.

“선시요화안.”

허리가 끊어졌다.

“신선의 장난질을 본따仙, 사람에게 피안의 이름을 내리고諡, 요술로 그린 그림 속으로妖畵 사람의 의식을 부르는 눈眼.”

목이 베여 머리가 절벽 아래로 추락했다.

“왜, 무서워?”

그럼에도 당소소의 눈은 장패군을 바라보고 있었다.

“그럼….”

당소소는 장패군에게 다가갔다.

“날 죽였어야지.”

당소소는 비수를 장패군에게 박아 넣었다. 한 번의 찌름 이후 세 번의 죽음이 찾아왔다. 당소소는 땅바닥을 나뒹굴었다. 장패군이 당소소의 시신을 짓밟으며 말했다.

"같잖은 계집이 죽음 앞에 실성을 했구나!"

"안 죽잖아?"

당소소는 비틀거리며 일어섰다. 장패군의 한쪽 눈썹이 꿈틀거렸다. 서늘한 소름이 그의 등골에 휘둘러졌다.

"피래미가…!"

"내가 죽을 곳은 이곳이 아니야."

당소소의 눈은 꿈틀거리지 않는 다른 쪽 눈을 바라보고 있었다. 투명한 눈알엔 자신의 형상이 맺혔다.

그러나 동공에 비치는 것은, 당소소를 닮은 독무후였다.

"부채에 그려진 그림은 금 백 관이었는데, 이 그림은 얼마 정도 하냐?"

"네년, 뭐라고 하였느냐?"

"비싼 거였으면 좋겠네."

당소소는 비수를 던졌다. 장패군의 귓불이 베였다. 그리고 다섯 번의 죽음을 맞이했다. 시종일관 평온했던 장패군의 표정이 당황으로 일그러졌다. 당소소는 바닥에서 몸을 일으키며 웃었다.

"내가 네놈의 그림을 찢기 전까지, 넌 내 스승님을 제압하고 죽어 있는 날 죽일 수 있을까?"

"하찮은 계집이 어떻게 선시요화안의 파훼를…?"

그녀는 죽음을 알고 있다. 그녀에게 죽음은 무서운 것이었다. 고통스러웠고, 절망적이었으며 그 과정은 공포와 고독만이 함께했다.

그리고 선시요화안의 장패군 또한 무서웠다. 고통스러웠고, 절망과 공포가 서려 있는 듯했다.

하지만 그 너머엔 독무후가 있었다.

지금 그녀는 살아있다.

"딱 대, 씨발놈아."

당소소는 손에 쥐어진 비수를 치켜들었다.

❈ ❈ ❈

선시요화안仙諡妖畵眼.

목표에 요술을 덧씌워 죽음을 가장한다. 그리고 목표의 정신을 요술로 만든 그림의 안으로 끌어들이는 비술.

쌍검무쌍 작중에서 단 한 번 나왔고 수많은 혼란을 일으켰다. 그러나 주인공은 그것마저 파훼해냈다. 요술의 그림 속은 단 하나의 제약만 존재했기에.

'상상력.'

그는 천무지체이며 구주를 떠돌아다니며 수많은 경험을 하고 좌절을 겪었다. 하늘이 내려준 재능으로 온 대지를 돌아다니며 오롯한 인간의 힘으로 완성을 하니, 제약이 없는 곳에서 그를 이길 자는 없었다.

무엇보다 선시요화안 안의 장패군은 그림에 쏟은 내공만큼 그 힘을 사용할 수 있다. 선시요화안에 일 할의 내공을 불어넣었다면 일 할의 내공만을, 오 할의 내공을 불어넣었다면 오 할의 내공만을 사용할 수 있는 상태였다.

이런 약점이 명확한 무공인데도 그가 사용한 이유는.

팟, 파팟!

"…쿨럭."

"어찌 파훼법을 알았는지는 모르겠으나, 네 하찮은 힘으로 어찌할 성싶으냐?"

바닥에서 솟아난 바위로 이루어진 송곳이 당소소의 심장을 찌르고 있었다. 극통이 머리를 찌르르 울리며 그녀는 한 움큼의 피를 뱉어냈다. 다가가던 당소소의 몸은 다시 제자리에 돌아가 있었다.

'실패했어…!'

당소소는 퍼뜩 정신을 차리며 자세를 바로잡았다. 바로 직전 자신이 당한 죽음이, 선시요화안을 사용하는 이유였다.

요술로 이루어진 그림 속 세상. 먹의 농담은 그의 내공이요, 장대하게 뻗은 붓의 획은 그의 기맥이라. 환상임을 알고 있어도 천신이라도 되는 것처럼 주변 환경을 제 것마냥 조종하는 그를 상대하기 어려웠다.

쌍검무쌍의 주인공조차 압도적인 전력차를 가지고도 고전했던 상대였다. 그렇기에 그를 상대하기 위해서 당소소는 고육지책을 꺼내야 했다.

'감각을 차단해야 해.'

겨우 인지한 바람결이 칼날처럼 당소소의 팔을 끊어버렸다. 당소소는 격통에 인상을 찌푸리며 숨을 뱉었다. 상상하는 것은, 고독 속의 자신. 손끝이 무뎌진다. 팔이 무뎌진다. 다리가 무너진다. 고통이 가신다. 그리고 의식이 꺼진다.

"흣, 핫…!"

당소소는 목을 쓰다듬었다. 바람결이 목을 찢고 지나가기 직전 의식을 꺼뜨리는 데 성공했다. 제아무리 견딘다고 다짐해도, 수없는 죽음을 견딜 순 없는 노릇. 그렇기에 정신에 영향을 주는 죽음이 오기 전에 의식을 몸에서 이탈시킨다.

'선시요화안은 자신의 몸과 상상이 허락하는 한, 모든 것을 할 수 있어. 검기를 일으키고 연기화신의 경지에 도달하진 못하지만, 내가 봐왔던 비수를 만들 수 있고 내 몸을 내 마음대로 할 수 있어. 이거라면, 맨정신을

유지할 수 있다.'

당소소는 재빨리 의식을 끊을 준비를 하며 자연스레 쥐어진 비수를 들어 올렸다. 장패군도 그런 당소소의 재치를 눈치챈 듯 눈썹을 꿈틀거렸다.

'상당히 선이 굵은 계집이군.'

죽음을 맞이하기 직전, 선시요화안의 특수한 환경을 이용해 의식을 꺼뜨려 고통과 자신을 분리하고 정신을 온존한다. 제아무리 환상 속이라곤 하나, 웬만한 정신상태론 할 수 없는 거친 방식. 수하를 시켜 뒷조사했을 땐 그저 망나니에 불과하던 명가의 규수가 가질 수 있는 정신력은 아니었다.

'…패악질만 일삼는다던 어린 계집이라고 들었거늘.'

쉬이 굴복할 것이라 생각했다. 그렇기에 독무후를 묶어둠과 동시에 당소소의 의식을 선시요화안의 세계로 끌어왔다. 하지만 독무후는 사천투봉으로서 봐왔던 때와 달랐고, 순식간에 끝나리라 생각했던 당소소는 오히려 예측할 수 없는 모습을 보이며 자신을 곤란하게 했다.

'제압하는 것은 간단하다. 의식을 꺼뜨릴 새도 없이 계속해서 죽여주는 것. 그러나 사마문의 장난감으로 쓰이기 위해선 약간의 이성은 남겨 놓아야 할뿐더러 이 이상 선시요화안에 힘을 끌어왔다간 독무후와의 교착상태가 무너진다.'

움직이지 않던 나머지 눈썹이 꿈틀거렸다. 당소소의 사지를 찢던 바람결이 거둬졌다. 당소소는 피투성이가 된 채 주저앉았다. 장패군은 그런 그녀를 내려다봤다.

'무너뜨려볼까.'

요마의 또 다른 장기를 써야 할 때였다.

"하찮은 저항을."

"좆, 까…."

당소소는 고통에 헐떡이며 언제라도 의식을 꺼뜨릴 준비를 했다. 피를 많이 흘린 탓인지, 의식이 몽롱해져갔다. 장패군은 턱을 쓰다듬었다.

"왜 내 제안을 거부하는 것이냐? 꽤 괜찮은 제안이라고 생각하는데."

"흑, 흐읍…."

유예되는 죽음에 당소소는 의식을 잘라낼 순간을 찾지 못한 채 고통에 흐느꼈다. 장패군은 딱하다는 표정을 지었다.

"당가도 살려주겠다. 사정이 허락하는 한, 네가 원하는 것도 들어주겠다. 악한 일을 거드는 것도 아니다."

"아니야…."

"무지에 신음하는 민초를 못 본 체하겠다는 건가? 꽤 잔인한 계집이었군."

"웃기는 소리…."

당소소는 헐떡거리며 장패군을 노려봤다. 장패군은 고개를 저으며 당소소에게 다가왔다. 당소소는 경계하며 피투성이가 된 손을 뒤로 끌어보지만, 뒤는 낭떠러지였다.

"이 무지한 대중을 봐라."

장패군은 바람을 일으켜 자신의 손목을 쓱 그었다. 피 대신 먹물이 쏟아지며 당소소 눈앞에 그림이 펼쳐졌다. 먹물은 수묵화가 아닌, 정물靜物을 그려냈다.

굶주림에 지쳐 나아갈 길을 몰라 들판에 쓰러져 있는 화전민을, 생명의 가치를 가늠치 못해 사람을 해치고 다니는 흉적들을, 지식을 알지 못해 자식을 땅에 묻고 울부짖는 부모를.

성군이라 칭송받는 황실의 통치 아래에서, 그늘에 드리워진 세상은 난세였다.

"이 고통으로 가득 찬 세상을 봐라."

동남東南으론 해적이, 북北으론 마적이, 서西로는 비단길을 탐내는 서장, 중원의 불교를 올바른 가르침으로 이끌고 싶어 하는 밀교가, 척박한 땅을 탐내는 중원의 손길에 신음하며 복수를 위해 마신을 숭배하는 회족이.

중원으론 정파라 불리는 백도무림이, 사파라 불리는 흑도무림이. 황실에 가까운 중앙과 그렇지 못한 곳이. 하나의 성과 다른 성과의 다툼이. 성 안에서 기름진 땅을 위해 벌이는 문파 간의 각축전이. 문파 안에서 권력을 위해 벌이는 암투가.

온 곳의 모든 삶이 싸움으로 어울져 있었다.

"네가 이 싸움을 종식시킬 수 있다. 별거 아닌, 네게 푹 빠진 같잖은 마귀의 비위를 맞춤으로써."

"……."

당소소의 몸이 차게 식었다. 다시 시작점으로 돌아온 당소소가 곧게 서서 장패군을 바라보고 있었다. 장패군은 손목을 더욱 치켜들었다. 더욱 짙은 먹물이 쏟아지며 정물이 아닌 장면을 그려냈다.

"잘 와닿지 않는 모양이군. 그럼 현실을 좀 보여주도록 할까?"

장패군의 발걸음 한 번에 녹풍대의 일원 중 하나가 쓰러진다. 당소소가 눈을 부릅떴다.

— 당가를 위…!

— 불쌍한 것.

그의 손짓에 저항하던 녹풍대원의 몸이 일어선다. 그리고 저항하던 다른 녹풍대원의 몸을 찔러간다.

— 쿨럭.

— 네놈은 당소소라는 쓸모없는 계집 때문에 죽는 것이다.

— 아, 아아….

녹풍대원의 눈이 허무로 물든다. 당소소의 숨결이 격앙되었다.

"너, 너…!"

"네 스승을 닮아 성질이 급하군. 아직 더 남았거늘."

— 살려, 살려주시오. 난 그저 마부일 뿐이오.

— '당소소'의 마부 아니더냐?

독무후의 손에 쓰러진 망치를 든 마교의 졸개였다. 그가 망치를 치켜든다. 마부들이 고개를 미친 듯이 저으며 말했다.

— 그, 그 계집은 당가의 치, 치욕이었소. 움직이는 내내 껄끄러웠고…!

— 그래?

— 저자의 말이 맞소! 당소소의 마부가 아니라, 당가의 마부일 뿐…. 그 왈패를 대체 누가 좋아한단 말이오?

망치가 조금 내려간다. 마부들은 고개를 끄덕이며 변명을 이어갔다.

— 마, 마차가 덜컹거린다며 뺨을 때렸었소.

— 말똥냄새가 난다며 날 해고하려고 했었소!

망치를 든 졸개도 고개를 끄덕였다.

— 그렇군.

마부들의 고개가 으깨졌다. 그의 망치에 붙어 있던 살점의 정체가 밝혀지는 순간이었다. 그 핏물은 먹물이 되어 당소소의 얼굴에 끼얹어졌다. 당소소는 눈을 질끈 감으며 고개를 돌렸다. 당소소는 자신의 얼굴을 쓸어내렸다. 먹물은 튀지 않았다. 다시 눈을 뜨며 앞을 바라봤다.

"……!"

눈앞에 있는 것은 상아색의 불꽃에 온몸이 타오르고 있는 독무후였다. 당소소의 동공이 흔들린다. 시선이 아래로 떨어진다. 백서희가 자신의 칼로 자결을 한 상태였고, 그 옆엔 목 아래로 아무것도 없는 운령의 고개가 놓여 있었다.

"현실이네."

"아니야."

"운령은 환유요가의 절정고수가 목을 취하러 갔다."

"거짓말이야. 여긴 선시요화안의 세계야."

당소소의 얼굴이 고통으로 일그러졌다. 장패군은 고개를 숙이며 웃었다.

"어떻게 현실이 아니라고 장담하지?"

"그야 그럴 리 없으니까. 네까짓 놈이 어떻게 천하십강을…!"

"직접 봤나?"

장패군은 당소소의 귓가로 고개를 들이밀었다. 당소소는 발작적으로 비수를 찔러넣으려고 했으나, 불어온 바람에 팔이 꺾였다.

"악, 으으윽!"

"네가 선시요화안에서 유유자적하고 있을 동안, 난 내가 원하던 바를 이뤘다."

당소소의 입술이 고통에 바들바들 떨렸다. 장패군은 그 행동에 입맛을 다셨다. 그가 가장 좋아하는 순간이었다.

"도강언은 독마의 손에 무너졌다. 독무후는 널 잃었다는 생각에 흥분한 나머지 내 요선지화를 받아내지 못하고 쓰러졌다."

"이빨, 털지 마…."

"백서희는 자신이 당소소를 죽였다는 절망을 이기지 못하고, 초토가 된 도강언을 확인하고 자결했다."

"……."

당소소의 눈꺼풀이 서서히 감긴다. 장패군의 말이 이어져갔다.

"저항하던 운령은 사지가 잘리고, 사형을 찾으며 목이 베였다. 멍청한 계집, 제 사형이 사마문인 것도 모르고 울부짖는 꼴은 꽤 추했지."

장패군은 낄낄거리며 당소소의 안색을 살폈다. 볼이 꿈틀거리고, 당소소의 오른손이 움직였다. 그러나 꺾였다.

"청랑검문은 무너졌다. 정유는 무리하게 싸우다 주화입마에 걸려 모든 혈맥이 터져 죽었고, 청랑검문의 현판엔 묵가장이라는 이름이 걸려 있다. 아미와 청성은 곧 독마의 손에 오염되어 멸문할 것이고, 사천은 신교의 손에 떨어진 것이나 마찬가지다."

"…믿지 않아."

"네가 믿지 않는다고 사실은 달라지지 않는다. 본좌는 사실만을 보여주고 있느니라."

장패군은 당소소의 귓가에 속삭였다.

"당가는 살려주도록 하마. 독천은 폐인이 되었지만, 우리가 찾아주도록 하마. 아미와 청성도 명맥만이라도 잇게 해주마. 네가 사마문의 첩이 된다는 약조만 있다면."

"네가 감히…."

당소소의 입이 열렸다. 장패군은 득의의 미소를 지었다. 환영은 믿는 순간 현실이 된다. 그렇기에 그의 이름은 요마. 장패군은 덜렁거리는 그녀의 팔을 움켜쥐었다.

"모두 사마문의 마음에 들어버린 네 업이다. 이제라도 그 업을 덜기 위해 내 손을 잡아라."

"…타인의 목숨을 취하는 게, 네 대업이냐?"

울음기마저 섞인 절규에 장패군은 입술을 끌어올렸다. 하지만 자신도 물기 어린 목소리로 응수해준다.

"나라고 어찌 슬퍼하지 않을 수 있단 말이냐?"

장패군의 눈에선 눈물이 흐른다.

"큰길을 닦는 데엔 본디 많은 장애물이 있기 마련이다. 대국을 보지 못하고 사소한 것을 신경 쓰는 알량한 도덕심. 더 높은 세계의 상식을 이해하지 못하는 현세의 낡은 개념들."

"헛소리야…."

"하지만 본좌도 모든 장애물을 치우는 살업을 행하고 싶진 않아. 그렇기에 네게 기회를 주는 게다."

울먹이는 흐느낌이 당소소의 귓가를 불쾌하게 간질였다.

"현세의 낡은 가치라도, 네 손으로 살릴 수 있으니."

당소소의 자색 눈이 속삭이는 장패군의 눈과 마주친다. 장패군의 눈엔 하염없는 슬픔뿐이었다. 소중한 것을 잃어버린 양 주체할 수 없는 눈물이 뺨을 적시고 있었다.

"낡은 가치를 최후까지 지키는 것을, 네게 맡기려고 하는 게다. 최소한의 살업과 최대한의 행복. 네게 그 행복을 이끄는 역할을 맡기마. 천마의 비는 그 자체로 강한 힘이 있으니, 사천성을 지옥에서 건져내는 것도 어렵지 않을 테고."

"……."

당소소의 눈동자가 흔들렸다. 장패군은 말을 이어갔다.

"사천성의 참사는 이해가 가지 않겠지. 그마저도 난 이해한다. 네가 죽음을 원한다면, 대업 이후에 내 목숨을 취해도 좋다. 대국을 봐라. 선시요화안을 이해하는 넌, 이것도 이해할 수 있는 아이다."

"그래…. 좋아."

당소소는 장패군의 말에 탄식하며 한마디를 던졌다.

그리고 몸마저 낭떠러지로 던졌다.

"뭐하는…?"

장패군의 눈에 당혹이 어린다. 그가 떨어지는 당소소를 건져내려 손을 뻗어보지만, 이미 저 아래로 추락한 상태였다. 장패군은 혀를 찼다.

'다 되었다 생각했는데…. 정말 미친 계집이군.'

그의 한쪽 눈썹이 꿈틀거렸다. 꿈틀거린 동공 너머엔 뇌운雷雲을 두르고 촌철을 부리며 벼락을 내리는 독무후가 움직이고 있었다.

* * *

"장 가야."

독무후의 싸늘한 목소리가 들렸다. 허공을 유영하는 촌철 열 자루가 객잔을 잔혹하게 찢어갔다. 난간에 자리하고 있던 장패군이, 일 층으로 뛰어내리는 장패군이, 계단을 올라오던 장패군이, 그녀의 앞에 서 있던 장패군이 모조리 터져나갔다.

그러나 그는 아직 그녀 눈앞에 서 있었다.

"본녀를 적으로 돌린다면, 감당할 수 있겠느냐? 네놈이 신경 쓸 것은 사천뿐만이 아닐 터인데?"

"사천투봉이 적을 걱정해줄 정도로 자비로운 성격이었나?"

장패군은 어깨를 으쓱인다. 그의 머리가 으깨졌다. 그러나 또 다른 장패군이 걸어와 독무후 앞에 섰다.

"보시다시피, 감당되는군."

"그래…. 어디 한번 감당해 보거라."

이제 독무후는 아무런 말도 하지 않았다. 독의 구름을 점점 퍼뜨려 나갈 뿐. 독운에 담긴 거력이 공간을 넘어 천리를 짓눌러갔다. 장패군의 눈이 움찔거렸다.

'독무후의 시선을 빼앗아온 것은 좋았지만, 이 이상은 감당이 힘들다.'

장패군의 시선이 널브러진 마교의 잔당들을 훑었다. 천요만악행에 소비한 내공이 꽤 치명적이었다. 오합지졸인 그들이 독무후와의 전장에 맞서 물러서지 않고 당혁의 지휘를 따를 수 있던 이유이자, 당혁이 만든 독강시의 심혼을 움켜쥔 골자인 천요만악행.

장패군은 혀를 차며 가시지 않은 경련에 몸부림을 치는 당혁을 바라봤다.

'시간만 끌라고 했건만, 장난감을 쥔 애새끼마냥 흥을 내선…!'

장패군은 산속에서 거지꼴이 되었던 당혁을 구했을 때를 떠올렸다. 의복과 섭식을 제공하고, 당혁을 구슬리기 위해 이름뿐인 감투를 쥐여주었다. 애송이에 불과한 그는 흥을 내며 당가의 비전을 술술 뱉어냈다. 합성독, 제독전의 편제 등등.

'아직 더 뱉어내게 할 것이 많을 터.'

더 알아낼 것이 너무 많았다. 당가의 팔대극독과 그들이 숨기고 있는 금지. 그리고 습격에 용이한 비밀통로와 같은 것들. 독무후와의 전장에 그를 참전시킨 것은 당문을 누구보다 잘 알고 있는 사내이거니와 그저 시간만 끌면 되는 간단한 작전으로 그의 감정을 흥분시켜 더욱 은밀한 비밀을 캐내기 위함이었다.

'저 지성 없는 버러지를 구해낸 뒤, 당소소를 데리고 곧 합류해야겠군.'

장패군은 주먹을 쥔 뒤, 검지와 중지를 내밀며 검결지劍訣指를 뻗었다. 그리고 선시요화안을 비추던 눈을 가리며 말했다.

"그들이 곧 출발할 것이다, 독마."

* * *

군청색 하늘을 배경 삼아 지붕 위에 앉아 있던 사내가 일어섰다. 독각혈가주, 독마 류시형이었다. 그는 눈을 누르던 손을 떼고, 머리를 헝클어뜨리며 말했다.

"…잡귀새끼, 항상 번잡한 방식을 쓴단 말이지."

"가주 님, 독룡대가 대기 중입니다."

그가 뒤를 돌아봤다. 뿔 달린 뱀을 수놓은 자들이 일제히 복면을 뒤집어썼다. 그는 웃음 지었다. 고개를 돌려 아래를 내려다본다. 태동하기 시작하는 민중의 움직임이 보였다.

류시형이 서 있는 거대한 건물을 중심으로 옹기종기 배열해 있는 건물들. 농기구를 이고 논밭으로 나가는 이들, 장사를 준비하기 위해 좌판을 여는 이들과 코를 간질이는 객잔의 음식 냄새. 고도高度의 풍경이 펼쳐졌다.

"독각룡毒角龍의 독액은 마신의 눈물일지니."

양팔이 펼쳐진다. 장포가 흩날렸다. 온갖 천으로 묶어둔 머리가 흩날렸다. 뻗어오는 서광을 등에 지고 긴 그림자를 드리웠다.

"무지한 민초를 긍휼이 여기는 눈물을 흘리며, 신교의 성전을 선포하라."

긴 그림자를 타고, 독룡대가 아래로 떨어졌다. 류시형은 만족스러운 웃음을 지으며 자신이 서 있던 대궐 같은 건물의 정문을 바라봤다.

— 백능상단白陵商團

류시형의 모습도 이내 아래로 사라졌다.

16장

혈용독란
血涌毒亂

파용운란波涌雲亂.

파도가 용솟음치고, 구름이 어지러이 흩어진다.

수라장을 은유적으로 이르는 말이다.

그녀는 숨을 헐떡이며 주위를 둘러본다.

피가 용솟음치고, 독무가 이곳저곳으로 흩어지고 있다.

촉한의 곡창이 혼란을 추수하고 있다.

* * *

"…이건 위기인가."

백진오는 결제 도장을 내려놓았다. 바깥엔 소란도, 인기척도 느껴지지 않았다. 백진오는 다리를 꼬고 팔짱을 꼈다. 앞으로 독룡대의 차림을 한 무인이 걸어왔다. 백진오는 등받이에 몸을 기대며 말했다.

"거래를 하고 싶거든 먼저 접견 신청을 하셨어야지, 영 예의가 없으시군."

"……."

"그래서, 물건은?"

백진오는 독룡대원을 바라보며 능글스럽게 물었다. 독룡대원은 손목 부근의 아대를 만지작거렸다. 끝이 기울어진 독특한 형태의 비도가 튀어나와 그의 손에 잡혔다. 백진오가 가소롭다는 듯 말했다.

"영 부실해 보이는 물건이군."

"피안의 하늘 아래로 가거라."

독룡대원은 허리춤의 가죽주머니를 움켜쥐고 비도로 주머니를 찢었다. 독분이 바닥으로 쏟아지며 분진을 토해냈다. 백진오는 밀폐된 집무실을 메워가는 독분을 바라보며 다만 웃을 뿐이었다.

"노리는 것은 곡물을 저장하는 저장고와 백능상단의 상업지구. 그리고 비단을 생산하는 곳인가?"

"답은 삼도천의 뱃사공이 해줄 것이다."

백진오가 팔짱을 풀었다. 독룡대원의 눈이 찌푸려졌다. 분진이 더 뻗어나가지 못하고 책상 앞에 멈춰 있었다. 앞에서 뒷짐을 지고 있는 한 무사가 무심한 눈길로 그를 바라보고 있었다. 자그마한 삿갓 아래의 눈은 무정히 빛났다.

"독이군."

허리춤의 검이 잘그락거렸다. 턱끈이 풀린 삿갓은 책상 위에 올려놓았다. 그리고 뒷짐을 푼 뒤, 검손잡이에 손을 올렸다.

"수당은 두 배로 받도록 하지."

그가 검병에 손을 올리자 제 몸집을 불려가던 분진이 뒤로 밀려났다.

독룡대원은 손에 들고 있던 독주머니를 떨어뜨리고, 비도를 고쳐 쥐었다.

"낭인회의 묵객인가."

백진오는 고개를 끄덕이며 손으로 탁자를 두드렸다.

"이 쪽의 거래물품은 이 정도라네. 그럼, 삯을 받아볼까."

"죽어라!"

독룡대원이 비도를 던지며 달려들었다. 묵객이 천천히 검을 뽑았다. 마찰음조차 들리지 않는 고요하고 격조 있는 발검. 그 고요한 영역에 비도가 침범했다.

쉬이익!

"……."

파열음조차 들리지 않았다. 묵객은 조용히 납도를 했다. 비도는 땅을 나뒹굴고 있었다. 분진도 멎었으며, 그리고 한 사람의 목숨도 독분 위를 나뒹굴었다. 묵객은 풀어놓은 삿갓을 걸치고 턱끈을 맸다.

"장소는?"

백진오는 책상 서랍을 열었다. 부채 하나가 그의 손에 쥐여졌다. 백진오는 자리에서 일어나 피로 바닥을 적시는 독룡대원을 바라봤다.

"자네라면 어디로 향하겠나?"

"…난 행하는 자일뿐. 생각을 하는 일은 당신들이 할 일이지."

"과연, 낭인회의 우수무사다운 생각이야."

백진오는 독룡대원을 지나 집무실의 문을 열었다. 호위대의 피가 돌바닥을 적시고 있었고, 화단은 독에 범벅이 되어 시들어 있었다. 곳곳엔 불길의 연기가 하늘을 더럽히고 있었다.

"나머지 호위대는?"

"시인이 지휘하고 있다."

"그렇다면 곧 진정되겠군."

피 냄새와 독향이 뒤섞인 불쾌한 비린내가 훅 끼쳐왔다. 백진오는 키득거리며 부채를 펼쳐 얼굴을 가렸다.

모든 것이 그의 예상대로였다.

도강언의 전역을 막을 수 있다는 것은 오만. 그렇기에 이 축복받은 땅에서의 계가計家가 시작된다. 어떤 품목이 이득이고, 사라져도 무방한 것들은 무엇인지. 셀 수 있는 집과 살아남지 못한 돌을 구분했다.

그리고 그 결과가 이것이었다.

"독각혈가는 오늘, 가주를 잃게 될 것이다. 그렇다면 난 무엇을 얻을 수 있을까…."

"어디로 향해야 하지?"

"제방堤防."

묵객의 물음에 백진오가 답했다. 묵객은 움직이지 않고 또다시 물었다.

"독마를 죽인다면…."

"열 배를 주도록 하지."

묵객의 발이 움직였다. 백진오는 부채를 접고 난장판이 된 장원을 지나갔다.

방향은 도강언의 젖줄인 민강의 제방이었다.

* * *

'단순히 비수를 들이밀어서 이길 순 없다.'

당소소의 시선엔 뒤집힌 산봉우리들이 긁혀왔다. 아찔한 부유감을 느끼며 생각은 가속했다. 어떻게 이 나약한 몸뚱아리로 초절정의 고수를 상대할 수 있을지. 파훼법은 또 어떤 식으로 따라야 할지. 그리고 그가 보여준 환영은 정말 사실인지.

당소소는 고개를 저었다.

'나는 이미 알고 있어. 주인공이 선시요화안에서 어떤 일을 겪었는지. 분명해. 저건 사실이 아니야.'

사실이 아님을 알면서도 환영은 당소소의 마음을 어지럽혔다. 또렷한 생각을 방해하고 있었다. 당소소의 눈이 찌푸려졌다.

'운령은….'

운령은 최후의 최후까지 죽지 않았다. 쌍검신협의 옆을 지키던 청홍검봉은 수많은 악적을 물리치며 마지막엔 청성검후青城劍后라는 이름으로 불리게 된다. 하지만.

'내가 그녀의 운명을 바꿔버렸다면.'

모든 것이 의심되기 시작했다. 이야기의 암류에 손을 댄 자신이 결국엔 정사의 인물에게까지 피해를 끼치게 된 것은 아닌지. 당소소는 입술을 깨물고 아래를 바라봤다. 추락의 때가 다가오고 있었다. 자신의 몸으로 해결할 수 있는 부분은 떠오르지 않았다.

대신, 다른 것이 떠올랐다.

'스승님…!'

요선지화에 불타고 있던 독무후의 모습이 떠올랐다. 이성은 분명 그녀가 죽지 않는다는 것을 명확하게 예측하고 있었다. 하지만 감정은 그러지 못했다. 불안하고, 무섭고, 걱정되고, 불길했다.

혹여, 자신의 개입으로 무언가가 바뀌었다면—.

으적!

"아, 아아아아…!"

당소소가 머리를 쥐며 주저앉았다. 의식을 끊어내는 데에 실패했다. 머리가 으깨지고, 전신의 뼈가 으스러지는 고통이 정신을 비틀어 이성을 짜냈다. 몸을 움직일 수조차 없었다. 쉬어지지 않는 숨을 껙껙거리며 서서히 무너졌다.

“서로 의미 없이 시간을 허비하진 말도록 하지. 내 손을 잡으면 넌 편해질 수 있다. 이 차안의 선지자로 추앙받으며 살 수 있다고.”

“허억, 허억….”

“어떻게 본좌의 선시요화안에 대해 알고 있는진 모르겠으나, 잘 알고 있다면 내 말을 이해할 수 있겠지.”

장패군은 그녀가 차마 들지 못하고 있는 머리를 움켜쥐고, 그대로 들어 올렸다.

“내 한 푼의 힘이 이 이상 더해진다면, 네 정신을 갈가리 찢어버릴 수 있다는 것을.”

“…알아.”

당소소의 날카로운 시선이 장패군을 노려봤다. 장패군은 그 가소로운 눈초리에 웃었다.

“땅을 기는 미물에게 그런 시선을 받아보는 것도 오랜만이군.”

당소소의 머리가 으깨지고, 다시 쥐어졌다. 당소소의 눈이 고통으로 여울졌다. 주체할 수 없는 고통이 눈물로 쏟아졌다.

“으흑, 으윽…! 머리가, 머리가…!”

“그럼, 시간이 걸리겠지만 다른 방식으로 데려가는 수밖에.”

장패군은 팔을 끌어당겨 당소소의 얼굴을 가까이 끌고 왔다. 당소소의 발끝이 속절없이 땅에 끌리며 장패군에게 끌려갔다.

“난 지금부터 널 찰나의 시간조차 낭비하지 않고 계속해서 죽일 것이다. 정신을 붕괴시켜 놓는다면 더 이상 반항도, 명을 따르는 것에 대한 거부감도 존재하지 않겠지.”

“아, 아파….”

당소소의 지친 눈이 장패군을 바라봤다. 장패군의 분노한 눈초리가 당소소를 꿰뚫었다. 명백한 적의가 가슴을 찢어놓는 듯했다. 그 적의에, 당소소의 오기가 고개를 치켜들었다.

그녀는 알고 있었다.

구원을 가장한 그 얼굴에 어떤 것들이 도사리고 있는지. 알고 있기에 무너지더라도 따를 수는 없었다. 이 세계는, 이 땅은 그녀에게 가장 소중한 것이었으니까.

"…그래. 알겠어."

당소소의 입이 달싹거렸다. 장패군은 입꼬리를 올리며 당소소의 머리를 짓누르던 악력을 느슨하게 풀었다.

"크흣, 무섭나보지?"

"맞아, 난, 무서워."

당소소는 그렇게 답하며 장패군의 두터운 손목에 손을 올렸다.

"그런데 더 무서운 것을 알려줄까?"

장패군은 당소소의 말에 어디 지껄여보라는 듯, 턱을 까딱였다. 당소소는 웃었다.

"넌 영원히 죽지 않을 거야."

"영악한 계집이군. 조금이라도 시간을 벌기 위해 헛소리를 하다니."

뜬금없는 당소소의 말에 장패군은 코웃음을 치며 풀었던 손아귀를 다시 조였다. 머리에 가해지는 압력이 무척이나 고통스러웠다. 그 고통 속에서, 당소소는 기어코 그의 최후를 입에 담았다.

"너, 넌, 죽지 못한 채로 영원히 환상 속에서 살게 될 거야."

"무슨 헛소리지?"

"공백만이 존재하는 한 폭의 그림 속에서 너 혼자 영생을 누리게 될 거야. 아무것도 이루지 못하고, 아무것도 지배하지 못하고, 아무것도 없는 곳에서 영원을 살게 되겠지."

"핫핫, 이제야 정신이 나가기 시작했나보군."

장패군은 당소소의 목을 부러뜨렸다. 축 늘어진 당소소는 다시 장패군 앞에 섰다. 당소소는 목을 움켜쥐며 물었다.

"거짓말 같아?"

"조금만 더 손본다면, 마귀의 입맛에 맞는 장난감이 되겠어."

장패군이 손을 움켜쥐자 그 안에 검이 생겨났다. 당소소의 가슴이 길게 찢겼다. 불타는 듯한 격통이 당소소의 등골을 확 덮쳤다.

"으윽…!"

"시간이 남았으니, 막간을 이용해 말버릇부터 바로잡도록 하지."

"내가, 널 이기려면, 무슨 짓을 해야 할까."

격통에 뚝뚝 끊어지는 어절 속에서 당소소의 분노가 묻어 나왔다. 장패군은 콧방귀를 뀌며 당소소의 배에 칼을 꽂았다. 고통의 불길이 온몸의 감각을 땔감 삼아 격렬히 타올랐다. 당소소는 곧바로 감각을 끊어냈다.

"마교엔 여섯 곳의 가문과 네 곳의 교파, 세 명의 교주 후보와 한 명의 교주가 있지."

그늘을 드리운 창백한 얼굴이 웃었다.

"환유요가는 멸문해."

"요사스러운 입을 찢어놓도록 하지."

"당신도 그렇게 생각하잖, 아…?"

당소소의 고개가 푹 떨어졌다. 그리고 다시 일어나 장패군을 바라봤다.

"점점 교단에서 힘을 잃어가는 자신의 가문. 기반도, 명분도, 심지어 지지하고 있는 후보는 뜻대로 움직이지도 않아."

"흥…, 계집이 고통을 유예하기 위해 마구 지껄이는구나. 본좌를 속이려드느냐?"

장패군은 태연한 척 발을 굴렀다. 봉우리의 끝부분이 뚝 끊어지며 당소소가 아래로 추락했다. 떨어지는 그녀의 얼굴에 확신이라는 단어가 그려져 있었다.

"…대체 무엇을 하는 계집이기에 본 가문의 상황을 꿰뚫고 있는 게지?"

장패군은 당소소가 떨어진 절벽 아래를 내려다봤다. 본래라면 생각의 고삐를 풀어줄 새도 없이 계속해서 죽였어야 했다. 하지만 그녀의 말이, 사람을 현혹하는 장패군을 거꾸로 현혹시켰켜다. 그는 감정을 감추기 위해 그녀를 아래로 떨어뜨렸다.

"허나 경거망동할 필요는 없다."

장패군은 검을 든 손을 털었다. 검은 송곳으로, 톱으로, 갖가지 흉측한 고문도구로 변해갔다.

"차차 알아내면 되는 일이니."

장패군이 아래로 쏘아내는 시선을, 당소소는 피하지 않고 마주보고 있었다. 선시요화안에서 그는 섭리였다. 그의 말 한마디에 죽음은 찾아오고 땅은 무너진다. 그렇다면 그를 이기기 위해 그녀는 무엇을 해야 할까.

— 무武란 무엇일까, 소소야.

그는 섭리였다. 천리였고, 자연이었다.

— 어렵게 생각하지 않아도 된단다. 태초의 사람이 맨몸으로 호랑이를 상대할 수 있었느냐?

당소소는 손을 장패군에게 뻗는다.

— 사람이 야수를 이기기 위해 가장 먼저 했던 행동이 무엇일까?

그녀의 손에는 익숙한 형태의 검이 쥐어졌다. 뭉툭하고 투박하고 둔탁하기까지 한, 검이라 부를 수 없는 검.

미약한 내공이 당소소의 의지와 핏줄에 새겨진 가르침을 따라 흘렀다.

— 수많은 무의 흐름은.

으득!

당소소가 다시 봉우리 위에 섰다. 그녀의 손엔 검이 쥐어져 있었다. 장패군은 그 낡아빠진 검을 비웃었다.

— 이 한 행동으로부터 유래되었다고 해도 무방하다.

“그것으로 본좌를 베어보기라도 할 셈이냐?”

“아니.”

“얼마나 죽어야 예절이 바로 설 텐지, 궁금하구나!”

당소소의 목이 떨어졌다. 검은 쥔 채였다. 당소소의 가슴이 꿰뚫렸다. 검은 쥔 채였다.

당소소의 전신이 찢겨나갔다.

검은 쥔 채였다.

— 이것이 당문의 내공심법인 만류귀원신공의 이치.

장패군의 손이 멈췄다. 무언가 이변이 느껴졌다. 측량할 수 없는, 그의 섭리를 벗어난 움직임이 그의 앞에 당도했다.

“네년, 무엇을…!”

장패군은 윽박을 지르며 검을 아래로 휘둘렀다. 바람과 구름이 쏟아지며 당소소를 짓뭉갰다. 그럼에도 그것은 그 앞에 있었다.

“도철일맥饕餮一脈, 상전벽해桑田碧海 무궁검無窮劍.”

수없는 절규와 고통, 슬픔과 처절한 구애. 그 끝에.

마침내, 검이 울었다.

지이잉!

본래는 일어날 수 없는 한 줄기의 물결이 검 끝에 맺혔다. 투박한 검신은 제 몸을 흔들며 한 줄기의 물결을 두 줄기로, 두 줄기의 물결을 열 줄기로, 열 줄기의 물결을 기어코 한 아름의 흐름으로 만들어냈다.

“…하, 고작 검기였나?”

장패군은 그 행동을 비웃으며 손을 뻗었다. 바위가 비틀리며 그녀의 하체를 무너뜨리고, 바람이 덮쳐와 자세를 무너뜨렸다.

그럼에도 당소소는 검을 들었다.

지양, 보폭은 넓고 그 축을 비틀어 힘을 끌어온다.

불안한 대지를 디뎠다.

인양, 허리는 곧게 펴 힘을 전달한다.

고통으로 비틀린 허리를 폈다.

천양, 손끝과 정신을 목표로.

겨눈 검이 위로 올라서고, 겨눈 손은 장패군의 눈을 향해 있었다.

"이게 내 예법이야."

당소소를 바라보던 장패군은 본능적으로 공포를 느꼈다. 검결지를 쥐고, 자신의 눈을 가리며 본신의 힘을 당겨온다. 무궁검을 바라보는 장패군의 얼굴이 당혹으로 범벅이 되었다.

'이건, 위험하다. 계집은 별 것 아니나, 저 검. 저 검이 문제다. 대관절 정체가 무엇이기에…!'

"축지…!"

말은 이어지지 않았다.

삼양귀원의 이치로 쏘아진 무궁검이, 검결지를 잘라내고 그 너머의 눈을 꿰뚫었다.

"큿, 크아아앗! 이, 빌어먹을 년이…!"

장패군이 고통에 몸부림치며 아래로 추락했다. 산맥이 무너졌다. 농담이 흘러내리고, 하늘이 찢어졌다.

선유요화안이, 꿰뚫렸다.

* * *

천장에서 날아오던 장패군의 머리가 부서지고, 독무후는 숨을 골랐다.

'의도대로 끌려가는 중이군….'

당소소를 잃었다는 충격에 초장에 내공을 전부 쏟아낸 것이 문제였다. 장패군은 점점 제 몸을 증식해나가는데 하단전의 내공이 점차 바닥을 치고 있었다. 그도 딱히 대단한 공격은 해오지 않았고, 독무후도 장패군의 실체를 찾지 못한 탓에 촌철을 조종하는 것 이상을 하지 못하고 있었다.

'날 적극적으로 막지 않는다는 것은, 도강언을 도모하는 것에 꽤 진척이 있다고 봐야 할 터. 단혼사는 설득에 실패한 모양이군.'

독무후가 팔을 내리자 대나무로 짜낸 단검이 손에 잡혔다. 당가의 행차를 막고, 독으로 도강언을 도모한다. 모두가 예측할 수 있었고, 그렇기에 모두가 대응할 수 있는 사안이었다. 본론은 누가 한 수를 더 읽느냐였으니까.

"첫수는 이쪽의 패배인가."

그녀는 죽검을 뽑았다. 투박한 갈색의 검신劍身이 드러나고, 허공에 휘날리던 촌철이 독무후의 품으로 돌아갔다. 장패군은 그 모습을 보며 실실 웃었다.

"보기 드문 광경이군. 네가 패배를 인정하다니? 하긴. 눈뜨고 제자를 잃었으니, 여인의 마음으론 상심하지 않을 수 없겠지."

"……."

독무후는 장패군과 말을 섞지 않고 대국을 훑기 시작했다. 감정을 통제하는 것은, 무릇 무에 뜻을 두는 자로선 당연한 일. 제자를 잃었다는 분노는 애써 구석으로 미뤄두고, 판을 놓고 마주 앉은 상대가 어떤 수를 두었는가에 대한 생각을 떠올렸다.

‘독마는 도강언을 둥지로 삼았다. 요마는 독마가 둥지를 짓는 동안 잠시 교란을 하는 중일 테지. 그렇다면 왜 사천의 하늘 아래서 이리도 적극적으로 행동할 수 있을까.’

죽검의 칼끝에서 번갯불이 튀긴다.

“곤륜과 공동에 변고가 있군.”

“…후후. 그럴지도?”

눈앞에 서 있던 장패군은 애매한 웃음을 지으며 느릿한 주먹을 휘둘렀다. 촌철이 잽싸게 날아와 그의 팔을 잘라냈다. 장패군은 미련 없이 반대쪽 손을 들어 자신의 머리를 내려치고, 새로운 모습으로 그녀에게 다가갔다.

“사천투봉도 꽤 물러졌군. 고작 후기지수 하나를 걱정해 온 힘을 내지 않는 꼬락서니라니 말이야.”

독무후는 입술을 꿈틀거렸다. 백서희는 당소소를 눕혀두고 다가오는 장패군들에게 칼을 겨누고 있었다. 독무후에겐 그저 날파리만도 못한 분신이겠지만, 백서희에겐 하나하나가 전부 태산과도 같았다. 백서희의 눈가에선 불안과 격정이 묻어나고 있었다. 독무후의 입이 열렸다.

“왜 모습을 드러냈지?”

“본좌가 왜 대답해야 하지?”

“곧 네놈을 천 갈래로 찢어버릴 생각이니까.”

“크핫, 할 수는 있으신가?”

파삭!

한 줄기의 벼락이 객잔에 튀기며 바닥을 딛고 서 있던 장패군들의 모습들이 모조리 터져나갔다. 하지만 터져나간 수만큼 다시금 장패군이 생겨났다. 기둥 뒤에서, 계단을 올라오며, 허공에서 떨어지며.

“봐, 소용없잖아. 이번엔 네 패배다, 사천투봉. 천마께서 걷고 계신 대로를 막지 말고 썩 비키거라.”

"하."

독무후는 장패군의 말에 웃을 뿐이었다. 장패군들은 그녀의 태도에 어깨를 으쓱하며 백서희에게 다가갔다. 백서희의 자세가 경직되어갔다. 눈에 어린 걱정이 전신으로 번지며 검을 더욱 강하게 움켜쥐었다.

"움직이지 말거라."

독무후는 백서희에게 나지막이 말하고 장패군을 바라봤다. 눈앞의 장패군은 조소를 머금고 있을 뿐. 그는 눈 위를 긁으며 말했다.

"이젠 자포자기라도 하려고? 아니면, 저 어린 것을 나에게 바쳐서 이 상황을 도모라도 해보려는 속셈이신가? 천하십강의 일인이?"

장패군이 독무후를 조롱하자, 그의 분신들이 냅다 달려들었다. 독무후에게 침을 뱉으려는 분신이 있는가 하면, 옷깃을 잡기 위해 몸을 날리기도 하는 등 모욕적인 행동을 일삼으며. 독무후는 그런 장패군의 행동에 굳이 대꾸하지 않았다. 대신 백서희를 바라봤다.

"마음을 정갈히 다듬거라."

"하지만, 소소가."

"다듬거라."

독무후의 말에 백서희는 이빨을 꽉 깨물며 천천히 검을 집어넣었다. 납득이 가지 않는다는 쇳소리가 독무후의 귀를 따갑게 울렸다. 독무후는 길게 숨을 뱉으며 어깨를 늘어뜨렸다.

"포기인가? 도강언이 걱정되지도 않고? 당소소라고 했나? 그다지 소중한 제자는 아니었나보군. 그리 슬퍼 보이지 않으니 말이야."

독무후를 자극하는 장패군. 그녀는 피식 웃으며 머리에서 손을 떼고 자신의 입술을 쓰다듬었다.

"내가 연기화신의 경지를, 초절정의 경지를 언제 넘었다고 생각하느냐?"

"이젠 자기 자랑인가? 우스운 꼴이군. 나 또한 네 영역에 있는 사람이거늘."

"정말로 그렇게 생각하느냐?"

독무후는 그렇게 물으며 숨을 들이켰다.

"단전을 두드려 자연을 알고, 심장을 두드려 오행을 안다. 백회혈을 두드려 하늘을 알아차리니, 그 절정에 이른 실력이 하늘에 닿았기에 절정을 넘어선 초절정이라."

"아, 미안하네. 실언했군."

독무후의 말을 끊으며 장패군이 크게 웃었다.

"크흐흣, 팔자에도 없는 선생 노릇을 하려는 걸 보면, 제자가 죽은 것이 신경 쓰이긴 하는 모양이야. 왜, 내가 더 말해주어야 하나?"

"무예로 서는 법을 익히니 비로소 땅 위에 섰으며, 심법으로 오기五氣가 하나의 흐름으로 조화되니造元 필부匹婦는 비로소 인간이라 불린다."

장패군은 독무후의 말을 들으며 눈 위를 긁었다.

'조금만 더 시간을 끌면 환란은….'

파삭!

유리 깨지는 소리가 들리며 장패군의 눈 한쪽에 금이 갔다. 이윽고 금간 눈은 먹물을 뚝뚝 흘리며 깨진 유리구슬로 변했다. 장패군의 볼살이 꿈틀거렸다. 그의 시선에 움직임을 보이기 시작하는 당소소가 걸렸다.

'으음, 같잖은 계집이 감히 선시요화안을…!'

장패군은 서둘러 한쪽 눈을 감고 손을 가져다댔다. 그리고 독무후를 바라봤다. 이변을 눈치챈 것 같진 않았다. 그녀는 아직 자신 앞에 있는 장패군을 보고 있었으니.

'선시요화안이 파훼되어 당소소를 데려가는 것까진 무리겠군. 빠져나갈 준비를 한다.'

그런 생각과 함께 장패군은 몸을 숙여 손으로 땅을 짚었다. 그리고 태연을 가장하며 입을 열었다. 그러자 독무후 앞에 꼿꼿이 서 있는 장패군이 깔보듯 입을 열었다.

"그래서 본좌에게 천하십강 독무후는 어떤 가르침을 내려주실 생각이신지?"

"내기가 백 회에 이르러서야 비로소 인간은 하늘의 뜻 앞에서 자신의 사상을 제창할 수 있다. 사람이라는 산봉우리 끝에 선 자가 한 걸음 위의 하늘에 발을 올렸으니, 초超절정絕頂이라."

독무후는 그렇게 말하며 입술을 쓰다듬던 손을 내렸다. 그녀는 제자가 몸을 뒤척이는 순간을 놓치지 않았다. 그리고 장패군의 모습이 잠시간 흐릿해진 순간도 놓치지 않았다.

'짐작은 했었다만…. 요술에 당한 게였구나. 용케 놈의 손아귀에서 벗어났어. 잘했다, 소소야.'

고요히 타오르던 눈이 잠잠해진다. 미소와 함께 죽검은 장패군에게 겨눠진다.

"땅 위에 선 자가 하늘을 바라본다. 천지인天地人이 한데 엮여 하늘을 연모하는 꽃이 되나니, 삼화三化는 곧 정기신精氣神의 영화榮華라. 그렇기에 삼화三化는 삼화三華요, 그 찬란한 꽃이 한데 모여聚 한 송이의 정수頂를 피워내니."

죽검의 검신에 다른 손을 얹는다. 내공이 일어나고, 뇌기가 몸부림친다. 그리고 뇌기는 그녀의 뜻을 담는다.

제자가 살아있어 기쁘고, 제자를 지키지 못해 노엽고, 제자가 안쓰러웠기에 슬펐고.

"삼화취정의 경지를 이뤄 삼단전과 오장을 정렬하니, 조화에 이르러 인간은 그제야 올곧게 하늘을 마주하고 설 수 있다."

마침내 찾아낸 미꾸라지의 둥지는 즐거움이라.

"그것을 조화경造化境이라 명명하며."

죽검의 끝에서 오색의 벼락은 일어난다.

"…화경化境이라고 부른다."

벼락들은 제 몸을 비비며, 한줄기의 흐름으로 혼합된다. 오로지 그것만의 흐름은 너무 부드러웠다. 그렇기에 죽검을 짚은 손가락이 움직인다. 독액이 죽검 위를 타고 흘렀다.

"어두운 구름이 하늘을 흐리니."

독액은 벼락에 분해되어 독운을 뿜었다. 어느덧 흑빛 구름이 된 독운은 방전을 튀기며 먹색의 몸집을 불려나갔다.

"벼락이 몸부림을 치는구나."

독운이 뻗어나간다. 장패군의 분신들이 그 독운에 달려들어 요기를 뿜는다. 상아색의 불꽃이 독기를 찢으려 하나, 장대하게 흐르는 전류가 번갯불을 튀기며 막아선다.

독무후의 성명절기.

천혼암운뇌전전天混暗雲雷輾轉이 공간을 살라 먹고 장패군에게 뻗어갔다. 장패군의 표정이 처음으로 구겨졌다.

"이, 무식한 년이…!"

장패군이 일으킨 요선지화의 상아색 불길은 암운의 거체에 깔린다. 독운과 전류가 삼 층 전체로 창궐해갔다. 장패군이 눈을 아래로 떨궜다. 독운에 깔린 요선지화의 불길이 일렁이며 한 톨의 불똥을 튀긴다.

"하찮은 애송이가, 본좌를 이리 귀찮게 할 줄이야."

불똥은 곧장 장패군이 되어 당혁을 움켜쥐고 불길이 되었다. 독무후의 시선은 그 행동을 놓치지 않았다. 뻗어오는 한줄기의 벼락이 당혁의 가슴을 꿰뚫었다.

"컥, 크윽…."

짤막한 단말마. 독무후의 시선은 당혁을 지나쳐 한점으로 향했다.

"내가 왜 쓸모도 없이 내공을 낭비했겠느냐."

독무후는 바라보던 곳에 죽검을 겨눴다. 창궐하던 독운은 응축되고, 압착되어 그 점으로 쏘아졌다.

독운이 날아간 곳은 객잔 중앙의 빈 허공이었다.

하지만 독운은 그곳을 꿰뚫지 못했다.

"악, 으악!"

단지 허공의 틈새로 스며들었을 뿐. 독운에 반발하듯 비명이 튀어나오며 마침내 숨겨진 공간의 속살이 드러났다. 당혁을 옆구리에 낀 채로 한 손을 들어 전력으로 내공을 일으키는 장패군. 그는 줄 위에 서서 자신을 꿰뚫고 지나가려는 독운을 막고 있었다. 상아색의 불꽃은 위태롭게 타오르며 그의 번들거리는 식은땀을 비췄다.

"어떻게 내 요술을…?"

"본녀가 왜 대답해야 하느냐?"

독무후는 웃었다. 농밀해진 독운의 영역은 자신의 길을 막아서는 불꽃에게 몸을 들이밀었다.

파직!

번갯불이 튀었다. 불꽃이 중화된다. 독운의 영역이 폭발적으로 부풀어 올랐다. 상아색의 불꽃을 삼키고, 그를 씹어먹듯 전류를 튀겨대며 격렬히 몸부림쳤다. 혈향이 폭발적으로 퍼져 나왔다.

"천하십강의 절기를 봤다기엔, 영 수지가 맞질 않는군."

회한 섞인 장패군의 말이 들렸다. 그는 어느새 일 층의 거대한 무대 위에 내려와 있었다. 시선은 위가 아닌 아래였다. 그의 오른쪽엔 팔 대신 울컥 튀어나오는 핏줄기가 자리하고 있었다. 장패군은 눈을 돌려 위를 바라봤다. 독무후는 그 행동에 혀를 찼다.

"어서 꺼지거라, 잡졸아."

"…내 무공도 까발려졌으니, 이 빚은 톡톡히 받아내야겠어."

장패군이 한쪽 발을 뗐다. 그러자 그 모습은 온데간데없이 사라지며 찢긴 나무 바닥만이 남았을 뿐이었다. 독무후는 혀를 차며 주위를 둘러봤다.

"예전에도 그랬지만, 가장 불쾌한 놈이군."

피범벅이 된 삼 층엔 시체는커녕 사람의 그림자조차 보이지 않았다. 마치 요괴에 홀린 듯한 상황은, 그가 왜 요마라 불리는지 톡톡히 보여주고 있었다. 독무후는 죽검을 다시 검집에 꽂고 고개를 살짝 돌렸다.

"깨어났느냐?"

"…네."

잔떨림이 있는 당소소의 목소리가 들렸다. 독무후는 눈을 감고 한숨을 쉬었다.

"많이 아픈가 보구나."

"벗어나기 위해서…, 윽! 고생을 좀 해서."

당소소는 가시지 않는 고통에 신음하며 일어서기 위해서 땅을 짚었다. 고통이 번져왔다. 그녀가 풀썩 쓰러졌다.

"아, 씨발."

"소소…!"

당소소는 눈을 감으며 고개를 흔들었다. 몸은 선시요화안을 벗어났지만 정신은 벗어나지 못했다. 무궁검을 발동시키기 위해 했던 행동이 당소소의 신경을 휘감고 뱀처럼 기어올랐다. 당소소의 입에선 비명이 새어 나왔다.

"아, 아아…."

고작 좁쌀만 한 내공을 가진 당소소가 검기를 뽑아낼 순 없었다. 제아무리 천지개벽의 성능을 지닌 무궁검이지만, 자격조차 갖추지 못한 자에게는 손길을 허락하지 않는다.

그렇기에 두드렸다.

좁쌀만 한 내공을 불사르며 무궁검의 손잡이를 두드린다. 그리고 온몸의 기감을 끌어올린 채 죽는다. 다시, 좁쌀만 한 내공은 복구된다. 그리고 다시 무궁검의 완고한 문을 두드린다.

그러기를 수십 번.

마침내 납득할 만한 내공이 축적된 무궁검은, 검기를 허락했다. 그리고 미친한 자가 높음을 갈구한 데에서 온 대가를 받아갔다.

"흐윽, 아파…."

"소소, 정신 차려. 이제 괜찮다고."

"마비, 마비독…. 스승님, 마비독…."

당소소는 허우적거리며 독무후를 바라봤다. 잔뜩 열린 기감으로 받아낸 죽음은 당소소의 신경에 긴 상흔을 남겼다. 머리가 으깨진 고통, 목이 달아난 고통. 사지가 찢겨나간 고통이 휘감겨있었다. 기감에 얽힌 환각통이 당소소의 몸을 짓누르고 있었다.

"쉬거라."

독무후가 그녀에게 다가가 상체를 안아 들며 속삭였다. 당소소는 그제야 찡그린 얼굴을 풀었다. 그녀는 손을 들어 올려 독무후의 손을 잡았다.

"환각은, 아니겠죠?"

"난 여기에 있단다, 제자야."

당소소는 독무후의 목소리에 고개를 끄덕이며 눈을 감았다. 불안하게 오르내리는 가슴이 그녀가 잠들었음을 알려줬다. 독무후는 이마를 짚으며 말했다.

"서희, 넌 괜찮느냐?"

"전 괜찮습니다. 소소가 당한 고통에 비하면…."

독무후는 잔뜩 긴장한 백서희의 어깨를 바라봤다. 그리고 그녀의 축 늘어진 손을 쥐었다. 안도했음에도 채 가시지 못한 공포가 떨림에 어려 있었다.

"고통은 상대적인 것이다. 두려움은 부정하는 순간 더 큰 두려움이 된다."

"전…."

백서희가 독무후를 바라봤다. 눈동자가 떨렸다.

"괜찮습니다."

"네가 그렇다면, 별말은 하지 않으마."

독무후는 기절한 당소소를 바라봤다.

"소소를 업거라. 바로 도강언으로 향해야겠다."

"예."

독무후는 난간으로 향했다. 삼 층뿐만이 아닌, 직원들과 마부들이 머무는 이 층도 피에 여울져 있었다.

"마차는 버려야겠구나."

독무후는 혀를 차며 몸을 돌렸다.

* * *

당소소를 업은 백서희와 독무후는 이 층으로 내려왔다. 독무후의 눈이 가늘어졌다. 그녀는 백서희를 돌아보며 말했다.

"먼저 마구간으로 내려가 있거라."

"예."

백서희가 일 층으로 내려갔다. 독무후는 찐득거리는 피바닥을 밟으며 이 층을 가로질렀다. 싸늘히 식은 채 바닥에 누워 있는 변주객잔의 호위무사들이 그녀의 눈에 밟혔다. 독무후는 그들을 지나쳐 늘어진 피를 따라 걸어갔다. 무너진 나무문 너머로 객실이 보였다.

"……."

독무후는 문을 지나 안으로 걸어갔다. 사지가 으깨진 채 공허한 눈으로 숨을 할딱이는 노인이 보였다. 피에 젖은 수염이 애처롭게 떨리고 있었다. 독무후가 그에게 다가갔다.

"그, 그들은…."

"도주했단다."

"그렇, 그렇습니까?"

사내는 치밀어오는 핏물을 삼키고 독무후를 바라봤다. 독무후는 그에게 다가가 피투성이의 가슴에 손을 얹었다.

"고생이 많았다."

"저, 전 아무것도…. 아무것도, 말하지 않았습니다."

"알고 있느니라. 내 너희도 신경을 써야 했거늘. 이리 밀고 들어올 것이라곤 생각지 못했다. 내 불찰이다. 도강언은 어차피 독마의 수중에 떨어질 곳, 당가의 식솔을 지키는 것이 맞았을 터인데."

당진천이 붙여준 단혼사와 녹풍대를 독무후 자신의 재량으로 도강언에 파견했다. 자신의 실력으로 소소를 지키는 것은 차고 넘쳤기에, 도강언의 피해를 줄이고자 한 선택이었다.

그러나 결과는 썩 좋지 못했다. 독무후의 눈길에 후회의 기색이 어렸다. 독무후를 바라보던 노인이 고개를 저었다.

"아닙니다…. 후우, 전주 님께선 항상, 항상 올바른 선택을 해오셨습니다. 으윽."

노인은 말을 맺으며 고통으로 헐떡였다. 독무후의 손이 그의 가슴을 훑자 고통스레 할딱거리던 숨이 점점 안정되어갔다. 그는 긴 숨을 뱉으며 물었다.

"전주 님은, 괜찮으십니까?"

독무후는 노인의 걱정에 눈을 한차례 깜빡였다. 그리고 하릴없이 웃음을 지어주었다.

"…쓸데없는 걱정을 하는구나."

"소소, 아가씨는…."

"괜찮다."

"그렇, 습니까. 다행입니다. 개과천선을 하셨다지만, 쇤네가 보기엔…. 불안해 보이시기에…."

"소소도 자네의 염려를 기꺼워 할 게야."

노인은 안도의 웃음을 지으며 길게 숨을 들이켰다.

"영리한, 말들입니다."

"잘 관리했더구나."

"당가는 저에겐…."

움직임이 멎었다. 독무후는 그의 흐린 눈을 감겨주며 일어섰다.

"……."

그녀는 한동안 그의 시신을 보며 생각에 잠겨 있었다. 그리고 정중한 자세로 그의 시신에 포권을 했다.

"잊지 않겠다곤 하지 않으마."

독무후는 땋은 머리를 풀었다. 끝을 동여맨 천이 그의 얼굴 위에 얹어졌다.

"다만, 누굴 건드렸는지 잊지 않게는 해주마."

그녀는 몸을 돌렸다. 걸음은, 도강언으로 향했다.

* * *

백서희는 마차에 묶인 두 마리의 말들을 풀어주며 말의 눈앞으로 손을 내밀었다. 말들은 불안스런 투레질을 하다 내민 손으로 고개를 들이밀며 그녀의 손길을 받아들였다. 말의 머리를 쓰다듬던 백서희는 눕혀 놓은 당소소를 말 위로 올려주었다. 몸은 가벼웠고, 뜨거웠다.

"열이 심하네."

백서희는 당소소의 이마에 손등을 얹었다. 달갑지 않은 열기가 훅 끼쳐왔다. 축 늘어진 손에선 고통을 이기지 못해 붓기가 생긴 손마디가 보였다. 백서희는 그 손을 바라보다 멀리서 걸어오는 독무후를 발견했다.

"오셨습니까. 헌데, 머리가…."

"별거 아니다."

독무후가 말들을 바라봤다.

"퍽 영리하구나."

"예. 길이 잘 들어 있습니다. 원래 낯을 많이 가리는 생물들로 알고 있었는데."

백서희의 말에 독무후가 쓰게 웃었다.

"원래는 그렇지."

독무후는 말들을 향해 고갯짓을 했다.

"말은 탈 줄 아느냐?"

"예. 아버지의 상행을 몇 차례 따라가 본 경험이 있는지라."

"소소는 내가 데리고 가마. 따라오거라."

독무후가 훌쩍 뛰어올라 당소소가 얹힌 말의 안장 위에 올라탔다. 그리고 당소소를 일으킨 뒤, 장포를 벗어 당소소의 어깨 위에 걸치고 소매를 동여매 자신의 허리에 고정했다. 큰 당소소가 어린 당소소에게 업힌 모양새였다. 독무후가 말의 고삐를 잡으며 말했다.
"준비는 되었느냐?"
"예."
백서희는 올라탄 말의 고삐를 휘어잡으며 고개를 끄덕였다. 독무후가 가볍게 박차를 가하자 말이 움직이며 마구간을 벗어났다. 백서희도 그 뒤를 따랐다.
변주객잔이 눈에 밟혔다. 창문 곳곳이 을씨년스럽게 깨져 있었고, 객잔의 물품들도 깨지고 쪼개지고 부서져 있었다. 고풍스럽고 활기찼던 객잔은 어느새 흉가에 가까워졌다. 백서희는 아랫입술을 깨물었다.
"미안하구나. 당가의 욕심에 널 붙잡지 않았다면, 이런 변고를 겪지 않아도 되었을 터인데."
앞쪽에서 독무후의 음성이 들려왔다. 백서희는 고개를 저었다.
"죄인은 따로 있습니다. 악을 소탕하지 못했다고, 그 분함을 다른 이에게 풀어선 안 되겠지요."
독무후는 잠시 침묵했다. 그리고 뒤를 돌아보며 말했다.
"…가도록 하자꾸나. 도강언이 위기에 처해 있을 테니."
"예."
"이랴!"
독무후는 고삐를 내리치며 외쳤다. 말이 울음소리를 뿜으며 내달렸다. 백서희도 고삐를 내리쳐 그 뒤를 따랐다. 말이 길게 울며 독무후의 뒤를 쫓았다. 말발굽 소리가 풍경을 젖히고 달려나가기 시작했다. 젖힌 풍경 너머로 여명이 동터왔다.
'…밝아.'
백서희는 눈을 찌푸리며 고개를 돌렸다. 달갑지 않은 빛이었다. 뻗어오는 빛을 받으며 대로의 아침이 밝았다. 사이로 나 있는 숲들이 푸르렀다.

백서희는 고삐를 한 손으로 쥐며 눈을 가렸다. 가린 빛 너머로 독무후가 한 손을 옆으로 뻗었다.

— 속도를 높여라.

독무후의 작은 손이 수신호를 보내며 박차를 가했다. 말 울음소리와 함께 독무후가 앞으로 치고 나갔다. 백서희도 박차를 가하며 뒤를 쫓았다.

슈슈슉!

머리를 휘날리는 바람을 틈타 화살이 날아들었다. 순간적으로 가속한 덕에 애꿎은 바닥에 꽂힐 뿐이었다. 백서희의 시선이 옆을 향했다. 푸른 초목에 거뭇한 녹음 속, 녹색 옷으로 위장하고 있던 자들이 몸을 일으키고 있었다.

— 달려라.

독무후의 수신호에 백서희는 고개를 끄덕이며 몸을 숙이고 박차를 가했다. 풍경은 가속하고, 독무후와의 거리는 점점 가까워져갔다. 마침내 독무후와 나란히 달리게 되자, 독무후는 고삐를 놓고 몸을 일으켰다. 등에 업은 당소소는 아직도 잠든 상태였다.

"돌아보지 말고 도강언으로 향하거라."

"…이랴!"

백서희는 독무후를 지나쳐 앞으로 향했다. 독무후는 장포를 풀어 당소소를 말 위에 앉혔다. 그런 당소소를 노리며 쏘아진 화살. 독무후의 눈살이 찌푸려졌다.

파앗!

뇌전을 감은 쇠구슬이 화살을 튕겨내며 바닥에 박혀 흙을 튀겼다. 둘을 태운 말은 그 소리에 놀라 길게 울음소리를 뽑으며 속도를 올렸다. 독무후는 작은 몸으로 당소소를 안아들고 오른 어깨에 걸쳤다. 그리고 뒤를 돌아봤다.

"이럇!"

"도강언으로 가게 두어선 안 된다!"

"부교주께서 명하셨다! 변주객잔의 실패를 만회하라!"

독무후는 오른손으로 당소소의 허리를 감싸고, 왼손으로 장포의 앞섶을 열었다. 새파란 뇌기가 씌워지며 안쪽의 암기가 흉흉하게 빛났다.

"짖지 마라."

슉!

"히이잉!"

"큿, 으앗!"

철침 한 자루가 자신을 쫓아오는 말의 머리에 박혔다. 한바탕 흙보라를 일으키며 마교의 졸개가 말과 뒤엉켜 멀어졌다. 독무후는 숨을 들이키며 단전의 기를 그러모았다.

'…아무리 생각해도 너무 흥분했었군.'

휑한 하단전이 시렸다. 중단전과 상단전의 기를 쓰고는 있다지만, 당소소를 보호하기 위해 한 손이 봉인된 상태였다. 거기에 지반이라곤 격렬하게 흔들리는 말 위. 위치의 변위에서 힘을 얻는 다른 무기와는 다르게 암기는 말의 힘을 받지 못하는 상황이 더욱 많다.

제대로 몸을 활용하지 못한다. 힘을 끌어낸 지반은 흔들리며, 목표는 어지러이 움직이거나 은폐 중이다. 사용할 수 있는 것은 연기화신의 영역에 걸친 상승무학. 가뜩이나 부족해진 내공이 문제가 되어가고 있었다.

"후후, 본녀에게 소모전이라…."

그녀의 휴식을 방해하기 위해 수십의 목숨이 소비되었다. 그녀의 신경을 건드리기 위해 당혁과 그의 독강시가 소비되었다. 그녀의 내공을 소비시키기 위해 요마의 오른팔을 소비했다. 요마의 작전은 맞아떨어졌다. 분명한 위기. 그 위기 속에서 독무후가 웃었다.

"아직 피라미들이구나."

독무후는 말 위에서 몸을 일으켰다. 분명 흥분한 말은 미친 듯이 허리를 흔들고 있건만, 그녀는 마치 굳건한 대지 위인 듯 평온한 자세였다.

"소모전은…."

독무후는 왼팔을 아래로 늘어뜨렸다. 죽통 두 개가 땅으로 떨어지며 요란한 소리를 냈다.

파팟, 파팟!

번갯불이 튀며 주황색 독연이 뒤로 끼얹어졌다.

"당문의 특기거늘."

최선두에서 독무후를 쫓던 무인이 그대로 주황색 독연을 뒤집어썼다.

"쿨럭! 커억!"

독연을 빠져나온 그는 말과 함께 바닥을 뒹굴며 피를 쏟아내는 처지가 되었다. 그의 어이없는 죽음을 바라보던 후열대는 독연을 피하며 외쳤다.

"독, 독이다! 마시지 말고 피해!"

"이런 씨발!"

"화살! 화살을 쏴!"

독연을 바라보던 무인들은 기겁을 하며 속도를 줄이고 옆으로 회피했다. 숲에 은닉해 있던 자들이 분연히 일어섰다. 독무후의 귀는 그들의 위치와 궤도를 훑었다. 장포의 앞섶을 쥐고 한 차례 펄럭였다. 흑색의 동그란 물체가 장포 안을 빠져나와 그녀의 손에 쥐어졌다. 그녀는 곧장 뒤로 던졌다.

퍼엉!

백색의 연기가 폭발하며 그녀의 몸을 가렸다. 그리고 마지못해 예측해서 쏘아지는 화살. 화살들은 연기를 후비며 독무후를 노리고 날아들었다. 그리고 멀쩡한 자태로 연기 속을 뛰쳐나오는 독무후의 말. 궁수를 지휘하던 자는 고개를 흔들며 피리를 불어 신호를 전했다.

'추격해오는 놈들은 따돌렸다. 그러나….'

독무후는 비명을 지르며 내달리는 말을 내려다봤다.

'흥분해서 체력 안배를 하지 않고 있다. 이놈이 쓰러지기 전에 도착할 수 있으려나?'

그녀의 눈은 거품을 물고 있는 말의 입가로 향했다. 울음소리조차 내지 않고 미친 듯이 발을 놀리고 있었다. 그런 말을 노리고 쏘아지는 화살. 독무후는 서둘러 쇠구슬을 쏘아내 그것의 궤도를 틀었다.

"히이이잉!"

고통스런 비명이 터져 나왔다. 말의 앞다리가 베인 상처로 피에 젖어 있었다. 말은 앞으로 푹 고꾸라지며 쓰러졌다. 한바탕 흙보라가 일며 독무후와 당소소의 모습을 감췄다. 흙보라를 바라보고 있는 나무 위의 무인. 그는 활을 들고 있는 수하들에게 지시했다.

"확실히 처리하라."

숲에서 은닉 중이던 자들이 모습을 드러냈다. 녹색 옷과 갈색 진흙을 바른 의복이었다. 그들은 활을 겨누며 흙보라에 접근했다. 점점 잦아드는 흙먼지, 그리고 점점 선명해지는 그림자. 마교의 무인들은 활줄을 크게 당겨 그림자를 겨눴다.

"활이라…. 마치 전쟁이라도 준비하는 모양새구나."

쐐애애액!

독무후의 음성에 수많은 활이 그림자를 꿰뚫었다. 그 소란에 흙먼지가 걷히며 그림자가 모습을 드러냈다.

"헌데, 훈련은 되질 않은 모양새고."

바닥에 빼곡히 박힌 화살들. 그러나 독무후에게 명중한 화살은 없었다. 나무 위의 무인이 발작하며 활시위를 당겼다.

"이 미련한 놈들, 멈춰 있는 과녁 하나 맞추질 못하다니!"

시위를 잡은 손을 놓으려던 찰나, 비수가 날아들며 줄을 끊었다. 끊어진 줄은 그의 뺨을 길게 찢으며 손아귀를 떠나 활과 함께 아래로 떨어졌다.

"제길! 쏴라!"

무인은 고함을 지르며 손짓했다.

"……."

"뭐, 뭐야? 왜 아무도 내 말을 듣지 않는 거냐? 쏘라고!"

다시 내지르는 고함에도, 모두 아무 행동도 취하지 않았다. 평온한 얼굴로 그 광경을 바라보던 독무후는, 앞섶을 여미며 말했다.

"도강언은 어찌 되었느냐?"

"…부끄럽게도, 전주 님께서 예측하신 대로 흘러갔습니다."

나지막이 들리는 음성. 뺨을 움켜쥔 무인은 고래고래 소리를 치려고 했다.

"뭐하는 게야, 쏘라…!"

"제독전주께서 이야기 중이시다. 조용히 하도록."

무인의 목에 예기가 드리워졌다. 무인은 숨을 할딱이며 옆을 바라봤다. 자신의 복장과 마찬가지로 녹색 옷이었다. 하지만 그 의미는 달랐다.

"노, 녹풍대가 여기에 어떻게…?"

"쉿."

녹풍대원은 손가락을 들어 그의 입에 가져다 댔다. 그의 눈동자가 떨렸다. 그리고 시야가 명멸하며 그 빛을 잃었다.

"아, 안 돼…!"

녹풍대원은 마비되어 허우적대는 무인의 허리를 휘어잡고 나무 위에서 내려왔다. 독무후를 포위한 무인들은 어느새 독에 중독되어 바닥에서 꿈틀대고 있었고, 그 사이에서 녹풍대원들이 독무후를 향해 고개를 숙이고 있었다.

"전주 님을 뵙니다."

마비독에 중독된 무인을 독무후 앞에 내려놓으며 녹풍대원이 고개를 숙였다. 독무후는 고개를 끄덕이며 그들의 인사를 받고, 다시 몸을 돌렸다.

"단혼사는?"

"…도강언의 피난을 주도하고 계십니다."

"여전히 모질지 못한 녀석이군."

독무후가 뒤로 돌아섰다. 큰 바위에 음각된 도강언都江堰이라는 글자가 그녀의 눈에 밟혔다. 그리고 멀리 보이는 언덕에서 뒤돌아 서 있는 백서희도 발견할 수 있었다.

"으, 으음…."

"깨어났느냐?"

독무후는 뒤척이는 당소소를 내려놓았다. 당소소는 멍한 머리를 쥐며 고개를 끄덕였다. 독무후는 그녀의 손을 잡으며 말했다.

"통증은 있느냐?"

"이제…. 괜찮아요."

선시요화안으로 착각하게 된 고통은 일시적인 것, 시간이 지나 자연스럽게 해소되었다. 그러나 마비독의 잔향이 아직 그녀의 몸에 남아 있었다. 당소소는 지끈거리는 머리를 느끼며 인상을 찌푸렸다. 독무후는 스승을 걱정시키고 싶지 않다는 당소소의 마음을 느꼈는지, 그녀의 머리를 쓰다듬으며 말했다.

"가자꾸나."

"도강언에 도착했네요…. 서희는 저기서 뭐하는 거지?"

당소소는 느릿한 걸음으로 백서희에게 다가갔다.

"서희, 뭐하고 있는 거야?"

"……."

백서희는 아무런 말이 없었다. 당소소는 더욱 가까이 다가가 그녀 옆에 섰다. 그리고 백서희의 시선을 따라 아래를 바라봤다.

"도강언이…."

사천의 곡창에 물을 베풀던 강은 검붉은 색이 되어 흘렀다. 파랗게 고개를 치켜들던 논밭은 불길에 붉게 물들었고, 천년의 세월을 눌러 담은 건물들을 태우며 위로 오르는 연기에는 애달픈 비명이 섞여 있었다. 그러나 백서희의 시선은 그곳에 있지 않았다.

"백진오…!"

민강을 바라보며 굳건히 서 있어야 할 백능상단의 본가. 그 거대한 몸집이 화염에 빠져 허우적대고 있었다.

* * *

"……."

백서희는 말없이 백능상단에 이는 불길을 바라보고 있었다. 그녀의 발걸음이 한 발짝 앞으로 향했다.

"서희, 어디 가는 거야?"

백서희는 당소소의 부름에 그녀를 돌아봤다.

"본가가 불타고 있어."

"…그래."

"서둘러 어떤 일이 생겼는지 알아보고, 백능상단의 식구들도 구해야 해. 지체할 시간이 없어. 도강언이 이런 꼴인데 백진오는 어디서 무얼 하고 있는지도 알아내야지."

"맞아. 하지만 멈춰."

백서희가 잔뜩 격앙된 숨소리와 함께 당소소를 노려봤다. 당소소는 시선을 아래로 떨어뜨렸다. 백서희가 그녀에게 물었다.

"왜 멈춰야 하는데?"

"…네 오라버니는 여기서 죽지 않아. 내가 보증할게."

"네가 그걸 어떻게 보증해."

백서희는 떨림 가득한 목소리로 당소소를 윽박질렀다.

"내가, 내가 한걸음을 늦추면…. 백능상단의 사람들이 한 명 더 죽을 거야. 알겠어? 그러니까 날 막지 마. 백능상단은 내 집이야."

"그런 네 집이 지금 불타고 있잖아."

당소소가 백서희의 팔목을 잡았다. 백서희는 자신의 팔목을 잡은 당소소의 손을 내려다봤다. 가냘픈 떨림이 무척이나 애처로웠다. 잔뜩 흥분한 숨결이 잠시 가라앉았다. 백서희는 다시 당소소의 눈을 바라봤다.

"네 집이 아니니까, 날 말릴 수 있는 거잖아. 난 가서, 사건의 주모자들에게 응당한 대가를 치르게 할 거야. 알아들었어?"

"그 '주모자'들에게?"

당소소는 눈을 가늘게 뜨며 물었다. 백서희는 말문이 막혔다.

"어떻게 대가를 치르게 할 건데."

"…어떻게든."

"서희, 잘 들어."

당소소는 소매를 당기며 백서희에게 다가갔다. 백서희의 감정적인 시선이 무척 무서웠다. 하지만 당소소는 공포심을 이겨내며 말했다.

"백련지독白蓮之毒에 대해 알아?"

"아니."

"피안향彼岸香에 대해서는?"

"몰라."

"그렇다면, 독각혈사연에 대해서는 알고?"

"……."

백서희의 숨결에 서린 흥분이 조금씩 가라앉았다. 당소소는 소매를 놓고 말했다.

"네가 이성을 잃어선 안 돼."

당소소는 눈을 감았다. 미래의 그녀가 할 행동들이 머릿속에 그려졌다. 누구보다 이성적이고, 누구보다 정의롭던 그녀. 그녀라면 분명, 이성을 유지하고 냉철하게 행동했을 것이다. 그것이 그녀의 역할이었으니까.

'…그건 내 역할이니까.'

당소소는 씁쓸하게 웃었다. 마침내 감정을 추스른 백서희는 자신이 당소소에게 무슨 말을 했는지 깨달았다. 백서희는 당소소에게서 한발 떨어지며 말했다.

"미안. 그러니까, 잠시 정신이 나갔었나 봐."

"이제 진정됐어?"

백서희는 고개를 끄덕이며 변주객잔에서의 당소소를 떠올렸다. 당혁을 보고 바닥에 웅크려 두려움에 떨던 모습. 고문의 잔향에 몸서리치며 공포를 토해내던 그녀. 이 사건은 비단 자신의 일만은 아니었다. 백서희는 여러 말을 하는 대신, 다만 한숨을 쉬며 몸을 돌렸다.

"너도 마음이 편치 않을 텐데. 내 실수였어. 미안해."

"…후후."

당소소는 그저 웃음만 지어줄 뿐이었다. 엄밀히 말해 여태 불행을 겪어오고, 그 불행을 타인에게 전파하던 것은 본래의 당소소였다. 그녀는 그 일에 대해 왈가왈부하지 않았다.

'내 삶이 아니라, 그녀의 삶이라서.'

그녀는 객관적으로 보자면 자신이 당소소의 삶을 빼앗은 찬탈자에 가

깝다는 생각을 하고 있었다. 당소소인 자신을 받아들인다는 다짐을 몇 번이고 해왔음에도, 남자와 여자와의 괴리를 느낄 때마다 이질감은 찾아왔다. 당소소는 욱신거리는 아랫배에 손을 올렸다.

'…미안해.'

그렇기에 역설적으로 여태 벌어졌던 수많은 일들에 대해 이성을 유지할 수 있었다. 아무리 자신이 당소소의 모습으로 살겠다는 생각을 가졌어도, 그 행적을 자신의 관점에서 함부로 재단할 수 없었다. 이 이야기는 본디 있어야 할 당소소의 것이었다. 그녀가 할 수 있는 최선의 속죄는 다시 그 삶을 돌려주는 것. 그러나 이미 이 삶을 다시 돌려줄 수도 없었다.

'미안해, 당소소.'

그렇기에 차선이었다. 이기적인 자신의 소망과도 부합했다. 자신의 손이 닿는 곳에선 모두가 웃을 수 있도록. 자신이 알고 있는 모든 그늘을 밝히는 것. 당소소의 죽음은 질척거리고 추악한 것이 아닌 명예롭고 행복한 죽음이 되는 것. 그리고 쌍검무쌍의 이야기를 크게 훼손시키지 않는 것.

'그리고….'

당소소는 찬탈자가 빼앗은 백서희의 평안을 바라봤다. 불길이, 독이, 비명이, 피가 도강언을 적시고 있었다. 이것은 그녀의 미래가 아니었다. 그녀는 사천편의 뒷배경을 모른다. 하지만 백능상단이 불타지 않았고, 백서희는 비교적 평탄한 삶을 살았다는걸 누구보다 잘 알고 있었다. 그렇기에.

"미안해. 백서희."

당소소의 말에 백서희가 돌아섰다.

"네가 왜 미안하다는 건데?"

"아냐."

당소소는 고개를 저었다. 그리고 몸을 돌려 독무후와 녹풍대가 있는 곳으로 향했다.

빈혈기에 젖어 느릿하게 걷는 걸음이 퍽 쓸쓸해 보였다.

* * *

독무후는 다가오는 당소소를 바라보며 물었다

"잘 달래고 왔느냐?"

"네."

"잘했다. 이미 이지경이 된 이상, 도강언은 독마라는 거미 새끼가 쳐둔 거미줄이나 다름없는 곳이 되었다. 섣불리 움직였다간 금세 독에 절여져 먹잇감이 될 게야."

당소소도 고개를 끄덕이며 동의했다. 작중에서도 독마를 상대한다는 것은 소규모 공성전을 하는 것과 같았다. 접근할 수 있는 길은 모두 독기에 젖어 쉬이 접근할 수 없었다. 그곳을 피해 다른 곳으로 향한다면, 곧장 독마의 공격이 날아들 터였다.

그를 상대하기 위해선 일단 그 모든 활로를 배제해야 했다. 그리고 남겨둔 최악의 길을 택해 독마라고 불리는 그의 모든 함정과 독, 암기를 정면으로 받아넘기며 다가가야 했고, 최후엔 검기마저 통하지 않는 독각천시라는 성문을 마주해야 했다.

"우선 손을 내밀어 보거라."

"손이요?"

당소소는 독무후의 말에 두 손을 앞으로 내밀었다. 독무후는 그 위에 주머니 한 자루를 올려놓았다.

"순천단順天丹이다."

"아. 이게 그…."

"설명을 하지 않아도 무엇인지 아는 눈치구나."

"헤헤…."

당소소는 독무후의 말에 멋쩍게 웃어보였다. 우연의 일치인지 이름마저 똑같았으니까. 독무후는 그 모습을 못 이기겠다는 듯, 살짝 고개를 저으며 말했다.

"네 말대로 묵우의 뿔과 천산양의 간, 수선충의 몸에서 핀 동충하초를 섞은 단약이다. 확실히 독특한 효능이 있더구나."

당소소는 독무후의 말을 들으며 주머니를 열었다. 약재 특유의 냄새와 은근히 섞인 혈향. 그 안엔 거무튀튀한 색의 동그란 단약 한 알이 있었다.

"보통 해독解毒은 중화中和 작용에서 이루어진다. 불길에 물을 끼얹는다. 그렇게 불을 꺼뜨리는 것이 해독이야. 하지만 너무 끼얹진 않는다. 불길이 꺼질 수도 있거니와 오히려 불을 끄려다가 물이 범람할 수도 있으니."

"오뢰전리공의 가르침과 비슷하네요."

"가르치는 것은 잊지 않는구나. 맞단다. 오뢰전리공은 불을 향해 끼얹는 물을 조금 줄여, 통제가능한 불길로 만드는 것을 골자로 하지. 어찌되었건 중화란 그런 느낌이다. 하지만 순천단은 다른 방식으로 작용하지."

독무후는 당소소가 쥐고 있는 주머니를 닫아 그녀의 허리춤에 매어주며 말했다.

"촉진促進."

"촉진이라면…. 오히려 기운을 북돋는 것 아닌가요?"

독무후는 당소소의 물음에 고개를 끄덕였다.

"독성에 저항하는 기운을 북돋는다. 약이니 당연한 이치겠지만, 순천단은 한 가지를 더 할 수 있다."

독무후는 손가락을 내밀었다.

"순천단의 하늘은 하나가 아니란다."

"변주變奏."

독무후는 기특한 제자의 말에 웃음 지으며 손을 위아래로 까딱였다.

"독성에 저항하는 기운을 북돋울 때는 그 뒤를 밀어주다가도, 그 기운이 점점 독성을 이기기 시작하면 손을 떼고 다시 독성의 등을 떠민다. 그렇게 되면…."

독무후는 주먹을 움켜쥔 뒤 다른 쪽 손바닥을 가볍게 때렸다.

"네가 알다시피 온몸의 독기와 저항하는 기운이 제풀에 지쳐 무너지는 것이지."

"……."

당소소는 독무후의 말에 침을 삼키고 그녀를 바라봤다. 그녀는 이미 당소소가 순천단을 알고 있다는 사실을, 알고 있었다. 그 결과가 어떤 것인지도. 독무후는 당소소의 옆머리를 매만지며 말했다.

"지금은 묻지 않으마. 네가 나에게 해가 될 일을 하진 않을 테니까."

"…감사합니다."

"말할 수 있을 때. 그때 말해주도록 하거라."

독무후는 당소소의 어깨를 두드리고 다가오는 백서희를 향해 주머니를 내밀었다. 백서희가 그 주머니를 받아들며 물었다.

"이건…."

"순천단이라는 것이다. 독각혈가의 무인들에게 용이하게 쓰일 것이니, 하나 받아두도록 하거라."

백서희가 주머니를 받아들어 안을 살폈다. 순천단 한 알이 들어 있었다. 백서희는 주머니를 허리춤에 매며 물었다.

"어떤 방식으로 사용해야 하는지 알 수 있겠습니까?"

"불로 태워 연기를 내도 되고, 물에 개어 액체로 써도 된다. 직접 먹이는 것도 가능하고."

"감사합니다."

백서희는 고개를 꾸벅 숙이고 독무후를 바라봤다. 독무후가 픽 웃었다.

"재촉하지 않아도 첫 행선지는 백능상단 본가니라."

"하지만 적이 함정을 파놓았을 가능성이 다분합니다. 저희가 오는 것도 알고 있을 터, 그들의 움직임을 예측해 다른 방향으로 가야 하지 않을까 싶습니다."

"정론이구나."

독무후는 마교도들을 한데 모아 묶고 있는 녹풍대원들을 바라봤다.

"보고해라."

"이미 독마의 의도는 성사되었습니다. 접근할 수 없을 정도의 독기를 풍기고 있는 곳은 도강언의 민가촌, 곡물을 저장해두는 저장고, 장인들이 모여 사는 산악지역의 제작공방, 그리고 강을 가득 메운 독수毒水의 수원인 민강의 제방입니다."

"그렇군. 위치는 이러하겠지?"

독무후가 손가락을 들어 허공에 선을 그었다. 불온한 기운을 풍기는 촌락을 가리켰다. 선은 쭉 이어져 산을 타고 연기를 풍기는 중턱에 잠시 머물다 다시 산을 타고 내려가 고함과 비명이 들리는 저장고를 가리켰다. 그리고 마지막으로 제방. 유기적으로 이어지는 선에 백서희는 침을 삼켰다.

"이건, 감히 침범할 수 없군요."

"옳다. 녹풍대가 멍청한 자들이라 도강언 밖에서 발만 동동 구르고 있던 것이 아니니라. 뭐, 멍청한 놈이 없는 것도 아니다만…."

독무후는 혀를 끌끌 차며 고개를 저었다. 그리고 전란의 한가운데 빠진 도강언을 바라봤다. 도강언은 사천의 곡창지대이자 수많은 시대를 거쳐 갈고닦은 도시. 도시 구획은 필연적으로 정갈한 모양새로 나뉠 수밖에 없었고, 독마는 그것을 이용해 도강언을 하나의 성채로 탈바꿈시켜 놓은 것이다.

독무후는 마지막으로 한 곳을 짚었다.

"그리고 저곳이 사지死地다."

손가락은 대로를 타고 이어진 백능상단 본가를 가리켰다. 도강언의 모든 곳으로 통하는 곳이자, 외부에서 가장 쉽게 도강언에 이르는 곳. 그렇기에 독마는 그곳에 구멍을 파두었다. 섣불리 머리를 들이밀면, 곧바로 참수를 할 수 있도록.

"다른 곳은 전부 한눈에도 확인할 수 있을 정도로 위험이 존재한다. 설사 독공으로 쌓아둔 성채 사이를 타고 흘러들어가도, 곧장 역으로 추격을 해오겠지."

"독무후 님의 말씀대로라면 저곳은 분명한 함정입니다. 더욱 가선는 안 되는 것 아닙니까?"

백서희는 염려를 담아 독무후에게 물었다. 당소소도 동의한다는 뜻으로 소심하게 고개를 끄덕였다. 독무후는 쿡쿡 웃으며 그 둘을 바라봤다.

"본녀가 누구인고?"

"독무후께서 독에 통달하신 점 잘 알고 있습니다. 허나 알고 있는 위협에 스스로 몸을 들이미는 것은…."

"아직 어리구나."

독무후는 백서희의 걱정을 들으며 앞으로 나섰다. 녹풍대원들은 그녀의 발걸음을 따라 뒤편에 도열했다.

"인원은?"

"열 명입니다."

"생존은?"

"녹풍대는 오로지 가주 앞에서만 죽음을 맞습니다."

독무후가 고개를 끄덕이고 뒷짐을 지며 말했다.

"마교의 독공이 제법 매서우나, 당문의 독심에 비할 바는 아니다."

"옛."

정돈된 음성들이 귓가를 때렸다. 시선은 불타는 백능상단으로 향했다.

"저 악적은 당가의 벗을 해하고, 도강언의 금전과 나아가 사천의 안위까지 앗아가려 하고 있다."

녹풍대원들이 허리춤을 한차례 두드렸다. 갖가지 암기들이 부딪히며 묘한 음색을 자아냈다. 독무후는 그 소리를 들으며 앞으로 걸어 나갔다.

"그리고 당가의 식솔에게 검을 들이밀고 원하는 대답을 듣지 못하자 목숨을 앗아갔지."

"……."

철컥! 철컥!

철끼리 부딪히는 소리가 더욱 거칠어졌다. 녹풍대는 감정을 숨기지 않았다.

"당가의 독은 준비되었느냐?"

쿵!

녹풍대는 심장을 두드려 대답을 대신했다. 고양감이 몸을 짓누르고, 분노가 이성을 더욱 날카롭게 벼린다.

당가는 폐쇄적인 집단이었다. 그러한 가풍 때문에 오대세가에 속했다고는 하나 인원수는 항상 적었다. 그렇기에 무인 한 명, 하인 한 명, 심지어는 마사지기 한 명까지 모두 식구였고, 소중한 동료였다. 소중한 동료를 빼앗긴 분노를 부정할 순 없었다. 정제하고, 정제하여 하나의 비수가 되어야 했다.

그것이 당가의 독심이자 당가의 가장 치명적인 독이었다.

"옛!"

녹풍대원의 노기 어린 고함 소리가 전란에 가려진 하늘을 울렸다.

"성을 무너뜨려라."

독무후는 주먹 쥔 손을 들어 말했다.

"성문은 본녀가 열어놓을 테니."

녹풍대원들이 몸을 날렸다. 숲으로 흩어지며 방향을 다잡았다. 목표는 제방, 민가촌, 저장고, 공방. 독무후는 멍하니 자신을 바라보는 둘을 보며 말했다.

"너희 둘에게 보여주도록 하마. 당가가 어떤 곳인지."

독무후는 주먹 쥔 손을 백능상단에 겨눴다. 성문을 두드릴 시간이었다.

* * *

백능상가 본가로 향하는 잘 닦인 대로변. 평소라면 상인들과 행인들이 얽혀 활기로 가득 차야 할 거리엔 을씨년스런 열기가 넘실거렸다. 독무후는 느릿한 걸음으로 대로변을 걸으며 주변을 훑었다.

"이상을 느끼느냐?"

"대피를 한 걸까요?"

"뭐, 그렇게 생각하는 것이 일반적이겠지."

독무후는 단혼사의 행적을 떠올리며 당소소의 말에 수긍했다. 위협을 알렸고, 구조를 약조했다. 그러니 대피를 해야 마땅했다. 하지만 단혼사가 녹풍대와 같이 행동하지 않고, 백진오와 같이 행동하지도 않는 시점에서 이 일은 마땅한 사건이 아니었다.

따라서 처음부터 마땅한 전조가 없는 상황은 무척 불온할 수밖에 없었다. 독무후의 시선은 무너진 상점, 골목의 그늘진 곳을 향했다. 독무후가 사방을 경계하며 물었다.

"과연 적이 어떤 형태로 우리를 맞이할지 생각해 보았느냐?"

"저희가 올줄 안다면 웬만한 독과 암기를 이용한 함정은…."

핑! 슈욱!

줄 끊어지는 소리가 들리며 작은 화살이 날아들었다. 독무후가 재빨리 화살을 낚아채 이모저모를 뜯어봤다. 당소소가 멋쩍은 표정을 지으며 했던 말을 얼버무렸다.

"어, 안 할 줄 알았는데. 음…."

"이곳은 정파가 득세하고 있는 사천성이다. 그럼 이런 환란을 일으키기 위해 많은 인원이 출발했을까?"

"아니오."

독무후는 당소소의 답변에 고개를 끄덕이며 화살을 놀렸다.

"제아무리 성긴 감시망이라도 많은 인원이 잠입할 수는 없다. 그러니 소수. 최근 고수를 배출하지 못해 하락세를 보이는 아미, 청성. 가주가 무림맹의 활동에 몰두해 모습을 보이지 않는 당가. 그렇다곤 하나 각기 구파일방과 오대세가의 일원이다."

"그래서 요마와 독마가 사천성에 등장한 거군요. 그래도 너무 거물입니다. 그들이라면 마교의 핵심 요인이라고 알고 있습니다."

백서희가 싸늘한 음성으로 말했다. 독무후는 편전을 멀리 보이는 바닥으로 던졌다. 줄이 끊어지는 소리가 나며 조그마한 주머니가 폐허 속에서 튕겨져 나왔다. 주머니는 한 줌의 독분을 반대편 건물에 흩뿌리며 날아갔다. 독무후는 고개를 까딱이며 설명을 이어갔다.

"왜 저런 거물들이 직접 나섰는지까진 아직 제대로 알진 못한다. 왜 노골적으로 모습을 드러내 이런 비효율적인 선전을 하는지도. 실제로 이 정도까지 일을 벌려 놓으면 관에서 개입할 수밖에 없다."

"백진오는 게으르지 않습니다. 이곳 사천성을 총괄하는 사천성주뿐만 아니라 주변의 현령들까지 연줄이 닿지 않은 곳이 없을 텐데, 관의 움직임이 굼뜬 것이 무척 수상합니다. 물론 무림세력끼리의 다툼이라 치부했다고 생각할 수도 있겠으나, 백능상단은 엄연히 상인들의 단체…."

독무후가 갑자기 손을 들어 멈추라는 신호를 보냈다. 백서희와 당소소의 발걸음이 멈췄다. 독무후는 품속에서 촌철을 뽑아 바닥에 찔러 넣었다. 한걸음 물러서자 땅거죽이 뒤집히며 묵직한 폭음이 들렸다. 독무후가 고개를 삐딱하게 틀며 그 광경을 바라봤다.

"화약이라."

"…이젠 비단 무림만의 영역이 아니겠지요. 그들의 생각을 더욱 읽지 못하겠습니다. 분명 관에서 쫓아올 것이 당연한 일이 되었는데."

독무후가 손을 내밀자 촌철이 과정을 역류해 다시 그녀의 손에 잡혔다.

"쉬이 추측할 수 없는 복잡한 생각은 나중으로 미루도록 하자꾸나. 저들의 방식에 대해 궁리를 해야 하느니. 감시망을 피해야 하니 소수. 요인을 보좌해야 하니 정예. 아마 가문에서도 가주직속의 무인들이 출발했겠지."

"그렇게 따지면 도시를 거점 삼아 걸어오는 공성전은 꽤나 유효한 전략이네요."

독무후는 백서희의 말에 고개를 끄덕이며 앞으로 걸어 나갔다.

"다수의 인원을 투자해서 본녀를 습격하지 않음은 무엇일까?"

"비효율적이라서? 그들은 가주직속의 정예들. 결국 패배가 예정되어 있는 스승님에게 맞서 소비되느니 더욱 쓸모 있는 사용처가 있을 테니까요."

"옳다. 그리고 걸음걸이를 조심하거라."

"네? 아."

당소소는 달거리로 인한 빈혈기를 주체하지 못하고 발을 헛디뎠다. 줄 끊어지는 소리가 들리며 독분이 든 주머니가 당소소를 향해 날아들었다.

치직, 치직!

번갯불이 튀었다. 독무후가 옆에서 벼락으로 독분을 흩어내고 있었다. 독무후는 당소소를 돌아보며 말했다.

"제자야, 힘들면 말하거라."

"…후우, 후우. 괜찮아요."

"본래 두 가지 목적 중 하나인, 적을 우리 쪽으로 유도해 전장을 도강언에서 이탈시켜 도강언의 피해를 최소화시키는 것은 실패했다. 나름 한 수를 먼저 읽었다고 생각했지만…. 일이 이지경이 되었다면 굳이 네가 와서 이런 고생을 겪을 필요는 없었을 텐데."

"저는, 그렇지 않아도 이곳에 왔을 거예요."

당소소는 지친 기색으로 독무후를 바라보며 웃었다. 이 일은 분명 큰 흐름에서 벗어난 후폭풍이었다. 그러니 당소소 자신이 동행해 알아봐야 함이 옳았다.

'아마 당청과 당혁의 실각에서부터 시작되었을 거야. 본래의 흐름을 되찾아야 해.'

독무후는 세상 진지해 보이는 당소소를 보며 픽 웃었다. 그녀의 머리를 한번 쓰다듬고 몸을 돌려 다시 앞으로 걸어갔다.

"넌 너무 생각이 많단다."

"네?"

"조금만 느슨해지자꾸나."

독무후는 죽검을 뽑아 앞으로 내밀었다. 검끝에 벼락이 어리고, 감정이 담기며, 사상이 물결쳤다.

"때로는 귀찮아하는 성미도, 조금의 어리광도 필요하단다."

콰르릉!

한줄기 벼락이 내리치며 앞으로 뻗어나갔다. 뇌전에 걸린 대로의 함정들이 난잡한 소리를 내며 제 역할을 다하고 무너졌다. 당소소는 눈을 깜빡이며 그 광경을 바라봤다.

'이게 뇌념무雷念武, 천주일뢰天柱一雷구나.'

원작의 독무후가 선보인 네 가지 무공 중, 벼락을 부리는 죽검을 이용해 뇌기를 쏘아내는 무술인 뇌념무. 그중 가장 자주 모습을 보이던 천주일뢰의 초식이 지금 당소소 눈앞에서 펼쳐졌다.

독무후는 초롱거리는 당소소의 눈초리를 확인하고, 내심 뿌듯한 마음을 감추며 죽검을 다시 허리춤에 꽂아 넣고 앞으로 걸어갔다. 한줄기 벼락이 가르며 지나간 대로는 암기, 독, 폭약의 잔흔으로 난잡하기 그지없었다.

"네가 아까 말했다시피 이런 가소로운 물건들은 나에게 해를 끼치지 못한다. 그런데도 이런 행동을 하는 이유는 무엇일까?"

"신경을 긁기 위해서일까요?"

"그것도 얼추 맞다. 하지만 독공의 특성을 생각한다면, 좀 더 넓게 볼 수 있지."

당소소는 독무후를 뒤따르며 그녀의 잘그락거리는 장포를 바라봤다.

'독공의 특성…. 독공은 심리의 영역이라는 말밖에 떠오르지 않는데. 아.'

그녀는 당진천의 말을 떠올렸다. 그리고 한 단어를 움켜쥐고 서둘러 독무후에게 내밀었다.

"영역. 영역이에요. 다른 무공과는 다르게 독은 일정 지역을 장기간 통제할 수 있어요. 그로 인해 심리를 통제하고, 또 직접적으로 이동을 통제할 수도 있어요."

"잘 떠올려주었다. 네가 봐왔던 지금까지의 함정도, 더 거슬러 올라가 변주객잔에서의 습격에도 그런 경향이 있었단다. 애초부터 저자들은 정면 승부를 원하지도 않고, 할 수도 없다. 인원은 소수. 최대한 번잡한 방식으로 내 접근을 늦춰, 뜻한 바를 이루려는 목적이겠지."

독무후는 채 감추지 않은 흉수의 족적을 향해 걸어갔다. 그의 목적은 더욱 노골적이었다.

“인원은 대략 열 명 전후. 독마를 보좌해야 할 인원 둘에, 각 지점별로 두 명 정도를 파견해 도시로 성채를 짜냈다고 생각하면, 이곳에도 마찬가지로 둘에서 한 명 정도뿐이란 걸 어렵지 않게 짐작할 수 있지. 그 증거로 동일한 보폭과….”

독무후는 상체를 숙여 아까와 동일한 화살 하나를 집었다.

“동일한 암기 사용, 동일한 함정의 경향.”

흉수의 흔적은 어느덧 눈앞으로 다가온 백능상단 본가로 이어지고 있었다. 백서희는 거대한 건물이 불길에서 몸부림치고 있는 아찔한 모습에 침을 삼키며 마음을 다잡았다. 차분한 독무후와 자신을 막아서줬던 당소소 덕분에 이성적인 판단을 할 수 있었다.

“아마, 적이 벌인 일은 아닐 거예요.”

“적이 아니라면 네 오라버니가 했다는 거야?”

백서희가 고개를 끄덕였다.

“저렇게 큰 대로도 함정투성이로 만들 수 있는 자들인데, 복잡하고 거대한 건물을 온전히 이용하게 했다간 어떤 일이 일어날지 불 보듯 뻔한 일…. 거점으로 활용되는 것을 막기 위해서 백진오가 직접 불을 낸 것이 분명해요.”

“과감하나, 괜찮은 선택이구나. 헌데 그 혜안을 단혼사와 손잡는 데 썼다면 얼마나 좋았을꼬.”

독무후가 혀를 차며 불길과 연기가 새어 나오는 대문을 바라봤다. 당장이라도 홍염을 토해 낼 듯 들썩이는 모습이 불안했다. 그녀는 턱짓으로 물러서라는 신호를 보냈다. 당소소와 백서희가 옆으로 비켜섰다.

“무엇이 좋을까…. 이게 좋겠구나.”

독무후는 장포에서 목함 하나를 꺼내 손 위에 올렸다. 뒤편에 자리한 손잡이를 움켜쥐고 내기를 불어넣었다. 청색과 황색으로 명멸하는 목함. 독무후는 그대로 손잡이를 잡아당겼다.

"……."

"음?"

고요. 독무후의 눈썹이 잠시 치켜 올라갔다. 재차 잡아당겼다.

"…그, 폭우이화침暴雨梨花針 맞죠? 고, 고장났나보네."

"……."

독무후는 당소소의 물음에 답하지 않았다. 대신 앙증맞은 주먹으로 목함의 뚜껑을 한 대 때릴 뿐이었다.

와직!

파파파팟!

목함의 뚜껑이 으깨지자 명멸하던 뇌기가 목함 안에 도사리고 있던 철침 하나하나에 씌워지며 문짝을 꿰뚫었다. 그러자 안쪽에서 몸을 낮추고 기다리던 홍염이 잽싸게 일어나 독무후를 삼키기 위해 내달려왔다.

"연철전 그 철쟁이 놈들이 새파란 후기지수들 앞에서 쪽을 팔게 해?"

독무후의 노기 어린 독백은 다행히도 홍염에 잠겨 들리지 않은 듯했다. 그녀는 홍염을 향해 손을 뻗고, 그대로 아래로 내리쳤다.

"스승님!"

당소소의 불안 섞인 목소리가 독무후에게 들렸다. 하지만 곧 뇌기를 담은 철침이 홍염을 꿰뚫으며 하강기류를 형성해 그 위험한 몸을 바닥에 눕게 만들었다. 당소소의 목소리가 무색할 정도였다. 독무후는 잠시 그 광경을 바라보다 목함을 내던지며 아무 일 없었다는 듯 뒤로 돌아섰다.

"들어가자꾸나."

당소소와 백서희는 독무후가 보여주는 위용에 침을 꼴딱 삼키며 서둘러 그 뒤에 바싹 붙었다. 다가온 당소소가 독무후에게 재차 물었다.

"스승님, 그 철쟁이라는건 무슨…."

"…흠, 무슨 소리를 하는 게냐. 처음 듣는 단어 같은데, 나쁜 말 같으니 쓰지 말도록 하거라."

눈을 빛내며 배움을 청하는 당소소. 독무후는 목청을 가다듬으며 몸을 돌렸다. 당소소는 백서희를 바라보며 조용히 속닥였다.

"분명히 들었는데. 서희, 너도 들었잖아."

"…덜렁아, 눈치 좀 챙겨."

백서희는 당소소의 옆구리를 쿡 찌르며 모르는 체했다. 당소소는 고개를 갸웃하며 독무후의 뒤를 따라갔다. 독무후는 뒤로 다가온 당소소에게 나지막이 말했다.

"나쁜 건 배우지 말거라."

"네?"

독무후는 천진해 보이는 당소소의 얼굴을 잠깐 바라봤다. 그리고 몸을 돌리며 고개를 저었다.

"…됐다. 네가 나처럼 싸움닭이라고 불릴 일은 이젠 없을 테니까."

"사천투봉…. 헉."

백서희가 자기도 모르게 독무후의 별칭을 입에 담았다. 독무후의 시선이 백서희에게 가 꽂히자 백서희는 순간 숨을 삼키며 딱딱하게 굳었다. 독무후가 픽 웃으며 말했다.

"그래. 본녀가 독무후라는 이름을 얻기 전엔 그런 별호로 불렸었지."

"죄송, 죄송합니다."

"사천투봉…. 그다지 싫어하는 별호는 아니다. 오히려 독무후라는 거창한 별호보단 더 편안한 감도 없잖아 있단다. 그러니, 그리 어려워하지 않아도 되느니라."

독무후는 굳어 있는 백서희에게 키득거리며 말했다. 백서희는 안도의 숨을 쉬면서도 죄책감에 몸 둘 바를 몰라 했다. 당소소도 백서희의 옆구리를 쿡 찌르며 말했다.

"그렇게 죄책감 가질 필요는 없어."

"무슨 소리야?"

당소소가 독무후를 바라보며 말했다.

"스승님은 사천투봉이라는 별호를 좋아하시거든."

독무후는 눈초리를 가늘게 뜨며 당소소를 바라봤다. 독무후와 눈이 마주친 당소소가 헤실거리며 얼버무렸다. 독무후는 그 웃음을 보며 당소소의 머리를 쓰다듬곤 몸을 돌렸다.

"그래도 필요 이상으로 굳어 있던 마음들은 풀린 모양이구나."

독무후가 불길 속으로 향했다. 당소소와 백서희도 서둘러 그 뒤를 쫓았다. 독무후는 죽검을 손에 쥐며 말했다.

"불타는 건물 속이다. 내 옆에 바짝 붙도록 하거라."

"네."

당소소와 백서희가 고개를 끄덕였다. 순간 뻗어오는 홍염. 죽검을 가볍게 휘두르며 홍염을 흩어놓았다. 그러나 흩어진 홍염은 주변에서 넘실거리며 방향 감각을 어지럽혔다. 백서희가 홍염을 보며 입을 열었다.

"상단주실로 향하는 건가요?"

"아마 그러하겠지. 허나 그것보다 먼저 안내해줘야 할 곳이 있다."

"먼저 안내할 곳이라면…."

"거대한 건물. 차마 대피하지 못한 인원이 분명히 있을 게다. 어쩌면 무슨 일이 벌어졌는지 자초지종을 들을 수도 있겠지."

백서희가 주변을 둘러봤다.

"옳은 일입니다. 하지만…."

"걱정하지 말거라. 불길은 널 해하지 못할 테니. 네가 하고 싶은 대로 하거라."

백서희는 주먹을 움켜쥐었다. 힘들었고, 급격한 상황 변화에 판단력 또한 흐려졌었다. 그렇기에 의롭지 못했다. 백서희는 타협했던 자신의 생각을 부정했다.

"우선 백인각白寅閣으로 향해야 할 듯싶습니다. 하인들이 머무는 전각이니, 혹여 하인들 중에 생존자가 있다면 그쪽에 있을 가능성이 높습니다."

"방향을 짚어라."

백서희는 북동쪽을 가리켰다. 그러자 한 줄기 뇌전이 뻗히며 홍염을 헤치고 길을 열었다. 독무후는 서둘러 길을 따라 몸을 날렸다. 당소소와 백서희도 그 길을 따라 뛰었다. 몇 차례의 뇌전이 일어나고 백서희가 숨을 고르며 말했다.

"백인각입니다."

백서희의 말에 발걸음을 멈춘 독무후는 불에 타서 바닥에 나뒹구는 백인각 현판을 바라봤다. 그리고 손을 들어 멈추라는 뜻을 전했다.

"꺼림칙한 기운이 감도는구나. 좀 더 가까이 붙도록."

활짝 열린 백인각 대문까지는 차마 불길이 미치지 않고 있었다. 독무후는 조심스럽게 안으로 들어섰다. 그리고 곧 멈춰 섰다.

"……."

"독무후 님?"

"오지 말…."

독무후가 서둘러 둘을 만류했으나, 이미 백서희가 독무후의 이상을 느끼고 안으로 들어선 후였다. 당연히 당소소도 뒤를 따라 백인각으로 들어섰다. 독무후는 미간을 찡그리며 이마를 짚었다. 백서희는 넋이 나간 표정으로 백인각 장원을 바라봤다.

"이게…. 이게…?"

백인각은 이미 시체의 온상이었다. 백능상단 옷을 입은 하인 여럿이 싸늘히 식은 채 돌바닥을 피로 적시고 있었다. 한눈에 봐도 역력한 고문의 흔적들, 목과 팔, 다리가 잘린 시신들. 게다가 죽인 지 얼마 안 됐는지 아직까지 피가 솟아나는 시체들도 존재했다.

"마용 아저씨, 미향 아주머니. 이게, 어떻게…."

백서희의 숨이 가빠왔다. 비틀거리는 발걸음으로 자기도 모르는 그들에게 가까이 다가가려 했다. 독무후가 그녀 앞을 가로막으며 고개를 저었다.

"독이란다. 가까이 가면 중독을 면치 못할 게다."

"하지만…! 아니, 이건…. 제가, 부족해서…!"

백서희가 주저앉았다. 당소소 또한 그 광경을 바라봤다. 그동안 봐왔던 시체들과는 사뭇 다른 느낌의 시체들이었다.

"……."

어지러웠다. 눈가가 떨려왔다. 원작 당소소의 반향인지, 시체를 보는 데 꽤 익숙했다. 하지만 이젠 아니었다. 이것은 쌍검무쌍의 암류였고, 결국 그녀가 벌인 일 때문에 웃음 대신 고통스런 끝을 맞이한 사람들이었다. 당소소의 얼굴이 일그러졌다.

메스꺼웠다. 식은땀이 흘렀다. 가느다란 흐느낌이 뒤따라왔다. 뒤를 이어 찾아온 빈혈기로 당소소는 천천히 주저앉았다. 그와는 반대로 세상을 등진 지 얼마 되지 않은 시체는 더운 피를 뿜었다. 피가 바닥을 적시고, 바닥에 난잡하게 흩뿌려 놓은 독과 검붉은 색으로 뒤섞이며 어지러움을 더했다. 어떤 고통이었을지, 어떤 마음이었을지, 그 과정은 어떠했는지. 그녀는 누구보다 그들을 이해하고 있었다.

당소소는 뒤끓는 심정으로 몸을 웅크리며 말했다.

"마교."

첫 실패. 처음으로 느끼는 죽음에 대한 동질감. 첫 분노.

당소소의 상체가 땅으로 늘어졌다.

수도 없이 느낀 죄책감. 셀 수 없이 느껴야 할 무력감. 두 삶을 통째로 아우르는 자신에 대한 증오.

당소소는 양 주먹을 움켜쥐었다.

영문 모를 감정의 격류들이 부딪혔다. 의미 있는 삶이 의미 없게 아스러졌다. 당사자만이 아닌 주변, 집, 나라, 천하. 모든 것을 불태우려고 했다. 당소소는 거칠게 숨을 쉬었다.

"뜨거워."

저택의 설계 때문인지 열기는 백인각을 침범하지 않았다. 하지만 당소소는 지금 더없이 뜨거운 열기를 느꼈다. 악의를 장작 삼아 더욱 맹렬히 타오르는 화염이 보였다.

이것이 그녀가 그토록 지우고 싶었던 원전의 암류이자, 그것들의 성전이며, 당소소가 처음 맞이한 전쟁이었다.

17장

성하유랑 1

星下流浪

별이 보고 싶었다.

평생을 별 아래서 헤매는 삶이었다.

고개를 들 수가 없어 별을 바라보지 못했고, 별을 바라보지 못하니 별을 찾을 수 없었다.

마침내 길 위에 발을 놓으니.

소녀는 그제야 고개를 들 수 있었다.

별이 있었다.

평생을 찾아 헤매던 별이 보였다.

* * *

독무후는 바닥에 주저앉은 두 소녀를 바라봤다. 사천교류회, 음독 사태, 그리고 변주객잔 습격에 이은 눈앞의 참사. 일련의 사건들은 열여덟 소녀들이 버티기엔 너무나도 가혹했다. 이마를 짚은 손을 떼며 백서희의 어깨에 손을 얹었다.

"쉬겠느냐?"

"……."

백서희는 고개를 들어 가로로 저었다. 사색이 된 안색은 독에 물든 시체와 비슷한 색이었다. 그녀는 다시 고개를 떨궜다. 옳음을 배워왔기에, 당연한 것을 당연히 누려왔기에 잃는 것에는 익숙하지 않았다. 상실은 쓰렸고, 그녀에겐 조금 더 아팠다.

"흉수를 쫓는 일엔 조금 여유를 두도록 하마. 추스르고 있거라."

독무후는 한쪽에서 분노에 떨고 있는 자신의 제자를 바라봤다. 백서희의 어깨에 올렸던 손을 떼고 당소소에게 다가갔다.

"두렵더냐?"

"…네."

당소소의 목소리는 짐승의 울음소리처럼 사나웠다. 독무후는 눈을 깜빡이며 당소소를 바라봤다. 제자가 처음 보이는 감정이었다. 당소소는 분노에 떨고 있는 주먹으로 땅을 때렸다.

"아무것도 할 수 없어서 두려워요."

당소소는 주먹을 풀고 땅을 짚었다. 상체를 일으켰다.

"지키지 못했기에 두려워요."

숨소리가 거셌다. 빈혈기에 후들거리는 다리로 땅을 디뎠다.

"이 감정을, 주체할 수 없어서 두려워요."

일어서는 당소소의 눈은 격노에 젖어 있었다. 눈동자 안의 자색 불꽃은 이성마저 집어삼킬 정도로 격렬하게 타오르고 있었다. 독무후는 당소소의 손을 쥐며 말했다.

"하지만 통제해야 한다."

"안돼요."

당소소는 울 듯한 표정으로 스승을 바라봤다. 독무후는 처음으로 자신의 말을 부정한 제자와 눈을 맞췄다. 당소소의 눈은 혐오로 점철된 눈물을 쏟아냈다. 자신이 이 세계에 오지 않았다면, 자신이 조금만 더 유능했더라면, 내가 아닌 다른 이였다면.

"전쟁을 아느냐?"

"제가 좀 더 강했더라면, 좀 더 똑똑했다면 일어나지 않았을 일이에요."

"개념에 관해서 묻는 것이다, 소소야."

독무후는 당소소의 눈물을 닦아주었다. 당소소는 눈가를 떨며 백인각의 참상을 바라봤다.

"죽고, 죽이는 것이요."

"그렇단다, 소소야. 죽고 죽이는 것에 대의는 어디 있고 선은 어디 있으며, 또한 악은 어디 있을꼬?"

"…저건 옳지 않아요. 사람을 고문하고, 죽이고, 독에 물들였어요. 저건, 분명한 악이에요."

"그렇다면 내가 저들을 죽이는 것은 옳으냐? 저들과 똑같은 방식으로 사람의 목숨을 앗아가는데?"

"그건, 달라요. 저들은 악의를 위해 사람을 죽이고 있잖아요! 스승님과는, 전혀 달라요."

당소소의 자색 눈이 독무후를 향했다. 독무후는 당소소의 뺨을 쓰다듬으며 말했다.

"널 믿을 수 없다고 하지 않았느냐?"

"네, 전 저 자신이 증오스러워요."

“그럼, 그런 증오스러운 자신이 내리는 가치에 빗대어 판단한 것을 어떻게 옳다고 할 수 있겠느냐?”

“…….”

당소소의 표정이 일그러졌다. 독무후가 뺨에서 손을 뗐다.

“소소야. 절대적인 옳음은 없단다. 이 스승도 그를 수 있고, 저들이 맞을 수도 있어.”

“저들은…!”

“그러니 선을 긋거라.”

독무후는 백서희에게 다가가며 말했다. 백서희의 갈색 눈이 그녀를 바라봤다. 독무후는 주저앉은 백서희의 머리를 쓰다듬었다.

“네가 멈춰야 할, 지켜야 할 선을 정해놓거라. 그리고 인간의 도리와 세상의 이치를 잣대 삼아 그 선을 긋거라. 그것이 네 옳음이 될 것이다. 절대적인 옳음은 없지만, 사람들이 합의할 수 있는 옳음은 있다.”

독무후가 걸음을 옮겼다.

“우린 그것을 의협이라 칭한단다. 많은 것들을 통해 그어진 네 선은…. 결국 의협에 가까운 형태로 그어질 것이야. 내 제자니까.”

독무후는 누워 있는 백능상단의 하인들에게 다가갔다. 찌릿한 독기가 그녀의 피부를 훑었다. 눈초리가 좁아졌다. 그녀는 여기저기 널브러진 시신을 정돈해주며 말했다.

“감정을 다스림은 말을 어르는 것과 같다. 고삐를 쥐지 않으면 통제를 잃어 제 주인을 해하고 고삐를 너무나 움켜쥐면 말을 해한다.”

독무후는 쪼그려 앉으며 고통에 일그러진 하인의 눈을 감겨주었다. 손가락 끝이 살짝 떨렸다.

“그렇기에 그어놓은 선을 따라, 감정을 통제하거라. 감정은 곧 사람의 힘. 기쁘기에 일어설 수 있고 슬프기에 손을 내밀 수 있다. 너희들의 감정은, 고통이 아닌 너희의 힘이다."

독무후는 일어서며 백서희를 바라봤다. 창백한 얼굴에 어린 결의가 다 부졌다.

"쉬겠느냐?"

"…아니오."

백서희의 대답엔 흐느낌이 있었다. 하지만 칼자루를 쥔 손은 떨리지 않았다. 독무후는 고개를 끄덕이며 당소소에게 다가갔다.

"아직 정리되지 않은 모양이구나."

"……."

당소소의 눈은 여전히 격하게 타오르고 있었다. 통제되지 않는 감정이 당소소의 온몸을 뒤흔들고 있었다.

"모든 것이 다 제 잘못이에요. 제가 주제를 알고 섣불리 행동하지 않았다면, 그저 이 빌어먹을 운명을 받아들였다면…!"

"네 주제가 무엇인고?"

"전, 쓸모없는 패배자예요. 모든 인생을 패배하며 살아왔고, 지금도 이 쓰레기 같은 존재 때문에 많은 이가 죽었어요. 전…."

"네 말마따나 잘 모르는 것 같구나."

독무후는 주먹을 쥐고 당소소의 가슴을 가볍게 두드렸다.

"소소, 넌 사천당가의 귀여운 규수란다."

툭.

"사천교류회의 어여쁜 영웅이며."

툭.

"천하십강 독무후의 제자이자 구주십이천 독천의 딸이다."

독무후는 당소소의 가슴에 주먹을 대고 그녀를 올려다봤다.

"패배가 있다는 것은, 승리도 그 어디엔가 있다는 것이겠지. 그렇지 않느냐?”

“…….”

“날 따라오너라.”

독무후는 당소소의 가슴에서 주먹을 떼고, 그녀를 지나쳐 백인각 바깥으로 향했다. 당장이라도 무너질 것 같은 백서희가 그 뒤를 따랐다. 그녀는 울먹이는 목소리로 말했다.

“넌 내 친구야.”

“…….”

“네 탓이 아니야. 저들은 언제든지 이런 일을 벌일 생각이었어.”

당소소는 옆을 돌아봤다. 백서희가 독무후를 따라 백인각 바깥으로 향했다. 당소소의 시선은 다시 곤히 잠든 백인각의 하인들에게로 향했다. 달거리로 인해 뒤틀린 감각이 무척이나 낯설었다. 육체의 영향을 받은 정신은 낯선 감각을 곧 불쾌감으로 정의했다.

“난….”

이야기에 속하기 위해 모두를 속였다.

본래의 몸이 아니라며 자신을 속였다. 고통을 덜기 위함이었다. 어쭙잖은 당소소 연기를 하며 타인을 속였다. 죄책감을 덜기 위함이었다.

한평생을 감내하며 자신을 속였다. 살기 위함이었다. 그리고 그는 죽어 또다시 자신을 속였다. 별을 향해 걷고 있다는 거짓말로.

그녀는 김수환이었고, 별을 향해 걷지도 않았다. 그는 당소소였으며, 별을 꿈꾸지도 않았다.

“누구일까.”

그녀는 탄식했다.

＊ ＊ ＊

당소소와 백서희는 불길을 헤치고 나아가는 독무후 뒤를 따랐다. 도란도란 이어지던 대화는 사라지고, 오로지 목재가 불타는 소리와 촌철의 우렛소리만이 쟁쟁했다. 그 틈새를 노려 화살 한 자루가 날아들었다.

빠직!

"…흔적이 이어지는구나."

촌철이 화살을 쪼개며 독무후의 손에 쥐어졌다. 백서희도 고개를 끄덕이며 말했다.

"상단주실에 거의 가까워졌어요."

"그렇구나."

백진각白辰閣이라는 현판이 대문에 덜렁덜렁 매달려 있었다. 대문은 날름거리는 불길을 한껏 토해 내며 불길의 근원지가 자신이라 고래고래 소리쳤다. 독무후는 장포에 손을 넣고, 손끝으로 암기들을 훑었다.

'이게 좋겠군.'

적당한 크기의 쇠구슬 하나가 장포를 빠져나왔다. 망설임 없이 백진각 대문으로 날아갔다. 콰앙!

폭음이 터져 나오며 대문이 짓이겨지고, 불길은 구심점을 잃고 폭음에 제 몸이 짓눌려 힘을 잃고 스러졌다. 독무후는 손끝을 비비며 그 광경을 바라봤다.

"쯧쯔, 염왕탄炎王彈은 무슨…."

잠시 연철전 대장장이들의 호들갑을 떠올리다 혀를 차곤 고갯짓했다.

"들어가자꾸나."

걸음걸이마다 전소한 나뭇조각이 밟히며 불쾌한 소리를 냈다. 부서진 함정들이 난잡하게 널려있었다. 백진각 안은 무척이나 고요했고, 뜨거웠다. 상단주실로 보이는 거대한 전각이 끝없이 불꽃을 토해 내고 있었으며, 양옆의 건물들이 그 불길을 받아 상단 전체로 퍼뜨리고 있었다.

"일단 이곳이 불길의 근원이라는 것은 알겠구나. 그 먼 곳에서 기어온 자들이 낼 수 있을 정도의 불길은 아니고…."

"오라버니는 손해 보는 것을 죽기보다 싫어하는 사람입니다. 자기 손으로 상단에 불을 지른 데에는 다 이유가 있을 거예요."

독무후가 고개를 끄덕이며 기감을 퍼뜨려 주변을 훑었다.

숯, 그을음, 불꽃, 열기. 미약하게 느껴지는 화약 냄새와 사람 타는 고약한 냄새. 그리고 인기척. 독무후의 눈썹이 치켜 올라갔다.

"검을 뽑거라."

백서희가 검을 뽑았다. 당소소 또한 넋을 놓은 표정을 황급히 털어내며 현천비를 쥐었다. 독무후는 잠시 눈을 감고 내부를 관조했다. 바닥을 보이는 하단전과 만만찮게 소비된 중단전의 내기. 아직 상단전의 기운은 남아 있었으나 이것을 소비한다면 독마와 요마의 숨통을 틀어쥐지 못하게 될 터.

"내가 상단주실에 돌입할 것이다."

"위험합니다. 이미 저곳은 돌이킬 수 없는 곳이 되었어요."

"스승님…."

만류하는 두 소녀. 독무후는 고개를 저었다.

"안쪽에 인기척이 있다. 적이 있다면 물리치면 그만이고, 생존자가 있다면 더더욱 들어가야 옳다. 서희, 네게 혹시 모를 습격을 맡기마. 침착하게 있거라. 금방 돌아올 수 있으니."

"…죄송합니다."

생존자라는 단어에 백서희의 눈빛이 바뀌었다. 그리고 고개 숙여 독무후의 희생에 기뻐하는 감정을 사죄했다. 독무후는 가볍게 웃었다.

"선은 잘 그어놓은 모양이구나."

독무후가 훌쩍 뛰어올라 삼 층 난간으로 향했다. 곧 그녀의 모습은 불길 속으로 사라졌다. 독무후가 사라지자 주변에 넘실거리는 불꽃이 불이 아닌 공포로 보였다. 당소소의 숨이 가빠졌다. 연기로 메워진 검은 천장과 불로 이루어진 벽도 하나의 밀폐된 공간이었으니.

"윽, 흐윽…."

"소소?"

백서희는 서둘러 소소를 보듬어 안색을 살폈다. 마치 당혁을 바라봤을 때와 같은 현상이었다. 그러나 당소소는 고개를 저으며 말했다.

"…일어설 수 있어."

"괜찮은 거…, 맞아?"

백서희의 의심 가득한 물음에 당소소는 고개를 끄덕이며 만류귀원신공을 휘돌렸다. 실낱같은 내공이 피를 타고 휘돌며 차갑던 손끝을 데웠다. 덩달아 일어나던 기감이 이변을 훑었다. 질척하고, 엉겨 붙는 불쾌한 기운이었다.

"서희, 앞."

백서희는 당소소를 놓으며 검을 휘둘렀다.

팅!

작은 화살이 튕겨 나가 백서희 발치로 떨어졌다. 백서희의 시선이 아래로 떨어졌다. 익숙한 생김새의 화살이었다. 잔뜩 갈라진 목소리가 화살 대신 그녀에게 닿았다.

"야들야들한 년들이구나."

"누구지?"

"아무것도 토설하지 않고 질기기만 하던 하인들보다 토해낼 수 있는 말도 많아 보이고."

목소리와 함께 늘어진 그림자가 백서희와 당소소에게 드리워졌다. 머리털이 모조리 타버린 그는 상단주실을 태우는 불꽃의 역광을 받으며 화상 입은 얼굴 반쪽을 긁었다. 채 아물지 않은 상처에선 진물과 피가 쏟아졌다. 뚝뚝 떨어지는 피는 그의 흑색 장포에 수놓인 뿔 달린 뱀을 적셨다.

"그 거만한 애송이와 똑같은 얼굴이구나."

백서희는 숨을 들이쉬며 불혼패엽공을 일으켰다. 녹아내린 쪽의 큼지막한 눈이 백서희의 얼굴을 바라봤다.

"마신의 눈물을 마시고 싶으냐?"

녹아내린 살에 짓눌린 미소가 괴이했다. 당소소가 그 입술을 바라보며 말했다.

"독룡대주, 원저."

원저가 미소를 지우며 그녀를 바라봤다.

"날 알아볼 만한 정파의 애송이들도 있던가?"

원저는 가소롭다는 듯 고개를 갸웃거렸다. 당소소는 떨리는 손으로 원저에게 현천비를 겨눴다.

"마신의 눈물을 마신다는 애새끼같은 소리는…."

파라락!

현천비가 공기를 가르며 쏘아졌다. 정직한 자세, 정직한 궤도. 원저는 몸을 틀어 현천비를 피했다. 그 틈을 타 백서희가 검을 몰아쳤다. 소녀의 몸에서 뿜어져 나오는 나한 같은 거력에 원저는 서 있던 자리를 피할 수밖에 없었다.

"이런…!"

원저의 표정엔 선연한 당혹이 어렸다. 백서희의 얼굴은 차분했다. 천천히 들어 올리는 검엔 흉폭한 호랑이조차 꿇리는 검세가 어려 있었다. 복호검법의 기수식이었다. 원저는 서둘러 허리춤에 손을 가져갔다. 철침 여러 다발이 그의 손에 잡혔다. 하지만 백서희는 그의 움직임을 허락하지 않았다.

팅, 팅팅팅!

쏘아진 철침은 금색의 검기에 휩쓸려 모조리 튕겨 나갔다. 복호검법 일식, 금정풍뢰였다. 당소소가 백서희 뒤편에서 그를 향해 말했다.

"너밖에 안 하거든."

자색의 눈엔 통제할 수 없는 분노가 어려 있었다.

* * *

당소소의 도발에 원저의 녹아내린 얼굴이 구겨졌다. 밑부분이 드러난 원저의 눈알은 이리저리 움직이며 주변을 훑었다. 활용할 수 있는 변수와 설치해둔 함정. 모든 요소가 그의 머리에 새겨졌다.

"꽤 자신 있나 보군, 발칙한 계집."

원저는 당소소를 바라봤다. 당소소는 그 눈빛을 피하지 않았다.

"너지?"

"무엇을 말하는 것인지는 모르겠다만, 뭐…."

원저는 허리춤에서 철사를 뽑으며 대답했다.

"반항하는 자들을 몇 죽이긴 했지."

"그냥 죽인 게 아니잖아."

당소소는 으르렁거리며 원저를 쏘아봤다. 풀린 동공을 통해 보이는 감정. 당소소는 한걸음 나아갔다.

"고문하고, 사지를 자르며 놀 듯이 죽였잖아. 그리고 그들의 죽음마저 이용해 독을…."

"당가의 애송이가 본좌에게 그런 말을 할 줄이야!"

원저는 껄껄 웃었다.

"독각혈가보다 더한 짓거리를 하던 것이 너희 당가 아니더냐?"

"……."

"푸훗, 당가의 애송이가 이런 말을 하고 다닐 줄이야. 세월이 많이 흐르긴 흐른 모양이야."

원저는 웃음을 멈추지 않고 자신을 노려보는 당소소에게 말했다.

"이곳은 놀이터가 아니다, 어리석은 계집아. 목적을 위해 사람을 죽이고자 했다면, 수단을 가리지 않는 것."

콰르릉!

원저의 뒤편 건물이 무너지며 그 모습을 가렸다. 연기와 불똥이 피어나며 그의 모습을 가렸다.

"그게 전쟁이다."

원저의 목소리가 들려왔다. 하지만 연기가 가신 그곳에 원저는 없었다. 충동적으로 앞으로 달려나가려던 당소소를 백서희가 막아섰다.

"진정해."

"…저 아가리를 찢어버리겠어."

"네가 무슨 수로. 자리를 지키고만 있으면 독무후 님께서…."

당소소는 백서희의 어깨에 손을 올리며 말했다.

"내 말을 따라."

"뭐?"

당소소는 원저가 사라진 곳에서 오른쪽을 바라봤다.

"원저는 철저한 계획을 세우고, 자신을 과신하며 움직이는 새끼야. 일정한 형식을 벗어나지 않는 쉬운 악역이지."

"…악역?"

당소소는 백서희의 의문에도 말을 정정하지 않았다. 대신 자신이 보던 방향을 가리키며 말했다. 무너지기 시작한 건물에서 풍기는 열기가 무척 뜨거웠다.

"원저는 저기 있어."

"말도 안 되는 소리. 저긴 불길 속이야."

"저자의 무공은 응천순행술應天順行術. 주변의 기운과 동화하고 그 기운을 빌려 함정을 설치하거나 몸을 숨기고 암습을 날리는 놈이야."

백서희는 당소소의 말에 그녀를 돌아봤다. 풀린 동공에선 이미 자제력이라곤 한 톨 만큼도 남아 있지 않았다.

"이 흐름이라면 숨어서 함정 하나를 깔아두고, 독공을 펼칠 준비를 하고 있을 것이 분명해. 철사를 뽑는 것을 보아 올가미 덫일 확률이 높지. 나포천지拿捕天地라는 함정이야."

"소소."

"발끝으로 땅을 디뎌 나포천지를 피하고 나아간다면 독을 쓸 거야. 백련지독이라는 독인데…."

백서희는 어깨를 붙잡은 당소소의 손을 털어내며 그녀를 빤히 바라봤다. 격앙된 숨결이 그녀의 시선에 부딪혔다.

"진정해."

"내 잘못이니까, 내가 바로잡을게. 내가 움직여서 저놈이 사람들을 고문하고 죽였고, 앞으로도 고통스럽게 만들 거야. 틀어진 평화는 내가 바로잡을 수밖에 없어. 내가 해야 해."

"네 탓이 아니라고 하잖아, 소소."

백서희는 차분히 말하며 당소소를 달랬다. 그러나 당소소의 분노와 자책은 진정될 기미가 보이지 않았다.

"내가, 함부로 행동해서 이런 결과가 나온 거야. 내가 바로잡을게. 저 빌어먹을 자식의 사지를 찢어버리자. 그리고 내가 다시, 다시 원래대로 돌아간다면….”

백서희는 잠시 검을 쥔 자신의 손을 바라보며 당소소의 말을 곱씹었다. 그리고 당소소의 말에 대꾸하지 않고 뒤돌아섰다.

파앗!

둘을 노리고 날아드는 비수. 백서희는 검을 올려치며 비수를 튕겨냈다.

“네가 그런다고 뭐가 달라지는데?”

“…어?”

“이미 죽은 이는 돌아오지 않고, 불타버린 건물은 복구되지 않아. 더 슬퍼할 사람은 나고, 더 분노할 사람도 나야.”

백서희는 울컥 솟아오르는 감정에 미간을 찡그렸다.

“…호들갑 떨지 마. 우리가 할 일은 네 스승님을 기다리는 거고, 저자가 어떤 짓을 해도 우리가 할 일은 바뀌지 않아.”

“그치만 내가, 내가 잘못한 거잖아.”

“네가 뭘 잘못했는데?”

백서희는 순간 돌아보며 당소소를 바라봤다.

“내가, 함부로 행동해서….”

“무엇을? 네가 무엇을 함부로 행동했는데?”

“그건….”

“연회에 와달라 요청한 것은 백능상단이야. 넌 그저 백능상단의 요청을 받아 이곳으로 왔을 뿐이고. 그런 우릴 습격한 것은 마교야. 여기서 네 탓이 어디 있는데?”

억누른 감정의 편린이 뒤엉켜 백서희의 입에서 다소 상기된 목소리가 나왔다. “넌 말해봤자 몰라.”

“야.”

당소소가 체념하듯 대꾸하자 백서희가 당소소의 멱살을 쥐고 약하게 끌어당겼다.

"그럼 나는. 나는 화나지 않은 것 같아?"

"……."

"나도, 필사적으로 억누르고 있단 말이야. 네가 그러면 난 어떻게 되겠어?"

백서희는 그렇게 말하며 당소소의 멱살을 놓았다.

"…우리가 할 수 있는 일과 할 수 없는 일을 혼동하지 마, 소소."

백서희는 그렇게 말하며 비수가 날아온 쪽으로 검을 겨눴다. 그들을 지켜보던 원저의 목소리가 들려왔다.

"계집들의 소꿉놀이가 꽤나 격렬하군, 크흐흐."

"허장성세를 부리긴."

백서희가 원저의 말에 대꾸했다.

"널 제외하고 아무도 없는 걸 보니, 아마 이 화재로 수하들을 잃었기 때문이겠지."

"우둔한 발상이군. 너희 둘 따위는 내 손으로 찢어 죽일 수 있다."

"그렇다면 왜 하지 않는 거지? 독무후께서 자리를 비우기만을 기다렸다가 우리를 습격한 주제에."

"크흐."

원저는 백서희의 말에 웃음을 흘렸다. 백서희는 자세를 낮추고, 검을 끌어올려 기수식을 취했다.

"내공을 회복 중이구나."

"……."

"얼굴에 큰 화상을 입은 것도, 머리털이 모두 불타버린 것도. 불길에 휘말렸는데 살아남기 위해 발버둥치다가 생긴 흔적이겠지."

백서희는 숨을 크게 들이쉬었다. 탁한 공기가 그녀의 폐부를 가득 메웠다. 하지만 그만큼 거대한 열기가 그 안에 있었다. 아미의 심법, 불혼패엽공이 탁기 속에서도 찬연히 빛났다.

"네 말대로 넌 우리 둘을 손쉽게 죽일 수 있겠지."

검끝을 하늘에 겨눴다. 지지하던 힘이 스러진다. 내공이 스러진다. 그리고 뻗어 나갈 투로를 따른다.

복호검법 제 이 식, 풍종적멸.

우우웅!

내리깔리는 기압이 불꽃의 벽을 짓눌렀다. 가려진 불의 장막을 들추고, 내공을 운기 중이던 원저의 모습을 드러냈다. 검은 마침내 아래로 떨어진다. 한 아름 이는 바람과 함께, 검기에 실린 분노가 원저를 향해 쏘아졌다.

"이런…!"

원저는 서둘러 운기를 끝맺고 앞에 놓인 나무판자를 밟았다. 독액이 흩뿌려지며 검기와 마주했다.

피시식!

무언가 부식되는 소리가 들려오며 원저를 향해 나아가던 검기가 자취를 감췄다. 백서희의 한쪽 눈이 움찔거렸다. 다시금 검을 겨누며 원저의 다음 행동을 주시했다.

"철혜검봉이라고 했나."

원저의 가슴팍에서 피가 울컥 솟아 나왔다. 원저는 피를 바라보며 껄껄 웃었다.

"그 통찰과 무력. 과연, 허명은 아니로다."

원저가 백서희를 칭송했다. 그러나 그녀는 피가 튐에도 안색하나 바뀌지 않는 그의 얼굴을 보고 있었다. 원저는 품을 뒤져 단약 하나를 꺼내 입에 집어넣었다. 백서희의 발이 움찔거렸지만, 당소소가 알려줬던 응천순행술이 마음에 밟혔다. 저자의 주위에 어떤 함정과 독이 도사리고 있을지 알 수 없었다.

"애송이답지 않게 차분하고."

키득거리며 꿈틀거리는 상처를 따라 독액이 솟아 나왔다. 열기에 독액이 증발하면서 한 무리의 구름을 형성했다. 원저의 모습은 이내 독구름에 가려 보이지 않았다. 원저가 보이는 무공을, 백서희는 단 한 번 본 적이 있었다.

'당혁이 보였던 무공.'

구름이 점차 가라앉았다. 원저의 모습이 보였다. 그의 가슴팍에는 이미 창백한 새살이 올라와 있었다. 원저는 어깨를 으쓱하며 말했다.

"설마 애송이 따위에게 독각천시와 독각혈사연을 사용하게 될 줄이야."

원저는 비수로 자신의 뺨을 길게 그었다. 쇠를 긁는 소리가 나며 어떠한 생채기조차 나지 않았다. 녹아내렸던 뺨은, 이미 제 모습을 찾은 후였다. 백서희는 한층 더 긴장하며 검을 들었다. 그 모습을 가소롭게 보던 원저는 한 손을 들어 백서희를 향해 뻗었다.

"이리 오거라."

스스슥!

땅바닥 긁는 소리가 귀를 따갑게 했다. 백서희는 서둘러 그 소리의 발원지를 찾았다.

'나포천지…!'

응천순행술, 나포천지. 어느새 백서희를 둘러싼 거대한 철올가미가 그녀의 숨통을 조여왔다. 실낱같이 가는 검기에서 그녀를 반 토막 내리라는 의지가 엿보였다.

옥죄어오는 철사를 바라보던 백서희의 발끝이 비틀리고, 일어났다. 그리고 땅을 짓밟았다.

파아앗!

장원을 메우고 있던 열기가 꿰뚫리고, 검을 들고 있는 그녀의 모습은 표홀하게 내쏘아졌다. 모습 그 자체가 쏘아지는 광경은 정중동靜中動의 극치. 천신의 칼날 같은 금빛이 내쏘아진다는 아미파의 보법, 신망금광보神芒金光步가 펼쳐졌다.

"흥, 어리광을 부리긴."

원저는 코웃음을 치며 주먹을 쥐었다. 독주머니가 불길 속에서 튀어나오며 백서희의 동선에 내리깔렸다.

팍, 파악!

가죽주머니가 찢겨나가며 독분을 어지러이 깔았다. 백서희의 모습은 곧장 방향을 비틀어 독이 깔린 영역을 회피했다. 하지만 원저의 성채는 이미 완공된 후였다. 백서희는 숨을 뱉으며 원포의 주위를 감싼 독연毒煙을 바라봤다.

'부식은 없다. 무색도 아니야. 혈액독이거나 융해독일 확률이 높아.'

백서희는 주위를 빙 돌며 독무후에게서 배운 지식과 대조하며 독연을 분석했다. 뛰어난 기량의 그녀였지만 아직 경험이 많지 않았기에 독공의 고수를 상대하는 법에 대해선 무지했다. 보이는 독은 거슬렸지만, 보이지 않는 독은 공포였다. 백서희는 서둘러 소매로 코와 입을 가렸다.

"공성은 성을 차지하고자 하는 쪽이 급한 법이거늘. 발걸음이 무겁구나!"

원저의 말과 함께 뒤편에서 화살이 날아왔다. 백서희는 발걸음을 옮겨 간신히 화살을 피하고, 계속해서 내공을 휘돌리며 몸을 침범해올 독을 경계했다. 다행스럽게도 독이 아직 몸을 탐하진 않았으나, 대신 독연으로 이루어진 성벽이 점차 백서희에게 다가오고 있었다.

'이대론 천천히 죽어갈 뿐이야.'

판단을 내린 백서희는 검을 들었다. 형태가 없는 독연은 오직 검기로만 벨 수 있었으니, 백서희의 검에 금빛 검기가 어렸다. 그리고 검기는 자신을 향해 천천히 창궐하는 독연을 향해 나아갔다.

휘이잉!

검기가 이끄는 바람과 함께 독연의 영역이 꿰뚫렸다. 백서희는 서둘러 허물어진 성벽을 향해 돌진했다.

팅!

"흡!"

난데없이 날아든 비수가 그녀의 숨결을 앗아갔다. 함정이었다. 걸음이 멈추자 길 또한 끊어졌다. 성벽은 다시 수복되고, 영역은 점차 그녀를 향해 조여오고 있었다. 숨을 참고 있는 백서희의 안색이 점점 어두워졌다. 영락없이 올가미에 걸린 모양새였다.

"너무 그런 표정을 짓진 말도록. 해독제는 줄 생각이니."

원저는 웃었다.

"물론 그 과묵하던 하인들과는 다른 대답을 해야 하겠지만."

그녀의 위로 원저의 비웃음이 덮였다. 독연이 덮였다. 원저는 재차 철사를 움켜쥔 뒤, 나포천지의 수법으로 백서희를 낚아채 위로 들어 올렸다.

"……."

하지만 철올가미는 또다시 빈 허공을 움켜쥐었다. 원저의 표정이 굳었다. 독연의 한가운데서 꼼지락거리는 움직임이 포착되었다.

"당가의 애송이구나!"

노호성과 함께 독이 발린 철침들이 독연을 후비며 안으로 침투했다.

팟!

미미하게 들린 소리. 원저의 얼굴엔 웃음이 지어졌다. 발걸음을 옮겨 독연 안으로 직접 걸어갔다. 성벽 안, 홀로 서 있는 당소소가 그를 맞이했다.

"네 친구는 어찌했느냐?"

"……."

"아하. 섬망독閃忘毒이 제법 짜릿한 느낌일 테지. 어떠냐? 독각혈가의 특수한 마비독이."

당소소 등에는 원저가 던졌던 철침이 박혀 있었다. 당소소의 얼굴이 꿈틀거렸다. 몸이 점차 아래로 가라앉았다. 원저가 그녀에게 다가갔다.

"독각혈가의 홍복이구나. 당혁을 거두고, 네년을 인질로 삼아 독무후를 겁박해 당문의 독공을 가진다면. 천하제일의 독분은 바로 독각혈가의 차지가 분명할 터."

"하, 하…."

"치기 어린 걸음 덕에 신교의 대업이 한층 가까워졌구나."

원저는 당소소의 뺨을 움켜쥐고 들어 올렸다. 마주한 그녀의 눈엔 분노와 웃음이 공존했다. 원저는 그 눈길에 담긴 의미를 이미 깨닫고 있었다. 그는 고개를 돌리며 말했다.

"모두, 나의 손안이다."

파아아아!

독연이 걷혔다. 장대한 기압氣壓이 눈발처럼 휘날렸다. 내리긋는 수차례의 검격 끝에 웅크려있던, 백서희의 모습이 내쏘아졌다.

신망금광보.

땅을 겨눈 검은 흉흉한 검기를 담고 있었다. 그 모습을 원저는 이미 바라보고 있었다.

"백능상단의 맥을 여기서 끊어주도록 하지."

그가 손을 들어 내공을 움직였다. 응천순행술이 발동되었다. 설치한 함정들에 심어둔 내공들이 격발했다. 원저는 미소와 함께 손을 움켜쥐었다.

"……?"

"네, 모래, 성들을 좀…. 망가, 망가뜨려 봤어."

당소소는 둔해진 혀를 놀리며 말했다. 원저의 시선은 백서희가 아닌 당소소에게 향했다.

"네년! 어찌 본좌의 함정을…?"

"놀이터, 없어져서…. 어떻게 하냐?"

백서희의 검이 움직인다. 웅크린 검은 세상을 올려치며 마침내 하늘로 뻗는다. 눈보라가 가득한 난세, 시야를 어지럽히는 구름마저 꿰뚫나니.

"소소!"

백서희의 외침과 함께 검기가 내쏘아졌다. 당소소는 당황한 원저의 손아귀를 뿌리치며 옆으로 몸을 날렸다.

복호검법 제 삼 식, 표설운천飄雪雲穿.

매서운 기압을 젖히며 도달한 금색 검기.

그것은 가로막는 모든 것을 꿰뚫고 원저의 몸을 덮으며 하늘로 향했다.

* * *

백능상단 백진각 삼 층. 불길에 타오르는 복도는 마귀의 목구멍 같은 풍경이었다. 열기가 독무후의 뺨을 핥았지만 이미 반로환동에 이른 몸, 오래전부터 춥고 더움은 그녀에게 고려의 대상이 아니었다.

'여기엔….'

그녀는 손을 흩뿌리며 방전을 퍼뜨렸다. 뇌람심공의 응용, 뇌감이었다.

'없군.'

긁히는 낌새가 전혀 없었다. 뇌기를 거뒀다. 자신의 감에 따라 제자와 제자의 친우를 내버려두고 돌입한 이곳. 그녀들이 급변하는 상황에 휩쓸리지 않도록, 최대한 빠르게 성과를 거두고 빠져나와야 했다. 불길이 번지며 어지러운 복도는 불꽃의 회랑을 자아냈다. 독무후는 회랑의 중심으로 걸어가 계단에 이르렀다.

타닥, 타닥!

목재에 몸을 눕히고 공기를 살라먹는 소리가 요란했다. 독무후는 눈을 좁히며 백진각 내부의 구조를 훑었다.

'삼 층은 창고 내지 생활공간이었을 터이고, 일 층은 접객을 맡은 잡무를 처리했을 테니.'

눈을 깜빡인 독무후는 불이 흐르는 난간을 부여잡고 훌쩍 뛰어내렸다.

백진각 이 층, 상단주실이었다.

독무후의 전류가 다시금 층 전체를 훑었다.

"……!"

긁혔다.

독무후는 서둘러 펼쳤던 뇌감을 중지하며 전류를 거뒀고, 발걸음을 뗐다. 잔도棧道를 밟고 산맥을 넘으며, 시야의 사각과 인지의 그늘을 거닌다는 당가의 보법. 잔월뇌음보棧越雷陰步가 펼쳐졌다.

후욱!

그늘음을 타며 순식간에 뇌감이 포착했던 장소로 이동했다. 이 층의 중심, 재가 되어가는 고풍스런 비단 휘장이 문 너머가 어떤 곳인지 간접적으로 일러주는 듯했다. 독무후는 상단주의 집무실 문을 주먹으로 으스러뜨리며 안으로 돌입했다.

"…없군."

오른쪽 벽면엔 좋은 땔감이 된 서적들. 왼쪽 벽면엔 열기를 이기지 못하고 깨지거나 녹아버린 골동품들. 그리고 녹아가는 독분 가운데 엎어진 사내가 보였다. 독무후는 바닥을 훑은 뒤 손가락을 입에 넣었다.

"백련지독이군."

독무후는 우물거리던 독분을 뱉으며 말했다. 목행을 따르는 고산지대의 버섯, 백천균白天菌을 정제한 독이었다.

특이 사항은 목행을 띠며 혈액독이자 융해독이라는 것. 목행木行을 따르기에 그것은 무언가를 양분 삼아 결과로 뻗어나간다. 그 대상은 인간의 정精이었고, 결과는 기의 붕괴였다. 피를 멈추지 않게 방해하니 혈액독 중 출혈독이었고, 결과로 영근 백천균의 포자는 내장기관을 해치며 내기의 붕괴를 초래한다. 그렇기에 융해독이었다.

시체를 가볍게 발로 걷어차 뒤집었다. 검은 색 바탕의 옷감엔 뿔 달린 뱀이 밉상스럽게 수놓아져 있었다. 혀를 차며 앞을 바라봤다. 다기가 올려진 원목책상은 이미 땔감이 되었고, 고풍스런 병풍엔 점차 불이 번져가며 타오르고 있었다.

"신기하구나."

독무후는 혼잣말을 하며 병풍을 걷었다. 불길이 빨려나가는 네모진 틈이 보였다.

"호법은…."

독무후는 그 틈으로 걸음을 옮겼다.

으드득!

문이 으스러지며 철로 빚어진 검은색 권갑拳匣이 쇄도했다.

"난민을 대피시키고 있다고 했거늘."

권갑은 그녀의 코앞에서 멈췄다. 권풍이 그녀의 머리를 가볍게 쓸고 지나갔다. 독무후는 권갑을 손가락으로 쭉 밀어 넣으며 생겨난 구멍으로 안을 들여다봤다. 고집스런 눈매와 제법 풍성한 수염. 반쯤 센 백발이 인상적이었다.

"…독무후 님."

단혼사는 숨겨진 문을 열어젖히고 독무후 앞에 섰다. 그의 배에는 숯이 된 나무토막이 박혀 있었다. 독무후는 굳이 상처를 언급하지 않았다. 대신 고개를 옆으로 젖혀 단혼사 너머의 통로를 바라봤다.

"어찌저찌 대피는 성공한 모양이구나."

"예. 완전히 대피가 완료되기 전까지, 제가 후열에서 대기 중이었습니다."

"그 어린 돈벌레가 용케 너에게 이곳의 비밀통로를 알려주었고."

독무후는 툴툴 웃으며 단혼사를 바라봤다. 단혼사는 고개를 끄덕였다.

"상황이 변했습니다."

"변했다? 무엇이?"

"상정하던 적의 크기가 변했습니다."

단혼사는 주먹으로 문지방을 후려쳤다. 천장이 무너지며 토사로 도주로가 굳게 잠겼다. 독무후는 고개를 끄덕이며 턱짓했다.

"일단 이곳을 벗어나며 설명을 듣지."

"예, 호법 님."

독무후는 단혼사의 호칭에 쓰게 웃었다.

"이젠 네가 호법이니라."

"아. 죄송합니다."

"예나 지금이나 어리버리해선."

독무후의 시선은 아직 그의 배에서 벗어나지 않았다. 단혼사는 목을 긁으며 난감함을 표했다.

"아직 배움이 미천하여."

"사천제일권이라 불리는 자가 배움이 미천할 리가 있느냐? 타고난 성향인 게지. 우선 벗어나자꾸나."

독무후는 상단주실을 박찼다. 단혼사는 다소 느린 걸음으로 그 뒤를 따랐다. 독무후는 속도를 늦추며 그에게 물었다.

"그래서, 내막은?"

"우선 적을 설명해야 내막을 이해하기 쉬우실 겁니다."

단혼사가 배를 움켜쥐며 말했다. 독무후의 눈썹이 올라갔다.

"새로운 적은?"

"관官입니다."

올라간 눈썹이 비틀렸다.

"혹시 사건이 일어나는 사이 통수권자가 바뀌었느냐?"

"그럴 리가요. 사천성주는 여전히 남전휴, 그자입니다."

"'하늘'에서 직접적으로 사천을 솎아내라 한 것도 아닐 테고. 군권을 쥐고 있는 우군도독부는 사실상 관망자와도 다를 바 없을 터. 마교 진압에 도움을 줬다면 도움을 주었지 사정을 다 아는 자가 괜히 본녀를 건드린다는 것은 말도 안 되는 일이겠지. 그런데 관이?"

독무후는 품 안의 금룡패를 떠올리며 말했다. 단혼사의 표정이 어두워졌다.

"저희도 아직 전반적인 사안은 파악하지 못했습니다. 녹풍대 하나를 난민 사이에 심어두었으니, 암풍대와 연락을 취해 곧 자세한 내막을 알아오겠지요."

"대처는 괜찮구나."

단혼사의 보고를 받으며 그녀의 걸음은 불길이 뻗어나는 방향을 따라 향했다. 열풍이 거세졌다. 연기가 짙어졌다. 그을음을 젖히고 나는 비릿하고 익숙한 향 또한 짙어졌다. 독무후의 미간이 찌푸려졌다.

"…네가 후열에 대기하고 있던 이유가 있느냐?"

"독룡대주 원저와 그 휘하에게 쫓기는 중이었습니다."

"……."

짧은 침묵. 그리고 한 줄기의 비명이 화염을 꿰뚫고 그들에게 닿았다.

"소소!"

둘은 서로를 마주봤다.

"……!"

누가 먼저랄 것도 없이 비명의 근원을 향해 바닥을 박차고 쏘아졌다.

* * *

독각천시毒角天尸.

사람 내부의 오행을 의도적으로 비튼다. 생의 순환을 죽이기 위해 수행水行을, 생의 온기를 죽이기 위해 화행火行을. 그리고 비틀어 만든 힘은 다른 속성에 싣는다. 목행에 힘을 실어 의지를 유지하고, 토행에 힘을 실어 움직일 의지가 뿌리를 둘 힘을 부여한다. 그리고 금행에 힘을 실어 인간의 몸을 쇠와 같은 경도로 이끈다.

요점은 오행을 '의도적으로' 비틀었다는 것. 말인즉슨 사상의 오행에 대한 개입. 즉, 연기화신의 이치에 도달한 자라는 것이다.

"컥, 커흑."

당소소는 흐릿한 눈길로 나가떨어진 백서희를 바라봤다. 이미 머릿속에서 그려진 결론이었다. 그녀는 갓 검기상인의 경지를 엿보기 시작한 일류의 끝자락에 걸친 경지였고, 독룡대주는 무력의 거품이 잔뜩 껴 있는 후반부의 악역. 어찌 보면 당연한 결론이긴 했다.

'죽진 않았어. 내상은 입었겠지만. 스승님이 치료해줄 수 있을 거고.'

그렇기에 응천순행술에서 파생된 함정, 천행망天行網의 모든 경우와 모든 파훼법을 꿰고 있는 당소소가 움직였다. 여섯 겹의 나포천지를 해체했다. 열 개의 화살함정, 추혼시追魂矢를 해체했다. 다섯 개의 독함정, 염세染世를 해체했다.

불길을 쏘아내는 함정, 화사무쌍火蛇無雙. 사상을 담은 함정, 흑주黑呪.

해체했다.

그녀의 머릿속엔 기관진식을 꿰고 있던 주인공의 지낭이 떠올랐다.

— 뜻을 이루는 것은 하늘이나.

서술되는 섬뜩한 미소 역시, 상상으로 그려졌다.

— 일을 꾸미는 것은 사람이라.

당소소는 굳어가는 목을 돌려 원저의 상태를 확인했다. 옅은 생채기가 상체를 사선으로 길게 갈라놓았다. 그는 당소소의 시선을 느꼈는지 성큼성큼 그녀에게 걸어와 멱살을 움켜쥐어 들어올렸다.

"본좌의 응천순행술을 어떻게 파훼했느냐?"

"킥, 킥…. 졸, 졸개가…. 무슨, 본좌…."

짜악!

가볍게 휘두른 원저의 손길에 당소소의 뺨이 크게 부풀었다. 마비독 때문에 고통은 느껴지지 않았지만, 연하게 느껴지는 입안의 피맛이 제법 썼다. 당소소는 뻣뻣한 혀로 내부를 핥으며 상황을 가늠했다.

'좆됐네.'

더 이상 내밀 묘수가 없었다. 백서희가 갑자기 쌍검무쌍 후반부 아미파의 절세무공을 사용할 수도 없고, 저 불길 속에서 독무후가 오기만을 목이 빠져라 기다리는 수동적인 수밖엔. 아니, 그 수마저 없애기 위해 원저는 비수를 꺼내 백서희를 향해 다가갔다.

"알려, 알려줄, 게."

"이제야 입을 여는구나. 괘씸한 년 같으니."

원저의 비수가 당소소의 목으로 향했다.

"어서 응천순행술의 파훼법을 지껄여라."

"도, 독…. 풀…."

알려줄 테니 마비독부터 풀라는 당소소의 제안. 원저는 고개를 까딱이며 비수의 면으로 당소소의 뺨을 툭툭 때렸다.

"이미 해독제는 발라두었다. 자, 이제 말해봐."

"하아, 하…."

마음 같아선 당장이라도 눈앞의 악역을 죽여버리고 싶었다. 사지를 찢어, 그녀가 목도했던 그 광경의 사람들과 똑같은 고통을 겪게 해주고 싶었다.

하지만 그것은 이루어질 수도 없고, 해서도 안 되는 행동이었다.

백서희가 죽는다.

"응천순행술…."

그렇기에.

"파훼법."

주저하는 손을 들어,

"…격발장치가 어린아이 장난감 수준이잖아."

선을 그었다.

"격발장치? 과연. 하찮은 이가 해체할 수 있는 마공이 아니지. 문제는 기관에 있었군. 좋다. 용무는 끝났으니…."

"정말 그거밖에 없다고 생각해?"

"…요망한지고."

짜악!

그 선은 어디까지인가.

"살려줘."

"살려달라?"

"살려주면 알려줄게. 죽이면 아무것도 알지 못할 거야."

당소소는 피가 섞인 침을 뱉으며 원저를 노려봤다. 원저의 눈엔 흥미가 감돌았다.

올해로 열여덟의 나이. 독천의 총애를 받으며, 독무후의 애제자로 거둬진 아이. 무공 한 줌 없는 몸으로 천괴와 학귀를 죽였으며, 무인이라고 부르기도 민망할 정도의 몸을 이끌고 자신의 함정을 파훼한 소녀.

그 소녀가, 친우를 살리기 위해 자신의 감정을 절제한다.

탐이 났다.

본래에도 살려서 데려오라는 지시가 있었다. 소천마가 각별히 생각하는 소녀라는 첨언 또한 있었다. 천마의 비로 만들어 소천마를 천마로, 마신의 길로 이끌기 위함이라고 했다.

그럼에도.

한낱 마신의 권좌 앞에서 오체투지를 하는 자임에도. 그 소녀가 탐이 났다.

"…네년은 지금 자신의 위치를 망각하고 있는 모양이구나."

원저는 그녀의 멱살을 좀 더 들어 올렸다. 당소소는 흥미 어린 그의 시선을 여전히 꿰뚫고 있었다. 그를 허무하게 해치운 지낭의 대사가 읽혀 왔다.

— 그자는 자신이 똑똑하다고 자만하는 부류야.

"그것을 말하는 것은 당연한 것이고…."

— 자만은 곧 오만을 낳지.

"당가의 비밀을 몇 가지 털어놓아라. 그래야 거래가 성립하지 않겠느냐?"

"히히…."

당소소는 그의 말을 들으며 웃었다. 상황은 달랐고, 시간도 달랐다.

"무엇이 웃기지?"

그러나 형식은 변하지 않았다.

"말할게, 비밀."

"안, 돼…. 소소…."

다 죽어가는 백서희의 목소리에 원저가 비수를 겨누며 위협했다. 당소소는 어깨를 으쓱하며 그를 만류했다.

"말한다고."

"소소…."

"말이 짧구나."

원저의 팔이 접히며 경고를 날렸다. 당소소는 눈을 감았다. 선은 아직 멀었다.

"…말하겠습니다."

"그것이 옳게 된 네 태도니라."

원저가 거만한 웃음을 지으며 비수를 거뒀다. 당소소의 눈이 찡그려졌다. 마비독으로 유예되었던 고통이 점차 제자리를 찾아가고 있었다. 양 뺨이 저려왔고, 들이마신 백련지독이 너무나 고통스러웠다.

"아, 윽…. 아아…."

"백련지독의 효능이 도는 모양이군. 이게 갖고 싶으냐?"

원저는 조그마한 호리병을 당소소 앞에서 흔들었다. 혈관이 쪼그라드는 느낌. 오장이 뒤틀리는 격통. 울부짖지 않았음에도 눈물이 났다. 당소소는 고개를 흔들었다. 백금으로 도금된 혈관은 쪼그라들지 않을 것이다. 백련지독이 뇌린은루를 집어삼킬 수 있을 거라 생각되진 않았다.

"뭐, 살려서 가기 위해선, 어쩔 수 없겠군."

원저는 비릿하게 웃으며 당소소의 입가에 액체를 흘려 넣었다. 희미해지는 시선, 몽롱해져 오는 정신 속에서 당소소는 백서희를 바라봤다.

"…야."

"소, 소…!"

"난, 여기서…. 안 죽어."

"똑똑한 계집이군."

원저는 횡설수설하는 당소소를 어깨에 짊어졌다. 백서희가 절규했다.

"안 돼…!"

"네 무능이 네 친구를 잃게 만들었다. 무엇이 철혜검봉이란 말…!"

당소소는 고통에 떠는 손으로 그의 입을 막았다.

"그, 아가리, 닫아."

"이 배은망덕한!"

원저는 고함을 지르며 당소소를 패대기치기 위해 그녀의 다리를 잡았다. 그때 내달려오는 태산 같은 노호성이 들렸다.

"놈---!"

중원은 거대했다. 그 휘하의 성 또한, 거대했다.

변방국의 영토와 비교해도 몇 곱절이나 되는 하나의 행정구역, 사천성.

검광劍光이 빛나고 창림槍林이 우거진 거대한 대지에서 오직 적수공권赤手空拳으로 인정받은 이가 있었다.

그가 피에 물든 녹색 무복을 휘날리며 원저 앞에 섰다.

"사천의 주인을 취하려는 어리석은 자여."

사천제일권四川第一拳.

당문唐門 호법護法.

단혼사斷魂士.

"아직 당문의 호법을 넘지 않았느니라."

그가 주먹을 겨눴다.

* * *

"단혼사."

원저는 앞에 있는 사내를 불렀다. 대답은 없었다. 권갑은 불길에 고요히 빛났다. 원저의 목줄기에 새파란 뇌전이 겨눠졌다.

"내 귀여운 제자를 돌려주겠나?"

"…독무후."

원저의 눈이 떨려왔다. 독각천시라면 독무후의 뇌전을 받아내고도 멀쩡할 자신은 있었다. 그것이 완전한 독각천시라면. 당소소가 긴장하고 있는 원저의 표정을 바라봤다.

'독각천시를 완성했다면, 네가 왜 화상을 입고 있을까? 왜 불길에 숨어서 내공을 회복하고, 왜 독단을 먹어서 독각천시를 '발동'시켰을까?'

당소소가 웃었다.

'네 등장은 사 년 후. 독각천시의 완성은, 적어도 지금은 아니라는 거야.'

"병신…."

당소소의 나지막한 욕설. 원저에겐 너무나도 거슬렸다. 그녀가 천행망을 파훼하며 자신에게 재능의 편린을 제시하지 않았다면, 너무 분하지만 순순히 따르는 척하며 자신에게 감동을 내밀지 않았다면, 철혜검봉이라는 후기지수가 검기로 자신을 잠시 저지하지 않았다면.

당소소가, 조금만 덜 매력적이었다면.

'…독화毒花라고 불린다던가.'

원저는 눈을 감으며 입꼬리를 올렸다. 자만이 오만이 되었고, 그것은 곧 만용이 되었다. 그저 간단하게 백서희를 죽이고 당소소를 들고 갔다면. 독각혈가는 어떤 미래를 맞이하였을까.

'가정은 없다.'

원저는 눈을 뜨며 목을 겨눈 뇌전 쪽으로 당소소를 옮겼다. 촌철이 재빨리 자리를 피하자 백서희가 새긴 생채기를 따라 손톱을 쭉 그었다. 독무후는 그 광경을 구경만 하고 있지 않았다. 손톱이 닿자 촌철이 당소소의 소매를 꿰뚫었다.

키이잉!

손톱이 생채기를 긁으며 쇠를 긁는 불쾌한 소리를 뿜었다. 촌철은 한 바퀴를 휘돌았다. 죽 그어놓은 생채기에서 독액이 뭉글뭉글 피어났다. 한 줄기 뇌전을 감은 촌철이 오른쪽으로 움직였다. 그리고 독각천시의 독액을 활용한 독연이 피어났다.

"…아쉽군."

원저가 혀를 찼다. 촌철에 철사를 매달아 당소소를 독무후 자신 곁으로 끌어온 것이었다. 독무후는 한손으로 당소소를 들어 올리며 말했다.

"인기가 많은 것까지 배우지 말거라. 나쁜 것이니까."

"하하…. 농담도…."

당소소는 그 말을 남기며 축 늘어졌다. 독무후는 다시 촌철을 던져 백서희까지 낚아챈 후 단혼사를 바라봤다.

"막내야."

"……."

단혼사는 독무후의 부름에 대답하지 않았다. 독무후는 키득거리며 다시금 말했다.

"당문의 식구가 저들의 손에 죽었다."

"예."

"원怨은 몇 배의 이자를 쳐주어야 하겠느냐?"

권갑이 잘그락거리는 소리가 들렸다.

"독무후 님이 떠난 이후로, 가주 님은 당가의 악독한 악습을 타파하고자 노력하셨습니다."

단혼사는 무심한 표정으로 원저를 바라봤다.

"열 배 정도만 받도록 하지요."

"막내라 너무 유하구나. 녹풍대의 네 선배들은 제법 강단이 있었거늘."

독무후는 너스레를 떨며 등을 돌렸다.

"열 배는 억울하니 그 두 배 정돈 더 받아오시게, 호법."

"무운을."

예로부터 녹풍대는 농담을 하지 않았다. 독무후는 진각을 밟았다.

바람이 불었다. 불길이 일렁였다.

셋이 사라졌다. 둘이 남았다.

불은 타올랐고, 둘은 마주봤다.

창백한 기색의 원저, 피에 젖은 단혼사.

홍백의 명도가 홍염 속에서도 짙었다.

"식구가 죽었다."

닫혀 있던 단혼사의 입이 열렸다.

"그래서?"

"가문을 받도록 하지."

원저는 웃었다. 독액이 꿈틀거렸다.

"당가의 얼굴을 욕보였다."

이어지는 죄의 계량. 원저는 물었다.

"그래서?"

"죽음보다 무거운 치욕을 받아가도록 하지."

단혼사는 웃지 않았다. 권갑이 잘그락거렸다.

콰르륵!

홍염을 헤엄치던 백진각이 불꽃에 익사했다. 둘은 백진각이 무너지는 소리와 함께 진각을 밟았다.

독각혈사연의 영역이 장원에 다시금 창궐했다. 백련지독이 축성築城을 시작하고, 그 안개의 성벽 아래에선 천행망의 그물이 한 줄 한 줄 엮어지고 있었다. 추혼시가 적을 겨눴고, 나포천지는 사지를 결박하는 위치로.

단혼사의 진각은 축성을 기다리지 않았다. 그의 성정만큼이나 투박한 이름, 일권류一拳流의 가르침을 따른다. 적과 나, 나와 적. 둘 사이의 하나의 흐름을 바라본다. 그 흐름은 걸음. 그의 발걸음은 성벽 앞에 잠시 머물렀다.

요새의 사정거리는 곧 수비가 공격이 되는 영역.

추혼시는 그 이름처럼 단혼사를 쫓았다.

단혼사는 주먹을 내리며 가볍게 뛰었다.

축조 중인 성 너머로 감각이 잡힌다.

왼쪽 발을 앞으로 내밀며 팔을 올렸다.

흐름의 끝은 열 걸음.

타타탁.

네 줄기의 화살. 왼 주먹, 검지와 중지의 마디를 꺾어 세운다. 상층의 중앙, 좌측의 남서, 우측의 남동. 가볍게 걷어낸다. 그리고 전방의 북.

파아앗!

오른 주먹이 화살을 내리찍으며 격발한다. 넘실거리는 권기, 불어 닥치는 권풍拳風. 성벽의 일부가 허물어지며 흐름은 시작되었다. 발을 내딛는다.

아홉 걸음.

추혼시는 다시금 방향을 교란했다. 성벽의 보수, 적의 저지를 위해 염세가 날아들었다. 왼손의 모든 손가락 마디를 꺾어 세워 장저掌低의 자세를 잡는다. 성큼 딛는 다음 걸음. 진각의 묘리였다. 걸음을 예측한 나포천지가 곧장 적을 포박해왔다.

단의공單意功.

하나의 길에 이는 한 가지의 마음. 곧고 장대한 혈맥은 황하와도 같이 내공을 담았다. 심장, 양손, 다시 양발. 한 바퀴 휘돈다.

비장, 간장, 폐장, 신장. 그리고 다시 심장. 다시 한 바퀴. 곧이어 장강과도 같은 기맥이 수문을 열었다.

용암과도 같이 뜨거운 내기가 기경육맥을 휘돌고, 임독양맥을 지나 몸 전체로 퍼져 나갔다.

콰아앗!

올려치는 장저. 성채의 전방이 소실되었다. 수복을 위해 던져놓은 독주머니는 권기에 으깨지며 상승기류를 타고 흩어진다. 토사가 그리할진데, 고작 한 개비의 화살은 어찌할 도리가 없이 그 길을 따랐다.

그리고 나포천지는 틈을 놓치지 않았다. 단혼사의 발목을 뱀처럼 잡아챘다.

여덟 걸음, 반.

끊어치는 오른 주먹. 애꿎은 바닥만 패일 뿐 검기가 실린 철사는 요지부동이었다. 단혼사가 자세를 낮췄다. 자세의 축을 무너뜨리기 위해 철사가 움직였다. 그 움직임을 제재하기 위해 다시 오른손으로 끊어쳤다.

후우웅!

광풍이 일며 몰려오는 성벽을 밀어냈다. 몰려오고, 밀어낸다. 당기고, 끊어낸다. 밀어내고, 몰려온다. 의미 없는 반복수가 이어졌다. 그러나 성벽이 높아지는 단위는 시간. 유리함은 상대에게 있었다. 원저의 관자놀이에 핏줄이 섰다. 먼 곳의 화염산이 손짓했다.

응천순행술.

사상이 자연과 교감한다. 자연지기自然之氣에 사상을 심어 일부를 뜯어 온다. 불꽃과 불꽃이며 불꽃이었다. 여러 불길이 뒤엉킨다. 화염을 날름거리는 뱀이 땅을 기었다. 천행망, 화사무쌍이 펼쳐졌다.

단혼사의 표정은 무덤덤했다. 여전히 철사는 축을 무너뜨리기 위한 움직임을 보였다. 살짝 발을 당겨봤지만 딸려오지 않았다. 화염은 철사를 나란히 하며 당당하게 단혼사에게로 향했다.

쿵.

한차례의 진각. 철사의 방해로 제대로 밟히지 않았다.

쿠웅.

다시 한차례의 진각. 당기는 힘이 느슨해졌다.

쾅!

또다시 진각. 바닥이 으스러지며 힘을 퉁겼다. 다리를 꺾고, 골반을 뒤틀고, 척추를 굽혔다. 축이 무너졌다. 바닥을 짓이긴 부하가 온 몸을 짓이겼다. 배를 꿰뚫은 상처에서 피가 터져 나왔다. 아랑곳 않고 권갑을 부딪쳤다. 길고 명랑한 소리가 징처럼 울렸다. 화염은 그 신호를 기다리지 않았다.

화아아악!

수십 마리의 뱀이 그의 몸을 살라먹었다. 여전히 권갑은 마주한 채였다. 단혼사의 자세를 완전히 무너뜨리기 위해, 세 줄기의 나포천지가 단혼사를 휘감았다. 철사는 팽팽히 당겨지며 잔소리를 냈다. 그는 백련지독이라는 성벽 아래 완전히 나포되었다.

"놈…!"

그 한 마디에.

천천히.

아주 천천히 권갑이 움직였다.

팅, 팅, 팅!

철사가 구슬피 울었다. 움직임이 맥동했다. 불꽃이 일렁였다. 성벽이 흔들렸다. 단혼사가 한 걸음을 디뎠다.

일곱 걸음, 반.

비수가 날아든다.

여섯 걸음, 반.

추혼시, 염세.

다섯 걸음, 반.

염세, 화사무쌍, 비수.

네 걸음, 반.

나포천지, 염세, 비수, 화사무쌍, 나포천지, 추혼시.

세 걸음, 반.

두 걸음, 반.

눈길과 눈길이 맞았다.

불꽃에 휩싸인 단혼사는 완연한 붉은 색이었고, 처음보다 더 질린 기색의 원저는 더욱 하얀 색이었다.

원저는 웃었다.

그는 검결지를 내밀었다.

천행망, 흑주黑呪.

자연의 응달을 빌린다. 폭풍, 폭설, 폭뢰. 앞은 화염이 만연했다. 그렇기에 인리의 흐름을 거스르는 마공에 빌어, 폭풍을 빌렸다. 그리고 광풍이 일었다.

"신교의 성화가 되어라…!"

화염의 용권풍이 일어나 성벽을 먹어치우고 크기를 키워갔다. 백진각을 뛰어넘을 정도의 높이로 요란스레 타올랐다.

그리고 한 걸음, 반.

주먹을 겨눈 단혼사가 폭염에서 걸어 나왔다.

원저는 웃지 않았다.

"네, 네놈…? 어떻게 본좌의 응천순행술…."

원저는 입을 다물었다. 두 번째로 뱉는 말이었기에. 기시감이 들었다.

그는 왜 실패를 했는가.

왜 당소소를 빼앗겼는가.

그리고.

왜 패배하는가.

반 걸음.

호흡과 호흡이 마주한다. 근육 한 올 한 올의 전류가 부딪치며, 사상은 내공 대신 눈빛과 눈빛으로 교환되는 거리.

일척一尺 칠촌七寸.

주먹과 상대가, 주먹과 내가 맞닿는 거리.

주먹은 재빠르게 내밀어진다.

깡!

독각혈가 비전, 탐천독룡권貪天毒龍拳이었다. 잡고 찢는 금나술과 부수고 으깨는 권법의 중간에 걸친 무공. 오른 주먹이 단혼사의 오른 권갑을 후린다. 쇠가 부딪치는 소리가 나며 원저의 주먹은 곧장 조법爪法으로 변화하여 단혼사의 손목을 잡아챈다.

호흡이 멈췄다.

그곳이, 흐름의 끝이었다.

하나의 길로 흐르고, 하나의 길로 흘러서, 하나의 길로 흘렀으니, 하나의 길로 흐르게 되어, 일순一巡.

그곳은 곧, 일순一瞬의 세계라.

사상화, 권극拳極.

지고한 권사拳士의 영역이었다.

단혼사는 손목을 잡아채는 탐천독룡권의 자세를 바라본다. 한 찰나刹那였다.

탐천독룡권, 조법. 여섯 찰나였다.

가볍게 쳐냈다. 세 찰나였다.

놀라는 기색. 두 찰나였다.

단혼사, 네 찰나. 원저, 여덟 찰나.

단혼사의 진각. 두 찰나.

촌경寸勁, 세 찰나.

원저는 양팔을 당겨 배에 힘을 준다. 세 찰나.

도합, 두 찰나가 더 빠름이라.

촌경은 두 찰나의 흐름을 타며 원저의 복부를 갈겼다.

뻐어어억!

북을 울리는 소리가 들리며 원저의 몸이 크게 들썩거렸다.

"꺼어어…."

눈은 불신으로 확대되었고, 입은 긍정으로 독액을 토해 냈다. 후방의 독연은 그 충격에 이미 흩어진 지 오래였다. 그 누구도 침범하지 못하던 독각천시의 아성이 내부부터 으스러지고 있었다.

그러나 불패의 성은 불패여야 한다. 이미 초토가 된 내부의 내기를 징수해 뱉어낸 독액에 기를 담는다. 죽음은 확정이었다.

그리고 열 찰나였다.

턱을 으스러뜨리는 정권, 두 찰나.

갈비뼈를 뭉개버리는 올려치기, 세 찰나.

오른 뺨을 찢는 장법, 두 찰나.

반대쪽, 두 찰나.

"끄으으윽…!"

털썩.

한 찰나.

호흡이 다시 돌아왔다.

"후우…."

단혼사는 숨을 몰아쉬며 곤죽이 된 원저를 내려다봤다.

"이, 놈…! 감히, 독각천시…. 내 독성毒城을…!"

"모멸스럽나?"

단혼사가 물었다. 원저는 대답 대신 고통에 젖은 숨소리를 뱉을 뿐이었다.

"크흐으, 크흐으…!"

"당가의 율법이다."

"……."

호흡이 멎었다. 단혼사는 고개를 들어 불길 너머를 바라봤다. 도강언의 곳곳, 굵게 피어오르던 연기가 조금씩 잦아들고 있었다.

"곧 나머지도 받아가마."

단혼사는 울컥 솟는 피를 뱉으며 백진각을 나섰다.

야사
野史

미월지사
美月之事

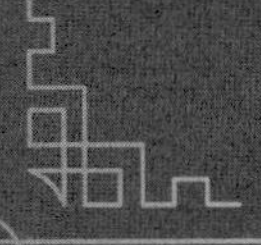

"뭐야, 씨발."

하루아침에 잘 보고 있던 소설이 끝났다. 연중의 빈도가 다른 장르에 비해 빈번한 장르의 글이라지만 이 작가는 괜찮을 줄 알았다. 일일연재를 한다며 호언장담을 하더니 실제로 꽤 오랜 기간 그걸 지켜왔으니까.

화면을 끄고 발가락으로 컴퓨터를 켰다.

아니, 사실 불안하긴 했다. 종종 비치는 생활고의 토로도 있었고, 난데없이 글이 안 써진다며 푸념을 하던 작가의 말도 있었으니까. 100화에 가까워 오면서 갑작스레 들쭉날쭉하는 연재 주기도 그렇고.

'아니, 지가 돈 없어서 2부를 노벨피아 플러스에서 연재한다며?'

코웃음이 나왔다.

다른 척하더니 너도 똑같은 새끼였구나.

난 시선을 들어 켜진 모니터를 바라봤다. 마우스를 쥐어 바탕화면에 표시된 인터넷 로고를 클릭해 노벨피아에 들어갔다. 그리고 작가의, 아니, 이젠 일반인 새끼의 닉네임을 클릭해 쪽지보내기 메뉴를 클릭했다.

— To. 천사같은

공란을 바라보는 내 눈엔 분명 분노가 역력했을 것이다. 키보드에 손을 올렸다. 예로부터 여러 개의 아이디는 훌륭한 대화 수단이었다.

— 정말 실망이네요. 하긴, 그 글 실력으로 유료는 무슨 유료입니까?

"흠."

물음표를 찍고 쪽지를 보냈다. 그리고 다음 아이디로 로그인을 한 뒤 잠시 턱을 쓰다듬었다.

'어떤 말을 해야 작가를 좀 더 골려먹을 수 있지?'

— 첫 챕터에서 있어 보이는 척하는 것부터 알아봤지 ㄹㅇㅋㅋ 로맨스 판타지 냄새 씹오지더라

좋다.

보내기를 눌렀다.

— 대체 왜 이딴 소설을 쓰면서 무협에 대한 모독을 하는 것이지? TS, 무협, 악역영애? ㄹㅇ 걍 누렁이도 거르겠네 ㅋㅋ 이건 무틀딱이 아니라 무응애도 서명안하지 ㅋㅋ

이것도 괜찮네. 보내기.

— 딴에는 공모전 1등 하다가 떨어졌다고 멘탈 나갔던데, 작가님이 더 잘 썼으면 붙었겠죠? 왜 억울해하셨지 ㅋㅋ

요놈도 맘에 든다. 보내기.

— 차기작? 연중하는 사람의 작품을 누가 사 봄?

보내기.

"얼추 된 것 같긴 한데. 하나만 더 보낼까?"

— To. 천사같은

쪽지창을 띄워놓고, 마우스를 두드리며 전형적인 유형의 레퍼토리를 생각했다.

— 초반에 대화 보니까 사회생활을 전혀 안 해보신 것 같던데, 작품에서 하차하신 김에 상하차하러 가셔서 사회생활을 겪어보시는 것도 괜찮을 것 같네요.

음, 좀 약한데.

백스페이스를 눌러서 지웠다.

— 당소소 불쌍해ㅠㅠㅠ 어뜩해ㅠㅠㅠㅠ 작가?님? 양심?이 터진?듯?

더 약하고.

— ㄹㅇ 억지 사건 전개해서 주인공 불행프레임 씌워서 팔아먹다가 사건 감당 안 되니까 튀는 것 좀 봐 ㅋㅋ 작가님, 아니, 일반인님. 다시는 소설 쓴다고 기어오지 마쇼.

“뭐, 이 정도면 되겠지.”

보내기를 누른 뒤 만족스런 표정으로 인터넷을 종료했다.

새끼, 남의 눈에서 눈물 내면 네 눈에선 피눈물 나는 거야.

“어디 월클인 척해. 지 말고 TS물 볼 거 없는 줄 아나.”

가볍게 웃으며 침대에 누웠다.

‘음, 자고 일어나서 소고기나 한사바리 할까?’

만족스러운 노동이었다. 그리고 꽤 만족스런 환경이 기다리고 있었다.

자취방–자취방이라기엔 너무 컸지만–은 꽤 안락했고, 부모님의 지원 덕에 생활도 썩 윤택했다. 직업은, 일인가구 사설경호업체라고 해둘까. 물론 경호업에 필요한 도구 또한 철저하게 갖춰 놨다. 에어프라이어, 하이엔드 컴퓨터. 짱짱한 인터넷과 큰 냉장고에 쌓여 있는 주전부리들.

난 프로아들이니까.

지이잉–

핸드폰이 울렸다.

"뭐야?"

스마트폰을 들어 대기화면을 확인했다. 최신폰에는 최신에 쪽지가 왔다는 안내가 보였다. 손가락으로 가볍게 화면을 훑어 내용을 확인했다.

— From. 천사같은

코웃음이 나왔다.

새끼, 좀 마음 아픈가 봐? 어딜 감정을 지배하려고 들어.

— 감당 안돼서 죄송합니다.

'죄송하면 인생 끝나나? 말투 봐라. 몇 개 더 보내줘야겠는걸.'

즉흥적으로 보낸 이의 아이디를 찍은 뒤, 쪽지를 보냈다.

"죄송, 하면…. 인생, 끝남? 독자들의, 마음은…."

지이잉—

난데없이 하나 더 날아온 답장 덕에 쪽지보내기가 취소됐다. 눈을 찌푸리며 답장을 확인했다.

— 제가 몰라서 그러는데.

"단답으로 뭐라는 거야?"

답장을 삭제하고 다시 쪽지보내기에 들어갔다.

지이잉—

"에이 씨팔, 하나하나가 다 마음에 안 드네."

작가의 답장을 눌러 확인했다.

— 감당하는 법 좀 알려주세요.

"남한테 알려달라는 거야? 진짜 찌질한 거 봐."

웃음을 참을 수 없었다. 어떤 인간군상인지 단어 선택, 대화에서부터 나온다는 말이 괜히 있는 것이 아니었다. 그 답장을 보니 별거 아닌 사람에게 이런 열을 쏟았나 싶어 허탈해졌다.

"그냥 한숨 자고 히로히로나 봐야겠다. 요새 성실하게 연재하던데."

눈을 감았다.

잠이 몰려왔다.

알려달라고.

'뭐야.'

알려달라고 물어봤잖아?

"눈을 뜨며 주변을 두리번거렸다."

'뭔데 이거? 씨발, 뭐야?'

"난 소리를 지르며 물었다. 그러자 낯선 서술이 들려왔다."

그럼 그렇게 똑똑한 네가 억지 사건 감당해보라고.

'어?'

* * *

"어?"

몽롱하던 정신이 퍼뜩 명료해졌다. 주변을 두리번거리자 다소 허름해 보이는 정원이 보였고, 고개를 조아리고 있는 중국 복식의 사람들이 보였다.

'저거 한푸인가?'

눈초리가 가늘게 떠졌다. 옆에는 예쁘장한 여자가 자신을 보며 사색이 되어 있었다. 머리를 곱게 빗어 묶고, 강아지상의 눈망울이 퍽 귀여웠다.

"야, 야!"

그 여자가 내 등짝을 때리며 잔뜩 목소리를 죽여 귓속말을 했다. 꽤 매운 손길이었다. 난 그 손길을 피하며 말했다.

"아야, 뭐하는 거야? 저 아세요?"

어? 뭐야. 목소리가 좀 앙칼지다?

"……?"

"……."

내 앞에 있던 여성도 내 목소리가 이상했던 모양인지, 픽 웃었다.

"이게 혼나기 싫으니 미친 척을 하는구나. 어제 새로 들어왔다고 했던가? 신입이 꽤 명랑해."

다소 앳된 목소리를 따라 시선을 돌렸다. 주홍빛의 낡은 비단옷이 있었다. 흑단 같은 머리는 반 정도 묶어 올린 머리를 금박이 벗겨지기 시작한 비녀로 고정시켰다. 심술스레 꺾인 작은 입술, 그 위를 따라 보이는 흐린 보라색 눈동자. 소녀는 손가락을 들어 내 옆에 있던 여자를 가리켰다.

"야, 너."

"…예, 아가씨."

"이름이 뭐야?"

"하연입니다, 아가씨. 이제 저도 독봉당에 온 지 꽤 되었습…."

눈이 찌푸려졌다. 익숙한 이름이었다. 기억에 있었다. 아니, 잊을 수가 없는 이름이지. 난 고개를 내려 내 몰골을 확인했다. 그녀들은 내가 그러거나 말거나 대화를 이어갔다.

"너 따위의 이름을 내가 굳이 기억해야 하는 건가?"

매몰찬 소녀의 말에, 하연은 고개를 숙였다.

"죄송합니다."

"이 사랑스러운 신입 시비를 어떻게 괴롭혀줄까…."

소녀는 아래로 꺾었던 입꼬리를 들어 올리며 날 노려봤다. 난 싸늘한 그녀의 시선을 느꼈지만, 급격한 상황 변화를 받아들이지 못하고 소리칠 수밖에 없었다.

"씨발, 뭐야 이 우유통."

달려선 안 될 것이 달려 있었다.

"…하연."

"예, 소소아씨."

"독봉당 하인들 전부 집합시켜."

"……."

"대답?"

"예…."

그리고 해서는 안 될 말을 한 것 같다.

내 기억과는 분명히 다른 소소아씨가 내게 다가왔다.

"어…."

"우리 신입은 이름이 뭘까?"

상냥한 그 목소리에 난 내 이름을 곱게 말해주었다.

"박독자…."

"후후…."

하연은 소소아씨와 내가 서로 통성명하는 꼴을 가만두지 않았다. 그녀는 황급히 내 옆구리를 찌르며 소소아씨에게 말했다.

"뭐라는 거야, 얘는! 아름다울 미美에 달 월月자를 써서 미월이라며. 얘가 더위를 먹었나 봅니다, 아가씨. 제가 따로 데려가서 주의를 주도록 하겠습니다."

"괜찮아. 중요한 건 그게 아니잖아?"

소소아씨는 입가를 가리며 쿡 웃었다.

"감히 날 거슬리게 했다는 것이 중요하지."

"헉."

헛바람을 삼키는 하연. 천천히 내리는 소소아씨의 손길에는 상쾌한 웃음이 묻어 나왔다.

"한 다경 안에 모두 집합시켜."

"네…."

하연의 대답을 들은 소소아씨는 몸을 돌려 침소로 향했다. 아니, 잠시 걸음을 멈췄다. 그녀는 다소 염려를 담아 말했다.

"참."

"네, 아씨. 말씀하시지요."

"제시간에 오지 못하면 애월루에 팔아버릴거니까 서둘러 오는 게 좋을 거야. 요새 꽤 험한 손님들이 찾아왔다던데…."

"……."

하연이 사색이 되었다. 소소아씨는 그 표정을 구경하며 만족한 듯한 표정을 지었다.

"농담이니까, 천천히 와도 괜찮아요. 우리 독봉당의 시녀 님. 내가 설마 시녀 님들을 헐값에 기루에 매매하겠어요?"

"…반드시 시간 안에 집합하겠습니다."

"어머, 난 강요한 적 없었는데. 너희가 자발적으로 오는 거다?"

"여부가 있겠습니까, 아씨."

하연의 대답에 소소아씨는 아무 일 없었다는 듯 천연덕스럽게 다시 걸음을 옮겼다. 난 그 익숙한 모습을 바라보고, 낯선 행동에 눈을 비볐다. 그리고 매콤한 주먹이 내 머리를 쥐어박았다.

"아야!"

"이, 이 너 뭐하는 거야!"

하연이 소리를 빽 지르며 날 다그쳤다.

뭐라는 거야?

"내가 어제부터 말했잖아? 당소소 아가씨 지금 백능상단 아가씨 때문에 화 잔뜩 났다고."

뭐라는 거야?

"어휴. 내가 못살아. 요즘 좀 잠잠하나 싶더니. 가뜩이나 다른 하인들이 독봉당을 못 잡아먹어서 안달인데, 어리버리한 신입이 들어왔으니…."

"저…."

카랑카랑한 여성의 목소리가 영 어색했다. 활자만으로 보던 세계가 너무나도 낯설었다. 그래. 낯설 수밖에 없지.

"말씀 중에 죄송한데 전 그, 꿈을 꾸고 있는 거 같거든요…."

"뭔 소리야, 얘는. 독봉당이 아무리 싫어도 그렇지, 정신병으로 빠져나가려고 해?"

하연은 내 말을 듣더니 곧장 내 볼을 꼬집고 당겼다.

"아, 아파…!"

"그럼 아프라고 당기지, 일 터뜨린 애를 귀엽다고 쓰다듬어주는 거겠니?"

"아니 그게 아닌데…."

이거 뭐야. 이거 꿈 아니야?

씨발 뭐야 이거.

빙의물에 빙의한 거야?

"정신 차려."

"아니, 음…."

"첫 근무가 독봉당이라 나도 안타깝지만, 여기선 정신을 차려야 해. 누구도 널 봐주지 않을 거니까."

"그게 아니라 당소소가 좀 이상한데…."

볼이 더 길게 늘려졌다.

"아아아!"

"이게 아가씨한테 무슨 말버릇이야? 들으면 어쩌려고."

하연은 날 꾸짖으며 볼을 놓았다. 빨개진 볼이 쓰렸다. 심통이 난 하연의 표정을 보며 생각했다.

‘이상하다는 건 부정하지 않는구나. 다른 의미겠지만….’

난 볼을 감싸 쥐며 주변을 돌아봤다. 허름했다. 너무 허름했다. 그럼, 답은 하나였다.

“저, 가주 님께선 지금 무림맹에 계시죠?”

“맞아. 집안에 계시는 일이 드물지.”

“사천교류회는 아직 열리지 않았고요.”

“당장 며칠 전 당가에서 치렀는데 무슨 소릴 하는 거야?”

“어, 그…. 아가씨가 독에 중독돼서 쓰러지진 않으셨죠?”

“…….”

하연은 나를 병신 보듯 봤다.

결론이 나왔다.

“좆됐네….”

좆됐다.

난 김수환이 깃들기 전, 절호조의 히스테리를 뿌리고 다니던 당소소가 사는 독봉당의 하녀가 되었다.

하연은 내 말을 듣더니 다시금 볼을 잡아당겼다.

“아야, 아야! 그만 잡아당겨요! 폭력 멈춰!”

“멈추긴 뭘 멈춰? 애월루에 팔려가서 네 인생이 멈추게 생겼는데. 좆된 거 알았으면 빨리 네 선배들이나 부르고 와! 내가 바깥에서 일하는 이들을 불러올 테니….”

하연은 다급한 발걸음으로 독봉당을 나섰다. 그 광경을 멍하니 보며 난 없어야 할 것을 만졌다. 그리고 볼을 긁었다.

“이걸 어떻게 감당하냐?”

박독자. 아니, 시비 미월. 전입 이 일차에 또라이 중 상또라이 보스, 악역영애 당소소의 심기를 건드렸다.

꽤 심하게 좆됐다.

17장

성하유랑 2

星下流浪

기진맥진한 걸음으로 저잣거리를 걸어 나가는 단혼사. 옅은 화상 자국과 많은 실혈로 안색이 창백했다. 그가 지나간 거리엔 미약한 탄내가 묻어 있었다. 누적된 피로와 몸에 새겨진 상흔으로 무뚝뚝한 얼굴엔 지친 기색이 역력했다.

"늙음이란…."

단혼사는 자조하며 텅 빈 거리 구석에 있는 의자에 걸터앉았다. 바닥을 드러낸 단전에서 느껴지는 상실감이 싸늘했다. 단혼사는 입술을 꾹 다물고 배에 박혀 있는 나무토막을 잡았다.

"으음…!"

아릿한 고통에 단혼사는 잠시 손길을 멈췄다. 호흡을 가다듬었다. 그리고 다시 당기려는 순간.

"도움이 필요하오?"

맥을 끊는 한마디가 단혼사의 손길을 멈췄다. 단혼사는 얼굴에 묻어 있던 피로를 쓸어내며 낯선 한마디를 경계했다. 자리에서 일어나 늘어뜨렸던 손을 움켜쥐었다. 핏물이 주먹을 타고 바닥을 적셨다.

"……."

"그분이 돌아가시고 이십오 년만 아니오?"

삿갓을 쓴 사내가 단혼사 앞에 섰다. 단혼사의 눈이 가늘어졌다.

"검랑劍狼."

"흐흣, 케케묵은 이름을. 당신도 지금 권랑拳狼이라는 이름으로 불리진 않잖소?"

삿갓사내의 말에 단혼사는 지친 기색으로 그의 별호를 뱉었다.

"그래, 묵객이었지."

"오랜만이오, 단혼사. 아니, 당가의 호법 님이라 불러야 옳은가?"

묵객이 삿갓 끈을 풀어 얼굴을 드러냈다. 오른눈을 가로지르며 입을 찢어놓은 흉터가 인상 깊었다. 무뚝뚝한 둘은 한동안 말없이 서로를 바라봤다. 먼저 입을 연 쪽은 단혼사였다.

"…고용주는 어디에 두고, 길을 잃고 어슬렁거리고 있는 게지?"

"백능상단주의 어린 아들에겐 시인이 가 있소. 난 따로 부여받은 일이 있어서."

"궁랑弓狼."

단혼사는 시인의 옛 별호를 입에 담았다. 묵객은 자신의 흉터를 왼손으로 긁으며 말했다.

"…옛이야기는 미주美酒와 진미珍味 앞에서 해야 옳은 것 아니겠소?"

단혼사의 발언을 은근히 지적하는 묵객. 단혼사는 고개를 끄덕이며 경고를 수용했다.

"용건만 간단히."

"고용주가 일은 잘 풀렸는지 물어보고 오라고 하더군."

묵객의 설명에 단혼사는 경계심으로 움켜쥐었던 주먹을 풀었다. 그리고 고개를 끄덕이며 물음에 긍정했다.

"백진오의 요청은 확실히 수행했…. 으음."

긴장이 풀리자 박혀 있는 나무토막에서 고통이 올라왔다. 단혼사는 다시 자리에 앉으며 상처 부위를 감싸고 몸을 웅크렸다. 묵객은 조용히 그 모습을 바라봤다.

"요청받은 대로 백능상단 본가의 폭약을 터뜨려 마교의 졸개들을 몰아내고, 독룡대주를 고립시켰다. 피난민들은 무사히 대피했고. 진작 협력을 요청했다면 더 큰 손해를 막을 수 있었을 터인데…."

"뭐, 누가 독룡대의 배후에 다른 이들이 있을 거라고 예상할 수 있겠소. 그건 그렇다 치고, 독룡대 대장이라면 적어도 머리 한 덩이에 같은 무게의 금이라도 주었을 터인데. 영, 일을 하는데 수지가 맞질 않으니."

묵객의 상처가 꿈틀거렸다. 단혼사는 거친 숨을 들이쉬며 말했다.

"예나 지금이나 돈 밝히는 건 여전하군."

"언제나 그렇듯 낭인이 돈을 밝히는 것이야 당연한 것 아니겠소?"

묵객이 단혼사 옆에 앉았다. 단혼사는 긴 숨과 함께 고통을 뱉어냈다.

"한데, 대형은 좀 변한 것 같구려."

"…무엇이?"

"원래 좀스러울 정도로 철저하게 계산적으로 싸우셨잖소."

"허허…."

단혼사가 힘 빠진 웃음을 지었다. 묵객은 그를 바라보며 넌지시 물었다.

"강산이 두 번 하고도 반절 정도 바뀔 시간이긴 하지만, 낭인이라는 족속의 성향은 그리 쉽게 바뀌는 것이 아니지. 당가의 주문이오?"

"……."

단혼사는 눈을 지그시 감았다.

"나에게 옛이야기를 하지 말라던 이는 어디 먼 곳으로 떠났나 보군."

"아, 참. 그랬었구려."

"묵객이라는 이름이 그렇게 부자연스러울 수 있는가?"

"하핫. 늙은이는 옛 추억을 곱씹을 수밖에요."

묵객은 단혼사의 핀잔에 옅은 웃음을 지었다. 상처가 가른 근육이 움직이지 않아 꽤 기괴한 웃음이었다. 단혼사는 혀를 차며 고개를 저었다. 몸 안을 가득 메우던 고통을 덜어내니 빈 곳에 추억이 들이찼다.

그저 말썽꾸러기에 불과했던 망나니 딸이 구주십이천을 구워삶는 정도의 영악함을 갖췄다고 생각했던 그때. 핏줄은 속일 수 없다며 지독하다는 생각을 했던 그때.

그리고 영악하다고 생각했던 망나니가 원저에게 뺨을 맞았을 때. 멍청할 정도로 자신의 몸을 태우며 빛나던 별에 먹구름이 드리워졌을 때.

"아무래도 나도 홀린 모양이야."

그는 항상 철저하고 합리적으로 싸움을 벌였다. 애초에 맨손으로 날붙이를 상대한다는 것부터가 합리에서 현저하게 벗어난 일이기에, 그 이외의 부분에서 합리를 챙겨야 했다. 그리하여 적을 지독하게 몰아가 정신을 무너뜨린다는 의미의 별호, 단혼사斷魂士. 얼마 지나지 않아 그 별호는 사천의 제일가는 주먹이라 불렸다.

그렇게 평생을 살아온 이가 포기한 합리. 묵객은 상처를 쓰다듬으며 고개를 끄덕였다.

"그런 거였군."

"그런 거네."

묵객은 삿갓을 쥔 뒤 자리에서 일어났다.

"멀지 않은 곳에 의원 하나가 있소."

"그렇군."

"일어나시오. 안내해드리지."

"자네에게 줄 안내비는 없는데."

묵객이 웃었다.

"천금보다 무거운 것이 당가의 보은 아니었소?"

"…허허."

단혼사는 헛웃음을 지으며 자리에서 일어섰다. 묵객은 삿갓의 끈을 맸다. 둘의 발걸음이 길을 따라 흘렀다.

* * *

소녀 둘을 들쳐 멘 채 지붕을 뛰어다니는 독무후. 그녀의 발은 질풍처럼 복잡하게 얽힌 건물들 사이로 흘렀고, 시야 또한 사방에 미치며 전황을 파악 중이었다.

"막내가 일을 마쳤나 보군."

격렬하던 백능상단 쪽 반응이 고요해졌다. 그것이 촉발이었다. 거주구역의 독연이 잦아들었고, 산 중턱에서 뿜어대던 굵은 연기가 가늘어졌다. 고함과 비명이 들리던 저장고엔 뜨거운 침묵이 내려앉았다. 그리고 마지막 한 곳. 제방은 여전히 불길을 흘려대고 있었다.

"녹풍 이 호, 완수했습니다."

녹색 그림자가 독무후 옆으로 드리워졌다. 녹색 무복엔 약간의 생채기만 났을 뿐, 그의 몸엔 어떤 흉도 나 있지 않았다. 독무후는 고개를 끄덕이며 그의 귀환을 반겼다.

"잔량은?"

"혈액독 세 통, 융해독 한 통. 비수 셋과 철침 여섯 자루입니다."

"애매하다."

"후열로 향해야 합니까?"

이 호의 물음. 독무후는 기왓장을 밟으며 물었다.

"손은 좀 쓰느냐?"

"녹풍대의 평균 정도입니다."

녹풍대를 이끄는 것은 호법, 사천제일권 단혼사였다. 곁에 서라는 말은 필요 없었다. 독무후는 고개를 들어 눈앞을 막은 큰 누각을 바라봤다.

파앗!

크게 뛰어 앞을 막고 있던 누각을 넘은 독무후와 이 호. 누각의 지붕 위에서 두 녹풍대원이 독무후를 맞았다.

"삼 호와 사 호, 제작공방을 점령한 셋을 격살했습니다."

"잔량은?"

"전량 소비되었습니다."

그들의 몸에선 생채기와 함께 보랏빛으로 중독 증세가 보였다. 낌새를 확인한 독무후가 물었다.

"정말 둘이었느냐?"

"독룡대는 둘뿐이었습니다."

"요마의 사술邪術로 심혼이 지배당한 마교의 잡졸들이 있었으나, 크게 방해하진 않았습니다."

독무후는 보고를 들으며 고개를 주억거렸다.

"부상이 좀 있는 모양새구나."

"후열로 가야 합니까?"

삼 호가 물었다. 사 호도 눈빛을 보내며 독무후의 대답을 요구했다. 독무후가 물었다.

"어느 정도 돌려줬느냐?"

사 호가 말했다.

"아직 아홉이 남았습니다."

"그럼 가지."

둘의 시선은 독무후를 넘어 저 멀리 제방에 있었다. 독무후는 그들의 시선을 따라 몸을 날렸다.

콰앗!

한걸음에 멀리 흐르던 강이 가까워졌다. 물 내음이 독무후의 코끝에 묻어났다. 그리고 물에 뒤섞인 독기 또한. 그 옆을 녹풍대가 함께했다. 어느덧 중천을 넘어선 해가 그들을 내리쬐고 있었다. 독무후는 건물들이 드리운 그림자로 시선을 돌렸다. 녹색 그림자 셋이 그 아래에 몸을 숨기고 있었다.

"잔량은?"

독무후가 건물들 사이로 떨어지며 물었다. 눈앞의 그림자들은 이곳저곳이 심하게 베여 피를 흘리고 있었다. 흐린 동공과 그렇지 않은 눈가의 열기. 비교적 멀쩡한 그림자가 앞으로 나서며 말했다.

"전량 소비됐습니다."

"…죄송합니다."

가슴팍에 긴 상흔이 난 녹풍대원이 독무후에게 사죄했다. 독무후는 눈썹을 들어 올리며 그에게 다가갔다.

"신입인가?"

"예. 본가가 소란하여 가주 님께서 직접…."

독무후는 옆으로 시선을 돌려 비교적 멀쩡해 보이는 녹풍대원을 바라봤다. 그의 눈길도 앞으로 나선 이와 마찬가지로 열기투성이였다.

"무엇이 있었지?"

"자신을 환요대주幻妖隊主라 일컬었습니다. 막내가 당한 것도 그자의 사술에 의해서였습니다."

"환요대주라…. 내 시대의 인물은 아니구나."

"요마…. 요마의 부하예요."

가느다란 당소소의 목소리가 들렸다. 녹풍대원들의 시선이 당소소에게 쏠렸다. 당소소는 작은 스승님의 어깨에 들려 있다는 것이 부끄러운지, 허우적거리며 말했다.

"일단, 그, 내려주세요. 스승님…."

"시끄럽다. 아직 해독도 되지 않았을 것 아니냐."

"하지만 저도 체면이 있는데…."

"……."

잠시 침묵이 찾아왔다. 그녀가 땅에 내려섰다.

"네가 체면도 생각할 줄 아는 아이인 것을 방금 알았구나."

"……."

당소소는 스승의 발견을 외면했다. 남자였던 가닥이 아직 남았는지, 어린 소녀같이 생긴 스승에게 업혀 있는 꼴이 영 모양 빠지는 그림이라 생각되었다. 둘뿐이면 몰라도 많은 이의 시선이 몰려 있는 데서야.

"자아, 그럼 어떻게 한다…."

독무후는 나머지 어깨에 짊어진 백서희를 바라봤다. 백련지독에 잠시 노출된 상태로 입은 내상 때문인지 몸이 불덩이였다. 그녀는 이 호에게 시선을 돌렸다.

"목행, 혈액독과 융해독의 혼합. 마땅한 것을 가지고 있느냐?"

"상비하는 해독제를 뒤섞으면 될 듯도 싶습니다."

"이리 내거라."

독무후의 손짓에 두 병의 해독제가 손에 들어왔다. 과감하게 한 병에 다른 한 병의 내용물을 부어버린 뒤, 내기를 일으켜 병 안에 불어넣었다.

파직!

목행이기에 억제를 하기 위해 살려야 할 것은 금행. 혈액이 쉬이 응고되기에 융해독의 성질을 살려 응고점을 부순다. 아직 융해독으로 번질 정도는 아니었으니, 해독의 요소는 이것으로 충분했다.

독무후의 손이 한차례 흔들렸다. 내용물 또한 한차례 뒤섞였다. 방전이 튀었다.

파직!

목행이기에 죽여야 할 것은 수행, 아직 융해독이 아니기에 융해를 막아설 응고는 필요치 않았다. 거기에 내상. 체질에 부담을 줄 각종 독소를 해독제로부터 유리시켰다. 백서희를 눕힌 뒤 입으로 완성된 해독제를 흘려 넣었다.

"쿨럭, 쿨럭!"

해독제가 들어가자 백서희가 기침을 뿜었다. 독무후는 환요대주에 대해 언급한 녹풍대원을 손가락질로 다가오라 지시했다. 녹풍대원이 다가왔다.

"명하실 것이 있습니까?"

"제방으로 향한 둘은 아마 돌아오지 못할 것이다."

"…예."

서로 감정은 보이지 않았다. 단지 적들에게 징수할 금액을 다시 작성할 뿐.

"표면적으론 사천의 젖줄인 도언강의 제방을 오염시켜 백능상단은 물론 사천성 전체의 환란을 유도하는 것으로 보이나…."

"이면이 있다는 말씀입니까?"

"마교의 십계십마 중 둘이 왔다. 오히려 이면이 없다면 더 설득력이 없지 않겠느냐?"

"마교의 지부를 세우기 위함이라면?"

"이런 소란스러운 일을 저지른 후 말이냐?"

독무후의 핀잔. 녹풍대원은 핀잔에도 혹여 있을 가정을 이어갔다.

"마교의 무력이 건재함을 과시하고, 스스로의 가치를 높이려는 것이지요."

"그렇다면 구매 대상은 누구라 생각하느냐?"

"관의 흔적이 있었지 않았습니까."

"사천성주 쪽이다?"

그가 고개를 끄덕였다. 독무후는 팔짱을 낀 뒤 고심에 잠겼다.

"일리는 있다만, 비약이 심하다."

"전반적인 상황을 알지 못하니…. 호법께서 백진오와 담판을 지으러 간다며 저희를 모두 도언강 바깥에 대기시키셨습니다. 이 이상의 정보는 알지 못합니다."

"…우선 백진오라는 녀석이 관에게 여지를 줄 정도로 융통성이 없는 아이더냐? 아마 그렇진 않을 터인데."

녹풍대원은 고개를 끄덕이며 말을 잇지 못했다. 백진오는 다소 어린 나이지만, 서방 비단길로 원정을 떠난 자신의 아버지를 대신해 백능상단의 활로를 중원 반대편 복건성까지 넓힌 인물이었다.

"당장 주변 현령의 배를 갈라보면 내장 대신 백능상단의 돈이 튀어나오겠지."

"그 점이 이상합니다. 당장 군사를 일으켜 진압을 하면 했지, 방관은 말이 되지 않습니다."

"인원을 나눠야겠다."

"예."

녹풍대원들이 독무후 앞에 도열했다. 이 호와 삼 호를 가리켰다.

"동행한다."

두 고개가 끄덕여졌다. 사 호로 손가락이 옮겨졌다.

"호법이 돌아오기 전까지 당소소와 백서희를 보호하거라."

"예."

사 호가 고개를 숙였다. 비틀거리는 당소소가 그를 지나쳐 독무후에게 다가갔다.

"스승님."

"여기 있거라."

"아니, 그것이 아니라."

"그럼?"

당소소 머릿속엔 몇 년 후의 사천이 있었다. 본격적으로 마교가 침공하기 전까진 어떤 전쟁도, 어떤 잡음도, 만독불침지체와 관련된 일화를 제외하면 어떤 분량도 없었다. 물론 사망하는 이들도 없었다. 당소소가 기억하는 것은 오로지 한 가지.

"관의 흔적이 있다면…. 연유는 모르지만, 관과 어떤 연관이 있고 그들이 마교의 편의를 봐줬다면…."

어떤 전쟁도, 어떤 잡음도 없던 사천성은.

"예상보다 더 많은 인원이 사천성에 흘러들어올 수 있잖아요."

가장 먼저 마교의 영역이 되는 성이었다.

"……."

찰그락, 찰그락!

기왓장 밟는 소리, 목조건물 밟는 소리. 흙 밟는 소리.

그리고 활대를 당기는 소리.

쫘아아악!

독무후의 입가가 비틀렸다. 그와 동시에 무수한 살기가 그들에게 드리워졌다.

* * *

겨누어진 살기들 사이로 목소리가 들려왔다.

"이름이 쟁쟁한 당가의 식솔들을 이곳에서 보니 영광이오."

기왓장 밟는 소리와 함께 거한 한 명이 지붕 위로 모습을 드러냈다. 햇볕을 받은 도신刀身이 눈부셨다. 당소소가 그를 보며 눈을 찌푸렸다.

"마웅대의 대주, 부영이 인사를 드리지."

"하아…."

독무후는 한숨을 쉬며 머리를 쓸어 올렸다. 갈색 눈동자가 지붕을 훑었다. 오합지졸이라고는 볼 수 없는, 정돈된 배치, 서로를 방해하지 않는 위치. 합격진[合擊陳]의 훌륭한 예시였다. 촘촘하게 짜인 활의 사거리엔 빠져나갈 틈이라곤 없어 보였다.

"이 정도 병력으로 천하십강의 목숨을 노릴 수 있을 것 같진 않소만…. 그렇다고 발목을 잡을 수 없는 건 아니지. 안 그렇소?"

"……."

"조준!"

척척척!

수십의 인원이 활을 겨누며 모습을 드러냈다. 위기 속에서도 독무후는 가볍게 웃어 보였다.

"흐흣. 요란스럽게도 짖는구나."

한걸음 앞으로 나섰다. 샐쭉한 눈으로 사방을 훑어봤다.

"제자야, 기억하거라."

주먹을 들어 올렸다. 녹풍대원들이 자세를 낮추고 명령을 기다렸다.

"짖는 개는…."

"쏴라!"

쉬쉬쉬식!

주먹이 떨어졌다. 명령이 떨어졌다. 화살이 아래로 내쏘아지며 독무후와 녹풍대를 덮었다. 공기를 찢는 장대한 굉음 속에서도 독무후의 음성이 똑똑히 들렸다.

"무서워하고 있다는 것을."

빠지지직!

나무 찢기는 소리가 들려오며 뇌기를 감은 암기가 화살의 격류를 거슬러 올랐다. 녹풍대가 그늘에 녹아들었다. 민가를 가득 메운 화살 소리가 점점 잦아들고, 이윽고 부영이 손을 올려 사격을 멈췄다.

그의 시선으로 바라보는 민가는 처참하기 그지없었다. 화살이 솟아나지 않은 골목이 없었고, 도란도란 떠들던 그늘 속에 적막이 꽂혀 있었다. 부영은 수신호를 보내며 활을 내리고 무기를 들게 했다.

"확인해라."

"제, 제가 말입니까?"

"…쯧."

말을 더듬으며 한걸음 뒤로 물러서는 마웅대의 대원들. 부영은 혀를 찬 뒤, 뒤로 물러서려는 수하의 엉덩이 또한 걷어찼다. 엉덩이를 차는 찰진 소리가 들리며 부영의 옆에 있던 수하가 아래로 떨어졌다.

"이렇게 신앙심이 없어서야. 어찌 신교의 어린양으로 거듭날 수 있겠나?"

"아, 아악!"

나무상자와 짚으로 짠 울타리가 무너지는 요란스러운 소리와 함께, 마웅대의 수하가 지붕에서 떨어졌다. 그는 주변을 두리번거리며 시체를 확인했다. 빼곡한 화살 속, 그가 찾는 것은 없었다. 대신 다른 것이 있을 뿐.

"당가의 시체로 보이는 것은 없, 없습니다. 대신 이, 이 화살에 꿰뚫린 대나무 통이 남아 있습니다."

"……."

"어어? 머리가…. 쿨럭."

수하는 젖은 기침을 하며 입을 가렸다. 내려보는 시야엔, 핏덩이 한 움큼이 묻어 있었다. 커지는 동공. 그가 위를 올려다봤다. 붉어진 시야 속에서 부영이 혀를 차는 모습이 보였다.

"쿨럭. 대, 대주 님?"

"독을 풀고 도망쳤나. 멀리 가진 못했을 터, 제방 쪽으로 움직여!"

"저, 전…?"

눈에서, 코에서, 입에서, 귀에서. 수하는 칠공[七孔]에서 피를 쏟으며 쓰러졌다. 그의 시야는 지붕 위에 서린 녹색의 그림자를 마지막으로 멎었다.

"녹, 풍…!"

짧은 단말마. 부영은 추격을 위해 몸을 돌렸다. 그리고 예쁘장한 소녀가 그 앞에서 턱을 쓰다듬고 있었다.

"영 늦은 줄만 알았더니, 훈련도 덜 된 개를 풀어놓다니. 아직 여유는 있는 모양이야."

"…이런!"

부영은 곧장 어깨에 걸친 도를 내리쳤다. 독무후는 팔을 들어 올리고 그 도와 일렬로 마주하듯 막아섰다. 그리고 비트는 손목. 도는 부드럽게 장포의 소매 주름을 따라 아래로 흘러갔다. 부영은 얼굴을 일그러뜨리며 도를 회수했다. 불행히도 독무후는 적에게 그런 여유를 줄 인물이 아니었다.

으득!

"큭!"

발등을 짓밟는 작은 발. 그러나 작은 크기와는 다르게 뼈를 으스러뜨리는 소리가 적나라하게 들려왔다. 뻗어 올리는 장저는 턱을 짓이기며 부영의 뇌를 가볍게 흔들었다.

"억…!"

"고작 수십으로 당문의 녹풍을 막으려고 하라더냐. 명령자가 누군진 몰라도 네놈을 퍽 싫어하던 모양이구나."

"네년!"

부영은 고함을 지르며 팔을 휘둘렀다. 주먹에 내기가 실리며 매서운 바람을 일으켰다. 천마신교의 교인이라면 익히고 있는 마령권이었다. 두터운 근골은 부딪히는 모든 것을 으깰 기세였다. 하지만 상관없었다.

바짝 좁힌 거리는 폭풍의 한가운데였고, 미친 듯이 휘둘러대는 주먹은 독무후에게 미치지 못했으니. 독무후는 가볍게 그의 단전을 후려쳤다.

"커흣!"

혈관을 가득 메우며 흐르던 마공이 역류했다. 입가에서 거뭇한 피를 뱉으며 앞으로 고꾸라졌다. 독무후는 옆으로 슬쩍 돌아 그의 몸뚱이를 피했다. 털썩 소리와 함께 지붕을 가득 메우던 수십의 인원이 쓰러졌다. 녹색 그림자들만이 그들의 숨통을 움켜쥐고 명령을 기다리고 있을 뿐이었다.

"이, 련…!"

"일이 끝났다면, 굳이 인원을 보내 우리를 정리하지 않아도 됐겠지. 혹여라도 일이 끝난 뒤, 당가를 정리하기 위해 보내는 인원이었다면…. 너희 같은 오합지졸은 아니었겠지."

"…컥."

부영은 대답 대신 피를 뱉었다. 독무후는 옆에서 바짝 긴장한 태도의 당소소를 바라봤다.

"기억했느냐?"

"…정말 일이 끝났다면, 짖지 않는 개를 보내든지 애초부터 개를 보내지 않았으리라는 것이요."

"그래. 하나의 사건에서 이면을, 사건 전체를 예측할 수 있는 시선. 대게는 통찰이라고 부른단다."

독무후는 부영의 머리채를 움켜쥔 뒤 고개를 들어 올려 얼굴을 드러냈다.

"자, 말하거라."

"무, 엇을…."

"네 명령권자가 전해온 전갈이 있지 않느냐?"

"무슨…."

독무후는 영문을 모르겠다는 부영을 향해 웃었다. 그리고 턱을 쓰다듬으며 말했다.

"너희를 살려서 돌려보내려고 이곳에 보낸 것은 아닐 것 아니냐?"

"……."

"계획이랍시고 본녀가 가주었으면 하는 곳을 네게 흘렸을 터이니, 어서 읊거라."

"개, 소리…."

"괜찮겠느냐?"

독무후는 물음과 함께 빙긋 웃었다.

"지금 어떤 이들에게 제압되었는지, 아직 깨우치지 못한 것 같은데…."

독무후는 턱을 쓰다듬던 손을 내려 그의 등줄기를 훑었다. 오한이 손길을 따라 부영의 이성을 핥았다. 부영의 동공이 흐려졌다. 그녀는 손길을 거두고 다시 그에게 속삭였다.

"서로 편하게 가자꾸나. 너도 여기서 버림패로 쓰이기 싫을 것 아니더냐?"

"……."

부영은 침을 삼켰다. 점점 이성을 잠식하고 있는 마공의 마성魔性마저도, 당가의 독성毒性엔 저항하기를 거부했다.

"…제방으로 오지 못하도록 당가의 인물들을 막아서라 지시했소. 당가의 발을 잠시만 묶는다면 대업은 곧 완수된다고 했소."

"제방은 함정이고. 명령을 내린 자는?"

"독마."

"백진오의 위치."

"그건, 그…. 제방, 그극…."

부영은 별안간 거품을 물며 눈을 까뒤집었다. 목줄기의 혈관이 부풀어 오르고, 안색은 붉다 못해 거무칙칙해졌다. 독무후는 고개를 저으며 부영의 백회혈에 철침 한 자루를 찔러 넣었다.

"끅, 끄으으윽…."

"마혈역류魔血逆流…."

"잘 알고 있구나."

당소소의 말에 독무후는 고개를 끄덕이며 주위를 둘러봤다. 제압했던 모든 마웅대의 수하들이 검은색으로 부풀고 있었다.

"백회혈을 부수거라."

"예."

녹풍대는 독무후의 말에 검은색으로 부푸는 마웅대의 정수리를 내려치기 시작했다. 서두른다곤 했으나, 손은 조금이고 머리는 수십이었다. 채 내려치지 못한 몇 명의 머리가 검은색 핏줄기를 흘리며 으스러졌다. 그리고 폭파하며 건물의 지붕을 그대로 날려버렸다.

당소소는 눈을 찌푸리며 손을 들어 얼굴을 가렸다. 독무후는 부영의 머리채를 놓았다. 넋을 잃은 부영의 흐린 시선은 그 무엇도 담지 못하고 아래로 떨어졌다.

"마땅한 몸의 조화를 무시하고 혈류를 까뒤집어 비인외도非人外道의 방법으로 내공을 쌓으니, 쯧쯧."

"스승님."

당소소는 걱정스러운 눈으로 독무후를 바라봤다.

제방은 뻔한 곳이었다.

독마가 도강언 전체에 걸쳐 쳐둔 거미줄의 중추였으며, 녹풍대원 둘을 삼아먹었고, 백진오가 잡혀 있다는 곳. 심지어 혹여라도 도망칠까 잡졸을 던져 얄팍한 심리가 엿보이는 정보마저 던져준 곳이었다.

정말이지, 뻔했다.

"소소야."

그럼에도 걸어가는 것은 정파의 고지식함이고, 명가의 허례虛禮이며.

"무림인이란 그런 것이다."

무림인의 허식虛飾이었다.

"제아무리 급하더라도, 방도는 달리 있잖아요."

"말해보거라."

"그, 멀리서 화살…, 을 쏜다든지…. 지원을 기다린다든지…. 무튼, 스승님이 그런 위험에 처할 이유는 없잖아요."

당소소는 이해되지 않았다. 어찌하여 노골적인 함정에 정면으로 들어가는가. 그건 마교의 멍청한 작자들이 하는 행동과 다를 바 없지 않은가. 외곽에서 함정을 천천히 무력화시키며 들어가는 것이 맞지 않은가.

내가 따라와 벌어진 일인데, 왜 당신이 위험을 무릅쓰려고 하는 것인가.

"제가, 따라온다고 하지만 않았더라면…."

"네가 따라오지 않았다면."

독무후는 고개를 떨군 당소소에게 다가갔다. 처박힌 시선에 고개를 들이밀었다.

"악적의 도발에 분기를 삭히고 몸을 숙이는, 명예도 모르는 가문이 되었을 것이고, 그 누구도 사천당가를 정파의 오대세가 중 한 곳이라 칭하지 않았을 것이다."

독무후는 당소소의 뺨을 어루만진 뒤 고개를 치켜세워주었다.

"당가가 먼저 움직이지 않아 수면 위에 드러나지 않은 마교의 악행으로 도언강은 이것보다 더 깊은 도탄에 빠졌을 것이다."

"하지만."

"그런데 왜 고개를 숙이고 있느냐? 너와 내가 고개를 숙일 일이 무엇이 있더냐?"

독무후는 당소소에게서 손을 떼고 장포를 여몄다.

"고개를 들거라. 넌 당가의 혈족이자 천하십강 독무후의 제자니라."

"전…."

"내가 걷는 길은 곧 네가 걷는 길이다. 네가 걷는 길은 곧 당문이 걷는 길이다."

독무후는 서서히 눈을 뜨고 있는 백서희를 추스르며 말했다.

"오로지 무공을 배우고 싶어서 이 스승을 택했더냐?"

"……."

"긴 유랑일 테지. 정처도 없고 자신의 위치도 어딘지 몰라 천하를 헤매는 네 마음."

당소소의 숨결이 거칠어졌다. 독무후는 녹풍대원 하나를 호출해 백서희를 부축하게 한 뒤, 독기가 흐르는 제방을 바라봤다.

"네가 누구더냐?"

"전, 독천의 딸이자 당가의 여식…. 독무후의 제자…."

독무후는 잠시 당소소를 바라봤다. 아쉬운 눈초리였다. 허나 틀린 답은 아니었다.

"네가 정녕 명가의 자손이라면, 당당히 걷거라. 적의 더러운 아가리 속으로도, 기품 있는 걸음으로 들어가거라. 그것이 명가의 허례이며 긍지이니."

"네."

독무후는 몸을 날려 지붕 아래로 떨어졌다. 구불거리는 길은 독기에 젖은 강변으로 향해 있었다. 당소소도 침을 꼴딱 삼킨 뒤 조심스런 움직임으로 지붕 아래에 착지했다. 그 뒤로 일사분란하게 뒤따르는 녹풍대원들. 그녀는 뒤를 돌아봤다.

'난….'

녹풍대는 당소소의 발걸음을 기다리고 있었다. 당소소는 다시 앞을 바라봤다. 독무후가 걷고 있었다.

당소소 또한, 앞으로 나섰다.

* * *

민강의 양끝을 이은 제방.

강 중간에 위치한 삼각주를 기반으로 쌓은 둑. 도강언이라 불리는 이 둑은 사천의 젖줄이었고, 재앙이 범람하는 것을 막아주는 사천의 수호신이었다. 그러나 이제 그 수호신은 독물에 잠겨 괴로움을 흘려보내고 있었다.

제방 위에 걸터앉은 독마가 눈을 가늘게 떴다. 강변에서 보이는 여러 그림자가 그의 시야에 긁혔다.

"크큭. 신교의 무인들이 무식하니 뭐니 한다지만, 정파의 꼴통들보단 덜하단 말이지."

"날, 구해준다고, 했, 잖아…."

당가의 행보를 구경하던 독마의 귀로 가래 끓는 소리가 들려왔다. 눈썹을 긁적이던 독마는 거칠게 발을 굴렀다. 아래 깔려 있던 시신이 발길질에 움찔거렸다.

"으윽…."

"본좌는 약조대로 네놈에게 독각혈가의 비기인 독각천시를 알려줬고, 파생무공인 독각혈사연까지 알려주었다. 거기에 독강시를 제조하는 방법을 알려주었는데, 나에게 돌려주는 것이라곤 걸레짝이 된 네 몸과 네 가문의 원한뿐이구나."

"제대로, 알려주지, 않아서, 잖아…!"

"당가의 배교자여."

독마는 시신의 머리를 손가락으로 두드렸다. 시신의 얼굴이 찡그려졌다.

"난, 배교자가, 아니다. 당가를, 더 깊은, 깨달음으로, 이끌, 구원자다."

"핫핫. 네가 왜 독각천시를 제대로 익히지 못하였는지 아느냐?"

"무엇, 이지?"

독마는 실과 엮은 자신의 머리칼을 만지며 말했다.

"사람의 마음이 남아 있어서다. 마공이란 그런 것이니까."

"난, 당가의, 독각혈가의…."

"넌 마신께 바칠 신교의 제물이며, 그분의 눈물이다. 이는 나도 다르지 않다."

독마의 시선이 희번뜩 빛났다.

"십계십마十界十魔. 열 가지 세계에서, 열 가지의 방법으로 마신을 청하니. 시작은 열 곳이었으나 구원은 한 곳이라. 넌 정말로 구원자를 자청할 힘을 가지고 있는가?"

"구원, 내가, 구원이다. 나만이, 진정한, 지식을, 알려줄, 수 있어."

목젖이 굳어 뚝뚝 끊어지는 시신의 이야기를 들으며, 독마는 가소롭다는 듯 웃었다.

"미물에 가까운 버러지가 부르짖는 구원이라. 알고서 지껄인 것 같진 않으나, 참 익살스럽도다."

독마는 시신의 멱살을 움켜쥔 뒤 자리에서 일어났다.

"뭐, 하는, 것…."

"이게 보이느냐?"

독마는 품에서 환약 하나를 꺼냈다. 거무튀튀한 색채와 둥근 몸에선 채 죽이지 못한 비린내가 풍겨오고 있었다. 아니, 비린내가 아니라 피가 썩어가는 고약한 냄새에 가까웠다. 독마는 시신의 입으로 그 환약을 가져갔다.

"계요명환戒要命丸이라는 약이다."

"목숨을, 구하는, 것을, 경계한다?"

"네 나약한 인성을 고치고, 비루한 마공을 더욱 진일보시킬 독단이지. 먹는다면, 네 이성은 마성으로…."

독마의 말이 채 끝나기도 전에 시신은 계요명환을 목구멍으로 넘기고 있었다. 독마는 코웃음을 치며 멱살을 쥔 손을 놓았다.

"너무 전형적이라 보기 드문 종자로군."

꿈틀거리는 시신이 제방 아래로 떨어졌다.

* * *

검보라색으로 물든 강은 축축한 물기 대신 불쾌한 독기를 흩뿌리고 있었다. 앞서 나가는 독무후의 어깨 너머로 멀리 제방이 보였다. 여러 갈래로 찢어놓은 강줄기 옆의 논밭은 불길로 흔들리고 있었다. 그 모든 광경을 바라본 당소소는 파리한 얼굴로 걸어가는 백서희에게 눈을 돌렸다.

백서희는 잠시 당소소와 눈을 맞추더니 다시 고개를 돌렸다.

"무슨 생각하는지 알아."

"……."

비틀거리는 백서희는 장검을 짚으며 멈췄다. 깜빡이는 눈에선 수많은 말들이 물결쳤다. 하지만 내뱉어야 할 말은 하나였다.

"다 끝나고. 모두 다 끝나고 이야기하자."

"응."

"…아직 백능상가에서 다 못 봤던 장도 봐야 하잖아?"

"하하…."

어설픈 익살로 당장의 비애를 덮었다. 검집이 잘그락거리는 소리와 함께 백서희의 걸음이 앞으로 향했다. 당소소도 힘겹게 그려놓은 웃음을 털어내며 뒤를 따랐다.

걸음은 이어지고, 요란한 물소리는 잦아드는 대신 더 깊어졌다.

강의 수위를 다스리기 위해 여러 갈래로 찢어놓았던 지류들이 점차 한 줄기로 합쳐지고, 마침내 도달한 제방의 광경이 그녀들을 맞이했다.

신비로운 안개가 흐르며, 자연과 인위가 한데 엮여 조화를 이루던 제방을 이루는 다리와 산수. 안개에선 신비 대신 독물의 악취가, 산수는 재가 되어 거뭇한 혼란을 자아내고 있었다. 그리고 제방으로 이어지는 모든 다리를 끊어 제방은 인위로 덧씌운 세상과 단절된 듯했다.

오로지 제방 앞 삼각주로 향하는 다리 단 하나가 남았다.

"낭만이 있구나."

독무후는 앳된 웃음을 지으며 다리 앞에 멈춰 섰다.

"낭만을 찾는 아해들은 대게 끝이 좋지 않은데 말이야."

다리 아래로 독물들이 꿈틀거리고, 물뱀들이 물줄기를 타고 흐르고 있었다. 아래를 내려다본 당소소는 눈살을 찌푸리며 생각했다.

'대체 이 많은 독물을 어디서 준비한 거지? 배후는….'

제아무리 마교라지만, 그 먼 거리에서 이만큼의 물자를 수송할 수는 없는 노릇이었다. 자연스럽게 도출되는 답안은 배후가 있다는 것. 당소소의 기억 속에서 당장 짐작되는 이들은 없었다. 중원의 여러 성을 아우르는 소설이었기에 그에 맞는 악역들도 많았고, 흑막도 많았기에.

호북성의 성도, 무한武漢에서 암약하는 폐주편복회廢州蝙蝠會. 섬서성의 유명한 암시장, 월화원을 운영하는 월광선月光船 등등. 사천성은 얼마 전 멸문한 흑림총련의 두 흉수, 천괴와 학귀가 있었다.

그녀의 미간이 좁아졌다. 독무후의 가르침이 머리를 훑었다. 하나의 사건에서 사건 전체를 유추할 수 있어야 한다는 가르침.

'…아는 게 너무 많아도 문제란 말이지. 떠올려나 볼까.'

지금은 이야기의 초반부. 주인공은 예향과의 일을 끝마치고 호북성을 떠나 호남성의 그 유명한 동정호洞庭湖에서 객잔들의 전쟁과 함께 유람을 즐기고 있을 것이다. 그 전쟁에서 예향에게 쏘아낸, 독이 발린 암기를 막아내고 예향과 함께 사천으로 향하는 것이 이 권까지의 이야기다.

초반부이기에 드러나지 않은 세력들도 많고, 접근할 수 없는 인물들도 많다. 거기에 작가가 즐겨 쓰던, 사실은 더 나쁜 놈이 있다는 흑막의 흑막 또한 등장하지 않는다. 사천성의 흑림총련이 그저 마교의 끄나풀에 불과했단 사실도 작중 최후반부에나 등장하는 이야기니.

당소소는 동공을 좁히고 마지막으로 떠올린 생각의 꼬리를 잡았다.

'흑막의 흑막.'

간단한 유추였다. 저 먼 곳에서 회족들과 영역 다툼을 하던 마교가 이 정도 물자를 운용할 수 있을 리 없고, 십계십마의 둘 그것도 가문의 수장을 맡은 자들이 직접 움직였으니. 흑림총련의 흑막은 마교였고, 마교의 도강언 습격을 돕는 흑막이 있을 거라는 생각은 누구나 할 수 있었다.

그렇다면 당소소의 기억에서 그들은 누구인가. 사천성은 온전히 마교의 손아귀에 들어왔다. 마교는 후반부에 모든 세력을 위협하는 최종 악역으로 몸집을 불린다. 사파는 휘하로, 정파는 세뇌로. 그리고 황실은 암투로.

생각에 빠져 있던 당소소의 눈이 점점 초점을 찾아갔다.

"스승님."

"왜 그러느냐."

"분명 관의 흔적이 있다고 하셨죠?"

"화약은 황실에서 엄히 규제하는 품목이다. 관이 아니면, 우리 당가에서나 복잡한 허가를 받아 쓸 수 있을 정도야."

당소소를 돌아보는 독무후. 시선이 맞는다.

"천자께선 지금 자신의 숙부 때문에 곤욕을 치르고 있죠?"

"제법 황실의 이야기를 아는구나. 맞단다. 번왕들이 골치를 썩이고 있지. 그중에서도 유별나게…."

"번왕藩王, 연군燕君."

"…그래. 그놈이 꽤 골치란다."

쌍검무쌍의 배경은 명나라 초기에 뿌리를 두고 있다. 물론 온전히 역사를 떼어다가 붙이진 않았다. 명明이라는 나라 이름은 요曜로 바뀌었고, 왕족의 성씨 또한 달랐고, 문화 또한 명나라와 청나라의 것들이 혼재해 있었다.

그렇지만 뿌리가 명나라이기에 필연적으로 일어날 사건 하나가 있었다.

'만리장성 북쪽으로 몰아낸 망국의 잔당들을 일선에서 막던 연왕. 그가 황태자의 자리에 오르는 데 실패해 반역을 일으킨다.'

역사 속에선 정난의 변이라 불리는 사건이었다. 그렇기에 쌍검무쌍 속에서도 예외는 없었다. 다른 점은 소설 속 황제가 본래의 역사처럼 본격적으로 번왕을 홀대하진 않았다는 점. 그로 파생되는 일은.

"연군은 군부를 장악하고 있고, 호시탐탐 황좌를 노리지 않나요?"

"…오호라."

당소소의 발언에 독무후의 눈이 휘어졌다.

시대가 평온하면 검은 녹슨다. 대신 벼루가 젖는다. 군인들은 중심에서 멀어져 홀대받고, 학자들이 중심으로 다가가 시대의 주역이 된다. 연군은 군인들의 마음을 잡았고, 사실상 지방의 군부는 모두 그의 계파라 칭할 수 있었다.

휘어진 눈으로 본 다리 건너편에 일단의 무인들이 도열해 있었다.

"끄나풀의 끄나풀이 등장했구나."

"당가의 무인들은 이리 와 흑림총련의 원을 받아가거라!"

어깨에 붕대를 감고 산발이 된 머리를 휘날리며 서 있는 사내. 넝마가 된 옷에선 그의 말대로 원망이 땟국물이 되어 흐르는 것 같았다. 흑림총련주의 등장이었다. 도열한 무인들도 비슷한 행색인 것으로 보아, 멸문한 흑림총련의 잔당임을 짐작할 수 있었다. 독무후는 피식 웃었다.

"어쩐지 저 미꾸라지 하나를 못 찾았다고 하더니…. 마교의 손에 들어가 있었군."

독무후가 제방으로 향하는 다리를 건넜다. 당소소가 뒤를 따랐고, 백서희가 나란히 걸었다. 그리고 녹풍대가 움직이기 시작했다. 흑림총련주의 목울대가 움찔거렸다. 자신들을 당가의 그림자라 칭하던 회색 옷의 무인들이 떠오르며 오금이 저려왔다.

— 독무후를 죽이는 것까진 바라지도 않는다.

하지만 요마의 편에 서서 사천교류회의 습격을 실패한 자신은,

— 당소소를 포획하거나, 백서희를 죽여라.

어떠한 선택도 할 수 없었다.

— 그러면 네놈을 살려주도록 하마.

"흑림총련의 동지들아!"

흑림총련주가 쉰 목소리로 외쳤다. 무인들이 갖가지 병기를 뽑으며 고함을 질렀다.

"악랄한 당가에게 우리의 원한을 돌려주거라!"

그는 손에 든 창으로 땅을 한 차례 찍었다. 무인들이 그 진동에 발맞춰 앞으로 걸어나갔다. 걸음은 달음박질로, 달음박질은 이내 보법으로 뒤바뀌며 독무후와 당소소를 향해 쏘아졌다.

"막내가 해볼 테냐?"

녹풍 이 호가 피에 젖은 붕대를 감고 있는 녹풍대원을 보며 물었다. 그는 대답 대신 최후열에서 걸어 나가 독무후 앞에 섰다. 크게 들이쉬는 숨결에 당가의 독문심공, 만류귀원신공이 움직였다.

"아직 녹색 바람이 불거늘 어찌 당가에 다가오느냐!"

노호성과 함께 녹풍대원이 그들을 마주쳐갔다. 분명 많은 숫자였다. 독도 모두 소비했고, 암기 또한 모조리 동났다. 그러나 당가의 무서움은 독과 암기에서 비롯됨이 아니었으니.

"잡아라…! 읏?"

창을 찔러오던 선두 무인의 창이 녹풍대원의 왼손에 잡혔다. 확 잡아당겨 그를 끌어왔다. 오른 주먹은 다가오는 선두의 콧등을 그대로 뭉개주었다.

"컥!"

"난간을 밟고 적을 노려!"

내공을 휘돌려 보법으로 난간을 밟으며 뛰어오는 무인들. 양쪽을 점거하며 동시에 검을 찔러갔다. 녹풍대원은 내밀었던 오른 주먹을 접어, 팔꿈치로 오른쪽 검을 아래로 쳐냈다. 왼쪽 검은 빼앗은 창을 놀려 옆구리에 바짝 붙여 교착시켰다.

"아아아악!"

접혔던 오른팔은 곧장 펼쳐지며 오른쪽의 무인을 허공으로 띄워버렸고, 비명에 당황한 왼쪽 무인의 다리엔 창이 박혀 독기의 강 아래로 떨어졌다.

그를 기점으로 물밀듯이 밀려오는 무인들. 그러나 그들은 사파의 패잔병. 기껏해야 이류의 수준을 벗어나지 못하는 잡졸들이었다. 당가의 정예 중 정예인 녹풍대원을 넘어서기란 요원한 일이었다.

다섯이 강으로 떨어지고, 셋의 얼굴이 으깨져 다리에 길게 누운 시점. 독무후는 뒤도 돌아보지 않고 멀어지는 흑림총련주를 보고 있었다.

"녹풍대."

"옛!"

"소소와 백능상단의 규수를 잘 돌보고 있거라."

"명 받들겠습니다."

독무후는 가볍게 뛰어 전장을 넘고, 흑림총련주의 뒤를 쫓았다. 녹풍 이 호가 당소소 앞으로 걸어가며 말했다.

"아가씨, 제 뒤에 서시지요."

"…예."

호위를 받는 것이 영 어색했지만 당소소는 고개를 끄덕이며 한걸음 뒤로 물러섰다. 밀려오는 흑림총련의 잔당들은 점점 뒤로 물러서고 있었다. 녹풍 이 호는 전방에서 적을 격퇴하고 있던 녹풍대원에게 말했다.

"막내야."

"예."

"쉬어라."

녹풍 이 호의 말에 가타부타 따르는 사족은 없었다. 막내라 불린 녹풍대원은 내공을 거두고 뒤로 물러섰고, 그 앞을 다른 녹풍대원들이 채웠다. 흑림총련의 잔당들은 그 삼엄함에 감히 더 이상 앞으로 나아갈 수 없었다.

"련주 님이…?"

"이 육시럴 새끼!"

설상가상 흑림총련주의 도주가 확인된 상태였다. 사기가 눈에 띄게 떨어져 바닥을 쳤다. 녹풍 이 호는 허리춤에서 암기를 움켜쥐며 당소소를 흘겨봤다.

"명령을."

"저, 저요?"

"…그럼 누구겠니."

백서희의 가벼운 핀잔. 당소소는 당황을 덜어내고 목을 가다듬었다.

"녹풍대."

"옛!"

"씹창을 내버려."

"…예?"

녹풍대원들은 당소소의 입에서 나온 말에 순간 움직임을 멈췄다. 모든 시선이 당소소에게로 향했다. 당소소는 눈을 끔뻑였다. 그리고 멋쩍은 웃음을 지으며 정정했다.

"그냥 조져버려."

"……."

"…없애버려."

"예."

당소소의 명을 받아 녹풍대가 움직였다. 당가의 정예를 맞아 적이 할 수 있는 것이라곤, 호흡을 멈추고 도망가는 것뿐이었다.

* * *

제방의 축을 담당하는 기둥이 보였다. 민강의 수위를 조절하는 거대한 벽이 있었다. 삼각지의 끝이었다. 그 기둥을 바라보던 흑림총련주가 슬쩍 웃음을 보였다. 하지만 서둘러 웃음을 지우고 뒤돌아서서 비명을 질렀다.

"으, 으아악! 오지 마, 오지 마!"

"시간이 없으니, 한 번에 끝내자꾸나."

뇌전을 두른 촌철이 그의 미간으로 날아들었다.

"마침내 최종국면이군. 알면서도 걸어오는 그 광오함은 과연 신교의 무인과 비견될 만하다."

멈췄다.

허공에 멈춘 촌철을 기준으로 공간이 젖혀지며 상아색의 비단옷이 물결쳤다. 독무후는 요대를 풀어 땅에 내던졌다.

"손도 없는 놈이 잘도 잡는구나."

"어린 몸으로 이곳까지 오느라 꽤 고생이 많았을 듯한데."

요마는 움켜쥐고 있던 촌철을 다시 독무후에게 던졌다. 상아색의 불꽃, 요선지화가 발려 있는 촌철이 독무후에게 날아갔다. 독무후는 촌철을 가볍게 받아내며 한차례 털었다. 요선지화가 마치 물방울 털려나가듯 흩어졌다.

"사천투봉. 아쉽게 되었어."

"무엇이 아쉽게 되었다는 게냐? 너희가 번왕의 의뢰를 받고 서군도독부의 지원을 받은 것?"

독무후 주위로 상아색 무복의 마교도들이 모여들었다. 독무후가 그들을 둘러보며 말했다.

"사천에 환란을 일으켜 정반대 쪽으로 시선을 돌린다."

"그리고 정반대편에 위치한 번왕 연군은 세력을 확장하겠지."

요마는 웃으며 독무후의 말을 대신 이어갔다. 독무후는 얼굴을 굳힌 채 그의 말을 받았다.

"연군씩이나 되는 황실의 핏줄인데, 너희 정도 위치의 인물들이 움직이지 않는다면 어울리려고 하지 않겠지."

"과연, 노강호. 척하면 척이라니까."

독마의 음성. 독무후는 위를 바라봤다. 제방에 독기를 뿌리고 있던 독마가 그녀의 시야에 들어왔다.

"천하십강, 독무후. 달리, 독공의 종주라는 독종[毒宗]이라 불리는 이여."

오염된 강물에서 뿜어지던 독기가 그의 주위에 둘러졌다. 완연한 실체로 구현되는 독구름. 진정한 모습으로 펼쳐지는 독각혈사연의 모습이었다. 그가 제방 아래로 추락했다. 마치 그을음인양 그의 움직임을 따라 독연이 길게 늘어졌다.

"이제 그 칭호는 이 독마가 가져가마."

강철과도 같은 그의 육체가 땅에 닿았다. 긴 충돌음이 들렸다. 독연이 그녀 앞에 피어났다.

"…흐흣."

독무후는 그저 웃을 뿐이었다. 요마가 모습을 감추며 말했다.

"웃을 시간이 있을까?"

목소리가 메아리치듯 울렸다.

"이곳에 와놓고, 분명한 사실을 하나 잊고 있구나."

"무엇이지?"

"네 제자의 목숨이 경각에 달렸다는 것을."

"……."

독무후의 얼굴이 일그러졌다. 그와 동시에 상아색 무인들이 독무후를 향해 몸을 날렸다.

* * *

청성산青城山의 새벽은 시리고 맑았다. 고산지대의 헐거운 기압과 싸늘한 기온이 얽혀 온 봉우리가 쾌청함에 잠기고, 발아래 걸린 구름은 이곳이 산인지 바다인지 구분하기 어렵게 만들곤 했다. 청성파의 제자들은 그 꼭두새벽의 쾌청을 빌려 잠기운을 털어내고 정신을 가다듬었다.

운령 또한 해가 뜨기 직전의 군청빛 세상을 만끽하며 높은 봉우리로 걸어 올라가고 있었다. 지나치는 유엽진인의 방이 밝았다. 운령은 소리 나지 않도록 조심스레 고개를 숙인 채 장문인실을 지나 상청궁上淸宮으로 향했다. 상청궁 앞 거대한 바위에는 대도무위大道無爲라는 글씨가 새겨져 있었다.

"…사형은 아직 주무시고 계신가 보네. 히힛."

운령은 혼잣말을 하며 손을 모아 입김을 호 불었다. 제법 쌀쌀해진 날씨 탓인지 상청궁의 지붕엔 얕은 서리가 앉아 있었다.

얼추 손이 녹았는지 운령은 코를 훌쩍이며 상청궁 안으로 들어섰다. 천신天神들의 수하인 천군天軍의 형상이 그려진 벽화가 그녀를 반겼다. 더 안쪽으로 들어가자 검소한 도관 안에 모셔진 여러 천신들의 좌상이 운령을 감싸며 맞이했다. 그 가운데에 거대한 청동향로가 아직 꺼지지 않은 등불에 빛났다.

후우웅—

가볍지만 한기를 담은 바람이 한차례 불어왔다. 향로 옆에 심어진 푸른 소나무가 고개를 까딱이며 운령을 반기는 듯했다. 바람결에 묻어 나오는 향냄새. 운령은 품속에서 향을 꺼내 등불로 불을 붙이고 향로에 꽂은 뒤 합장을 했다.

"원시천존元始天尊."

가장 높은 자리의 천신의 이름을 외고 한차례 합장을 했다. 깊게 숨을 내쉬어 밤새 쌓였던 탁기를 털어내고, 숨을 크게 들이켜며 몸 내부를 말끔히 닦았다.

"후우…."

몇 차례의 심호흡이 끝나고 합장을 끝낸 그녀는 흐트러진 옷을 정리하며 주위를 두리번거렸다. 하지만 기다리는 사람은 아직까지 모습을 보이지 않았다.

"흠흠, 운기조식 하다 보면 오시겠지?"

운령은 멋쩍은 표정을 지으며 가부좌를 틀었다. 단전에 깍지 낀 손을 올리고 눈을 감고 내공심법을 행했다. 부드럽고 완만한 호흡. 속가제자들이 배운다는 옥청심공玉淸心功이었다. 느릿하게 움직이는 떨림을 타고 내공이 혈맥을 휘돌았다. 사형이 오기 전까지 깊게 집중하고 싶지 않다는 마음의 발로였다.

"……!"

집중하기는커녕 오히려 바짝 세운 기감으로 느낀 인기척. 운령은 서둘러 운기조식을 마치고 자리에서 일어나 뒤돌았다.

"사형, 왜 이렇게 늦었…?"

"미안하군. 네 사형이 아니라서."

스릉.

반가운 목소리 대신 서늘한 검의 울음소리가 들려왔다. 웃음기를 머금은 운령의 눈이 차갑게 가라앉았다.

"누구냐."

"의미 없는 것을 물어보는군."

등불의 그늘 아래 있던 차가운 검광이 그녀를 훑었다. 일렁이는 그림자에서 상아색 옷을 입은 검객이 모습을 보였다. 칠 척은 훨씬 넘어 보이는 거대한 체격에 검을 단호하게 움켜쥔 주먹. 그리고 몸에 어떠한 흔적도 남지 않았다는 것이 범상치 않은 자임을 말해주고 있었다.

운령이 운기조식을 하던 이곳은 바로 상청궁이었으니까. 청성산의 가장 높은 곳에 위치한 도관道觀이었고, 장문인의 바로 아랫배분인 일대제자 이상만이 자유롭게 출입할 수 있는 청성파의 성지聖地였으니까.

그녀는 곧바로 내공을 휘돌리며 허리춤으로 손을 가져갔다. 빈 허공이 움켜쥐어졌다.

'아뿔싸…. 정갈히 기도를 한다고 검을 놓고 왔지.'

운령은 허리춤으로 향했던 시선을 조심스레 앞으로 돌렸다. 감정 없는 걸음걸이는 그녀의 사정을 고려하지 않고 점차 다가오고 있었다.

운령은 침을 삼키고 오른발의 위치를 반 발짝 뒤로 놓았다. 약간 가라앉는 무릎. 굳건한 자세였다. 긴장되는 손짓으로 오른손을 내밀고, 왼 손등으로 오른손의 손목을 받혔다.

절예絕藝, 쇄심장碎心掌.

곧게 펼쳐졌던 손마디의 끝마디가 꺾이고, 혈맥을 부드럽게 흐르던 내공이 축을 기준으로 운령의 의지에 따랐다.

회전하는 발끝을 따라 힘은 굳게 박힌 하체의 축으로 흘렀다.

앞으로 딛는 오른발. 앞으로 꺾이는 허리.

괴한이 휘두르는 검로를 예측함과 동시에 힘의 축이 비틀려 방향성을 가진다.

서늘한 검풍이 그녀의 윗 머리칼을 쓸어 넘기고 지나갔다.

콰득!

돌바닥마저 파고들 정도로 정심한 내공을 실은 발끝.

거칠게, 더욱 거칠게.

삿된 것을 부수어 무위無爲로.

오른손이 반회전하며 아래로 꺾이고, 내밀어진다. 힘이, 내공이 비틀린다.

힘이 나선을 따라 흐른다는 전사경纏絲勁의 묘리를 싣고 괴한의 거궐혈을 부수기 위해 쇄심장이 치달았다.

지잉.

마찰음은 고요하고, 깊은 울림이 있었다. 쇄심장은 적을 꿰뚫고 지나갔고, 검에 스친 머리천이 두 쪽으로 갈려나가며 바닥에 떨어졌다. 운령은 적을 꿰뚫었던 쇄심장을 회수했다. 꿰뚫었으되, 적은 그곳에 없었다. 아릿한 고통이 손가락을 타고 흘렀다.

"검을…."

"잘 봤어야지."

검과 그의 위치가 바뀌었다. 쇄심장을 때려박은 거궐혈은 그곳에 없었고, 발경의 영향으로 진한 떨림으로 울고 있는 검이 있을 뿐이었다. 그리고 뒤에서 느껴지는 인기척. 괴한이 떨리는 검을 점차 운령에게 들이밀고 있었다.

"대업을 위해 죽어라."

'…신기神技에 가까운 보법이었다. 내 상대가 아니었어.'

운령은 눈을 감고 입술을 깨물었다.

체념에 젖은 자신의 얼굴이 검에 비쳤다.

이젠 만날 수 없는 부모의 손 대신, 검을 쥘 때부터 떠올리던 순간이었다.

자신도 언젠간 검 끝에 맺힌 이슬이 되어 사라진다는 것.

고뇌는 짧은 삶의 모든 것이었고, 결과는 찰나였다.

'아쉬운 것이 있다면, 한 번. 단 한 번만. 사형의 얼굴을 봤다면….'

챠륵!

검광은 번뜩이고, 피륙이 갈리는 질척한 소리가 울렸다.

"……."

끊어져야 할 정신이 이어져 있었다. 운령은 손가락으로 자신의 목을 훑고, 떨리는 눈꺼풀을 들어 손을 바라봤다. 흐릿한 시야로 보이는 하얀 손가락엔 식은땀만 번들거릴 뿐이었다. 눈을 크게 떠 앞을 확인했다.

"…같잖은 잡념이 네 명상을 방해했나 보구나."

푸른색의 눈이 휘어지며 그녀를 반겼다. 운령의 눈에선 눈물이 왈칵 쏟아졌다. 그토록 보고 싶었던, 자신의 가족이 괴한의 목을 움켜쥐고 있었다.

"사형…. 운류 사형…!"

"뒤로 물러서 있거라, 운령."

"네, 네…!"

운령은 코를 훌쩍이며 눈물을 뚝뚝 흘리곤 뒤로 물러섰다. 그의 눈이 괴한의 눈을 훑었다. 괴한의 검은 움찔거리긴 하지만 차마 휘두를 엄두조차 내지 못하고 있었다. 목을 죄는 손에 더욱 힘을 주며 그를 벽으로 밀어붙였다.

쾅!

부딪힌 곳의 기둥 전각이 떨리며 서리를 털어냈다. 그는 괴한에게 얼굴을 들이밀며 속삭였다.

"…환요대주, 네놈. 무슨 짓이지?"

"부, 부교주 님의…. 요마 님의 지시입니다. 소교주 님."

"장패군…."

손이 바르르 떨리며 더더욱 힘이 들어갔다. 괴한의 얼굴이 붉게 물들었다. 그는 서둘러 목이 으스러지지 않기 위해 내공을 휘돌렸다. 선명한 불쾌감으로 빛나는 눈길이 괴한을 마주봤다.

"내공 풀어."

"……."

"네 얼굴 가죽을 뜯어 천마청에 걸어놓기 전에."

"크, 컥…."

사마문은 그에게 얼굴을 들이밀며 물었다.

"부교주의 지시가 내 지시보다 먼저인 게냐?"

"아닙, 아닙…!"

"내 유희를 방해하지 마라, 버러지야."

"전, 저는…. 그럴 생각이…."

사마문은 그를 바닥에 내동댕이치며 내려다봤다.

"그럼 어떤 생각이었지?"

"소교주 님의 신변을…. 말끔하게 정리하고자…, 했습니다…. 교의 임무로 만난 저런 솜털도 안 가신 계집 때문에…. 앞길을, 더럽혀선 안되기에…."

"내가 말하지 않았나?"

환요대주의 말을 듣던 사마문은 그의 거궐혈에 발을 올렸다. 그리고 그를 내려다보며 혀로 입술을 핥았다.

"…내 식도락이라고."

"……."

"머지않아 돌아올 날, 내 밑에 깔려 신음하고 절규하는 그 모습을 보려고 했거늘…. 감히 어느 안전이라고."

"…죄송합니다. 읍!"

가슴을 짓누르는 힘이 더욱 강해졌다. 그가 발로 누르고 있는 곳은 역설적이게도 쇄심장이 노리던 바로 그곳이었다.

"네놈이 이곳에 있다는 건, 당소소에게도 변고가 생겼다는 뜻이렷다?"

"예. 독각혈마의 가주와 부교주 님이 가 계십니다…."

"……."

"허윽, 으윽!"

환요대주는 절로 튀어나오는 비명을 짓누르며 이를 깨물었다. 사마문은 고통스러워하는 환요대주에게 얼굴을 들이밀며 말했다.

"만약 당소소에게 상처를 입혔다면…."

"헉, 허억!"

"내가 너흴 버리겠다."

사마문은 으르렁거리며 환요대주의 가슴에서 발을 치웠다. 환요대주는 고통에 숨을 몰아쉬며 물었다.

"그, 그 계집이 무엇이기에…."

"호오?"

"무엇이기에, 그리 집착하시는 겁니까. 그저 얼굴이 반반한 계집일 뿐, 장차 신교의 교주가 될 소교주 님이 집착할 만한 가치는 없는 년입니다…!"

사마문이 웃었다. 계속해서 웃었다. 웃음이 멈추질 않아, 입을 가리고 웃었다.

"너희는 나에게 무엇을 바라지?"

"어떤 말씀인지…?"

"내가 교주의 자리에 올라 가장 약한 가문이라 평가받는 너희 가문을, 신교제일가로 만들어주길 원하지 않느냐?"

환요대주는 그 말에 대답할 수 없었다. 사실이었으니.

"너희가 그렇듯, 나 또한 독화에게 바라는 것이 있다."

사마문은 입을 가리던 손을 치우고, 힐쭉 웃었다.

"평생을 걸쳐 내 곁에서, 수많은 목소리로 이 무료함을 달래라고."

"여색은 식도락에 불과하다고 하지 않으셨습니까? 어찌하여…."

환요대주의 물음. 사마문은 허공을 바라보며 잠시 고민했다. 그리고 밝아오는 새벽을 보며 입을 열었다.

"사람은 하나의 소리로 운다. 여태 겪어왔던 여성들이나, 네놈도 마찬가지로 모두 그랬어. 그런데 그 년은 그렇지 않았어."

그의 눈이 휘어졌다.

"짓밟고 부숴버리고 싶은…. 다양한 모습이…."

사마문은 잠시 눈을 감고 어깨를 살짝 떨더니, 반개한 눈으로 환요대주를 내려다봤다.

"항명의 대가는 죽음이라는 건 알고 있지?"

"예."

"하지만 네놈을 죽인다면, 짜증남을 넘어선 귀찮음이 다가올 테지."

"…예."

그는 환요대주가 떨어뜨린 검을 주웠다. 파리한 예기가 어린 명검이었다. 검을 이리저리 뜯어보던 사마문이 환요대주에게 말했다.

"도강언이렷다?"

"독각혈가의 행선지가 그곳입니다."

사마문은 고개를 끄덕이며 환요대주의 검집을 바라보며 손가락질을 했다. 환요대주는 몸을 추스르고 일어나 그에게 검집을 바쳤다. 깔끔한 손짓으로 납검을 한 사마문이 말했다.

"항명의 대가로 네놈의 이름을 빌리도록 하지."

"이름, 이라면…."

"도강언엔 네놈의 이름으로 찾아갈 것이다."

"……."

환요대주의 안색이 여러 생각으로 착잡해졌다. 사마문의 눈썹이 들리며 환요대주를 훑었다.

"단전을 으깨주어도 무방하다만?"

"…부디, 옥체 강녕하시길."

환요대주는 길게 읍을 했다. 사마문은 그 인사를 받는 둥 마는 둥하며 검을 허리에 찼다. 물러서는 환요대주의 뒤를, 웃는 상의 청년이 막아섰다.

"어이쿠. 조심해야지."

환요대주가 뒤를 돌아봤다. 청년의 얼굴을 확인하고, 붉었던 얼굴에 핏기가 가셨다.

"과, 광귀狂鬼."

"네 뱃가죽은 무슨 소리를 내는지 궁금한걸."

청년은 손마디를 뚜둑 꺾으며 그를 바라봤다. 검은색으로 물든 그의 손톱이 퍽 위험해 보였다. 회색 옷을 입은 여인이 나타나 그를 막아섰다. 요재였다.

"가세요."

"…감사합니다, 아가씨."

환요대주가 서둘러 물러나자, 광귀는 침을 뱉으며 요재를 노려봤다.

"제 식구라고 항명자를 감싸주기는."

"저자를 죽이면 벌어질 일에 대해서 생각해."

"무엇을 그리 심각하게 생각해?"

광귀는 인상을 쓰며 말했다.

"다 죽이면 되는데."

"들을 가치도 없네."

요재는 고개를 저으며 그림자 안으로 몸을 숨겼다. 광귀는 이죽거리며 눈을 들었다. 사마문에게로 다가오는 운령이 보였다. 그는 혀를 차며 요재의 뒤를 따랐다. 그들이 사라지자 사마문은 고개를 들어 운령을 바라봤다.

"사, 사형…. 몸, 몸은 괜찮으신 거예요? 다치신 곳은 없죠? 사형이니까…. 헤헤…."

운령은 눈물 자국이 역력한 얼굴로 웃었다.

"죄송해요. 제 수련이 너무 부족하여서…. 그치만, 운류 사형이 있으니까. 안심하고 열심히 수련할게요!"

"……."

사마문은 운령의 말에 뺨을 긁적였다. 그리고 자신을 바라보는 천신상들을 훑어보며 말했다.

"네 수련이 무엇이 부족하지?"

"네?"

평소의 따스한 어투와는 다른 싸늘한 말에 운령은 퍼뜩 놀라며 웃음기를 감췄다.

"까놓고 말해서 이 청성산에서 가장 뛰어난 자가 너다. 헌데, 가장 열심히 하는 자 또한 너다."

"사, 사형도 참…."

"그러니 이런 영락한 문파로 취급받는 것이 당연하지."

"…예?"

사마문은 나른한 표정을 지으며 한 개비의 향만이 타고 있는 청동향로를 바라봤다.

"운자 돌림의 배분이 이 산에서 너 하나뿐이더냐?"

"다른 사형들은 일이 바쁘셔서…."

"일이 바쁘기에 구도求道를 멀리한다? 재밌는 일이야."

사마문은 허리춤에 손을 가져가 천천히 환요대주의 검을 뽑았다. 수상한 낌새에 운령이 그를 불렀다.

"사형?"

"일대제자들은 구파일방이라는 허명에 젖어 길을 잃었고, 나머지는 길에도 미치지 못한다. 그리하여 구파일방의 말석이라 불리는 수모를 겪고 있지."

"왜, 왜 그래요. 무섭잖아요…?"

사마문은 검을 들어 운령을 겨눴다. 운령은 떨리는 동공으로 그 검끝을 바라봤다.

"어, 어…?"

"그들이 희망이라고 내세우는 너마저도…. 유약하기 그지없을 뿐."

"사형이 있잖아요. 그러지 마세요…."

사락.

운령의 목으로 사마문의 검이 드리워졌다. 얕은 생채기가 나며 핏방울이 길게 흘렀다. 그녀의 눈에도 그와 비슷한 눈물방울이 자국을 따라 흘러내렸다.

"사형…? 장난, 장난이 심해요. 사형이 절 여기서 보자고 하셨잖아요…?"

"부모를 잃고 둘 곳 없는 애정을 나에게 비벼대는데…."

사마문은 고개를 저으며 미간을 찌푸렸다.

"귀찮고 거슬려."

"그러지 마요, 제발. 갑자기 왜 그러시는 거예요…?"

"문파인 체하는 이 어설픈 곳은, 도를 추구한다는 소꿉놀이를 하고 있지. 더는 있을 연유가 없는 곳이다."

사마문의 검이 움직였다. 운령의 눈이 질끈 감겼다.

캉!

쇠가 갈리는 소리와 함께 청동향로가 사선으로 갈리며 바닥을 나뒹굴었다. 요란스런 소리와 함께 사마문과 운령의 시선이 마주쳤다.

경멸과 불신.

적나라하게 묻어나는 감정에 운령은 주저앉아 사마문을 보며 눈물을 흘렸다.

"제가 잘못했어요. 다시는, 다시는. 사형에게 기대지 않을게요."

"늦었다."

"제발 가지 말아요…."

"또 소꿉놀이를 하려고 드는군."

사마문은 운령의 절규에 코웃음을 쳤다. 너무나도 간절한 그 음성에도 사마문은 조소를 지으며 운령을 지나쳤다. 그녀는 사마문의 옷자락을 붙잡았다.

"열심히 수련할게요. 그, 울지도 않고…."

운령은 황급히 눈물을 닦고 억지로 웃음을 지었다.

"본산에서도 아는 척하지 않을게요. 그냥, 여기에 계셔주기만 해주세요…."

"질척거리는구나."

사마문은 거친 손길로 운령을 뿌리쳤다. 그녀는 바닥에 엎어지며 참았던 눈물을 쏟아냈다.

"흑, 흐윽…."

"이 푸른 구름이 더는 노을에 적셔지지 않을 때까지. 마주치지 말도록."

사마문이 입에 담은 말은 청성파의 파문제자에게 던지는 한마디였다.

자신이 청성파를 떠나겠다는 것을 천명함과 동시에 운령에게도 절교를 선언하는 말이었다.

"찾지 마라."

매몰찬 걸음이 상청궁을 떠났다.

운령은 쓰린 목덜미를 움켜쥐며 하릴없이 울 수밖에 없었다.

소녀가 바라보던, 소녀를 이끌던 별이 사라졌다.

빛을 잃은 길은 어두웠기에.

긴 유랑이 시작되었다.

* * *

"그만하면 된 것 같아요.

당소소의 말에 녹풍대원들은 포박을 마친 흑림총련의 잔당들을 한곳으로 모았다. 곤죽이 난 그들은 원망의 말 대신 앓는 소리만 낼 뿐이었다. 당소소는 그들 중 지위가 있어 보이는 자에게 다가가 쭈그려 앉았다.

"큿…."

"그래도 잡혔으니까, 예의상 몇 가지 정도만 불어줬으면 좋겠는데."

"개소리하지 마라. 이 더러운 년아."

으득!

"아으윽!"

당소소는 눈앞에서 팔이 기괴한 각도로 꺾이는 걸 보며 인상을 찌푸렸다. 서둘러 다른 쪽 팔에 손을 대려던 녹풍대원을 말렸다.

"잠시."

"예."

당소소는 그에게 다가가 퉁퉁 부어오르기 시작한 팔을 쿡 찔렀다. 무덤덤한 표정에서 싸늘한 느낌이 들었다.

"으으으윽!"

"…예전이었으면 좀 사정을 봐줬을 텐데."

당소소는 신음하는 그의 멱살을 쥐고 끌어당겼다. 궁상 떨 시간은 없었다. 자신이 고뇌에 잠기는 순간, 백서희의 다음 장면이 어긋난다. 그렇게 두어선 안됐다. 당소소는 그의 귀에 대고 속삭였다.

"야. 뇌가 으깨져서 상황 파악이 안 돼?"

"…뭐?"

"네가 그렇게 핥아대던 대장은 도망쳤어. 도강언 주변 마을에 가한 습격도 얼추 해결했지. 그럼, 네가 뭘 해야 할까?"

"……."

당소소는 침을 꼴딱 삼켰다. 그리고 떨리는 손으로 부어오른 팔을 움켜쥐었다.

"아으으윽!"

"넌 그저 시다에 불과하잖아? 안 그래?"

"시다가 무슨…."

"네가 죽든, 말든. 고작 졸개 따위에게는 그 누구도 신경을 쓰지 않는다는 이야기야. 내가 묻는 말에 순순히 불어. 그게 싫다면."

그녀는 녹풍대에게 비수를 빌렸다. 잔떨림이 있는 손으로 그의 얼굴에 겨눴다.

"내가 죽여줄게."

흑림총련의 졸개는 자신에게 들이미는 비수를 바라봤다. 와들와들 떨리는 것이 전혀 위협이 되질 않았다. 시선을 옮겨 잔뜩 흥분한 눈망울을 바라본다. 분노와 두려움이 얽힌 표정. 협박이라는 단어와는 거리가 먼 표정이었다.

'당가의 아가씨라더니, 천진난만하기 그지없군.'

그가 이죽거리며 사람 하나 손대본 적 없어 보이는 그녀를 비웃으려던 찰나, 어깨 너머에 서있던 녹풍대원들이 그의 시선에 잡혔다.

"…말하지."

"처음부터 고분고분하게 말했으면 좋았잖아."

당소소는 만족한 표정으로 고개를 끄덕이며 녹풍대원들에게 비수를 돌려줬다. 녹풍대원들은 그녀가 돌아보자 서둘러 품에서 꺼내들었던 비수와 죽통들을 감췄다. 당소소는 딴청을 피우는 녹풍대원들을 잠시 수상한 눈으로 바라보다 졸개를 다시 돌아보며 물었다.

"마교의 인원은 얼마나 되지?"

"…우리는 이용만 당했을 뿐이다. 마교에 대한 정보는 잘 모른다."

졸개의 말에 녹풍대원 하나가 다가와 그의 부은 팔을 움켜쥐고 나지막이 말했다.

"으으윽!"

"아가씨께 예의를 갖추도록."

"어, 음…."

당소소는 녹풍대의 행동에 난감한 표정을 짓더니, 고개를 저으며 그들을 뒤로 물렸다.

"제가 할게요."

"예, 아가씨."

녹풍대원이 뒤로 물러서자 당소소는 이마를 짚으며 그에게 물었다.

"이름."

"장이."

"이곳에서 무엇을 했지, 장이?"

장이는 당소소의 물음에 고통스런 웃음을 지었다.

"도망간 그 빌어먹을 새끼를 따라서…. 백능상단과 도강언을 습격했지."

"습격은 구체적으로 어떻게 진행됐고?"

"우린 별거 안 했어. 독마가 망가뜨려놓은 도강언의 성벽을 따라서…. 윽!"

장이는 잠시 고통에 몸서리치며 뜸을 들였다. 당소소의 눈에 슬며시 걱정이라는 감정이 끼어들었다. 그는 당소소의 눈을 바라보며 웃었다.

"큭큭, 정말 어처구니없는 계집이군."

"…어서 불기나 해."

"독마가 망가뜨려놓은 도강언의 길을 따라서 침입만 했을 뿐. 본래라면 백능상단을 지키고 있어야 할 무사들이 보이지 않았어. 뭐, 그 결과는 보다시피."

당소소는 장이의 말에 입가를 가리며 생각에 잠겼다.

'백능상단이 아무리 무림문파가 아니라곤 하지만, 그리 쉽게 당할 상대도 아닌데.'

부를 축적하는 일은, 위험을 축적하는 일과 같다. 당소소가 아는 바를 뼛속까지 상재로 이루어진 백진오가 생각하지 못했을 리 없다. 그렇기에 작중에선 백능상단의 호위무사들도 꽤 수준 있는 자들로 구성이 된다고 나와 있었다.

'분명 백랑대白狼隊라는 이름이 있었을 텐데?'

"소소."

백서희는 당소소의 팔을 팔꿈치로 쿡 찔렀다.

"응?"

"잠시만 내가 심문하게 해줘."

비틀거리는 걸음걸이에선 왠지 모를 위태로움이 묻어났다. 당소소가 침을 삼켰다.

"서희. 내가 할게. 넌 이런 행동 싫어하잖…."

"괜찮아. 아직 선 안이야."

백서희는 그렇게 말하며 검집 끝으로 장이의 턱을 치켜세웠다.

"무사의 위치는 모른다고 했나?"

"그, 그래."

"도강언을 습격했다고 했고."

"맞다. 똑같은 질문을 왜…. 컥!"

백서희는 검집으로 상이의 목젖을 찌른 뒤, 그대로 쭉 밀어 바닥에 넘어뜨렸다.

"얼마나 죽였지?"

"…흐핫."

"대답을 하라고 했을 텐데."

백서희는 목젖을 누른 검집에 점점 힘을 가한다. 장이의 표정이 일그러지며 가쁜 숨을 뱉었다.

"컥, 헉…!"

"대답."

"헉, 흑…! 백능상단엔 손대지도 않았다…. 이미 독마와 요마가 해결해놓은 상황이라고 말했잖아! 그저 금품을 몇 개 갈취한 정도였다…. 애초에 사천제일권이 난민 곁에서 시퍼렇게 눈을 뜨고 있었다."

백서희는 장이의 말을 들으며 당소소를 흘겨봤다. 당소소는 고개를 끄덕이며 계속하라는 신호를 보냈다.

"계속해 봐."

"어째서인지 사천제일권이 민중의 피난을 지휘하고 있었다. 그들이 백능상단 본가에 들어가고 얼마 지나지 않아 폭음이 들리며 불이 났지. 요마는 그것을 신호 삼아 이 다리 앞을 지키라고 말했었다."

"네가 도착하고 도강언은 이미 그들의 손안에 들어갔고, 난민은 죽이지도 않았다?"

"맞아. 적당히 도강언을 어지럽힌 뒤에는 이곳으로 돌아와 제방의 다리만 지키면 된다는 지시를 받았다. 이미 도망간 흑림총련주 그 빌어먹을 새끼가 했던 것이지만 말이야."

백서희는 그의 목젖을 겨누던 검집을 치웠다. 장이가 마른기침을 하며 숨을 몰아쉬었다.

"마지막으로 묻지. 저 건물엔 누가 있지?"

검집이 멀리 제방의 벽 앞 쪽에 위치한 전각을 가리켰다. 바닥에 누운 채로 고개를 위로 젖힌 장이가 입을 벌렸다.

"아, 저기."

장이는 다시 고개를 내리며 웃었다. 그리고 당소소에게로 시선을 돌렸다.

"그쪽과 닮았던데."

"……!"

당소소의 동공이 좁아졌다. 마교와 연관된, 자신과 비슷하게 생긴 이는 달리 여러 명이 있는 것이 아니었으니까. 백서희는 그의 말에 혀를 차며 나지막이 읊조렸다.

"죽은 줄 알았건만…."

그녀는 독무후가 뿌린 벼락이 그의 가슴을 꿰뚫던 순간을 곱씹었다. 당소소는 듣고 싶지 않았던 소식에 아직 굳어 있었다. 백서희는 뒷머리를 긁적이다 겨우 운을 뗐다.

"…이빙각李氷閣으로 가야 해."

"이빙각?"

당소소는 백서희가 바라보는 방향으로 고개를 틀었다. 그녀의 눈에 제방을 등지고 높이 세워진 전각이 보였다. 당소소는 백서희를 돌아봐 눈을 마주쳤다.

"도강언을 만든 이의 이름을 본떠 만든 전각이야. 제방의 수문을 조작하는 곳이지. 저곳만 탈환한다면 수문을 개방해 강에 흐르는 독을 해결할 수 있을 거야."

"하지만 스승님도 안 계시고, 독마가 저기에 있을 확률이 높아. 적의 함정일 가능성이 농후하고…. 그…."

"…맞는 말이야. 하지만 탈환만 한다면 주도권을 우리가 가져올 수 있긴 해."

백서희의 제안에 당소소는 잠시 고민했다. 그 순간 제방에 가까운 벽 쪽에서 우렛소리가 들려왔다. 피로에 젖은 두 눈들이 의미심장한 눈빛을 교환했다.

"스승님은 독마와 전투 중일 게 분명해. 그럼…."

"그렇다면 돌입할 수 있어. 하지만 괜찮겠어?"

"……."

"네 판단에 따를게."

그녀를 존중하는 백서희의 말에, 당소소는 차마 대답하지 못하고 녹풍대를 돌아봤다. 녹풍대원들은 당소소에게 다가와 고개를 숙였다.

"아가씨, 명을."

"전…."

당소소는 주저했다. 자신이 내린 선택의 결과가 지금 이 땅에 창궐하는 중이었다. 또다시 다른 이에게 자신의 선택을 강요하는 것은, 소심한 그녀의 성격으론 쉬이 받아들일 수 없는 책임이었다. 녹풍 이 호가 앞으로 나와 당소소 앞에 섰다.

"녹풍대는 당가를 지키는 바람입니다."

"알고 있어요."

"알고 있다면. 뜻대로 하십시오, 아가씨."

녹풍 이 호가 웃음을 보이며 말했다.

"당신이 어디로 향하든, 위험 앞에는 저희가 있을 것이니."

당소소는 착잡한 표정으로 녹풍대를 바라봤다. 책임을 진다는 것은, 두려운 일이었다.

무너진 가정에게 부여받은 부양의 책임. 죽을 용기가 없어서 살아야만 했던 생존의 책임. 불의에 맞설 만용이 없어 항상 손해 보는 쪽에 서야 했던 약자의 책임.

원하지 않았던 책임들은 무거웠다. 김수환의 죽음은 아사가 아니라 어쩌면, 압사壓死일지도 모른다.

다만.

"녹풍대."

"예."

당소소는 입술을 떼며 녹풍대를 바라봤다. 시선이 집중됐다. 마음속에서 울컥 솟는 두려움. 손은 떨려오나, 의지는 떨리지 않았다. 주먹을 움켜쥐고, 이를 깨물었다.

다만.

"……."

전생의 책임은 경시와 멸시에서 비롯되었다.

모든 것에 무지했고, 그는 무능했고, 자신을 버린 것 같은 세상엔 무관심했기에.

지금도 별다를 것은 없었다.

상황을 이해하지 못하고, 비수만 던질 줄 알았으며, 그들을 신경 써주지 않던 타인이 깃들었다.

하지만 그들은 어리숙한 자신을 존중으로 대해주었다.

당소소니까.

떨리는 숨결이 뱉어지고, 부정하던 초점은 결국 이빙각의 정면에 맺혔다.

"가주의 대리자로서 명한다."

그렇다면.

나 또한 존중에 보답해야 한다.

"변절자를."

비록 내가 당소소가 아니더라도.

"처벌할 시간이다."

그럼에도, 당소소니까.

철컥!

녹풍대는 허리춤을 두드리며 당소소의 말에 호응했다. 당소소는 이빙각으로 향하는 걸음을 뗐다. 떨림은 진정되지 않았다. 짙은 흥분이 독액처럼 그녀의 전신을 적셨다. 경시가 아닌 기대를, 멸시가 아닌 존중을 하는 것은 익숙지 않았다. 사천교류회에서 던지던 인위적인 박수와는 무게가 달랐다.

'익숙해져야 해. 당소소의 부분까지.'

제방으로부터 흐르는 독한 바람에 그녀의 장포가 흩날렸다. 당소소는 눈을 찌푸리고 고개를 들었다. 고풍스런 기색의 이빙각이 그녀의 눈을 떠나지 않았다.

* * *

창문을 마주한 따분한 표정의 사내가 책상 위로 발을 올렸다. 둔탁한 소리가 울리며 눈앞의 포박된 사내를 위협했다. 피에 젖고 군데군데 찢어진 기색이 보이는 비단옷에서 사내의 지위를 짐작할 수 있었다. 사내는 눈앞의 그를 바라보며 말했다.

"그렇게 입을 다물고 있으면 손해가 더 커진다니까."

"……."

"아버지께서 상재에 밝다고 칭찬하던 이가, 이리도 멍청할 줄이야. 하긴, 가문을 말아먹은 그 혼탁한 시선에 무엇이 보이겠나."

사내는 발을 내리고 튕기듯 일어섰다. 그 기세에 나무바닥이 움푹 파였다. 사내는 혀를 끌끌 차며 웃었다.

"쯧, 독각천시의 완성형이라 이건가?"

그렇게 말하며 책상모서리에 손을 올렸다. 철제책상이 두부 파이듯 쑥 파여 그의 손아귀에 쥐어졌다. 사내는 그 철조각을 악력으로 우그러뜨렸다. 끼긱거리는 소리가 소름끼쳤다.

"그래도 네놈 정도면 꽤나 트인 시야를 가지고 있을 것이라 생각했건만."

"…트인 시야?"

바짝 마른 목소리가 들려왔다. 그는 흡족스런 표정을 지으며 고개를 끄덕였다.

"이놈이고 저놈이고, 대의를 보지 못하고 있어. 안 그런가?"

"……."

동의를 구하는 듯한 그의 말. 답변은 돌아오지 않았지만, 그는 신이 나서 말을 이어갔다.

"인의가 무엇인가? 무지와 무능에 고통받는 사람들을 구제하는 것이 인의 아닌가? 그리하여 난 인의를 구하기 위해, 대의를 짊어지고 기꺼이 그 대의를 위해 부정을 행했을 뿐."

포박된 사내는 다소 흥분한 그의 말을 들으며 바닥을 내려다봤다. 자신을 호위하던 이들, 심지어는 열변을 토하는 이를 따르던 자들까지 모두 독에 절여져 녹아버린 살점이 되어가고 있었다.

"그래서 내 목숨을 대가로 백능상단의 창고를 열어야겠다?"

"대의는 무겁고 비싼 법이야. 우리는 더 나은 우리로 나아가야 해. 그것을 위해서, 다소간의 지출이 필요하겠지."

사내는 포박된 그에게 빙 돌아서 다가갔다. 의자 뒤편의 창가를 바라보며 그의 어깨에 손을 올렸다.

"독은 적에겐 확실한 죽음을, 아군에겐…."

어깨를 쥔 손에 점점 힘이 들어갔다. 포박된 사내는 억눌린 비명을 질렀다.

"으으윽!"

"보다시피. 초인으로 향하는 길을 제시해줄 거야. 설령 재능의 선택을 받지 못했다고 하더라도."

사내는 어깨의 격통에 인상을 찌푸리며 고개를 숙였다. 어깨에서 손이 풀리자 숨을 몰아쉬며 자신을 고문한 자를 올려다봤다.

"완전 맛이 가버렸군, 당혁…."

"완전히 틀렸어. 이것은 그저 깨달음일 뿐이고, 원래부터 난 이런 생각을 가지고 있었다."

그는 웃으며 뿔 달린 뱀이 수놓인 장포를 바닥에 끌며 창가로 한걸음 더 다가섰다. 이빙각으로 걸어오는 당소소의 모습이 보였다.

"언제든지 손해는 보지 않는다고 했었나?"

그가 입맛을 다셨다.

"썩 괜찮은 말이야."

독각혈가의 소가주, 당혁이 웃었다.

* * *

습기 있는 땅에 당소소의 당혜唐鞋가 조금 파고들었다. 한걸음 더 앞으로 딛자 단단한 돌바닥이 반겼다. 돌길을 따라 당도한 곳의 전각엔 이빙각이라는 현판이 걸려 있었다. 굳게 닫힌 문으로 호기롭게 다가서는 당소소를 녹풍 이 호가 막아섰다.

"아가씨, 잠시 물러나 계시지요."

당소소는 고개를 끄덕이며 한걸음 뒤로 물러섰다. 녹풍 이 호가 문 옆에 붙어 손짓을 하자 녹풍대원들이 뒤로 따라붙었다. 조심스런 손길로 이빙각의 문을 살짝 열고 날이 시퍼런 비수를 꺼냈다. 파리한 검날에 빛을 반사시켜 안을 훑었다. 녹풍 이 호는 고개를 끄덕이며 문을 벌컥 열고 안으로 진입했다.

"이건…. 꽤 난감하군."

"무슨 일인가요?"

녹풍 이 호의 난감한 음색. 당소소는 서둘러 이변에 대해 물었다.

"독연이 일 층 응접실을 가득 메우고 있습니다. 들어오지 않으시는 편이…."

녹풍 이 호는 이미 곁으로 다가와 자신을 올려다보는 당소소를 보고 말을 끊었다. 잠시 굳어 있던 그는, 품에서 입가와 코를 가리는 복면을 꺼내 당소소에게 입혔다.

"…좋았겠지만. 들어오셨으니, 이 복면을 착용해주시지요."

"이빙각의 꼴이 말이 아니네…."

"우선 나보단 서희 먼저. 그리고 독연을 가라앉히고 갈 수 있는 방법은 없나?"

당소소가 복면을 백서희에게 건넨 뒤 다른 복면을 받으며 물었다. 녹풍

이 호는 비수를 만지작거리며 고심했다.

"독을 중화하는 제독분을 뿌려보았으나 듣질 않습니다. 그렇다면 검기로 이 넓은 응접실을 헤집어 놓아야 하는데, 현 녹풍대 인원만으로는 꽤 어렵습니다. 독의 성분이라도 알면 제독분의 조합식을 바꿔볼 수도 있겠습니다만…."

"독각혈가의 독인가."

"예."

녹풍 이 호가 고개를 끄덕였다. 당소소는 뜨끔거리는 아랫배를 잠시 쓰다듬더니 그를 돌아보며 말했다.

"성분을 알면 해독할 수 있다고 하셨죠?"

"예. 그렇습니다만…. 아가씨?"

당소소는 확답을 듣자 복면을 풀고 크게 숨을 들이켰다. 녹풍 이 호가 그 행동에 깜짝 놀라 황급히 그녀를 만류하고 복면을 다시 착용시켰다.

"이게 무슨 짓이십니까!"

"당소소!"

"윽, 흐으…."

격하게 반응하는 단전. 얼굴이 후끈거리며 혈맥을 바늘로 쿡쿡 찔러대는 느낌이 전신으로 퍼졌다. 신경을 마비시키고, 그 틈을 노려 혈액의 이동을 정지시키는 독. 맡는 순간 사람이 죽은 듯이 잠든다고 하여 붙여진 이름이었다.

"피안향…. 백련지독이 아니라 피안향이네…. 화행, 신경독과 혈액독이에요."

"……."

당소소는 고통을 억누르며 독무후에게 배웠던 독공의 이론으로 독을 구분했다. 녹풍 이 호는 쏘아붙이고 싶은 마음이 굴뚝같았으나, 기껏 고생한 당소소의 희생을 물거품으로 만들 수도 없는 노릇이었다.

"막내."

"예."

"그릇."

백서희가 무릎 위에 당소소를 눕히자, 막내라 불리는 녹풍대원은 그 앞에 사기그릇을 내려놓았다. 녹풍 이 호는 서둘러 해독제들이 담긴 죽통을 꺼내 당소소가 일러준 구분 대로 해독제를 조합했다.

"아가씨. 해독제입니다."

녹풍 이 호가 그릇에 담긴 해독제를 당소소의 입가로 흘려 넣었다. 당소소의 목이 움찔거리며 해독제를 삼켰다. 녹풍 이 호는 그 광경을 바라보다, 그릇을 한번 털고 입을 열었다.

"아가씨. 앞서 직접 말씀하셨지만 당신은 가주 님의 대리자입니다. 이렇게 섣불리 행동해서는 당가의 위신이…."

"전, 약해요."

당소소는 고개를 돌려 녹풍 이 호를 바라봤다.

"제 비수는 적에게 닿지 않고, 그렇다고 상황을 타개할 정도로 똑똑하지도 않아요."

고통에 젖은 눈을 감으며 탄식하듯 뱉었다.

"그러니 할 수 있는 모든 것을 해야 해."

그녀를 둘러싼 녹풍대들은 고통에 떨고 있는 당소소의 모습을 바라봤다. 만감이 교차하는 눈빛들. 그리고 그들의 눈빛은 그 만감을 담고 다시 서로 교차했다.

자신들이 지켜야 할 의무가 있는 사람이 오히려 자신들을 돕고 쓰러져 있었다. 여태까지 차분하기만 하던 그들의 눈에 비릿한 독향이 묻어났다.

백서희는 떨고 있는 당소소의 손을 잡아주며 그들을 바라봤다.

'바짝 독이 올랐네.'

그녀는 다시 당소소를 바라봤다. 사천교류회 이후로 항상 느끼는 점이지만 그녀는 상당히 기묘한 소녀였다. 위기를 앞에 두고선 평상시에 보여주는 소심함이라곤 눈꼽만큼도 보이지 않는 과감함과 무모함. 그리고 그 행동으로 인해 고양되는 사람들.

흡사 노리고라도 하는 듯한 행동이었다. 연유를 찾으라면, 딱히 대기 힘들었다. 그러나 정말로 그런 것 같았다. 언제나 확고히 정론만을 바라보던 그녀의 이성마저도, 당소소의 그런 행동에 경도傾倒되어 버렸으니까.

"…이빙각의 구조는 제가 잘 압니다."

묘한 열기가 담긴 백서희의 입술이 열렸다. 독기에 젖은 시선들이 그녀에게 향했다. 당소소를 땅에 눕히고 자리에서 일어섰다. 장검이 절그럭거리는 소리가 들렸다.

"엄호를."

쉬이익.

간결한 검명. 그녀의 심상을 표현해주는 모든 것이었다. 왼손으로 쥐고 있는 검집을 바라봤다. 애착 있는 자신의 고향을, 친애하는 자신의 친우를 달랠 때까지 돌아갈 일이 없는 곳이었다. 검집은 땅바닥을 나뒹굴었다.

타당, 탕탕!

검집이 요란하게 땅을 울리는 소리가 울리고, 녹풍 이 호는 막내에게 고개를 돌리며 말했다.

"상처는 어떠하지?"

"…일선에 서는 것은 무리입니다."

그의 가슴에 감긴 붕대가 피에 흥건했다. 녹풍 이 호는 당소소를 바라봤다.

"모셔라."

"예. 목숨을 다해서."

녹풍 이 호는 요대에 손을 가져가 가죽주머니 하나와 죽통 하나를 쥐었다. 주머니의 주둥이가 아래로 보라색의 제독분을 쏟아내고, 죽통에선 맑은 색의 액체가 또르르 흘렀다. 그러자 바닥에 떨어진 제독분은 폭발적으로 몸집을 불리며 온몸으로 피안향의 독연을 젖혔다. 그는 다 쓴 죽통을 신경질적으로 바닥에 내동댕이쳤다.

"은은 두 배로, 원은 열 배로가 이번 가주 님께서 제창하신 가훈 중 하나였지."

데구르르 굴러가는 죽통 소리가 그들의 마지막 인내심을 끊어버렸다.

"좀 과거로 돌아갈 필요가 있겠어."

그들은 강제로 밀려나가는 독연을 향해 걸었다. 이 층으로 향하는 넓은 계단이 그들을 맞이했다. 그들은 계단을 따라 점차 이빙각 위쪽으로 향했다. 계단에서 긴장하던 두 마교도가 녹색의 모습으로 투영된 분노를 보며 황급히 검을 겨눴다.

"저 독연을 어떻게…?"

"분명 그 놈이 넘어오지 못할 거라고 했는데?"

카아앙!

길게 뿜어지는 철 울리는 소리. 반개한 백서희의 눈이 그들을 훑었다. 평소엔 무심한 태도로 세상을 바라보던 그 눈에서 경도된 이성이 비명을 지르고 있었다. 아미파의 가르침이 그들의 귀에 울렸다.

"벽사파마."

"이, 이년! 감히 신교의 행사를 방해…!"

"그 업, 피하지 말지어다."

불길에 그을린 비단옷에 더운 피가 끼얹어졌다. 그녀는 왼손을 들어 뺨에 튄 피를 닦았다. 넋을 놓고 있는 맞은편 마교도에게 눈을 돌렸다. 그저 소녀로 보이는 백서희에게 당했다는 것이 믿기지 않는다는 표정이었다.

"같잖은 계집이 어디서 잔재주를!"

그는 검을 쥔 손에 힘을 줬다. 내공이 그의 생각, 그의 호흡을 따라 피를 휘돈다. 근육이 그 내공을 그러모아 더욱 단단하고 질겨진다. 오른팔을 왼편으로 완전히 젖히고, 한 발짝 내딛으며 횡으로 길게 베었다. 군더더기 없이 말끔한 검술이었다. 그는 반으로 갈라진 백서희의 시신을 확인하기 위해 고개를 들었다.

"…컥?"

고개가 들리지 않았다. 검기를 담아 위에서 아래로 그어 내린 검격이 그를 사선으로 갈라버리고, 바닥에 널브러뜨린 탓이었다. 백서희는 그를 바라보며 눈을 깜빡였다.

누군가를 적극적으로 해하고픈 감정을 가져본 적 없었다. 그러나 지금, 머리는 달궈진 철과 같았고, 그 광경을 바라보는 감정은 한없이 차가운 눈송이와 같았다. 그의 목을 겨눴던 칼이 점차 옆으로 흘러내려가 그의 팔을 향해 있었다.

"컥, 하, 지 마…!"

"하지 말라…. 그렇다면 너희는 왜 죄 없는 이들을 그토록 잔인하게 대했지? 너희는 되고, 나는 안 되는 건가?"

"제발…."

마교도는 피를 토하며 애원했다. 백서희가 겨눈 것은 비단 팔뿐이 아니라 그녀가 그어둔 선이었다. 백서희는 직감적으로 느끼고 있었다. 검을 내리긋는 순간. 그녀가 걷던 검을 향한 길은 이전과는 다른 방향으로 나아갈 것이라는 것을. 그것을 인지하고도, 그녀의 팔이 움직였다.

"크르륵…."

"흣…!"

"이런 잡졸에게 쏟을 시간이 없다."

녹풍 이 호는 마교도의 숨통에 비수를 찔러 넣고, 몸을 일으켜 백서희를 바라봤다. 백서희는 그 눈길에 흠칫 놀라 한걸음 뒤로 물러났다. 녹풍대는 피에 젖은 계단을 딛고 이 층에 올라섰다. 녹풍 이 호는 멍하니 자신의 검끝을 바라보던 백서희를 불렀다.

"철혜검봉."

"…예?"

"안내를 하도록."

백서희는 그의 부름에 정신을 차리고 그들을 돌아봤다. 그들의 눈엔 다른 길 따위는 없었다. 당가의 혈족을 해한 자들에게 마땅한 그들의 대답을 들려주겠다는 생각뿐. 그리고 자신을 위해, 자신의 제안을 받아 이곳으로 향해준 당소소가 그들의 품에 안겨 있었다.

백서희는 검을 고쳐 쥐었다. 그의 말대로였다. 그녀는 다른 곳으로 향할 시간이 없었다. 그녀가 앞으로 가는 길이 곧 그들의 길이고, 그들이 원하는 것이 곧 그녀의 길이었으니까. 백서희는 이 층 복도에 들어섰다. 둥그렇게 기둥을 둘러싼 회랑의 형태를 하고 있었다. 아래엔 독액을 품은 물결이 넘실거리고 있었다. 백서희는 손가락을 들어 기둥 위쪽을 가리켰다.

"이 층은 제방을 보수하기 위한 기자재들을 보관하는 창고입니다. 제방의 수문을 개방하는 장치는 이 기둥 끝, 삼 층에 있어요."

"그렇군. 가지."

그들은 다시 발걸음을 뗐다. 허나 곧 멈출 수밖에 없었다. 이 층 입구에서 있던 작은 소란이, 대기 중이던 마교도들을 불러 모은 탓이었다. 백서희는 앞, 뒤, 계단의 아래에서부터 밀고 들어오는 그들에게 검을 겨누며 녹풍대와 등을 맞댔다.

"계단은 앞으로 쭉 나아가면 도착할 거예요."

"적이 많군."

녹풍 이 호가 나지막이 말했다. 녹풍대원들은 그 말을 듣고 웃음을 보였다. 그는 나지막이 말하며 죽통을 던졌다.

"입을 막아라."

카득!

죽통에 비수가 꽂혔다. 부글거리는 소리가 들려오며 독액이 균열 밖으로 뛰쳐나왔다. 독액은 곧바로 자연지기와 반응해 그 몸집을 폭발적으로 불려나갔다. 녹풍대에게 내밀어진 마교도들의 검과 그들 사이에 거대한 영역이 깔렸다.

"한 다경 정도 지속될 것이다. 꿰뚫도록."

백서희는 지체없이 검을 들어올렸다. 금색의 검기가, 바람이, 그녀의 열망을 휘감고 검 위에 내려앉았다.

쿠우우!

풍종적멸의 검격이 거칠게 내리꽂혔다. 전방의 포위진이 손으로 짓누른 듯, 풍종적멸의 검격에 버티지 못하고 주저앉았다.

그리고 녹풍대가 물안개처럼 번져나가는 독무 속으로 모습을 감췄다. 백서희도 신망금광보의 움직임을 취하며 앞으로 나아갔다.

"이 괘씸한 년!"

자신에게로 뻗어오는 백서희를 향해 내리찍는 두터운 도. 그는 득의가 번들거리는 미소를 지으며 더욱 힘을 주어 도를 아래로 그었다.

으득!

독무에서 튀어나온 손이 도를 내리치는 마교도의 눈을 찔렀다. 피를 쏟아내는 눈. 백서희는 가볍게 참격을 피하며 그를 베어 넘겼다. 그리고 그녀를 중심으로 독무는 영역을 넓혀나가기 시작했다. 녹풍대는 그 독무 안에서 몸을 숨겼다.

"으아악!"

"헉, 헉!"

"팔을 잡히지 마라!"

천천히 나아가며 적을 독무 안으로 끌어당겼다. 그 모습이 마치, 늪에 몸을 담군 이들이 다른 이들을 끌어당기는 모습 같기에 붙여진 이름.

당문진법唐門陣法, 독소나포진毒沼拿捕陣.

뚜둑!

마교도들이 독무 안에 잠기자 비명과 뼈가 어긋나는 소리가 적나라하게 들려왔다.

"악, 으악! 팔, 내 팔!"

"살, 살려…!"

"쿨럭, 쿨럭!"

검기상인의 경지에 이르지 못하는 이들은 그저 삼켜질 뿐이었다. 백서희는 그 광경을 보며 바닥을 박차고 허공으로 뛰어올랐다. 인파의 물결 속, 상아색 옷을 입고 마교도들을 지휘 중인 인물을 발견했다.

"끝이야!"

그녀는 그렇게 소리치며 몸을 휘돌리며 착지했다. 형형하게 일어나는 금색의 검기에 그 누구도 감히 그녀를 제지하려들지 않았다. 구부린 몸을 천천히 일으키며 검을 위협적으로 한번 내리그었다.

스륵.

비단을 쓸어내리는 듯한 부드러운 소리가 들렸다. 하지만 그 결과는 부드럽지 않았다. 바닥을 두부처럼 잘라내고 난간을 무너뜨리며 네 명의 마교도가 물 아래로 떨어졌다. 인파가 공포에 의해 갈라지고, 지휘자와 그녀 사이에는 이제 아무것도 없었다.

그 사이를 백서희의 발걸음이 좁혀갔다.

"너는…."

상아색 옷을 입은 마교도가 백서희를 발견하고 웃었다. 그리고 손을 튕겨 소리를 냈다. 그러자 마교도 둘이 백능상단의 옷을 입고 있는 사내를 끌고 나와 무릎을 꿇렸다. 백서희의 걸음이 멈췄다.

"…시인, 당신이 왜 여기에 있죠?"

"면목 없습니다."

시인이라 불린 사내는 고개를 푹 숙여 백서희에게서 엉망이 된 얼굴을 가렸다. 백서희의 눈썹이 꿈틀거렸다.

"백능상가의 안위를, 도강언의 방위를 책임져야 할 당신이…."

"임무를 다하지 못한 점, 정말 죄송합니다. 그러나 그들의 강함은 제 능력 밖이었습니다."

시인은 분한 듯 어깨를 들썩였다. 지휘자는 그의 목에 검을 드리웠다.

"살리고자 한다면, 검기를 거둬라."

"……."

"인정하지. 이런 오합지졸들로 너와 당가의 정예를 막을 수 없다. 요마 님이 시술하고 가신 천요만악행이 아니었다면, 이미 통제조차 하지 못했을 것이니."

백서희는 그의 말에 시인을 붙잡고 있는 두 마교도의 눈을 바라봤다. 이완된 동공은 그의 넋이 정상이 아님을 알려주고 있었다. 지휘자는 검을 조금 당겨 시인의 목에 생채기를 냈다.

"하지만 곧 요마 님은 당가의 독무후를 척살하고 사천에서의 대업을 완성시키신다. 그때까지만 침묵해 줬으면 좋겠어."

"네 뜻대로 하게 둘 성 싶으냐?"

백서희가 발작적으로 한 발을 앞으로 내밀었다. 그러자 검은 좀 더 깊이 파고들었다. 지휘자는 눈을 가늘게 뜨며 고개를 살짝 돌려 그녀를 흘겨봤다.

"아미파의 공명정대한 후기지수라더니, 인명을 그리 파리처럼 여겨서야 쓰겠나. 그렇다면 자네들이 마교라 일컫는 우리와 무엇이 다른가?"

"…칫."

발걸음을 더 내밀 순 없었다. 하지만 그렇다고 검기를 거둘 수도 없었다. 이 교착상태를 유지하는 것도 안 된다. 되도록 빨리 수문을 열어야 더 큰 피해를 막을 수 있을 테니까.

차마 서로 움직이지 못하고 눈빛을 쏘아내는 동안, 독무는 점점 그들에게 가까워져갔다.

* * *

"으음…."

"일어나셨군요, 아가씨. 다행입니다."

당소소는 인상을 찌푸리며 눈을 떴다. 자신의 입에 씌워진 복면이 답답했다. 몸은 흠씬 두들겨 맞은 듯 찌뿌둥하기 그지없었다. 현기증으로 흐릿한 시야 사이로 막내라 불리던 녹풍대원의 얼굴이 보였다. 그녀는 피에 축축하게 젖은 자신의 팔을 바라보다 자신이 녹풍대원 품에 안겨 있다는 사실을 깨달았다.

당연한 말이지만, 그녀의 정신으론 버틸 수 없는 일이었다.

"저기, 혹시 내려주시면…."

우드득! 털썩!

독무 안에서 피를 토하던 마교도가 목이 꺾인 채 그녀 앞에 늘어졌다. 당소소가 시신을 바라봤다. 녹풍대원은 당소소에게 물었다.

"무슨 말씀을 하셨는지?"

"…아니에요."

극한 상황이었다. 얌전히 보호받는 편이 그들에게 더 도움되는 행위일 터였다. 당소소는 전생에 쌓아뒀던 성별의 존엄을 포기하고 전황을 살폈다. 흐릿한 독무였으나 녹풍대원이 당소소의 행동을 눈치 채고 시야가 맑은 곳으로 인도해줬다.

천요만악행의 최면에 젖어 녹풍대를 막아서는 마교도들과 그 최면술을 지휘하고 있는 상아색 옷을 입은 환유요가의 환요대원, 그리고 그들과 대치하고 있는 백서희. 그 앞에 그녀가 바라보는 무릎을 꿇고 있는 사내.

그들의 목소리가 전장을 지나 당소소의 귓가에 들렸다.

"…시인, 당신이 왜 여기 있죠?"

"면목 없습니다."

당소소는 그들의 이야기에 잠시 당황해 눈을 깜빡였다. 그리고 슬며시 웃었다.

"아하."

한 사건이 찾아왔다. 그리고 한 소녀가 그 사건을 깨우쳤다. 일말의 침묵 끝에 당소소가 입을 열었다.

"이름이 어떻게 되시죠?"

"…녹풍 십삼 호라고 부르시면 됩니다."

"녹풍 십삼 호."

"예."

"우선 절 내려놓으세요."

녹풍 십삼 호는 당소소를 내려놓았다. 당소소의 시선은 시인을 인질로 잡은 환요대원의 시선에서 떠나질 않았다. 녹풍 십삼 호가 물었다.

"내려놓으라고 하시는 연유가 무엇입니까?"

"적에게 암기를 던져주세요."

당소소의 명령에 녹풍 십삼 호는 그녀의 시선이 위치한 곳을 훑었다.

"지휘자를 노려 혼선을 주려고 하시는 겁니까?"

"아니요."

당소소는 그의 말을 부정했다. 그리고 스승의 가르침을 떠올렸다. 하나의 사건에서 전체를, 이면을 볼 수 있는 시야를 가질 수 있어야 한다는 말.

"목표는."

당소소는 지휘자를 가리켰다. 그리고 천천히 그 손가락을 사선으로 떨어뜨렸다.

"시인."

드디어 당소소에게 이 의혹투성이뿐인 사건의 전말이 읽혔다.

* * *

쌍검무쌍 원작에서 후반부에 백서희를 보좌하던 인물들이 있었다. 백능상단의 금전으로 영약은 기본이요 질 좋은 병기들을 사용했으며 아미파의 무공을 사용하던 인물들. 백랑대라 불리던 그들은 후반부에 터무니없는 무공들이 난무하던 전장에서도 나름의 역할들을 하던 꽤 수준급의 부대였다.

그렇기에 문제였다. 그렇기에 알 수 있었다.

"하하…."

당소소는 허탈하게 웃었다.

독무후가 일깨우기 시작한 그녀의 시야가, 이미 알고 있는 세계의 지식이 어지럽게 얽혔다. 그녀가 알고 있던 환란의 전조가 어디서부터 비롯되었는지, 어디서 시작되었는지, 그리고 어떻게 앞당겨졌는지. 그녀의 이성은 그 복잡하게 엉킨 실타래의 끝을 잡았다.

"녹풍 십삼 호."

그녀의 속삭임에 망설임없이 비수가 날았다.

피슛!

먼 거리임에도, 시야가 불편함에도 불구하고 시인의 미간을 향해 정확히 날아가는 비수로 보아 녹풍대의 무공 수위를 짐작할 수 있었다. 모두의 시선이 시인에게 날아든 비수로 집중됐다. 백서희, 지휘자. 녹풍대, 마교도. 모두가 당혹해하는 그 비수가 시인의 미간에 박히고 그를 넘어뜨렸다.

"시인…!"

"당가의 짓인가?"

소란이 일었다. 아군은 물론, 적군까지 당황해 그 어떤 무력도 휘둘러지지 않는 공백이 찾아왔다. 당소소는 녹풍 십삼 호에게 고개를 끄덕여줬다.

"혼란이야. 빨리 밀고 나가자."

"예."

녹풍 십삼 호는 당소소를 안아들고 곧장 앞으로 뛰기 시작했다. 그들의 발걸음 소리에 굳어 있던 전장이 점차 야성을 되찾아갔다. 비명과 고함, 날붙이 소리와 바람을 찢는 비수 소리들. 그들은 전장의 모든 소리를 밟고 쓰러진 시인에게로 달려갔다.

"……."

느껴지는 인기척에 백서희가 옆을 돌아봤다. 녹풍 십삼 호에게 안겨 있는 당소소가 눈에 밟혔다. 백서희는 믿기지 않는다는 얼굴로 당소소를 바라봤다.

"왜…?"

"……."

당소소는 불신의 목소리를 들었으나 굳이 해명하지 않았다. 아니, 할 수 없었다.

'백랑대의 수장은 원래 다른 이였다는 것을, 말해줘 봐야 믿지 않겠지.'

"내려주세요."

"예, 아가씨."

"소소? 대답을 해. 어째서 이런 짓을 한 거야?"

"……."

당소소는 백서희의 물음에 매정하게 고개를 돌렸다. 그녀가 앙심을 품을까 무섭고 두려웠다. 혹은 자신에게 배신감을 느껴 당장이라도 자신을 죽이려고 들진 않을지, 그것 또한 무서웠다. 당장이라도 변명을 쏟아내고 싶었다.

"곧 알게 될 거야."

당소소는 그 모든 감정을 집어삼키고 앞으로 걸어 나갔다. 녹풍대가 그녀의 곁으로 모여들었다. 비명을 두르고 녹풍대를 거느리며 다가오는 당소소의 모습은 누가 봐도 당가의 혈육이었다. 지휘자와 당소소는 서로를 바라보며 대치했다.

"독화."

"이제야 모든 전말이 풀렸어."

독무가 다가왔다. 당소소를 해하기 위해 달려들던 마교도들은 인상을 찌푸리며 뒤로 물러설 수밖에 없었다. 당소소는 시인을 내려다봤다.

"시인, 낭인회의 여덟 우수 무사 중 하나…."

시인의 시신이 꿈틀거렸다. 당소소는 서둘러 눈짓했다. 녹풍 이 호가 당소소 앞을 가로막고 튕겨 나온 화살을 움켜쥐었다. 시체인 줄 알았던 시인이 입에 문 비수를 뱉으며 자리에서 일어났다. 작은 크기의 각궁이 그의 손에 쥐여 있었다.

"천외십강, 무적자 낭인왕의 열 수하 중 하나인 궁랑弓狼."
"아가씨가 내 정체를 잘도 알고 있군. 단혼사 영감이 말해준 것인가?"
시인은 허리춤에 매어둔 화살을 뽑아 시위에 걸었다. 그리곤 웃음을 터뜨리며 자신의 말을 부정했다.
"아니지. 단혼사 영감도 우리의 목적을 몰랐으니까."
"낭인왕의 복수."
"정답."
시위가 젖혀지는 소리와 함께 시인의 음성이 들려왔다.
"주군께선 사파의 수장, 삭풍검귀에게 억울한 누명이 씌워졌었다. 삭풍검귀는 이내 무림맹과 공조를 해 구주전역에 걸친 천라지망을 펼쳤다."
"낭인왕이 설립한 낭인회조차 그를 외면하고, 북경에서 시작된 그의 도주는 사천성에서 멎었지."
"거기까진 누구나 아는 사실이고."
피잉!
시위를 떠난 화살이 당소소의 심장을 노리고 쏘아졌다. 녹풍대가 화살에 반응하여 움직이자 시인은 곧장 뒤로 공중제비를 하며 난간에 올라섰다.
"…그 다음 내막은 우리 당가의 아가씨가 말해볼까? 잘 알고 있는 눈치인데."
"낭인왕의 충직한 수하인 시인과 묵객은 주군의 복수를 하고 싶었지만, 단신으로는 낭인왕을 죽이는 데에 일조했던 모든 세력에게 복수를 획책하기란 어려운 일. 그렇기에…."
당소소는 시인을 바라봤다.
"정파와 사파, 심지어 낭인회나 정사지간의 세력들까지. 그 모든 세력에서 제외되는 곳과 계약을 맺어야 했다. 북해北海의 빙궁氷宮은 사파와 교류 중이고, 남만南蠻의 야수궁野獸宮은 정파와 교류 중. 서역은 미지의 세력이었으니…."

"어린 처자가 꽤 똑 부러져."

시인은 시위를 걸며 입맛을 다셨다.

"따먹어버리고 싶게."

그의 눈이 음울하게 빛났다. 음담패설이 이어졌다.

"얼굴도 반반한 게, 밑에 깔렸을 때 그 고귀한 척하는 얼굴로 어떤 교성을 지를지…. 흣흣!"

당소소는 그의 말에 머리를 긁적였다. 그리고 빙긋 웃으며 시인의 말에 답해줬다.

"그래도 꼴리긴 하나 보다?"

"……?"

"면상은 씨팔 누가 밀대로 나라시 한 것처럼 생겨 가지고. 왜, 우유통이 마음에 드니? 좆만한 새끼야."

공사장의 어르신들이 착실히 알려주던 언변을 활용한 그녀는 충격에 빠진 좌중들 앞으로 나왔다.

"헛소리 말고 본론으로 가자고. 넌 낭인왕의 복수를 하기 위해 마교에 투신했고, 서로의 이해관계가 맞아 계약은 성립. 첫 복수는 네놈들에게 가장 가까운 사천성이 되었지. 틀려?"

"글쎄다."

"백진오에게 접근해 백랑대의 총권을 쥐고, 사실상 도강언을 무주공산으로 만들었어. 기간은…. 대략 십이 년."

정확한 연도를 짚어내는 당소소의 말에 시인의 활시위가 좀 더 뒤로 움직였다. 시인은 난감한 표정을 지으며 웃었다.

"이거, 똑 부러지는 수준이 아닌데…."

"원래는 백능상단을 점점 잠식해나가고, 완전히 백능상단을 차지했다 싶을 때 백진오를 죽이려고 했겠지. 하지만 마교에서 갑자기 모습을 드러내라 요청했고. 거기에 마교에서 요청한 낭인왕의 유지遺志…."

피슛!

시인이 시위를 놓았다. 당소소의 다음 말을 막기 위함이었다. 여유가 번들거리던 그의 얼굴은 당소소의 말에 처음으로 굳어졌다.

"변방의 세가가 그렇게 자세히 알 수는 없다. 심지어 정보를 다루는 정파의 개방이나 사파의 하오문조차도. 넌, 뭐지?"

"글쎄다. 도강언을 습격한 마교의 목적을 알려준다면, 나도 알려줄 수 있지."

"쯧, 맹랑하군. 이봐, 막고 있어."

시인이 혀를 차며 몸을 날려 날아드는 비수를 피했다. 그리고 지휘자에게 지시한 뒤 삼 층으로 서둘러 도주했다. 당가의 무인들이 흩어지며 그를 노리고 자리를 박찼다. 당소소 곁엔 녹풍 십삼 호와 서둘러 독무를 뚫고 달려온 백서희가 있었다.

"그 말, 사실이야?"

"보다시피."

"왜 말해주지 않았어?"

"나도 방금 알아차린 거니까."

백서희는 당소소의 말을 듣고 그녀를 바라봤다.

선현들이 남겼던 검로는 언제나 옳았고, 확실했다. 그대로 쫓기만 하면 되는 길이었다. 하지만 그 길에서 내려온 지금은 모든 곳이 흐렸다. 가문의 미래도 뿌옇고, 자신의 감정은 자신도 알 수 없을 만큼 분노로 혼탁했고, 알아가고 있다 생각하던 친우도 희미했다.

'무엇을 믿고 무엇을 믿지 말아야 하는가.'

십수 년을 부대껴 살던 백능상단의 식솔은 마교의 주구란다. 자신에게 씻을 수 없는 모욕을 주려던 당가의 망나니 아가씨는 이젠 둘도 없는 친구가 되었단다. 영원히 푸를 것 같았던 도강언은 불길에 잠겨 가라앉고 있단다.

"…가자."

당소소는 그녀의 마음을 알지 못하는지 걸음을 재촉했다. 백서희는 입술을 떼 계단으로 향하는 당소소의 발걸음을 붙잡았다.

"소소."

"응."

"…믿어도 될까."

당소소는 발걸음을 멈추고 고개를 위로 들어 올리며 생각에 잠겼다. 그리고 고개를 저으며 웃었다.

"믿지 마. 난 나쁜 년이었잖아?"

"어?"

씁쓸한 웃음에 당황하는 백서희. 당소소는 그 표정에 고개를 저으며 자신의 말을 주워 담았다.

"농담이야."

발걸음은 다시 옮겨졌다.

"그냥…. 옳게 된 이야기를 알려줄게."

당소소는 절룩거리며 앞으로 걸어갔다. 불안한 걸음이었다. 백서희는 서둘러 그녀 곁으로 다가가 그녀와 발을 맞췄다.

"난 안 믿어."

백서희는 당소소의 팔을 끌어당겨 그녀를 부축하며 말했다.

"네가 여태 그랬던 것처럼…. 보여주면 돼."

백서희는 무뚝뚝한 시선을 앞으로 던지며 나아갔다. 당소소는 홍조를 띈 그녀의 얼굴을 지그시 바라보다 픽 웃었다.

"…그래."

두 소녀는 시인의 흔적을 따라 삼 층으로 향했다. 마교도들이 진행을 막기 위해 달려들었으나, 독무를 뚫고 제지할 수는 없었다. 그 틈을 타 당소소는 서둘러 삼 층으로 향했다. 계단 위에서 백능상단의 옷을 입은 자들이 그녀들을 막아섰다.

"이 이상은 가시지 못합니다, 행수 아가씨."

백서희는 그들의 모습을 보며 혀를 차고 고개를 떨궜다. 그들의 모습을 눈에 담고 싶지 않았다. 백색의 말끔한 옷차림, 한눈에 봐도 파리한 예기를 퉁기는 검들. 백능상단의 심장을 지키던 백랑대의 모습 그대로였으니. 백서희는 한숨을 쉬며 어깨에 걸쳐두었던 당소소의 팔을 풀었다.

"시인의 지시겠네. 이제 더는 정체를 숨길 이유가 없으니까."

"……."

"그것도 아니라면 백능상단의 대우가 마음에 들지 않았었나요?"

백서희가 그들 앞에 섰다. 앞으로 한 발짝. 검광이 번뜩이며 백서희의 진로를 막아섰다. 백서희의 눈가가 꿈틀거렸다.

"가지 못한다고 말했습니다, 아가씨."

"하아."

백서희는 관자놀이를 꾹꾹 누르며 솟아오르는 두통을 끊어냈다. 뒤를 돌아봤다. 기어코 독무를 뚫고 계단을 기어오르고 있는 마교도들이 보였다. 지체는 더 질척한 지체를 부를 것이란 것이 자명했다.

"좋아."

백서희는 고개를 돌리며 검을 들었다.

"이제 출근하지 않아도 괜찮아."

금빛의 검기가 들불처럼 일어났다. 백랑대도 검을 고쳐 잡았다. 그녀에게 화답하듯 갖가지 무기에서 검기가 솟아났다. 백서희는 그 검기를 보며 웃었다. 그들은 이류 수준에도 미치지 못하던 떠돌이 용병이었다. 그런 그들이 검기를 뽑을 수 있는 이유. 그들이 날이 싱싱한 검을 들 수 있는 이유.

"장구류는 반납하고 가도록 하시고."

백서희는 표정을 일그러뜨리며 신망금광보를 밟았다. 계단 위에 일렬로 서 있던 그들은 백서희의 움직임에 맞춰 대열을 흐트러뜨렸다. 둘은 앞, 셋은 뒤. 넷은 중앙. 집단전에서 싸우는 방법을 익혀야 한다며, 백진오가 초청했던 진법가가 만들어낸 백능탐랑진白陵貪狼陳이었다.

당연하게도 그 역시 백능상단의 것이었다.

"반납하라고!"

백서희는 고함을 지르며 검을 아래에서 위로 베어 올렸다. 평소와 같은 차분함, 웅혼함은 없었다. 초식도, 투로도. 그저 분노에 찬 참격이었다.

"크읏?"

"이런…!"

단검을 든 사내가 백서희의 검에 몸을 움츠렸다. 그 검에 대응해 손을 내밀었다간 진은 파괴될 터였으니까. 양손에 철수갑을 끼고 있는 사내는 움츠린 사내를 대신해 양팔을 교차해 백서희의 검을 막아냈다.

"쳐라!"

철수갑 사내가 외치자 후열의 네 검객이 백서희를 향해 검을 찔러 넣었다. 철수갑이 더욱 단단히 맞물려 백서희의 검을 고정시켰다. 철수갑 사내는 무표정한 얼굴로 말했다.

"잘 가십시오, 아가씨."

"구충 아저씨."

백서희는 울적한 표정으로 그 작별인사에 화답했다.

"넌 해고야."

녹풍 이 호의 손이 구충의 턱을 올려쳤다. 반응할 새도 없이 그의 턱이 으스러지고, 곧바로 앞으로 고꾸라졌다. 백서희를 향해 검을 휘둘러오는 네 무사 또한, 달려오던 자세 그대로 앞으로 나뒹굴었다. 그들의 어깨엔 큼직한 철침이 박혀 있었다.

"백능탐랑진은 우리가 만들고, 우리가 개량한 것들이야."

"큿…!"

"그러니 파훼법도, 잘 알고 있지 않겠어?"

도를 쥐고 있던 세 무인들이 뒷걸음질 쳤다. 녹풍대의 무인들은 그들의 팔을 잡고 비틀었다. 쥐고 있던 도가 요란한 소리를 내며 계단 밑으로 굴러떨어졌다. 백서희는 그들에게서 시선을 떼며 말했다.

"…부러뜨리는 정도만 해주시길."

우득!

"크아악!"

"악, 으아악!"

그들의 양팔, 양다리가 비정상적인 각도로 뒤틀렸다. 가로막던 백랑대가 사라지자 앞에 커다란 문이 보였다. 백서희는 옆으로 물러서며 당소소에게 말했다.

"이 앞엔 그 녀석이 있어."

"응."

당소소는 고개를 끄덕였다. 그리고 앞으로 나가 삼 층의 문고리를 잡았다.

"할 수 있겠어?"

백서희의 물음에 당소소는 고개를 저었다.

"해야지."

문이 열렸다. 창고처럼 보이는 방 안엔 탁자 하나와 의자 두 개가 놓여 있었다. 창문의 역광으로 보이는 익숙한 그의 음영. 그자가 자리에서 일어났다.

"오랜만이야, 동생."

당소소는 헛바람을 집어삼켰다. 작은 소름들이 정신을 말초부터 갉아먹었다. 숨을 쉬었다. 그리고 그를 마주했다.

"뭐라고 불러줘야 하지. 오빠? 아니면 오라버니?"

"넌 나를 오라버니라 불렀었지. 귀여운 동생아."

그가 다가오자 역광은 옅어지고 모습은 짙어졌다. 당혁의 얼굴이 그녀의 두 동공에 드리워졌다. 이빨이 딱딱 떨려왔다. 보이지 않게 아랫입술을 깨물어 억제했다. 그리고 고개를 돌려 공포를 피했다. 당혁은 그 모습을 보며 물었다.

"그래서, 무슨 일로 찾아왔지?"

"알잖아."

떨리는 음성이 당혁에게 당도했다.

"피차 갈 길 가자고."

녹풍대가 당소소 앞을 가로막았다. 당혁은 고개를 끄덕이며 키득거렸다.

"녹풍대라…. 확실히, 위험한 녀석들이야. 여기까지 오는 과정에서 두 명 정도는 줄어들 줄 알았는데 말이지."

웃음이 짙어졌다. 입을 막고, 고개를 숙이고, 더 크게 웃었다. 그리고 손짓하며 말했다.

"큭큭. 묵객."

"예."

당혁의 부름에 삿갓을 쓴 묵객이 그림자 속에서 걸어 나왔다. 한 손에

만신창이가 된 단혼사를 들고서.

"호법!"

당소소의 외침에도 단혼사는 피투성이의 얼굴을 푹 숙이며 반응이 없었다. 당혁은 자신이 일어섰던 의자를 가리키며 묵객에게 지시했다.

"앉혀라."

묵객은 단혼사를 의자 위에 거칠게 내려놓았다. 구멍이 난 배에선 피가 울컥 솟아나왔다. 당혁은 당소소와 녹풍대의 표정을 보며 겨우 웃음을 진정시키고, 헛기침을 하며 말했다.

"그래. 피차 갈 길 가자고."

당혁은 단혼사와 마주보던 의자를 돌려 세웠다. 그곳에는 고문의 흔적이 역력한 백진오가 앉아 있었다

"백진오!"

백서희의 외침. 당혁은 한껏 입술을 째며 허리춤에 손을 가져갔다. 양손에 비수가 쥐어졌다. 비수는 곧장 단혼사와 백진오의 어깨를 파고들었다.

"간단한 독이야."

당혁은 자신에게 손가락질했다.

"해독제는 여기 하나 있고."

당혁은 당소소와 백서희를 번갈아 바라봤다. 시체처럼 창백한 얼굴에서 어색한 경련이 일어났다.

"그럼, 서로 갈 길 가보라고."

살아있는 강시의 몸이, 활짝 웃었다.

* * *

당소소는 당혁을 마주봤다. 감출 수 없는 잔떨림이 눈꺼풀을 흔들었다.

"배반자를, 처단해."

"흐, 배반자라."

당소소의 명에 따라 녹풍대가 앞으로 나섰다. 바닥을 박차는 소리들이 매섭게 쏟아졌다. 당소소는 눈을 감았다. 이제부턴 자신의 영역이 아니었다. 그제야 눌러놨던 공포가 스멀스멀 기어 올라왔다. 아랫입술을 힘껏 깨물어 혼미한 정신을 채찍질했다.

"…소."

백서희의 목소리였다. 당소소는 눈꺼풀을 움찔거렸다. 눈을 뜨고 싶은데, 몸이 자꾸 거부했다. 당혁과 다시 마주칠 자신은 있는지. 당혁과 다시 말을 나눌 자신은 있는지. 내가 아닌 내가, 자꾸만 묻고 있었다.

"소소."

다시 백서희의 목소리. 어깨를 흔드는 감각이 느껴졌다. 정신이 몽롱했다. 그냥 쓰러져서 잠들고 싶은 마음뿐이었다.

"소소!"

"흣."

당소소는 숨을 들이켜며 눈을 떴다. 눈앞에서 백서희가 걱정스러운 눈길을 보내고 있었다. 백서희의 시선은 당소소의 아랫배를 향했다.

"정신 차려야 해. 통증 때문에 그러는 거야?"

"…잘 모르겠어."

"당혁을 만나서 힘들다는 것도, 달거리 중이라 정신을 차리기 힘들다는 것도 알고 있어. 그치만…. 뒤를 봐."

당소소는 백서희의 말에 뒤를 돌았다. 시인의 백랑대를 베어 넘기고 지나온 계단으로 마교도들이 몰려들고 있었다. 위기감을 넘어 막연함이 밀려왔다.

'벌써 한 다경이 지났나.'

멍한 표정의 당소소를 보던 백서희는 검을 앞으로 내밀며 삼 층 입구로 향했다.

"넌 충분히 노력했어. 이젠 내 차례야."

백서희는 인상을 찌푸리며 단전을 두드렸다. 백능상단의 금력을 쏟아부어 웬만한 고수들과도 견줄 법한 그녀의 내공이었지만 잇따른 연전으로 인해 이젠 바닥을 보였다. 그럼에도 긁어모으고 그러모아 움켜쥐었다. 희미한 금빛 아지랑이가 검에 휘감겼다.

"쳐라!"

"저년의 사지를 찢어버려!"

"한 명, 한 명이야!"

백서희가 검을 치켜세웠다. 그리고 격돌. 일단의 무리가 아래로 나뒹굴었다. 당소소의 뒤편도 결국 그녀가 관여할 수 없는 영역에 들어섰다.

뒤를 돌아서니 녹풍대가 당혁의 마공에 맞서 고전 중이었다. 소비할 대로 소비한 독으로는 살아 있는 독강시인 당혁과 독공으로 맞설 수도 없는 노릇. 완벽하게 강시가 된 몸엔 칼커녕 검기조차 듣질 않았다.

"당가의 정예가 고작 이 정도란 말이냐!"

"흩어져! 산이다!"

당혁이 흩뿌리는 독액에 녹풍대는 황급히 대열을 흩어 산의 영역에서 벗어났다. 대열을 흩어버린 그들을 맞이한 것은 시인의 화살과 묵객의 검이었다.

"크읏!"

"자네들 목 하나당 금전 한 냥이야. 희생을 잊지 않도록 하지."

녹풍 이 호와 삼 호가 매섭게 짓이겨오는 검을 회피해 뒤로 물러섰다.

'저 빌어먹을 강시를 어떻게 뚫어야 할지 감조차 잡히지 않아.'

녹풍 이 호는 혀를 차며 전황을 훑었다. 시인의 화살에 노출된 쪽도 그리 좋은 상황이 아니었다. 당혁의 독공과 피부를 뚫지 못하는 것은 매한가지였고, 어깨와 다리에 화살이 심어져 전투에 차질이 생긴 인원이 다수 생겨났다.

"이것이 진보를 잊은 당가의 모습이다, 소소."

당혁은 과장된 몸짓으로 양손을 펼쳤다. 그리고 몽롱한 표정의 당소소를 바라봤다.

"무지하고, 나약하고, 어리석어."

말을 꺼내던 당혁의 입으로 검기 실린 비수가 날아들었다. 당혁은 비수를 콱 깨물어 입가로 받아냈다. 그리고 턱에 힘을 주며 이빨로 쇳덩이를 끊어버렸다.

"반면 진보를 받아들인 내 모습을 보거라. 얼마나 강력하지?"

"……."

"당가의 독은 내 근골에 흐르고, 마공으로 빚어낸 독각혈가의 독은 내 핏줄에 흐른다. 난 독을 극복해 독을 받아들였고…. 결국 천적이라 여겨지는 검기마저도 내 몸을 해하지 못한다."

당혁은 쇳조각을 뱉으며 웃었다.

"이게 바로 당가가 나아가야 할 길이었다. 소소, 지금이라도 이 오라비의 손을 잡는다면. 내가 널 대업의 초석으로 추대해주마."

"읏…."

끈적거리는 당혁의 말이 당소소의 심장을 움켜쥐었다. 바르르 떠는 모습에 당혁은 광소를 터뜨렸다.

"크흣. 아핫핫. 왜 떠느냐? 너도 좋아하는 실험 아니었느냐?"

"닥, 쳐…."

"기억을 잃었다더니, 주종 관계를 잘못 파악하고 있는 듯…."

"놈!"

당혁의 말이 채 끝나기 전에 녹풍대원 한 명이 그에게 달려들었다. 감정을 통제하고, 깔끔한 궤적으로 날아드는 보법. 그리고 완벽하게 꺾어낸 금나수가 당혁의 팔을 휘어잡았다. 오른팔은 상완을 잡고, 왼팔은 팔뚝을 잡았다.

당가의 금나술, 산류금나散流擒拿였다. 녹풍대원은 망설이지 않고 그대로 비틀어 꺾었다. 당혁의 눈동자가 희끄무레하게 변했다.

"뭘 하는 거야?"

"이, 이익!"

"뭘 하는 거냐고."

분명 비틀어 꺾여 뼈가 드러나야 할 팔은 미동도 하지 않았다. 그는 이미 살은 물론이고 뼈도, 그 뼈를 잇는 이음매조차 완벽하게 경직시킨 강시였다. 금나술이 듣지 않았다. 당혁은 다른 쪽 손을 들어 녹풍대원의 손목을 움켜쥐었다. 가볍게 손을 댔는데도 뼈가 으스러지는 소리가 들려왔다.

"읏, 아아악!"

"뭘 하는 거냐고, 뭘 하는 거냐고! 뭘 하는 거냐고 물었잖아!"

갑자기 눈을 부릅뜨며 소리를 지르는 당혁. 그는 역으로 녹풍대원의 팔을 부러뜨리고 정강이를 걷어차 주저앉혔다.

"노, 놈…!"

"놈은 무슨. 내 말 안 들려? 뭘 하는 거냐고, 제발!"

숫제 울부짖는 듯한 말투. 당혁의 넓어진 동공이 녹풍대원을 바라봤다. 내공을 모으던 손을 발로 짓밟고 그에게 얼굴을 들이댔다. 몇 개의 비수가 날아들었지만 역시 듣질 않았다. 당혁은 그의 손을 짓밟은 상태로 주변을 두리번거리며 외쳤다.

"왜 의미 없는 짓을 해? 왜? 왜! 내 말을 믿지 않는 거야? 모든 놈이 내 말을 믿지 않아. 모든 놈이!"

그 외침에 몽롱하던 당소소의 시야가 맑아지며 점차 초점이 맞아갔다. 녹풍대는 짓밟힌 대원을 구하기 위해 틈을 노렸지만, 시인과 묵객이 눈을 시퍼렇게 뜨고 있는 터라 틈을 발견하기란 난해했다. 당혁은 거친 숨을 쉬어대며 그르렁거렸다.

"그럼 내가 믿게 해주마. 자, 이게 나찰염이라고 하는 거야. 이건 피안향, 이건 화화골산. 이건 환신향이고, 이건…. 아잇, 몰라. 전부 먹여줄게. 그럼 믿겠지? 응?"

"미, 친 놈…."

녹풍대원은 광기가 느껴지는 그의 행동에 욕설로 답했다. 당혁의 숨이 갑자기 멈췄다. 붉어진 얼굴도 순식간에 창백한 색으로 변했다. 눈을 한 차례 깜빡인 그는 몸에서 추출한 독을 손에 쥔 채 멍하니 서 있었다. 당소소는, 마침내 그를 바라봤다.

"…마공魔功은. 필연적으로 인간의 심성을 태워서 연성되는 거야."

"흐어어…."

바람 빠진 소리를 내는 당혁. 당소소는 녹풍 이 호에게 소리쳤다.

"입마入魔!"

"예?"

"마공이 정신을 갉아먹는 중이라고!"

당소소의 설명에 녹풍대원들이 곧장 날아들었다. 둘은 시인의 화살에 뒤로 물러서야 했고, 나머지 넷은 묵객과 격돌했다. 그리고 채 막지 못한 한 사람. 녹풍 이 호가 멍한 상태의 당혁을 걷어차고 밑에 깔려 있던 녹풍대원을 구해 당소소 옆에 내려놓았다. 익숙한 얼굴이었다.

"녹풍 십삼 호…!"

"못난 꼴을, 보였, 습니다."

고통이 그의 말을 뚝뚝 끊었다. 당소소의 표정이 일그러졌다. 나자빠진 당혁이 자리에서 일어났다. 여전히 멍한 얼굴이었지만 몸은 그렇지 않은 듯 제멋대로 움직이기 시작했다. 녹풍대원들이 서둘러 그를 향해 뛰어갈 때 당소소의 외침이 들려왔다.

"정지!"

녹풍대가 반사적으로 정지했다. 당혁은 볼을 크게 부풀리고는 녹풍대 앞으로 독연을 뿜었다. 한 치만 더 나갔다면 그의 독연에 큰 피해를 입었을 터였다. 당소소는 앞으로 걸어 나오며 다시 외쳤다.

"삽자기 돌진할 거야!"

당혁은 무릎을 살짝 굽히더니 땅을 박차고 자신이 뿌려놓은 독연 속으로 몸을 던졌다. 녹풍대는 당소소의 지시를 따라 당혁의 측면으로 돌아갔다. 당혁은 꼴사나운 모습으로 바닥을 나뒹굴었다. 누워 있는 그에게 다가서는 녹풍대. 당소소가 재빨리 지시했다.

"독각혈사연! 접근하지 마!"

푸확!

누워 있는 당혁에게서 증기가 뿜어지듯 독연이 솟구쳤다. 녹풍대는 복면 위를 손으로 틀어막고 뒤로 물러서서 당소소를 돌아봤다. 아랫입술에 이빨 자국이 선명한 당소소가 그곳에 있었다. 후들거리는 다리로 천천히 앞으로 다가오는, 그들의 주군이 그곳에 있었다.

"적은 독각천시라는 마공을 연성해 살아 있는 강시로 변한 자."

그녀는 피 묻은 입술을 손등으로 훔쳤다.

"녹풍 삼 호를 제외하고, 녹풍 이 호에게 모든 암기와 독을 몰아."

"옜."

당소소의 지시에 녹풍대는 허리춤을 풀어 녹풍 이 호에게 내밀었다. 녹풍 이 호는 망설이지 않고 녹풍대원들의 암기와 독을 받아 자신의 허리춤으로 옮겼다.

"삼 호."
"분부를."
"시인의 활, 막을 수 있겠어?"
철컥, 철컥!
대답은 없었다. 다만 허리의 장구류를 두드릴 뿐. 당소소는 손가락을 들어 삼 층 입구를 가리켰다.
"나머지는 서희를 지원해."
녹풍대원들은 아무런 이의를 제기하지 않고 뒤로 돌아섰다. 이 호와 삼 호, 그리고 바닥에 누워 있는 십삼 호만이 그녀 곁에 남았다. 당소소는 길게 숨을 뱉었다. 모든 것이 선명하게 보였다. 시인이 활시위를 약간 비틀어 약동환시躍動環矢라는 무공을 사용할 것이고.
쉬이이익!
나선을 그리며 내쏘아진 화살. 삼 호는 곧장 당소소 곁에 바짝 붙어 그녀를 보호하고 비수를 마주 던져 화살을 격추새켰다. 다음에 일어날 일도, 역시 선명하게 보였다.
"묵객에게 독을 던져, 이 호."
당소소의 지시에 녹풍 이 호는 곧장 죽통을 던졌다.
팟!
말끔하게 갈린 죽통에서 주황색 독연이 피어나왔다. 묵객은 혀를 한번 차며 뒤로 물러섰다. 당소소는 고개를 털어 현기증을 덜어내고 한걸음 더 앞으로 나아갔다.
'보여.'
당혁은 창백한 얼굴로 자리에서 일어섰다. 좌우로 목을 꺾자 철을 튕기는 듯한 소리가 났다. 눈을 눈을 깜빡이던 그는 가소롭다는 듯 웃었다.
"하, 내가 잠시 이성을 잃었다고 해도…."

"화화골산. 화, 수, 산!"

당혁이 손을 뻗어 독을 내뿜었다. 몇 방울의 독액이 당소소를 향해 날아들었다. 하지만 이미 녹풍 이 호는 바닥에 제독분과 해독제를 조합해 화화골산이 뻗어나갈 진로를 원천봉쇄하고 있었다.

"뭐, 뭐지? 소소? 네가 어찌?"

당혁은 양손을 맞잡았다. 당소소는 하늘을 가리키며 말했다.

"환신향. 화, 목, 신경독."

죽통이 딸각거리는 소리와 함께 뻗어오는 환신향을 향해 신경독이 내뿜어졌다. 교착. 제독분의 영역 안으로 그 어떤 것도 침노하지 못했다. 당혁은 알 수 없는 불쾌감에 볼살을 떨었다.

'뭐지?'

피안향이 바닥을 타고 흘렀다. 비수로 끊어쳐 영역이 더 이상 전개되는 것을 용납하지 않았다. 당가의 융해독 중 하나, 아신루. 즉석에서 조합된 제독분이 중화시켰다. 직접 몸을 움직여 그들의 가슴을 쥐어뜯어 갔다.

"캬악!"

"앞, 좌, 위!"

쉿, 쉬잇!

독액을 머금은 손톱은 애꿎은 제독분만 갈고 지나갈 뿐, 당소소는 녹풍이 호와 함께 이미 두 걸음 뒤에 서 있었다. 그제야 당혁은 불쾌감의 정체에 대해 알 수 있었다.

'내가 어떻게 행동할지, 전부 꿰뚫고 있다?'

당혁이 옆을 바라봤다. 묵객이 우두커니 서서 자신을 지켜보고 있었다.

"너, 왜 움직이질 않지?"

"이 전장은 기회비용에서 소금기가 느껴지오."

"그게 무슨…. 읏?"

올곧게 날아드는 비수. 비록 철판을 두드리는 소리가 나며 튕겨 나갔지만 미간을 후비고 들어간 말끔한 궤적이었다. 당혁의 시선에는 삼양귀원의 자세를 취하고 있는 당소소가 눈에 밟혔다. 당소소는 자세를 풀며 읊조렸다.

"내달려올 거예요."

"이, 빌어먹을 년이!"

녹풍 이 호는 여유로운 몸짓으로 당소소를 옆구리에 낀 뒤 횡으로 이동하며 당혁을 피했다. 꿈틀거리는 당혁. 당소소의 입술이 달싹였다.

"갈천염."

화륵!

"상옥분."

피시식!

"나찰염."

빠직!

당혁이 내미는 모든 수를 막아갔다. 당혁은 믿을 수 없다는 표정으로 숨을 몰아쉬며 고함을 질렀다.

'어떻게.'

"어떻게!"

당혁은 발을 굴렀다.

'내 독을.'

"내 독을!"

신경질적으로 손톱을 뽑아 던졌다. 녹풍 이 호가 고개를 살짝 젖혀 피했다.

'다 알고 있는 거야.'

"다 알고 있는 거냐!"

당혁은 얼굴을 붉히며 당소소를 바라봤다. 독, 마공, 독공. 그의 모든 것을 그녀는 이미 알고 있었다.

그녀는 김수환이었으니까.

'내가 독각음녀였으니까.'

그의 행동, 말투 모든 것이 독각음녀 당소소의 행동과 흡사했으니까. 그렇기에 당소소는 당혁을 죽이는 방법을 누구보다 잘 알고 있었다.

"이 호, 한걸음 뒤로."

독각혈사연이 뿜어지며 나무바닥을 갉아먹었다. 통째로 녹여버리겠다는, 난폭한 심상이 담긴 산이었다. 어느 순간 자신과 멀어진 개방방주의 딸에게 뿜었던 독무였다.

"크으으아아아!"

당혁은 분을 이기지 못해 괴성을 질렀다. 당소소는 허리춤에 매어둔 주머니에 손을 넣었다. 순천단이 손에 잡혔다. 쭉 벌린 아가리에 순천단만 박아 넣는다면 독각천시는 알아서 무너질 것이다.

"이 호, 한번 흘리고…."

"아으윽!"

뒤에서 들리는 비명이었다. 익숙한 목소리이기도 했고. 당소소는 뒤를 돌아봤다. 제대로 서 있지도 못하던 거구가 서서히 무너져 내렸다. 그의 팔은 형편없이 망가졌고, 가슴팍의 피는 아직도 멎지 않았다. 서서히 주저앉는 그의 가슴엔 연철전의 비수가 박혀 있었다.

"시, 십삼 호!"

"아, 아. 아가씨."

십삼 호는 넋이 나간 표정으로 당소소를 바라봤다. 당소소는 떨리는 손으로 그의 가슴에 손을 얹었다.

"아, 아니야."

"제대로, 지키지 못해, 죄송…. 합니다."

"왜, 왜 그랬어. 난 여기서 죽지 않는데. 왜!"

당소소의 절규에도 십삼 호의 눈길은 무심하게도 흐려졌다.

"모르, 겠습, 니다."

목구멍 너머로 피가 끓는 소리가 들렸다.

"무언가. 무언가가…. 날 일으킨 듯했습니다…."

"그게, 무슨 소리야."

십삼 호는 마지막 숨에 대답을 실었다.

"운명같은…."

십삼 호의 뺨으로 손을 가져가던 당소소의 손이 멈췄다. 당혁이 다가와도, 시인의 화살이 뺨을 스치고 지나가도, 마교도들의 괴성이 귓가를 묵직하게 후려갈겨도. 그녀는 움직이지 않았다. 녹풍 이 호는 당소소 앞으로 나서며 당혁을 경계했다.

"아가씨. 다음 지시를."

"……."

"아가씨."

녹풍 이호가 당소소를 재촉했다. 당소소는 무미건조한 말투로 다음 지시를 던졌다.

"…손톱으로 할퀼 거야."

휘익!

녹풍 이 호의 어깨를 노리며 철침이 날아들었다. 이 호는 황급히 상체를 젖히며 예고와는 다른 공격을 회피했다. 다시 상체를 되돌리고 바라보는 당혁의 얼굴엔 잔학한 웃음이 그려져 있었다.

"알았다."

당혁의 목소리에 당소소는 고개를 들어올려 그를 바라봤다.

"소소, 너 내가 마공에 인간성이 잠식되었다고 생각했구나. 귀여운 것."

그는 흥미 섞인 시선으로 당소소를 바라봤다.

"소소야."

그리고 마치 애지중지 키우는 개를 바라보듯.

"난 언제나 제정신이었단다."

애틋하게 웃었다.

* * *

나른한 정신이 또렷해졌다. 배에 박힌 나무토막은 여전히 쓰렸다. 그 위에 더해진 자상은 더욱 쓰라렸다. 흐릿한 정신은 상처들의 고통으로 점차 선명해졌다. 그는, 자신이 단혼사라는 이름을 가진 사람이라는 것을 생각해낼 수 있었다.

'여긴 어디지. 뭘 하는 중이지.'

전신을 긁어대는 고통에 익숙해졌다. 고개를 들어 핏빛 시야로 주변을 훑었다. 독각혈가의 옷을 입은 당혁이 당소소에게 다가가고 있었다. 눈동자를 조금 돌리자 산발이 된 머리칼에 가려진 비단옷의 사내가 고개를 처박고 있었다. 자신이 기억하는 바가 맞다면, 저 생김새의 사내는 백진오일 것이다.

"…아."

짧은 탄성. 의식과 기억이 밀려왔다. 의원으로 향한다며 자신에게 칼을 찔러넣은 묵객. 그 칼을 맞고 기진맥진해 별다른 저항도 하지 못하고 무너졌음을 깨달았다. 손가락이 꿈틀거렸다. 당장이라도 자리에서 일어나 독각혈가의 옷을 입은 당혁과 묵객의 머리통을 부수고 싶었다.

'…급할 필요는 없지. 이미 늦었으니.'

입안에 고인 핏물을 삼키고 상황을 정리했다. 도주했던 당혁이 이곳에 있고, 그 곁에 묵객과 시인이 서 있었다. 그리고 그들은 당소소와 녹풍대를 겨누고 있었다. 이내 단혼사는 묵객이 말하던 계약자가 눈앞의 백진오가 아닌, 저 먼 천산의 천마라는 사실을 어렵잖게 짐작해낼 수 있었다.

'모두 옛 주군의 죽음에서 벗어난 줄 알았더니만.'

그들과 얽혔던 과거를 떠올렸다. 천외십강이라 불리며 천하를 주유하던 낭인왕과 그들을 따르던 무리들. 왕하십랑이라 불리던 열 명의 측근들. 그리고 우두머리의 몰락에 모든 측근이 흩어지고 남은 단 세 명의 늑대. 모인 곳은 같았으나 흩어진 곳은 같지 않았다. 그럼에도 그는 서로가 서로를 동료라고 생각하고 있는 줄 알았다.

하지만 그들을 하나로 엮는 우두머리는 이제 없고 그들 또한 이제 각자의 무리에 속한 늑대들이라는 차가운 현실이 그의 마음을 꿰뚫었다.

'이젠 의미 없는 과거. 고려할 가치는 없다.'

단혼사는 조심스레 적의 동태를 살폈다. 묵객은 전장 전체를 관망하고 있었고, 시인은 녹풍 삼 호에게 모든 정신을 쏟고 있었다. 당혁 또한, 당소소와 녹풍 이 호에게 온 정신을 집중하고 있는 것은 마찬가지. 단혼사는 앞을 보며 낮게 뇌까렸다.

"살아 있는 것 같군."

"……."

"아니, 어깨에 박힌 비수를 보아하니 곧 죽을 사람인가."

"손익을…. 계산하고 있었을 뿐이오."

백진오가 움찔거렸다. 작은 목소리가 단혼사의 물음에 답을 전했다. 그리고 고개를 들며 웃었다.

"이거, 서로의 꼴이 말이 아니구려."

"그래서, 이 손해는 어찌 메울 생각인가?"

백진오는 피에 젖은 머리를 주억거리며 말했다.

"손해, 손해라…. 뭐, 일단은 손해라고 하지요. 그래서, 의뢰했던 일은 완수되었습니까?"

단혼사는 백진오의 말에 그의 의뢰를 떠올렸다. 백능상단을 방위하는 무사들이 자취를 감추거나 의문의 죽임을 당했다는 말. 평소 섭섭잖게 배에 금을 발라줬던 관리들이 응답하지 않는 것. 백진오는 일련의 사건에서 곧장 이변을 느끼고 도강언 안에서 대기하고 있던 자신을 찾았다.

— 이상한 곳에서 보자고 했군.

— 변수가 생겼습니다. 당가의 손을 빌려야겠군요.

— 예로부터 당가는 지독한 고리대금업체로 유명한데. 괜찮겠나?

— 그만큼 믿을 만한 곳이라는 말로 알아듣겠습니다.

백진오는 농담에 웃음으로 답할 수 없었다.

— 백능상단의 무사들이 싸우기도 전에 모습을 감췄고, 사천의 수원지를 침략당해 곧장 달려와야 할 관군도 소식이 없습니다. 제가 예측할 수 있는 변수 이상의 것이 나왔으니, 저로서는 어쩔 수 없는 일이지요.

— 용건은?

단혼사는 그 대화를 곱씹으며 실소를 지었다.

"자네도 참 과격하군. 백능상단의 본가에 화약을 매장해 놓다니."

"완수되었나 보군요."

백진오는 힘 빠진 웃음을 지으며 손을 떨었다. 그는 비록 대국을 보진 못했으나 실패에서 배우지 못하는 어리석은 이는 아니었다. 서둘러 단혼사에게 접촉해 가주실의 비밀통로를 알려줘 피난을 유도하게 하고, 백능상단의 본가를 통째로 불살라버려 적의 수탈을 막고, 침략의 요충지가 되는 것을 막았다.

"…처음부터 손을 삽지 않은 절 어리석다고 생각하십니까?"

"어차피 선택의 책임은 자네의 것이네. 그리고…. 돌아가는 꼴을 보아하니 처음부터 당가와 협력했어도 그리 좋은 상황으로 흘러갔을 것 같진 않군."

단혼사의 아닌 듯한 위로에 백진오는 고개를 떨궜다.

"그렇기에 이 사건은 제 손에서 끝내는 겁니다. 이 정도 선에서 끊는다면. 당장의 손해는 미래의 이득으로 돌아오겠지요."

"이득?"

"예."

그는 어깨를 들썩였다. 건조한 웃음소리가 들렸다.

"바둑은 좀 둘 줄 아십니까?"

"갑자기?"

"대마불사大馬不死. 여러 돌이 뭉쳐 거대한 덩어리가 된 대마는 활로가 무궁해 쉬이 죽지 않는다는 말이지요. 한데 역으로 생각해 보십시오."

백진오가 말했다.

"대마가 죽으면, 무슨 일이 벌어지는지."

"백능상단이 대마라는 이야기를 하려는 게군."

"촉금을 취급하던 상단의 명문, 수많은 인원을 먹여 살리던 집단의 공백. 금품을 받고 시치미를 떼는 관리의 부정이 수면 위로 올라오겠지요. 백능상단이 무너지면 사천성은 혼란에 빠질 겁니다."

"그렇기에 자네들을 죽일 수 없다…."

"설령 죽더라도 곧 비단길로 원정을 나섰던 백능상단의 상단주와 간부들이 돌아올 겁니다. 손해로 말미암아 더 큰 배상을 청구할 것이고, 백능상단은 더 큰 권리를 누리게 될 것입니다."

단혼사는 한숨을 쉬었다.

"그럼 자네는?"

"제 목숨값과 얻게 될 권리를 저울질한다면, 사천성을 전전하던 백능상단이 전국구로 진출하는 것이 더 큰…."

"목숨은 재화와 저울질할 수 없네. 한번 데이고도 정신을 차리지 못했나?"

단혼사는 끓어오르는 피가래를 뱉으며 말을 이어갔다.

"쿨럭, 독이 슬슬 도는군."

"그륵…."

백진오 또한 몸의 이변을 느끼며 피를 삼켰다.

"잘 듣게. 우리가 잡혀 있는 한, 이 상황을 타개할 수가 없네."

"동의, 합니다…."

단혼사는 부들거리는 손으로 비수를 움켜쥐며 말했다.

"다행스럽게도 당혁은 독각혈가의 독이 아닌, 당문의 독을 사용했네. 그리고 그 덕에 난 이 독이 무엇인지 알고 있지."

"그렇다는 말씀은…."

푸슉.

짧은 피륙음이 들려왔다. 단혼사는 어깨에 박힌 비수를 뽑아 오른손에 움켜쥐고, 그 손으로 책상을 짚었다. 백진오의 시선이 자리에서 일어나는 단혼사에게 닿는다.

"해독제는 자네의 것이네."

"…예?"

단혼사가 비틀거리자 묵객의 시선이 곧바로 따라 들어왔다. 단혼사는 자신을 바라보는 묵객에게 웃어줬다.

"간단한 문제였어. 둘 중 하나가 살아야 한다면 누가 살아야 득이 되는지."

"……."

"답은 자네도 알고 있지 않은가?"

백진오는 그 말에 아무런 대꾸도 하지 못했다. 고문의 흔적이 역력한 얼굴을 들어 단혼사의 모습을 지켜볼 뿐. 그 옆으로 묵객이 지나쳐갔다. 책상을 넘어 단혼사의 옆에 섰다.

"영감, 앉아 있으시오."

"검랑."

"내가 묵객이라고 부르라하지 않았소?"

스릉.

서늘한 소리와 스산한 예기가 단혼사의 목을 겨눴다. 단혼사는 거무죽죽한 피를 뱉은 뒤 고개를 저으며 한걸음 뒤로 물러섰다.

"이제 와서 낭인에게 어떤 인정이나 정의를 바랄 생각은 없다."

"영감을 살려준 것도 나름 인정을 베푼 일이라고 생각하는데."

저벅.

단혼사의 걸음은 검날을 피해 다시 한 번 뒤로 물러났다. 바짝 다가오는 검. 그는 검날을 피해 턱을 들어 올렸다.

"나도 이 이상 영감을 궁지에 몰기 싫소. 그저 앉아 있기만 하시오."

"이 사람아."

단혼사는 치켜든 고개로 묵객을 내려다보며 말했다.

"금전을 챙기려거든 금전을 챙기고, 복수를 원하거든 복수를 행하게."

"…앉으라 했소."

"언제까지 그런 애매한 태도를 견지할 생각인가."

묵객은 단혼사의 말에 더욱 검날을 가까이 댔다. 단혼사는 하릴없이 뒤로 한 번 더 물러설 수밖에 없었다. 그의 허리에 큰 창가의 난간이 걸렸다. 뒤를 돌아보니, 아래엔 끝을 알 수 없는 깊은 물길이 소용돌이치고 있었다.

"자네는 옛 주군의 임종을 지켜보지 못했지. 아마 마교의 돈을 받은 이유도 궁랑의 제안이었을 것이고."

"무슨 말을 하고 싶은 것이오?"

"알고 싶지 않은가? 진짜 이야기를."

단혼사는 손을 들어 귀를 가까이 대라는 손짓을 했다. 묵객의 눈썹이 움찔거렸다. 하지만 이내 점점 다가갔다. 암습을 고려하더라도, 그는 더 이상 전투를 할 수 있는 몸 상태가 아니었다. 묵객의 고개가 다가왔다. 단혼사가 그의 귀에 속삭였다.

"……."

"……."

말을 던지자 눈빛이 되돌아왔다. 눈빛을 받은 이는 담담했고 말을 받은 이는 동요했다. 단혼사는 비수를 쥐지 않은 손을 들어 올렸다. 검지와 약지를 펼쳐 묵객 너머에 있는 녹풍 이 호를 바라봤다.

팟!

피가 묻어 있던 비수가 단혼사의 손을 떠났다. 비수는 철판을 때리는 소리를 내며 당혁의 등에 튕기고 바닥을 나뒹굴었다. 당혁의 시선, 그와 상대하는 녹풍 이 호의 시선. 거기에 망연자실한 얼굴로 녹풍 십삼 호의 주검을 끌어안고 있던 당소소의 시선까지 모두 단혼사에게 집중되었다.

"그럼, 나중에 봄세. 검랑."

단혼사의 말이 떨어지기가 무섭게 검광은 단혼사를 사선으로 길게 찢었다.

"안 돼."

말라비틀어진 당소소의 목소리가 들렸다. 약간의 피가 묵객의 상처투성이인 얼굴을 덮었다. 단혼사의 몸은 균형을 잃고 난간으로 기울어졌다.

미치지 못한다는 것은 알고 있다. 그럼에도 아쉬움으로, 안타까움으로, 절망으로 헛된 손을 내밀었다.

"안 돼…."

옷자락이 쓸리는 소리와 함께 피투성이의 단혼사가 바깥으로 떨어졌다. 그의 몸은, 게걸스러운 격류가 먹어치워 자취조차 찾을 수 없었다. 묵객은 잠시 아래를 바라보더니 검을 내리쳐 피를 털어내고 다시 제자리로 돌아갔다. 일련의 과정은 마치, 마땅히 그래야 한다는 듯 너무나도 도식적이었다.

"……."

당소소의 손이 떨어졌다. 녹풍 이 호는 입을 굳게 다물고 그녀를 내려다봤다. 당혁이 더욱 거리를 좁혀왔다. 이젠 지척에 있는 웃음소리가 그녀의 몸, 마음, 감정, 정신, 뼈, 근육, 핏줄을 긁어댔다.

"크흐흐. 해독제는 철혜검봉의 손으로 돌아갔구나, 소소야."

"아, 아…."

"어찌 보면 네 손으로 죽이지 않아도 됐으니, 다행 아니냐!"

"으, 우으…."

그 말에 대꾸라도 하려고 입을 열었지만 나오는 것은 감정을 억누르기 위해 언어마저 짓눌러놓은 비명 같은 무언가였다.

"그리 고통스러워하지 말거라. 이 오라비가 예전부터 약속은 잘 지키지 않았느냐? 네가 독을 먹는다면 다른 이들은 살려준다고 했고. 그러한 약조를 한 번이라도 어긴 적이 있더냐?"

당혁은 품에서 작은 호리병을 꺼내 묵객에게 던졌다. 묵객은 호리병을 받아 백진오에게 먹였다. 당혁이 그 모습을 보며 조소를 머금었다. 애초부터 당혁은 백진오를 죽일 생각이 없었으니까. 백진오에게서 백능상단의 금고를 손에 넣어야 했으니까. 당혁은 멍한 당소소의 눈길에 딱딱한 웃음을 던져주며 말했다.

"이렇게 될 운명이었다. 넌 애초부터 나의 소중한 장난감일 뿐이었다. 난 당가의 미래고, 독공의 신기원을 개척한 종주란 말이다. 독천? 정파의 오대세가? 그런 덜떨어진 명예에 집착해서…."

슈슛!

녹풍 이 호가 철사로 당혁의 목을 휘감았다. 철사로 만든 올가미가 단단히 걸리자 그대로 잡아당겼다. 그러나 철사가 잔뜩 긴장하며 팽팽한 제 몸을 떨어댔지만, 그의 목에는 생채기 하나 나질 않았다. 팅, 하는 소리와 함께 철사가 끊어지고 녹풍 이 호의 균형이 잠시 틀어졌다. 당혁은 그 모습을 보며 웃었다.

"이렇게 진보가 없는 것이다."

"컥!"

녹풍 이 호의 배에 주먹이 틀어박혔다. 독으로 정련한 강시의 몸은 인간의 피륙으로 버티기엔 너무 굳센 것이었다. 팔을 비틀어내려 그 주먹을 막았다. 살점이 터져나가고 뼈가 으깨지는 소리가 적나라하게 들려왔다. 팔을 내주고 몸을 짓뭉개는 선에서도 모자라 녹풍 이 호의 몸이 벽으로 날아들어 처박혔다.

"소소야."

당혁은 녹풍 이 호를 날려 보낸 팔을 몇 차례 턴 뒤, 그 손으로 당소소의 턱을 잡아 끌어올렸다. 풀린 동공과 범벅이 된 감정으로 어떤 표정을 지어야 할지 갈피를 잡지 못하는 얼굴이 보였다. 당혁은 그 표정에 가슴을 찌릿하게 하는 감정을 느꼈다. 예나 지금이나 한 점의 유리처럼 고귀해 보이고, 파괴 욕구를 자극하는 얼굴이었다.

"예전처럼 이 오라비를 따르거라. 네 주제는 바로 그것이야."

끈적한 시선이 그녀를 훑었다.

"내공이 있다고 하였느냐?"

턱을 움켜쥔 손은 이내 그녀의 뺨을 훑었다.

"더욱 좋다. 너로 말미암아, 천대받던 독공은 그 누구도 무시하지 못하고 보지도 못하는 천하의 보검이 될 것이다. 허울뿐인 명예로 제 몸을 치장하던 당가는 진실로 강해질 것이다."

"……."

"네 운명이 그런 것이다. 내 동생아. 넌 무공을 익혀도, 학식을 쌓아도 결국 그 어떤 이도 뛰어넘지 못한다는 걸 잘 알고 있잖느냐?"

당혁은 당소소의 뺨을 움켜쥐던 손을 놓고 그녀를 내려다봤다. 당소소는 어떤 말도 하지 않았다. 다만 길게. 아주, 길게. 숨을 내뱉었다.

"하아…."

언제나 함께해오던 무기력은 익숙한 움직임으로 당소소의 몸을 휘감았다.

저항할 수 없어. 받아들이는 편이 편해. 다른 사람들을 죽일 거야?

패배에 익숙한 감정은 서둘러 이성을 눕혔다. 보듬고, 쓰다듬었다. 넌 그래왔으니까, 라고 속삭이며.

당소소는 웃었다.

"그러니까 오빠라고 불러야 하나요, 아니면, 오라버니라고 불러야 하나요."

"기억을 잃기 전, 넌 나를 당혁 오라버니라 불렀었지."

당혁도 웃었다.

"당혁 오라버니."

입에 담은 오라버니라는 단어에 소름이 돋았다. 그 소름이, 눈을 감아가던 이성을 일깨웠다. 당소소는 웃는 낯을 들어 당혁을 바라봤다. 증오스럽고, 똑바로 처다볼 수조차 없는 얼굴이 당소소의 정신에 인두질을 하는 것 같았다. 그렇기에 선을 그었다. 스승이 알려준 대로, 감정이 자신에게서 뛰쳐나가지 못하게 넓고 길게 선을 그었다.

"뭐든지 할게요."

그렇기에 당소소는 웃고 있음에도 웃지 않았다.

"살려주세요."

당소소는 울고 있었다.

당혁은 그 눈물에 더욱 활짝, 웃었다.

* * *

당혁은 주저앉아 울고 있는 당소소에게 다가가 몸을 수그렸다. 공포에 젖어 헐떡이는 숨결이 그의 가슴을 간질였다. 그는 입을 벌려 당소소의 오른쪽 뺨을 핥았다. 건조한 혀는 나무껍질 같은 촉감이 들었다.

"맛은 그럭저럭. 불순물은 없어 보이는군. 혹여 신체의 변질이 있을 수도 있을 거라 생각했는데, 역시 당가의 핏줄이라 그런지 말짱하구나."

그리곤 그녀의 턱을 움켜쥐고 이모저모를 뜯어봤다.

"소소야."

"……."

"소소야."

"……."

당소소는 온몸에서 솟아오르는 불쾌감에 젖어 아무런 대꾸도 할 수 없었다. 그러나 그는 그것을 바라지 않았다.

짜악!

가볍게 휘두른 손이 고개를 힘껏 젖히게 했다. 훅 끼쳐오는 고통에 당소소는 당혁을 바라봤다.

"이 오라비가 말하고 있잖느냐. 대꾸를 하지 않고 무얼 하는 게냐?"

"네, 네…."

"아직 주제를 자각하지 못하는 것 같은데?"

미물을 보는 눈빛이었다. 당소소는 주먹을 움켜쥐었다. 시선을 피해 뒤를 돌아봤다. 끝도 없이 몰려드는 마교도들과 일진일퇴를 거듭하는 백서희와 녹풍대. 이곳의 일을 신경 쓸 겨를이 없어보였다. 그녀 옆으로 화살 여러 개가 박힌 녹풍 삼 호가 나뒹굴었다.

"으윽…. 죄송합니다, 아가씨…."

당소소는 그 말을 들으며 눈을 감았다. 만전상태의 녹풍대였다면 아마 이렇게 고전하진 않았을 것이다. 당가의 고수들은 독과 암기를 사용한다는 독특한 특징을 지니고 있었다. 그렇기에 난전에 강하고, 단기전에 강했다. 서로의 살을 깎아먹는 소모전에서도 당연히 강한 면모를 지녔다.

'도강언의 정상화를 위해 소모한 자원이 너무 많았다.'

도강언의 곳곳을 점령한 독룡대를 제압하기 위해 많은 암기를 사용했고, 살포해놓은 독을 중화시키기 위해 녹풍대의 독을 사용했다. 그렇기에 실질적으로 맨손으로 적과 겨뤄야 하는 상황. 온몸이 강철 같아진 독각천시와는 상성이 맞질 않았다. 거기에 시인과 묵객은 보통의 낭인들과는 다른, 낭인왕의 수하였던 과거가 있는 자들이었다.

'애초에 쌍검무쌍에서도 천마신교 사천지부의 수장을 맡았던 자들이니까.'

당소소는 고개를 푹 숙이고 원전의 이야기를 떠올렸다. 중반 이후 본격적으로 마교가 태동하고, 사천성이 가장 먼저 마교의 수중으로 들어간다. 그동안 사업을 확장한 백능상단은 이미 중원에 진출해 큰 피해를 입지 않았으나, 청성파와 아미파는 그렇지 못했다.

갑작스레 나타난 시인과 묵객은 사천성을 집어삼키고, 낭인왕의 복수를 하겠다며 낭인회를 공격하기 시작했다. 마교전의 시작이었다. 원작 당소소가 모습을 감춘 것도 그 이후였다.

'백능상단에 기생하고 있다가, 백능상단의 세력을 마교에게 바치고 자리를 얻은 거야.'

지식과 경험이 맞물려 결과를 도출해냈다. 본격적인 기연쟁탈전의 시작이기도 했다. 첫 시작은 낭인왕의 묘지. 승자는 마교였고, 그 결과 불사마존不死魔尊이라는 골치 아픈 존재가 탄생했다.

뚜둑.

당소소의 손톱이 나무 바닥을 긁었다. 이제 생각해야 했다. 타개책은 무엇일까. 나만이 알 수 있는 지식과 나만이 할 수 있는 행동들은 과연 이 암담한 상황을 구제할 수 있을까.

"…죄송합니다, 오라버니."

"넌 내 실험체일 뿐이야. 나랑 대등한 생물이라는 생각을 하지 말란 말이야. 알아들었어?"

그녀는 움켜쥔 손을 풀었다. 시간이 필요했다. 무엇을 떠올려야 할지, 무엇을 해야 할지에 대한 계책을 떠올려야 했다. 그렇기에 눈물자국이 선명한 뺨을 들어 웃었다.

"예. 당연히…."

당혁은 그런 당소소의 태도가 흡족했는지, 몸을 일으켜 당소소에게서 멀어졌다. 그리고 백진오를 걷어차 의자에서 떨어뜨린 후, 그 의자에 앉아 손짓했다.

"컥!"

"그렇다면 이리로 기어오너라."

당소소는 망설이지 않았다. 오른손을 앞으로 내밀고, 다시 왼손. 양 무릎으로 바닥을 쓸며 천천히 앞으로 향했다. 당혁은 고개를 뒤로 젖히며 그 광경을 내려다보며 말했다.

"백진오."

"……."

"상황은 끝났다. 죽기 싫다면 금고를 넘겨라."

"하하…."

백진오는 부들거리며 고개를 들었다. 당혁의 시선이 그를 거만하게 훑었다.

"말하면 뭐가 달라지나?"

"널 살려주도록 하지."

"멀쩡히 살 수 있을 것 같진 않은데."

"네 신분은 독각혈가의 소가주인 내가 증명해 주도록 하지. 이 정도면 괜찮은 거래 아닌가?"

툭.

당혁의 다리를 건드는 당소소. 당혁의 눈이 꿈틀거렸다. 무릎을 꿇고 네 발로 엎드려 있는 그녀를 걷어찼다. 당소소가 바닥을 나뒹굴며 백진오 곁으로 날아갔다. 마른기침 몇 번. 그리고, 다시 당혁의 곁으로 기어갔다.

"쿨럭, 쿨럭…."

"쯧쯧. 배알 없는 이런 꼴이란. 그래서 네가 내 품을 벗어나지 못한다는 게다. 소소야."

"죄송해요, 살려만…. 살려만 주세요."

백진오는 차게 식은 눈으로 당소소를 바라봤다. 약간의 경멸이 담겼다. 단혼사가 죽음으로 살린 그녀의 꼴이 너무 역겨웠기에. 당소소는 그가 그런 시선을 던지거나 말거나 당혁 곁으로 가 몸을 웅크렸다. 당혁은 당소소의 머리를 잠시 쓰다듬더니 자리에서 일어나 백진오에게로 다가갔다.

퍽!

"컥!"

가벼운 발길질에 백진오는 바닥을 나뒹굴었다. 당혁이 그의 멱살을 움켜쥐고 들어 올렸다.

"거래를 좋아한다고 했지?"

"글쎄다…."

"마지막 기회다. 금고의 위치를 불어라. 아니면…."

당혁은 시인에게 눈짓했다. 그가 들고 있는 작은 각궁이 휘어졌다. 화살촉은 멀리서 분투를 벌이는 백서희에게로 겨눠졌다. 백진오의 표정이 굳어갔다. 당혁은 웃었다.

"합리적인 거래 아닌가?"

"그래, 말하마. 네가 서희를 살려준다면."

백진오의 입이 떨어지자 당혁은 손을 들어 시인의 손을 늦췄다. 그는 백진오의 멱살을 놓아주며 말했다.

"좋다. 살려줄 것을 맹세하마. 내가 부흥시킬 당가의 이름을 걸고."

"금고는 본가의 잔해 밑에 있을 것이다. 열쇠는…."

백진오는 눈살을 찌푸렸다. 자신이 죽더라도 백서희는 살아야 했다. 그녀가 자기보다 더 가치가 있으니까. 그렇다면 살릴 수밖에 없는 이유를 만들어줘야 했다.

"…백서희가 가지고 있다."

"좋아. 거래는 성사되었다."

당혁은 손을 내리며 눈짓했다. 시인은 백서희를 잡기 위해 걸음을 옮겼다. 그리고 백진오 앞에 서서 물었다.

"남길 말은 있나? 마신의 영전 아래 무릎을 꿇는다면 살려줄 용의는 있다만."

"뭐, 언제는 날 살려준다고 하지 않았었나?"

허탈하게 웃는 백진오. 당혁은 웃음을 웃음으로 받았다.

"맹세를 하지 않았잖아."

"그렇군. 계약서는 필수였지. 내 패착이군."

당혁의 발이 뒤로 젖혀졌다. 백진오의 머리를 걷어차 으스러뜨리기 위해 곧장 뻗어나갔다.

뿌득!

"아학!"

비명조차 없을 거라 예상하던 행동에 낯선 비명이 끼어들었다. 당소소가 그의 발길질에 얻어맞아 창가로 날아갔다. 그녀는 배를 움켜쥐며 미친 듯이 울부짖었다.

"아흑, 으으윽!"

"뭐하는 짓이지? 감히? 실험체 따위가."

"흑, 학! 아파, 아파…."

갈비뼈가 부러져 숨조차 제대로 쉴 수 없었다. 할딱이는 숨결에 고통이 묻어 나왔다. 몸을 가눌 수 없기에 바르르 떠는 것밖에 할 수 없었다. 백진오는 어리둥절한 표정으로 당소소를 바라봤다.

"이게, 무슨 짓이지. 난 어차피 죽는다. 네가 손해를 감수하며 뛰어들 이유는 없는데."

"윽, 으윽…."

당소소는 고통으로 몸을 웅크렸다. 가격된 곳은 단전이었다. 뇌린은루로 증축해둔 단전의 근간이 으스러지고 있었다. 움켜쥔 손바닥으로 손톱이 파고들었다. 당혁은 멍하니 당소소를 바라보는 백진오을 내버려두고 당소소에게로 다가갔다.

"아직 완전히 정신 차리지 못했구나, 우리 귀여운 소소."

"헉, 허억…."

"교육을 좀 해줘야겠어."

당혁이 다가오자 난데없이 하늘이 명멸하며 우렛소리가 들려왔다. 그 우렛소리에 당혁은 걸음을 멈추고 웃었다.

"들리느냐, 소소야?"

"…우그윽."

"들리느냐고. 네 스승이 형편없이 짓이겨지는 소리가. 저 편에는 독마와 요마가 가 있다. 네가 알고 있을지는 모르겠지만, 구주십이천에 비견된다는 십계십마의 둘이지. 제아무리 번개를 부리는 괴물이더라도, 둘의 협공에는 맥을 추지 못하고 죽어가고 있다는 뜻이다."

그의 말에 호응하듯 벼락소리가 점차 작아졌다. 그러다 종국에는, 들리지 않았다. 바람이 불어 웅크리고 있는 당소소의 머리를 쓸었다. 날아간 통에 부러진 비녀가 드러났다. 당소소는 어깨를 떨었다. 당혁은 턱을 쓰다듬으며 그 꼴을 감상했다.

"뭐, 그럴 수 있지. 옛 기억을 떠올리게 하지 못한 내 잘못도 있으니. 그럼 처음은 백련지독으로 시작할까?"

"흐…."

어깨의 떨림은 곧 흔들림으로 변했다. 신음은 곧, 웃음소리로 변했다.

"흐흣."

당소소가 천천히 자리에서 일어섰다. 분명 일어서지 못할 상처임에도, 자리에서 일어났다.

"으, 으음?"

반대로 분명 쓰러지지 못할 힘을 가졌음에도, 당혁이 비틀거렸다. 당혁은 서둘러 시큰해진 코끝을 훑었다. 피가 묻어 나왔다. 시종일관 거만하던 그의 눈이 떨렸다. 떨리는 눈은 당소소의 얼굴로 향했다.

그녀는 울고 있었다.

그녀는 웃고 있었다.

그녀는 당소소였다.

그녀는 당소소가 아니었다.

당혁은 자신도 모르게 그녀에게 물었다.

"…너, 누구야."

당소소가 웃음을 지우고 그를 바라봤다.

"나?"

그녀는 무언가의 잔해로 더러워진 손을 털고 부러진 비녀를 움켜쥐었다. 그녀의 손에선 어떤 약향이 퍼지는 듯했다.

그가 물었다.

넌 누구냐고.

'난 누구냐고?'

나는 무너진 가정 속에서 살던 김수환이다.

'나는 독천의 딸 당소소야.'

나는 일용직을 전전하던 김수환이다.

'나는 당가의 혈족인 당소소야.'

나는 패배자인 김수환이다.

'난 가문에서 버려진 당소소야.'

그럼

'그럼.'

난 누구인가.

팟.

난립하는 생각 속에서 부러진 비녀가 허공에 던져졌다.

"그게 중요해?"

'중요하지 않지.'

중요해.

'정말 중요한 건, 내가 아버지에게 버림을 받았다는 거야.'

그것보다 중요한 건 어머니가 도망갔다는 거야.

'그것보다 더 중요한 건 형제들조차 날 버렸다는 거야.'

아니, 더 중요한 건 내가 사회에게서 버려졌다는 거야.

'아니라니까. 난 가문의 천덕꾸러기였어. 가문이 날 버렸다고.'

난 버림받아 굶어 죽었다. 아무도 반겨주지 않는 쓸쓸한 방 안에서.

'난 칠혼독을 먹었어.'

당소소는 소매를 찢어 긴 천으로 만들었다.

'그래서, 어떻지?'

…넌 그래서, 어떻지?

탁, 타닥.

비녀가 바닥을 나뒹굴었다. 흐트러진 머리가 무척이나 거슬렸다. 그녀는 머리를 그러모아 천으로 동여맸다.

'중요한 것은 그게 아니야. 내가 누구인지, 너는 무엇인지.'

중요한 것은 그게 아니지.

'진짜로 중요한 것은,'

"진짜로 중요한 것은,"

당소소의 자색 눈이 비틀거리는 당혁을 바라봤다.

'비로소 깨달았다는 거야.'

"비로소 깨달았다는 거야."

당소소는 머리를 묶고 손을 내렸다. 내가 무엇인가, 여기에 관한 고민은 영원토록 자신을 붙잡고 놓아주지 않을 것이다. 이생이 다하도록 할 고민이었다. 하지만 지금은 그것이 그다지 중요하지 않았다.

그녀는 이제야 비로소 화가 났다는 것을 깨달았다.

가족, 사회, 하인, 사장, 돈, 불우, 죽음, 배고픔, 아픔, 고통, 상실.

그 모든 것이, 그녀를 화나게 했다.

그 모든 것에, 그녀는 화가 나 있었다.

으스러진 단전에서 방전이 튀었다. 뇌람심공이 길을 잃고 사방으로 뻗어나갔다. 그러나 만류귀원신공으로 그어진 선을 벗어나지는 못했다. 그 선을 따라 내공이 움직였다. 열두 곳의 혈맥을 훑고, 근골에 스몄다.

그저 내공을 움직일 수 있는 삼류를 넘어, 근골에 내공을 깃들이는 경지.

이류의 초입이었다.

"쿨럭, 네, 네년이 감히…!"

당혁은 얼굴의 모든 구멍에서 피를 쏟아내고 있었다. 당소소는 그런 그에게 한발 앞으로 나아갔다. 당혁은 피를 토하며 소리쳤다.

"실험체는 실험체답게, 바닥을 기라고!"

당소소는 입에 고인 피를 뱉었다.

"순천단이라는 거야. 물에도, 공기에도 퍼뜨릴 수 있지. 느낌이 어때?"

그녀는 허리춤에 묶여 있던 빈 가죽주머니를 바닥에 떨어뜨렸다. 당혁은 망연자실한 표정으로 당소소를 바라봤다.

"네 귀여운 동생이 묻고 있잖아."

그녀는 품에서 회룡피갑을 꺼내 손에 끼웠다.

"대꾸하지 않고 뭘 하고 있어?"

"빌어먹을 년…!"

그럴 리 없는, 그래선 안 되는 둘의 시선이 얽혔다.

* * *

묶은 머리가 흔들렸다. 창가를 통해 불어오는 바람은 후덥지근했다. 그

덕에 바람결에 순천단을 섞어 넣을 수 있었다. 숨을 들이쉬었다. 뻐근한 고통이 전신을 짓눌렀다. 무너진 단전에선 독기가 주륵주륵 흘러나왔다. 뇌기는 통제를 잃고 몸의 곳곳으로 튀었다.

'만류萬流.'

숨을 내쉬었다. 단전에서 느껴지는 고통이 온몸으로 스미는 기분이었다. 흘러나온 독기가 배를 짓누르는 고통을 녹이고, 통제를 잃은 뇌기는 당소소가 이끄는 만류귀원신공의 기운을 따랐다.

'귀원歸元하나니.'

만류귀원신공의 핵심구결을 떠올리자, 움켜쥔 주먹에선 연약한 근골에서는 느낄 수 없는 거력이 느껴졌다.

"어찌. 어찌…?"

당혁은 피를 토하며 의문을 가졌다. 자신이 알고 있는 그대로라면 당소소는 내공을 가질 수 없다. 만성적인 학대의 흔적은 당소소의 몸 안에 지울 수 없는 상흔을 남겼고, 혈도는 독기에 녹아내렸고 단전은 바스라졌으니까.

하지만 그녀는 다시 일어나 내공을 쌓았다. 열여덟이라는 늦은 나이에 만류귀원신공을 연성해냈고, 지금 바로 눈앞에서 몸에 내공을 담는 경지를 이뤄냈다.

믿을 수 없었고, 또한 그래서는 안 됐다.

그녀는 언제나 패배자로 남아 있어야 하니까. 자기 아래에서, 불우를 저주하며, 무기력하게 실험체로 쓰여야 했으니까.

"넌 그래선 안 돼. 넌 내 아래야. 넌 평생 패배해야만 해."

당혁은 코피를 줄줄 흘리며 당소소에게 달려들기 위해 한발을 앞으로 내딛었다. 허나 거목의 뿌리처럼 굳건하던 하체는 순간 뒤틀리며 당혁의 중심을 흔들었다.

"어…?"

당혁이 휘청거렸다. 대신 당소소가 한발을 앞으로 내딛어주었다. 당혁은 두 동공을 떨며 혼잣말을 내뱉었다.

"독인가? 아니다. 독이 들을 리가 없다. 난 독각천시를 익혔다. 내가 독공의 종주다. 내가 사천당가를 살릴 위인이야! 난 사천당가의 독과 독각혈가의 독 모두를 익혔다. 내가 재능도 없는 하찮은 네게 무너질 리가 없단 말이다!"

당소소는 그 울부짖음에 부딪혀주지 않았다. 그저, 앞으로. 당혁은 서둘러 허리춤을 뒤져 단검을 뽑았다. 황급한 그 손짓에 손가락이 베였다. 뭉글 솟아오르는 피. 당혁은 황망한 표정으로 그것을 바라봤다.

"내, 내 독각천시. 내 무공. 내, 내 미래."

"……."

"오지 마."

단호한 걸음은 절망을 기다리지 않았다. 당혁은 처음으로 뒤로 물러섰다. 바들거리는 다리로는 서 있는 것조차 힘겨워 보였다. 그는 서둘러 소매를 흩뿌리며 당소소에게 독연을 뿌렸다. 녹색 분말이 흩어지며 당소소 앞을 막아섰다.

"내 명령이 들리지 않아? 오지 말란 말이다!"

그래도, 걷는다.

이미 뇌린은루의 독성이 온몸 곳곳으로 퍼져 웬만한 독으로는 그녀를 저지할 수 없었다. 주황색, 적색, 보라색, 투명한 아지랑이. 형형색색의 독이 발치에 깔리며 당소소를 위협했다. 당소소가 회룡피갑을 낀 손을 휘둘렀다.

만독통치萬毒統治.

소설에서 붙여진 그 이명을 증명이라도 하듯 찐득한 독무를 가볍게 흩어내고 길을 열었다. 그 곳으로 한걸음. 질척거리는 독기는 당소소의 옷깃을 잡기 위해 엉겨붙었지만 혈맥을 휘돌고 있는 뇌린은루의 기운은 그 침노를 허락하지 않았다. 당혁은 발작하며 품을 뒤져 비수를 내던졌다.

불인독수不刃毒手.

천개의 칼날에 베여도 흠집조차 나지 않는다는 그 명성. 날아든 비수를 쳐낸 당소소의 손길로 증명되었다. 독무후의 뇌기가 감도는 육체는 비수를 순식간에 인지했고, 내공이 실린 손길을 뻗어 비수를 잡아챘다.

"…하."

당소소는 그 비수에 웃을 수밖에 없었다. 삼양귀원의 묘리? 없었다. 내공? 그 또한 없었다. 비수에는 독각천시가 사라진 당혁의 민낯이 비쳤다.

독공으로 쌓아 올린 힘. 독공으로 쌓아 올린 내공. 독공으로 쌓아 올린 명예. 독공으로 쌓아올린 자존감.

그리고 그 독공마저도, 당가의 것으로 이루지 못해 남의 것을 빌린 그 모습. 정도를 걷지 못하고 비인외도를 걷고 나서야 겨우 얻어낸 성취.

우스웠다.

이런 자의 손에 쓰러질 이들이 아니었다. 당가의 제독전, 녹풍대원, 단혼사. 그리고 그의 손에서 명을 달리한 수많은 실험체들. 이 어긋난 자의 탐욕 따위에 희생될 자들이 아니었다.

"있잖아."

당소소는 손가락으로 비수를 휘돌리며 입을 뗐다. 당혁은 그 목소리에 발작하며 속에 있는 독기를 뱉어댔다.

푸확!

당소소는 인상을 찌푸리며 회룡피갑으로 얼굴을 가렸다. 앞선 독들이 그렇듯, 뇌린은루의 기운은 차마 침노하지 못했고 회룡피갑의 너머는 감히 넘보지도 못했다. 회룡피갑의 비늘을 따라 독액이 흘렀다. 당혁의 입가에도 독에 섞은 검은 피가 흘러내렸다.

"쿨럭, 크륵! 이건, 중독…. 말도 안 돼. 내가, 어찌."

그의 꼴은 우스웠다. 독공의 천재가 독에 중독됐다는 것만큼 우스운 꼴이 또 있을까.

하지만 그가 별임을 부정할 순 없었다. 독공에 뛰어났기에 그는 여기까지 올 수 있었으니까. 어쩔 수 없이 마교에 투신한 원작의 독각음녀와는 달랐다. 그는 주도적으로 마교와 접촉했고, 그들이 내민 마공을 훌륭하게 받아들여 인격을 유지해 당소소의 예측을 벗어났다.

둔재로서 그의 천재성을 선망하지 않는다면 그건 거짓일 것이다. 그저 별을 바라보며 이곳저곳을 떠도는 신세인 자신은, 평생 별에 미치지 못할 것쯤은 깨닫고 있었다. 손을 뻗어도, 아무리 걸어도, 미치도록 갈망해도 닿지 않는다는 것은 알고 있었다.

"처음으로."

당소소가 웃었다.

"내가 당소소라서 다행이라는 생각이 들어."

내가 백서희였다면 그 별이 될 수 있었을까? 운령이었다면, 주인공이었다면. 그 별이 될 수 있었을까? 그저 올바른 자세로 암기를 던지는 삼양귀원의 자세를 수 일 연습하던 자신에게 이미 답은 나와 있었다.

아니었다.

그렇기에 당소소라 다행이었다.

그렇기에 사천당가라 다행이었다.

'하늘에 뜬 별이 너무 밝아.'

별을 찾아 떠돌던 그녀의 걸음은 어느새 멈춰 있었다. 자괴의 늪은 그만큼 깊었다. 발을 붙잡은 공포는 단단했고, 몸에 묻어 있는 나태라는 진흙은 지독한 악취를 풍겼다. 별에 닿을 수 없다는 납득은 별을 바라보는 것을 허락하지 않았다.

그러나 깨달음은 자괴의 늪에 처박힌 고개를 들어 올렸다.

왜 너희만 빛나는 거지. 왜 난 그 곳에 미칠 수 없는 건데.

화가 났다.

그녀는 자신이 화가 났다는 것을 깨달았다.

그렇기에 다시 손을 뻗었다.

"내가 너희가 될 수 없다면…."

소름끼치는 웃음이 그녀의 입술에, 얼굴에, 전신에, 그녀가 쥔 비수에 어려 있었다.

"너희가 내가 되면 되는 거잖아."

그들을 끌어내릴 각오가 부족했다. 재능 없는 자신을 몰아세우는 모든 것에 분노하지 못했으니, 부족한 자가 어찌 그들에게 다가가야 하는지 모를 수밖에.

— 무란 무엇일까, 소소야.

'상대할 수 없는 적에게 저항하기 위한 수단.'

— 강호엔 수많은 괴물들이 도사리고 있지. 마치 신화 속 괴물마냥 삼십 년의 세월을 단 하루만에 단축시키는 놈들이 있는가 하면, 백 일의 시간 동안 수천 년의 세월을 부정하고 더 뛰어난 무술을 창조해내는 자들도 있어.

'그렇다면 우린 가능한 모든 수단을 동원해 그들을 따라잡는다. 그것이 당문의 가풍인 실용.'

당진천이 일러준 당가의 가풍이 그녀의 팔을 들어 올렸다. 이것은 방법이었다.

— 인간의 도리와 세상의 이치를 잣대 삼아 선을 긋거라. 그 선을 따라 감정을 통제하거라.

— 감정은 곧 사람의 힘. 너희의 감정은 고통이 아닌 너희의 힘이다.

— 그렇게 역경 앞에서도 무너지지 않는 마음을.

'의지, 혹은 심혼이라 말한다.'

독무후가 가르친 심혼이 그녀의 손을 움켜쥐었다. 이것은 동기였다.

차가운 금속이 매만져졌다. 겨눠진 곳에는 별이 있었다. 그녀가 평생을 찾아 헤매던 별들 중 하나가 보였다. 그것의 이름은 천재였고, 혹은 재능이라 부르기도 했다.

"무슨, 개, 소리야…!"

당혁은 토해낸 피를 흩뿌렸다. 독액이 사방으로 튀었지만 그다지 의미 있는 행동은 아니었다. 뺨으로 튀는 산. 치직거리는 소리에 당소소는 엄지손가락으로 뺨을 훑었다. 그리고 비수는 당혁의 어깨를 꿰뚫었다.

"큿, 으윽! 고통…. 고통이. 이 내가 고통이라니!"

"넌 독공의 재능을 이용해 다른 것에도 천재가 되고자 했지."

당혁은 얼굴을 일그러뜨리며 다시 뒤로 물러섰다. 당소소는 독무를 헤치며 조용히 걸어오고 있었다.

"난 네 재능이 너무 싫다. 거기에 모든 이의 재능이 너무 탐나. 그리고 재능이 없는 자신이 너무 혐오스러워."

"패배자같은 소리를…. 재능이 없다면, 그들을 쫓아갈 생각을 하면 되는 것…."

"아니. 이젠 바라보지 않을 거야."

당소소는 당혁의 목을 움켜쥐었다. 독액과 약효가 부딪히는 근육은 경련할 뿐 그녀의 팔을 쳐낼 순 없었다.

"전부 내려와."

당소소는 웃음을 지우고 당혁을 내동댕이쳤다.

"이 밑으로."

별을 바라보던 소녀는 더 이상 그것을 바라보고만 있지 않았다.

—때로는 귀찮아하는 성미도, 조금은 어리광도 피워보거라.

저 불쾌한 빛이 자신을 비웃지 않게. 가슴을 살라먹는 듯한 이 분노에 기대 어리광을 피울 것이다. 알고 있는 모든 지식으로 그 신비를 벗길 것이다. 모든 수단을 동원해 그것을 추락시킬 것이다.

"컥, 크륵! 빌어먹, 을…!"

그리고 첫 별은 훌륭하게 추락했다. 당혁의 근육이 수축하고 이완되며 팔이 비틀렸다. 꺾인 뼈로 허우적대보지만 의미 없는 짓이었다. 한줄기로 묶은 당소소의 머리칼이 그녀의 뺨을 간질였다. 당소소는 묶은 머리를 뒤로 넘기며 당혁을 내려다봤다.

"일어나."

"……."

퍽!

내공이 실린 발길질이 당혁의 턱을 갈겼다. 당혁이 바닥을 나뒹굴며 괴성을 질렀다.

"아, 아으악!"

"일어나기 싫다면, 이리로 기어와."

"씨, 씨발. 씨발! 독이 아니야. 비겁한 년, 이건 독이 아니라고! 내가 이런 것에 죽어선 안 된단 말이다!"

"맞아."

당소소는 회룡피갑을 고쳐 끼며 동의했다.

"그런데 그게 정말 중요해? 난 쓰레기고, 넌 천재야. 쓸 수 있는 모든 수단을 동원해 이기는 것이 당연하잖아. 당가의 미래라면서, 그것도 이해하지 못해?"

"비, 비겁…."

“설령 이해하지 못하더라도. 긴 말이 필요할까?”

당소소는 양 주먹을 들어올렸다.

“이리 와, 씨발놈아.”

일그러진 소녀에게선 수컷의 냄새가 났다. 당혁은 주변을 두리번거리며 자신을 구원해줄 이를 찾았다.

“시, 시인! 돌아와서 이년을 죽여라! 아, 그래. 묵객이 있었군. 저 빌어먹을 년을 베어라. 내, 내가 독각혈가의 소가주다. 모든 것을 주겠다. 어서!”

“모든 것이라….”

묵객은 시큰둥하게 대꾸하며 바닥에 떨어진 삿갓을 쥐었다. 독액에 범벅이 되어 군데군데가 녹아내려 후줄근한 꼴이었다. 그는 혀를 찼다.

“에이, 이거 비싼 건데.”

“뭐, 뭐라는 거지?”

“아가씨. 날 아는 눈치인데. 무슨 생각을 하고 있는진 잘 알고 있어.”

묵객은 코를 훌쩍이며 코끝을 매만졌다. 원망을 가득 담아 째려보는 당소소. 그러나 어떤 말도 하지 않았다. 그가 참전하면 당혁을 죽일 수 있는 기회가 날아갈 테니, 감정을 통제하고 선을 그었다. 그는 흥미로운 눈길로 당소소를 바라봤다. 그리고 삿갓을 내동댕이치며 창가로 걸어갔다.

“…나중에 다시 보도록 하지. 좋은 인연으로 말이야.”

“뭐, 뭐야. 날 지켜라. 마도육가의 소가주가 우스워? 날 지키라고!”

“위약금.”

묵객은 헤진 삿갓에 손가락질을 하며 말했다. 당혁은 어처구니없다는 표정으로 바라봤으나, 흉터투성이 얼굴이 짓는 표정은 더없이 진지했다. 그는 난간을 밟고 훌쩍 뛰어내렸다.

“아 참. 아가씨, 턱을 때려야 해. 그래야 직빵이야.”

"……."

그 한마디를 남기며. 당소소는 당혁에게 다가갔다. 뒤로 기어가던 당혁의 등에 벽이 맞닿았다. 이빨이 딱딱 소리를 내며 떨려왔다. 날파리보다 못한 존재로 여겼던 동생에게 죽을 순 없기에, 그는 일어설 수밖에 없었다.

"오냐, 내 너의 주제를 다시 가르쳐주마."

당혁은 비틀린 손을 들고 당소소의 동작을 예측했다. 그녀는 비수를 던지는 삼양귀원의 자세말고는 별다른 움직임을 보여주지 않았다. 그저 주먹을 휘두르고, 발길질을 할 뿐인 무늬만 무림인일 것이다.

'그렇다면 문제없다. 몸이 무너지고 있지만 아직은 독각천시의 기운이 남아 있어. 독으로 쌓아올린 경지가 남아 있단 말이다. 비겁한 년에게 질 수는 없다.'

당혁은 그나마 멀쩡한 손의 주먹을 쥐고 당소소를 마주해 나갔다. 둘의 발걸음이 멈추고, 둘의 숨도 멎었다. 둘의 눈동자도 멈추고, 많은 상념도 멈췄다.

당소소가 당혁의 뺨을 향해 주먹을 휘둘렀다. 그의 광대에 틀어박히는 주먹. 당혁은 당소소의 배를 후려갈겼다. 숨을 삼키는 소리와 함께 두 동공이 커졌다. 당소소는 힘겹게 다른 쪽 팔로 당혁의 팔을 고정했다. 독각천시의 힘이 남아 있어 무척이나 거친 손길이었다. 하지만 그녀는 겨드랑이에 팔을 딱 붙이고 놓아주질 않았다.

퍽!

"커흑!"

주먹은 이마를 짓뭉갰다.

으득!

"읍!"

주둥이를 깨부수고, 코뼈를 주저앉혔다. 얼굴이 피떡이 된 당혁도 당소소의 횡포를 두고보고만 있진 않았다. 고정시킨 팔을 비틀자 당소소의 옆구리에 비수가 틀어박혔다.

"크흣!"

"후우, 후우!"

당소소는 옆구리를 감싸고 조금 물러섰다. 당혁도 얼굴의 피를 닦으며, 코를 매만져 숨길을 텄다. 희미해지는 당소소의 시선. 실혈의 영향이었다. 가뜩이나 달거리로 인해 부족했던 피가 비수가 새긴 자상으로 인해 빈혈증세를 일으켰다.

"으읏, 흑."

당소소는 비수를 뽑아내 내동댕이치고 당혁에게 다가갔다. 흐릿한 시야 너머로 비틀거리며 서 있는 당혁의 모습이 보였다.

"제, 기랄…."

"하아."

빈혈기에 뇌기가 점점 걷혔다. 다가가는 걸음걸음은 고통이었다. 뇌기의 영향을 받아 몸을 휘돌던 독액은 이제 적의를 드러내기 시작했고 걷어차인 단전은 너무나도 아렸다. 부러진 갈비뼈는 폐를 짓눌러 숨을 버겁게 했다. 상처는 당소소의 뇌를 무자비하게 긁어댔다.

"흐으, 흐으…."

당소소는 점차 주저앉는 몸을 끌고 당혁의 멱살을 쥐었다. 대응하고자 했지만 그럴 수 없었다. 순천단의 약효와 반발하는 독기가 내장을 짓누르고 있었다.

퍽.

주먹이 휘둘러졌다. 가볍지 않은 주먹이었다. 모든 기운이 당소소를 떠나고 배신해도, 그녀가 쌓아 올렸던 만류귀원신공은 그녀의 주먹을 떠나지 않았다. 당혁의 턱을 후려치고 당소소는 조용히 가라앉았다.

"……."

무릎을 꿇은 당소소. 그리고 당소소를 내려다보는 당혁.

서로 간에 잠시 침묵이 오갔다. 당혁은 눈을 까뒤집으며 바닥에 쓰러졌다. 당소소는 당혁의 몸을 바라보다 고개를 푹 숙였다.

많은 것을 잃었고, 약간의 것을 얻었다.

슬프기도 했고, 기쁘기도 했다.

"흐흣, 흐흑."

그녀는 그래서 울면서 웃기로 했다.

꺼져가는 시야 너머로 끝나가는 전투가 보였다.

"끝이네."

긴 숨을 뱉었다. 당소소의 고개가 천천히 바닥으로 떨어졌다.

이제 더 이상 소녀는, 별을 쫓지 않았다.

종장
終章

괄목혈봉
刮目血鳳

상아색 장포를 벗어던지는 사내가 푸른 눈을 빛내며 제방으로 향하는 발길을 옮겼다. 달라붙는 회색 옷을 입은 여인이 곁에서 그에게 말했다.

"소교주 님."

"말해라, 요재."

"인기척입니다."

요재의 시선이 향한 곳으로 사마문의 눈이 따라갔다. 상처투성이의 얼굴을 한 사내가 노인 하나를 들쳐 업고 강가에서 걸어 나오고 있었다.

"저자는…."

"이번 환란을 위해 고용한 낭인 중 하나인 묵객일 겁니다. 듣기로는 부교주 장패군 쪽의 인물이라고."

"그런 자가 왜 전장에 있지 않고, 이곳에서 모습을 보이지?"

"가서 자초지종을 추궁해 보겠습니다."

요재가 묵객에게 가려 하자 그 앞을 웃는 상의 청년이 막아섰다. 봉두난발의 머리칼과 그와는 상반되는 단정한 옷차림이 괴리감을 자아냈다. 요재는 눈살을 찌푸리며 불편한 기색을 보였다.

"광귀. 요즘 너답지 않게 꽤 적극적인데."

"간단한 일이잖아?"

광귀의 능청에 요재는 한마디 쏘아붙이려다가도 사마문의 시선을 의식했다. 탐탁잖은 헛기침을 하고 사마문에게 말했다.

"그럼 이곳은 광귀에게 맡기고, 소교주 님께선 먼저 저 전각으로 향하시는 것이 옳은 듯합니다."

"삐진 거야?"

"……."

째릿한 시선이 광귀에게 꽂혔다. 광귀는 어깨를 으쓱하며 그 시선을 흘리고 묵객에게로 향할 뿐이었다. 사마문은 그들의 행동을 지켜보다 심드렁한 말투로 발길을 재촉했다.

"가지."

"…예."

사마문과 요재가 이빙각 쪽으로 멀어지자 광귀는 웃음을 지우고 묵객에게 다가갔다. 물에 빠진 생쥐 꼴을 하고 있는 묵객이 인기척을 느끼고 자리에 섰다.

"…어느 귀인이시오?"

"단혼사는 살아 있나?"

묵객 앞에 선 광귀가 대뜸 질문을 던졌다. 묵객은 의미 없다는 것을 알면서도 뒤로 물러서며 그를 경계했다. 단정한 옷과 그렇지 못한 머리카락이 기이한 위기감을 자아냈다.

"살아 있소. 곧 죽겠지만."

"……."

광귀가 알 수 없는 눈빛을 하며 축 늘어진 단혼사를 바라봤다. 묵객은 경계를 늦추지 않고 그에게 물었다.

"이유를 묻지 않으시오?"

"무엇을?"

"왜 적을 살려서 끌고 왔는지 말이오."

광귀는 검은색 손톱으로 턱을 긁적이며 고개를 기울였다.

"생각 중이야."

"기왕이면, 좋은 쪽으로 결론이 났으면 좋겠지만. 그렇게는 안 될 것 같군."

묵객은 단혼사를 내려놓고 검을 뽑았다. 광귀는 고개를 저으며 더 가까이 다가갔다.

"생각 중이라고 했잖아."

"……!"

그저 한걸음을 걸었을 뿐인데 광귀는 묵객의 지척에 서 있었다. 뒤늦게 그의 접근에 반응한 묵객은 반사적으로 검을 휘둘렀다. 소리 없는 검격이 광귀의 목을 향해 튀어나갔다.

콰득!

철이 우그러지는 소리와 함께 광귀의 손아귀에 묵객의 검이 잡혔다. 광귀는 혀를 차며 검을 빼앗아 바닥에 내동댕이쳤다.

"쯧, 죽일 가치조차 느껴지질 않는군."

"…그거 다행이구려."

"그를 이리 내놔라. 살려주도록 하지."

묵객의 경계가 더 짙어졌다. 광귀는 머리를 긁적였다.

"정말로 죽여버리기 전에, 말을 듣는 게 좋을 거야."

"대체 왜 당신이 적에게 그런 수고를 하는 것이오?"

"일단…."

광귀는 옆으로 비켜선 묵객을 지나치며 단혼사를 들쳐 업었다.

"흥미가 가는 장난감이라고 해두지."

* * *

이빙각의 전황은 급속도로 바뀌었다. 마교도들이 믿는 구석이었던 당혁이 쓰러지고, 묵객이 자리를 비웠다. 시인이 전투에 합류했다곤 하나, 백서희를 몰아세우는 것이 고작이었다. 모든 녹풍대원들까지 막아서는 것은 무리였다.

"적은 고작 여덟이다! 숫자로 밀어서 죽여버리면 그만이야!"

지휘자가 발악하며 소리쳤지만 녹풍대는 강했다. 모든 암기를 한곳에 몰아주고, 모든 독을 도강언의 안정화를 위해 사용했지만 그들은 강했다. 하나하나가 일류고수의 반열에 든 그들은, 맨손으로 마교도의 사지를 비틀어재끼며 삼 층으로의 접근을 불허하고 있었다.

"팔, 팔이…!"

"이건 개죽음이야. 물러나야…."

"씨발, 도망갈 거야! 비키라고!"

반 시진이 지나도록 삼 층은커녕 바로 앞 계단에도 발을 디딘 이는 없었다. 대신 사지가 부러진 이들만 속출할 뿐. 그들 머리에 얕게 걸어두었던 요마의 암시가 천천히 무너지고 있었다.

"시인. 무기를 버려."

"……."

백서희가 거친 숨을 내쉬며 시인에게 검을 겨눴다. 각궁을 움켜쥔 시인은 전황을 살폈다. 마교도들의 기세가 무너지고 있었다. 그가 참전해서 때마다 시의적절한 화살을 꽂아준다면, 녹풍대를 뚫을 수는 있을 것이다. 하지만 앞에 있는 전 계약자가 허가를 내주지 않고 있었다.

"네 계획이 무엇이든, 이미 끝났어. 귀찮게 굴지 말고 어서 항복해."

"계획이라. 정말 계획이라고 생각하십니까, 아가씨?"

시인은 각궁에 화살을 걸고 잡아당겼다. 백서희는 서둘러 신망금광보를 펼쳐 시인에게로 날아갔다.

땅!

화살이 천장에 박히고, 검이 사납게 울었다. 백서희는 신음을 삼키며 보법을 거뒀다.

"크읏…."

"제게 삶을 주신 은인이 있습니다. 그 은인이 수많은 중상모략을 뒤집어쓰고, 모든 것을 짊어진 채 숨을 거뒀죠."

화살이 걸리고 시위가 당겨졌다.

"전 계획을 한 적이 없습니다. 오직 복수를 위해 지성 없이 움직일 뿐. 복수를 이룰 수만 있다면 마신에게 귀의하는 것 정도야."

"우리는 그럼 무슨 죄가 있다고, 이런 식으로 복수를 행하는 거야…."

"말했잖습니까? 지성 없이 움직이고 있다고."

피슛!

바람을 찢는 소리가 들렸다. 백서희는 모든 힘을 긁어모아 검을 올려쳤다. 철판을 때리는 소리가 들리며 그녀의 손아귀가 터졌다. 백서희는 눈을 질끈 감으며 검을 놓았다. 피투성이가 된 손바닥이 무척이나 쓰라렸다.

"으윽."

"그럼…."

시인이 다시 화살을 매겼다. 늘어나는 시위. 모든 힘을 쏟아 움직일 수 없는 백서희를 겨눴다. 그가 시위를 놓았다.

팅!

살을 찢는 소리 대신, 줄이 끊어지는 소리가 들렸다. 활시위 가운데가 끊어지며 시인의 뺨을 길게 찢었다. 화끈한 통증에 시인은 뺨을 가리고 뒤를 돌아봤다.

"어딜, 가려고…."

녹풍 삼 호가 화살을 부러뜨리며 비수를 겨누고 있었다. 시인은 시위가 끊어진 활로 시선을 옮겼다.

"…아쉽군."

시인은 활을 바닥에 내려놓으며 뇌까렸다. 그리고 순간적으로 몸을 천장으로 날렸다. 비수가 그의 뒤를 바로 쫓아왔다. 시인은 손으로 천장을 짚은 뒤 그대로 밀어내며 난간으로 쏘아졌다. 녹풍 삼 호가 재빨리 그의 동선으로 비수를 던졌으나 상처 입은 몸으로 던지는 비수는 그의 겉옷만 겨우 스칠 뿐이었다.

묵객이 단혼사를 벤 난간에 선 시인은 약간의 핏방울을 바라보며 웃었다.

"살아 있군, 영감."

"거기 섯!"

백서희가 떨림이 가시지 않은 손으로 검을 부여잡고 뛰어오고 있었다. 시인은 난간을 밟고 그 위에 서며 말했다.

"안녕히 가시길."

"서라고!"

시인이 작별인사를 건네며 아래로 떨어졌다. 그가 사라지자 백서희는 검을 떨구며 가쁜 숨을 몰아쉬었다.

'아쉽지만, 그래도 끝났어. 이제 수문을 개방하면 끝이야.'

안심하며 숨을 고르던 그녀는 문득, 시인이 던졌던 말을 떠올렸다.

'안녕히, 가시길…?'

그 의문을 비집고 나오는 음성이 그녀의 등골을 훑었다.

"쯧, 이 덜 떨어진 머저리가."

"헉…."

등골을 타고 흐르는 소름에 백서희는 차마 고개를 들 수가 없었다. 하지만 위기를 제대로 인지하기 위해선 고개를 들어야 했다. 그녀의 뇌리에 선명하게 각인돼 있는 목소리였으니까.

올라가는 시선을 따라 목소리의 주인이 보였다. 상아색 장포 자락이 바닥에 쓸렸다. 약간 묻어 있는 물기로 보아 창문을 통해 들어온 듯했다. 검을 쥔 한 손과, 허전해진 다른 소매가 있었다. 그리고 마침내 변주객잔의 혈사를 지휘했던 그 얼굴이 눈에 들어왔다.

"요마…."

"천요만악행의 암시가 풀어지기에 와봤더니, 잘도 저질러놨군."

요마, 장패군이었다. 그는 검끝으로 당혁을 쿡쿡 찌르며 고개를 저었다. 그리고 겁을 집어먹은 백서희에게 말했다.

"움직이지 마라."

"힉…."

마치 언령과도 같은 엄포에 백서희는 숨을 삼켰다. 구주십이천 급 고수의 살기에 적나라하게 노출되자 제정신을 차릴 수가 없었다. 장패군은 칼끝을 돌려 쓰러진 당소소를 겨눴다.

"본래라면 살려서 마귀의 고삐로 쓰기로 하였건만…."

검이 점점 위로 올라갔다. 살기에 짓눌린 백서희는 작은 목소리로 부정하는 것밖에 할 수 있는 것이 없었다.

"안 돼…."

"위험한 계집이군. 여기서 끊어주도록 하마."

쉬익!

요마의 어깨 위로 솟은 검이 그대로 당소소의 목을 향해 쏘아졌다. 건들거리는 음성이 들려왔다.

"오랜만이군. 부교주."

"소교주 님."

"날 신교에 보내놓고, 꽤 발칙한 일을 저지르려고 한 모양인데."

검이 그 목소리에 가로막힌 듯, 당소소 코앞에서 멈췄다. 요재를 거느리고 나타난 사내는 천마신교의 소교주 사마문이었다. 그리고 백서희가 잘 알고 있는 인물이기도 했다.

"운류…."

"……."

사마문이 고개를 돌려 백서희를 바라봤다. 장패군의 살기에 짓눌려 있던 백서희는 호흡조차 하지 못해 서서히 쓰러지고 있었다. 사마문은 검지를 입술에 가져갔다. 살기가 걷히고 백서희는 그대로 정신을 잃고 쓰러졌다. 사마문은 손을 거두고 장패군에게 다가가며 요재에게 명했다.

"녹풍대를 막아라."

"예."

요재가 녹풍대에게 향하자 사마문은 잠시 턱을 쓰다듬으며 장패군을 바라봤다. 장패군은 조용히 그 눈을 바라보며 사마문이 내뱉을 다음 말을 기다렸다.

'항명이라며 날 죽일 생각인가? 뭐, 그럴 가능성도 없지 않겠지.'

절그럭소리를 내며 장패군이 쥔 검이 살짝 움직였다.

'난 쉽게 죽어주지도 않을 뿐더러, 설령 내가 죽는다고 한들 놈은 교내의 입지를 잃는다.'

움직임이 멎었다. 그가 판단하기에 그리 큰 반항이 일어날 것 같진 않았다. 사마문은 툴툴 웃으며 장패군에게 다가갔다.

"부교주."

"예."

"아니, 환유요가주."

"…예."

어느덧 사마문은 장패군 앞에 섰다. 사마문이 잠시 몸을 숙여 손등으로 당소소의 뺨을 훑곤, 장패군의 어깨에 손을 올렸다.

"왜 이랬지?"

"교의 지시입니다."

"그래? 독화를 죽이라는 것도?"

"…그것은 제 개인적인 판단입니다. 후환이 될 수도 있다고 생각했기에."

사마문은 장패군의 어깨에 올린 손을 들어 천천히 토닥였다. 기실 둘의 관계는 상하관계가 아니었다. 엄밀히 따지자면 소교주는 그저 교주의 후보일 뿐이고 부교주는 실질적인 천마신교의 한 종파를 담당하는 간부이자, 마도육가 중 환유요가의 수장이었으니 실질적으론 부교주가 더 큰 권한을 가지고 있는 셈이었다.

"내가 소교주의 자리를 포기하는 것을 원하나?"

"그렇진 않지요."

"그런데 왜 날 자꾸 자극하지? 내가 환유요가와 척을 진다고 했었나?"

"아닙니다."

그럼에도 장패군은 사마문을 함부로 대할 수 없었다.

"내 명을 어기면, 자신의 가문도 포기하는 것과 같다는 것을 잘 알고 있는 자가. 항명을 했다…."

"충성이 너무 과했나 봅니다."

장패군은 쓰게 웃으며 검을 놓았다. 그가 교주가 되어야 쇠락직전인 환유요가를 살릴 수 있다. 그렇기에 다소 과한 행동을 했고, 교의 명을 더욱 적극적인 태도로 따랐다. 사마문은 어깨를 두드리던 손으로 그의 멱살을 쥐었다. 서로 덤덤한 태도로 시선을 맞췄다.

"마지막이야."

"……."

"다음 항명은 죽음이라는 것을 부디 알아뒀으면 좋겠군."

"계집에 집착하시는군요."

사마문은 장패군의 대꾸에 키득거렸다.

"너희가 명예에 집착하는데, 나라고 여인에 집착하지 않을 이유가 무엇이 있지?"

"그저 세상에 널리고 널린 계집일 뿐입니다. 교의 입지와는…."

"네 생각을 나에게 강요하는 건가?"

장패군의 인상이 팍 일그러졌다. 여전히 제멋대로인 성격이었다.

'그냥 내 말을 듣고 더 쉬운 길을 걸으면 될 것을…!'

"당장이라도 항명죄를 물어 널 죽이고 싶은데."

사마문은 멱살을 놓았다.

"일단 보류하지. 네놈을 죽이면 요재 또한 죽여야 할 테니까."

"…감사합니다."

사마문은 처량하게 누워 있는 당소소를 바라보며 물었다.

"독마는 어디 있지?"

"독무후와 일전을 치르고 있습니다. 그리고…."

장패군은 말을 끊고 사마문의 귀에 속삭였다.

"…완수했습니다."

"그런가."

사마문은 고개를 돌려 요재를 불렀다.

"요재."

"예."

요재는 자신에게 들러붙는 녹풍대를 뿌리치고 사마문 곁으로 다가왔다. 사마문은 잠시 당소소를 내려다 본 뒤 요재에게 말했다.

"본교로 돌아간다."

"예, 소교주 님."

"그럼, 먼저 가서 마차를 준비해 두겠습니다."

장패군이 뒤로 한발 물러났다. 그의 모습이 공간에 삼켜지듯 사라졌다. 사마문은 그 모습을 보며 실소를 지었다.

"도망가는 것 하난 귀신같군. 그래서 잡귀라 불리는 것인가. 그럼…."

사마문은 입맛을 다시며 당소소를 내려다봤다.

"잠시 이별이군."

"……."

"큭큭, 부디 예쁘게 컸으면 좋겠는걸."

"소교주 님."

요재가 채근했다. 사마문은 당소소에게서 시선을 거두며 말했다.

"교도들에게 명한다. 철수하도록."

"……."

사마문이 낮게 뇌까렸다. 그러자 미친 듯이 몰려들던 마교도들이 서서히 물러서기 시작했다. 녹풍대의 시선이 사마문에게 향했다. 혹여라도 당소소에게 무슨 해를 끼칠까 날이 선 살기를 뿌려왔다.

"너무 긴장하지 마. 죽이고 싶어지잖아."

"…놈."

"농담이야. 또 보자고."

사마문은 요재와 함께 이빙각을 떠났다. 녹풍대는 서둘러 당소소에게 달려갔다. 그녀 곁에 당혁의 시체는 없었다. 구석에서 조용히 상황을 관망하던 백진오가 다가와 백서희 곁에 섰다.

"…녹풍대."

당소소를 추스르던 녹풍대의 시선이 모아졌다. 백진오는 한숨을 쉬며 말했다.

"염치없지만, 제방의 수문을 개방해 주십시오. 끝을 맺을 때가 온 것 같으니."

그의 간청과 함께, 이빙각의 전투가 끝이 났다.

* * *

우렛소리가 허공을 울렸다. 탄내를 풍기며 바닥에 누워 있는 환요대의 무인들 위로 짙은 독무가 깔려 있었다. 흑색 독무, 녹색 독무가 얽히며 서로의 영역을 부딪쳤다. 흑색 독무의 중심엔 류시형이, 녹색 독무의 중심엔 독무후가 서 있었다.

"답지 않게 꽤 구질구질하군!"

류시형의 손짓에 흑색 독무가 더 짙어졌다. 독각혈가의 독문무공, 만음천독공萬陰天毒功이 단전을 벗어나 혈맥을 휘돌았다. 장기에 깃든 독기를 쥐어짜며 기맥으로 향한다. 그곳에서 스스로의 몸을 강시로 만들어 독기를 품게 하는 독각천시의 공능이 발현됐다. 내기는 곧 독기와 동화되고, 독기는 곧 흑색의 독무가 되어 류시형의 피부 바깥으로 솟아났다.

그것이 독마 류시형의 성명절기, 독각혈사연.

독룡대의 수하들과 당혁이 흉내 낸 것과는 차원이 다른, 지독한 독기가 자신의 영역을 착실하게 오염시키고 있었다.

"쯧."

독무후 또한 죽통을 움켜쥐고 뇌기를 발현하려 정신을 집중했다. 그러나 전조도 없이 상아색 불꽃이 그녀의 발치에서 솟아났다. 장포가 흩날리며 독무후의 몸이 허공으로 떠올랐다. 독각혈사연은 순조롭게 독무후의 공백을 타고 녹색의 영역을 짓밟았다. 바닥에 착지한 독무후의 시선이 서둘러 전황을 훑었다.

'요마의 잡졸들은 소모전 끝에 내공을 쥐어짜 어찌저찌 눕혀 놓았건만….'

팟!

생각할 틈도 주지 않겠다는 의지가 담긴 류시형의 철침. 철침은 곧장 독무후의 미간을 노리고 쏘아졌다. 독무후는 고개를 슬쩍 젖혀 철침을 피하고, 가슴 부근에 일어나는 불꽃에 방전을 쏘아 흩어냈다. 펼쳐놓은 녹색 영역이 시시각각으로 줄어들고 있었다.

'독마는 언제든지 해결할 수 있는 위협이지만, 도통 이 잡귀놈의 흔적을 잡지 못하겠단 말이지.'

그녀는 인상을 찌푸리며 오른쪽 손가락으로 허공을 훑었다. 빠직거리는 소리와 함께 주변이 방전했다. 불꽃도 더는 독무후를 위협하지 못했고, 지척으로 다가온 흑색의 독각혈사연도 벼락에 증발해 공백상태를 만들어냈다. 그리고 던져지는 죽통.

화악!

녹색의 영역이 번져가며 다시금 독무후의 영역을 구축했다. 독무후는 호흡을 길게 뱉으며 뇌람신공을 한차례 휘돌렸다. 빈 하단전이 쓰렸다. 심장 부근이 뻐근했고, 머리는 지끈거렸다. 내공이 고갈되어간다는 뜻이었다.

'영역을 구축하기 위해 사용하는 녹효지綠曉池는 구체성을 띄기 위해 화행과 목행을 섞고, 산을 이용해 만든 독. 온갖 것을 섞어 넣은 독각혈사연과 정면으로 맞부딪히는 것은 미련한 짓이다.'

독무후도 자신이 하는 행동이 비효율적이라는 것쯤은 인지하고 있었다. 내공은 바닥을 보이고, 마교 쪽에서 걸어온 무식한 소모전으로 대부분의 암기와 독이 고갈 상태였다. 남은 것은 몇 자루의 철침과 촌철 열 자루, 쌍살호접인 하나. 그리고 독전毒戰을 이어갈 죽통 몇 개.

'뇌기로 독을 합성해 독공에서 우위를 점하는 것은 그리 어렵지 않다. 다만….'

파즈즉!

공기를 집어삼키는 소리가 들려오며 독무후의 뺨 옆으로 불길이 일었다. 약간의 그을음이 조그마한 뺨에 얹혀졌다. 독무후는 눈가를 꿈틀거리며 뇌기를 긁어모아 불꽃을 지웠다.

'어디에 숨어 있는지 모르는 요마를 잡아야 한다. 꼬리를 잡아야 하거늘, 저번 일화로 꼬리를 내놓지 않고 있구나.'

독무후는 엉겨붙은 머리칼을 신경질적으로 털어냈다. 벼락이 가볍게 터져 나오며 그녀의 심기를 드러냈다. 그녀가 뇌기로 불꽃을 털어낼 동안, 독각혈사연은 어느새 녹효지의 독성을 삼키고 점점 영역을 잠식해가고 있었다.

이젠, 결단이 필요한 시점이었다.

"지루한 공방은 그만 끝내도록 하자꾸나."

독무후는 입고 있던 장포를 벗어 던졌다. 촌철 열 자루가 땅에 박히고, 몇 자루의 철침이 그 뒤를 따라 박혔다. 죽통은 허공을 유영하며 떠다녔다. 독무후의 행동에 반사적으로 일렁이는 불꽃은 장포가 막아섰다. 그리고 그 지점을 뛰어넘어 다시 독무후의 얼굴을 노렸다.

콰르륵!

상아색 불꽃이 그대로 얼굴을 강타했다. 요선지화, 요마의 독문무공이었다. 불꽃 사이로, 더 찬연히 일렁이는 갈색 눈동자가 불타고 있는 장포를 주시하고 있었다. 얼굴에 붙었던 불길이 가라앉았다. 그을음이 남은 손바닥이 그녀의 얼굴을 가리고 있었다.

화상이 남은 손을 움켜쥐었다. 탈력감이 온몸을 짓눌렀다. 얼마 만에 느껴보는 감각인지, 차마 가늠조차 할 수 없었다. 그래서 그녀는 실소를 머금었다. 또한 얼마 만에 느껴보는 책임감인지도 가늠할 수가 없었다.

오독문을 이끌어 가기 위해 얼마나 많은 생각을 했던가. 사천당가를 어엿한 사천의 무림문파로 인정받게 하기 위해 또 얼마나 많은 일을 해왔던가. 그렇게 일구어낸 형부와 언니의 사천당가를 지키기 위해 얼마나 많은 방랑을 했던가. 사천당가의 결실은 이제 자신의 제자들이 되어 그녀를 기다리고 있었나니.

"내 제자가 기다리고 있느니라."

갈색 눈동자가 호박색으로 빛나기 시작했다. 바닥에 박힌 촌철 열 자루가 주군의 의지에 따라 거병을 시작했다. 그녀를 해하려는 검은색 독기를 향해 촌철들이 도열했다. 모든 것은 아래로 떨어진다는 같잖은 법칙이나 이치를 무너뜨리는 독기 같은 것들은 이미 더 이상 중요하지 않았다.

독무후는 오른쪽 검지를 좌에서 우로 그었다.

츠즛!

그녀의 손길이 향하는 곳으로 촌철이 벼락으로 벼린 검을 뽑았다. 촌철의 뭉툭한 검신을 따라 뇌인雷刃이 번뜩였다.

"어리석은 년, 실책이구나!"

독각혈사연이 거칠게 밀고 들어오며 자신의 거체를 들이밀었다. 독무후의 손가락이 움직였다. 독각혈사연의 중심을 가리켰다.

— 가라.

주군의 명을 받든 촌철이 내쏘아졌다. 독각혈사연의 전방을 꿰뚫으며 류시형의 본신을 노리고 뇌인을 휘둘러왔다. 뇌인은 어렵지 않게 류시형의 어깨를 짓눌렀다. 하지만 꿰뚫고 지나가진 못했다.

"그까짓 공격으로 본좌의 독각천시를 꿰뚫을 수 있을 줄 알았더냐!"

류시형은 촌철을 튕겨내며 독무후에게로 몸을 날렸다. 그에 호응하듯 독각혈사연도 그녀를 향해 몰아쳤다. 그녀는 녹효지를 포기하고 내공을 끌어올려 독전을 '싸움'으로 변화시킨 대가를 치러야 했다.

독각혈사연은 순식간에 독무후를 감쌌고, 곳곳에서 철침과 암기가 쏘아졌다. 자욱한 독무는 위치를 차마 짐작할 수조차 없게 했다. 독각혈사연은 류시형의 수족과도 같이 변질되어 있었으니까. 시종일관 그녀를 덮치기 위해 밀려오는 독기의 파도. 그녀는 마치 망망대해에 떠 있는 자그마한 섬 같았다.

"천하제일독술사라 불리는 독무후의 꼴이 제법 우스워."

독무후는 굳이 그의 도발에 대꾸해주지 않았다. 손을 움직여 촌철에게 명을 내릴 뿐이었다. 촌철은 밀려오는 파도를 향해 검날을 휘둘렀다. 검으로 물을 베는 것이 의미가 없듯, 의미 없고 소모적인 칼질이 이어졌다.

"이게 네놈들이 그리 금칠해대는 협의의 말로인가? 정말 꼴사납지 않나?"

류시형은 독각혈사연 안에 숨어 독무후의 주변을 빙빙 돌며 독무후의 신경을 긁어댔다.

"네 귀여운 제자에겐, 그녀를 고문하던 당가의 둘째가 가 있을 것이다."

철침이 날아와 독무후의 미간을 노렸다. 촌철이 재빨리 움직여 철침을 쳐냈다. 촌철의 빈자리에는 독각혈사연의 독기가 창궐했다. 촌철의 도열을 무너뜨려 그 창궐을 막아낼 순 있었다. 그러나 도열을 무너뜨리는 순간, 독전을 포기하고 무공을 손에 쥔 의미가 사라지게 된다.

"큿!"

그래서 받아냈다. 독각혈사연이 몸을 강타하며 독무후를 주저앉혔다. 기회를 놓치지 않고 불길이 일어났다. 촌철이 몸을 퉁기며 불길을 꿰뚫었다. 촌철의 빈자리로 결국 류시형의 손길이 찾아들었다. 뇌기의 검들을 헤치고 들어온 류시형의 팔에는 그 어떤 생채기도 나 있지 않았다.

"허명이 제법 그럴싸하더구나, 독무후."

"그러는 네놈은 그런 허명이 제법 부러웠나 보구나."

"하늘 아래 가장 높은 경지의 독술을 가졌다는 그 명칭이 탐나지 않는다면, 독술사라 할 수 있겠느냐?"

독무후의 멱살을 움켜쥔 류시형의 손이 그녀를 점점 아래로 짓눌렀다. 촌철과 함께 그녀의 몸이 바닥으로 가라앉았다. 어느덧 땅에 맞닿은 뺨에는 더러운 진흙이 묻었다.

"이제 이 류시형이 천하제일이니라. 독각혈가는 당혁의 지식을 빨아들여 독의 종가가 되겠지."

"좋으냐?"

"애써 태연한 척하지 마라. 네년은 이제 낡아빠진 고물이니까."

"흘흘, 좋다면 좋다고 솔직하게 답하면 될 것을…."

기어오는 독각혈사연은 독무후의 몸을 짓눌러 점점 독기의 늪으로 가라앉혔다. 독무후는 이 위기에 다만 길게 한숨을 쉬며 눈을 감을 뿐이었다.

"지치는군."

피로에 젖은 목소리에 류시형은 고개를 저었다.

"넌 죽어서도 쉬지 못할 것이다. 내 친히 네 몸을 강시로 개조시켜주마. 비록 살아서는 신교에 반기를 들었으나, 죽어서는 신실하게 대업을 따르도록 만들어주마."

"제법 악독하구나."

"아니, 이것은 구원이다. 마신께서 인도할 세계 너머의 세계에 갈 네년을 위해, 내 친히 네 육체를 부려 영혼의 업을 씻겨주는 행위라는 것이다."

독무후의 눈이 슬며시 뜨이며 류시형을 바라봤다.

"이 늙은이는 요즘 젊은이들이 쓰는 복잡한 말 같은 건 모르는데."

"알 필요 없다. 이제 곧 죽어서 깨닫게 될 테니까."

"그렇구나. 이럴 줄 알았으면 좀 더 제자들에게 치근덕거릴걸 그랬어."

류시형은 손톱을 세웠다. 끈적한 독기가 묻어나는 손톱은 요사스럽게 빛났다.

부욱!

비단을 찢는 소리와 함께 들려오는 살점이 찢기는 소리. 류시형은 일그러진 미소를 지으며 죽음이 드리워진 소녀의 시체를 내려다봤다.

"핫, 하하…. 이제야 모든 일이 순리대로 맞아떨어지는구나."

류시형은 키득거리며 독무후의 머리채를 잡아 끌어 올렸다. 곤히 잠든 듯, 눈꺼풀을 내리고 있는 그 모습이 제법 처량했다.

"네년을 독강시로 만든다면…. 독각혈가의 교단 내 입지는 교주인 천마 다음으로 쌓이겠지. 그렇다면 다음 교주의 자리도…!"

"날 독강시로 만들려면 꽤 힘들 텐데. 괜찮겠느냐?"

"……!"

죽은 듯 눈을 감은 독무후의 입에서 튀어나오는 경고에, 그는 머리채를 놓고 독무후의 시체를 내동댕이쳤다. 류시형의 얼굴이 일그러졌다. 그의 손톱이 뽑히고, 뼈가 보일 만큼 손가락이 꺾여 있었다. 당한 이조차 시간이 지나서야 인지할 법한 절정의 금나수였다.

"내가 누군지 아직 잘 모르나보구나."

"독공의 종주를 자칭하는, 허풍선이 아니더냐!"

"독무후가 그저 독공만을 통달했기에 붙은 이름인 줄 알고 있더냐?"

류시형은 그제야 수상한 낌새를 느꼈다. 허공에 던져 놓은 죽통이 전혀 보이질 않았다. 그저 바닥에 박아 넣은 철침들과 주인을 따라 누워 있던 촌철뿐. 어느새 구축된 독무후의 영역은 독각혈사연을 밀어내고 있었다. 독무후는 그가 부여잡아 헝클어진 머리를 손으로 정돈하며 웃었다.

"독毒도, 무武도 존중할 만한 이后이기에 난 독무후라는 별호로 불렸다."

독무후는 손을 튕기며 머리칼을 털었다. 뇌기가 퍼져 나왔다. 아릿한 두통이 머리를 압박해온다. 호박색의 눈은 아까부터 류시형을 보고 있지 않았다. 장포를 꿰뚫고, 그 궤적을 따라 불꽃을 번지게 한 그 궤도만을 바라보고 있었다.

"꽤 영악했구나, 쥐새끼야."

그녀의 오른손은 검지와 중지를 겹쳐 내민 검결지의 모양을 하고 있었다. 검결지가 천천히 위로 솟았다. 류시형은 황급히 뒤로 튕겨나가듯 물러섰다.

츠즉.

뇌기는 독무후의 의지가 담긴 전류가 되어 철침들을 훑었다. 땅을 짓누르던 독각혈사연의 독무가 들끓었다.

벼락은 하늘에서 대지로 내리꽂는 것이었다.

그것은 그래야 하는 것이고, 그래왔던 것이었다.

하지만 그녀에겐 그렇지 않았다.

철침이 명멸했다. 전류가 꿈틀거렸다. 더운 열풍이 류시형의 몸뚱이를 훑었다. 짜릿한 위기감이 그를 감전시켰다.

'막아야 한다.'

무슨 짓을 벌일지도 알 수 없다. 무슨 일이 일어날지도 알 수 없다. 그러나 반드시 막아야 한다는 것만은 곤두선 전신의 모든 감각의 비명으로 알 수 있었다.

류시형은 곧장 뇌를 두드려 상단전을 일깨웠다. 백회혈까지 뻗어나간 내기가 곧장 연기화신을 시도했다. 독무는 그의 사상을 따라 한곳으로 응축됐다. 형태는 한 마리의 용. 그리고 또 한 번 응축됐다. 이제는 한 자루의 검.

독각혈사연 오의, 용검향龍劍香.

상승무공을 사용함에 있어 반드시 동반되는 기압氣壓. 고농도로 농축된 내기의 움직임에 주변의 자연지기가 그 움직임을 따라 일정한 움직임을 취하는 현상이었다. 독각혈사연은 그것에 주목했다.

독공의 본질은 중독이고, 독무의 본질은 독을 허공에 퍼뜨려두는 것이다. 기압의 본질은 자연지기를 뜻대로 움직여 적의 행동을 강제하는 것이니. 용의 형상으로 응축된 독기는 자연지기를 끌어당기고, 자연지기를 독으로 오염시켜 기압을 다스리고, 검의 형태로 재차 응축해 적에게 내미는 것이 바로 용검향의 요체.

류시형은 용검향의 손잡이를 잡고 내밀었다. 당장이라도 적을 잡아당길 듯한 인력이 느껴졌다. 손목을 슬쩍 비틀었다. 그러자 모든 것을 으깨고 밀어낼 듯한 척력이 뿜어져 나왔다. 기압이라는 천리[天理]의 현상이, 인리人理에 복속되어 그의 손에 쥐어졌다.

"무엇을 준비하든, 허사다. 이제 네 시대는 끝이니!"

응축된 독기의 검이 휘둘러졌다. 그 검엔 형태가 없었다. 마치 향의 연기처럼 흩어져 제멋대로 날을 세우며 적을 끌어당기고 적의 공격을 밀어냈다. 그리고 그 형태 없는 검신劍身은 벼락이 깔린 위를 지났다.

"요마는 애초부터 없었다는 것을 깨닫는 것이 이리도 어려웠을 줄이야. 칭찬 정돈 해두도록 하마."

검결지가 더욱 위로 치켜 올라갔다.

벼락은 하늘을 따라 대지를 울리고자 하나, 전류는 대지를 찢고 하늘을 거스르고 싶어 했다.

천리보다 더 선명한 인리가 그곳에 있었다.

— 내 제자가 기다리고 있느니라.

쿠릉.

벼락이 솟는다.

쿠릉….

의지가 솟는다.

쿠릉…!

마침내 인리는, 하늘을 거스른다.

한 줄기, 두 줄기. 쏟아지는 천리의 폭우를 받아내며 전류는 자라난다. 그리하여 뻗어나가는 벼락은, 역천만뢰逆天萬雷라는 초식이었으니.

철침은 역류한다. 군세를 역류하는 기마병과 같이 땅에 박혀 있던 몸을 털고 허공을 가르고 뻗어나갔다. 그것들에게서 비롯된 전류는 그릇된 독기를 불사르고, 감히 자신을 거스르고 천리를 복속시키려 드는 그의 의지를 꺾었다.

까득거리는 소리와 함께 류시형은 오른 눈을 부여잡았다.

"으음…!"

수없이 많은 벼락이 한곳으로 응축되어 공간의 그늘을 비집고 후벼 팠다. 장포를 불사르고 독무후의 얼굴에 불길을 뿌리던 그 궤도였다. 빈 허공을 꿰뚫고 지나간 그곳엔 녹아내린 청동거울이 실에 걸려 있었다. 솟아올랐던 벼락은 하늘에 스미지 않고, 다시 궤도를 비틀어 아래로 내리꽂혔다. 더 이상 천리를 거스르지 않는 인리는 뇌우雷雨가 되어 류시형의 몸에 내리꽂혔다.

미친 듯이 쏟아지는 우렛소리가 도강언에 고여 있는 환란의 기운을 걷어냈다. 종전의 봉화를 알리듯 피어나는 연기. 독무후는 그 흙먼지 속으로 걸어갔다. 검게 그을어 있는 류시형 앞에 서서 나른한 목소리로 말했다.

"아쉽게도 아직 네 시대는 아닌 것 같구나."

"…쿨럭."

류시형이 독액을 뱉었다. 피부는 열기로 지글거렸고, 피부 아래를 휘돌던 독기는 말라붙어 있었다. 독무후의 내부도 마찬가지였다.

다른 점은, 류시형는 독각천시라는 마공을 연성한 살아 있는 강시라는 점. 얼마 지나지 않아 진탕이 난 내부는 회복 단계에 들어갈 것이고, 외부에 입은 화상 또한 말끔하게 회복되리란 사실이었다. 그에 반해 비교적 평범한 육체를 지닌 독무후는 모든 내공을 사용해 몰려오는 상실감을 느끼며 절로 주저앉았다.

"피차 끝을 봐야할 것 같은데. 그렇지?"

"……."

독무후는 경련하는 손을 품에 넣은 뒤 술잔 하나를 내려놓았다. 해독제를 조제하기 위해 독술사들이 상비하는 종지 그릇이었다. 그 그릇은 독술사들에겐 다른 의미를 가지고 있었다.

"…일합一合."

"네놈은 내 명성이 탐이 나고…."

류시형이 천천히 앉아 그릇을 쥐었다. 바둑에서 하수가 흑돌을 집듯, 독공을 겨룸에 있어서도 하수가 선[先]. 끈적거리는 검은빛 독액이 잔을 채웠다.

"난 끝을 내야 할 책무가 있으니까."

독무후는 류시형이 다시 내미는 잔을 받았다. 검은색 빛깔로 보아 독각혈사연에 기초한 독이 틀림없을 것이다. 가슴에 에는 서늘한 감각은 그것

이 끝이 아님을 경고하고 있었고. 그녀는 잔을 슬쩍 비틀며 웃었다.
"벌써 당혁이 발설한 정보를 체득한 건가."
"녹흑진액綠黑津液…."
독각혈사연에 기초를 뒀다. 그러나 오롯이 그것만으론 천하를 논하기엔 부족함이 있었다. 그렇기에 당가의 지식을 섞어 좀 더 지독한 독을, 좀 더 치명적인 독을 연구해냈다. 시간만 더 남아 있었다면 독마 류시형은 틀림없이 천하를 논할 수도 있었을 것이다.
"당가의 독과 네 가문의 독을 섞어 놓은 게로군."
독무후는 그렇게 말하며 녹흑진액을 단숨에 삼켰다. 잠시의 정적. 독무후는 말없이 잔을 털고 허리춤으로 손을 가져갔다. 순천단을 잔에 풀어 넣으려던 순간, 손이 멈췄다. 뻗은 손을 거뒀다. 순천단을 풀어 넣는 대신, 허리춤에 차고 있던 죽통 하나의 마개를 따고 잔에 부었다. 투명한 액체가 찰랑거리며 잔을 채웠다.
"이건 뭐지?"
"하람夏濫."
여름이 넘실거린다는 이름. 이름을 들어선 쉬이 예측할 수 없는 독이었다. 독무후의 눈치를 살피던 독마는 잔을 한번에 들이켰다. 그리고 눈썹을 일그러뜨렸다.
"이건…?"
눈썹의 일그러짐은 미간으로, 그리고 얼굴로 번져갔다.
"술이잖아."
독무후는 키득거리며 피를 토했다.
"쿨럭…. 후후."
"무슨 속내지? 날 능욕하는 것인가?"
독무후는 흐려지는 눈빛으로 독마를 바라보며 말했다.

"축하주란다."

"…뭐?"

독무후는 자리에서 일어났다.

"사천당가의 마사지기를 죽이고, 녹풍 육 호와 칠 호를 죽였고, 당가의 비술마저 훔쳤더구나."

독기가 치솟아 두 눈을 찔렀다. 피눈물이 흘렀고, 그녀가 웃었다.

독예毒藝, 수절手絕, 암화暗花, 투봉鬪鳳.

오독문주五毒門主이며, 사천당가의 전 호법.

한때는 천하제일天下第一 독술사毒術士라 불리기도 했다.

그 모든 위명이 일컫기를,

독무후毒武后 단예.

그녀가 선포했다.

"내 적이 된 것을 축하한다, 독마 류시형."

독마 류시형, 그는 독무후가 인정한 적이 되었다.

"……!"

"곧 있으면 독천이라는 못난이 제자가 잔뜩 성이 나서 달려올 텐데, 어서 피해야 하지 않겠느냐?"

독마가 뒤로 물러섰다. 그녀가 말하지 않았어도, 점점 돌아오는 감각이 독마의 뒤통수를 쿡쿡 찔러댔다. 이곳으로 향하고 있는 은은한 분노가 독천이 곧 제방에 도착할 것임을 어렵잖게 짐작하게 했다.

"이런…. 빌어먹을."

독마의 입에선 걸맞지 않은 욕설이 튀어나왔다. 요마와 함께하지 않더라도, 쉽게 잡을 수 있을 것이라 생각했다. 그래서 중간부터 요마를 보내고, 그의 특수한 무공만을 남겨놔 독무후라는 거대한 먹잇감을 독식하고자 했다.

하지만 독무후라는 존재는 온전히 삼키기에는 너무 거대한 존재였다. 계획은 전부 어긋났고, 자신은 실질적으로 패배한 상태였다. 불행 중 다행은 이틀을 걸쳐 유도한 소모전 끝에 독무후의 모든 힘을 소진시켰다는 점뿐이었다.

'독공을 겨루는 일합에서 왜…?'

의문은 남았다. 하지만 길게 이어가진 못했다. 이미 지척으로 다가온 죽음을 피해야 했다. 류시형은 역천만뢰에 박살이 난 몸을 절뚝거리며 독무후에게서 멀어져갔다.

"…쿨럭."

독무후가 주저앉았다. 내공이 고갈된 몸은 그녀의 자리를 넘보던 독마의 독을 버티기엔 벅찼다. 온몸이 사시나무 떨 듯 떨려오고, 얼굴의 모든 구멍에서 피가 스며나왔다. 의식이 흐려져 뒤로 넘어지는 독무후를 누군가 받아들었다.

"조금만 더 늦게 오지 그랬느냐. 제 잘난 줄 알던 쥐새끼의 버릇을 고칠 수도 있었거늘."

"여전히 허풍이 심하십니다, 스승님."

항상 우습기만 하던 제자가 그녀를 안아들었다. 독무후는 피식 웃으며 말했다.

"어디 한 번 제자의 솜씨를 구경 좀 해볼까."

"예."

제자는 장포에서 호리병을 꺼내 스승의 입에 약을 흘려 넣었다. 피가 섞인 기침소리가 잦아들고, 독기에 의해 무너져가던 내상도 잠시 그쳤다. 어디까지나 미봉책. 서둘러 끝을 보아야 독무후를 치료할 수 있을 것이다.

"……."

당진천은 눈을 돌려 진정되기 시작하는 도강언을 바라봤다. 피를 흘리며 싸웠던 식솔들에게 그 어떠한 위해도 없어야 하는 것.

그것이 가족을 이끄는 가주의 책무였다.

* * *

쿠르릉거리는 소리와 함께 굳게 닫혀 있던 수문이 열렸다. 고여 있던 독기가 격류에 짓이겨지고 으깨지며 되다만 찌꺼기들을 뱉어냈다. 거센 물살은 거품을 뱉으며 독기를 쓸어냈다. 도강언 또한 수천 년의 세월 동안 그래왔듯 시간을 흘려 도시에 얽힌 찌꺼기들을 쓸어냈다.

살려달라는 비명도, 윽박지르는 고함도. 치솟던 연기도, 바닥을 기던 독기도. 시간의 물결에 딸려온 어둠에 덮여 침묵했다.

"……."

이빙각의 삼 층을 아직도 떠나지 못하고 있는 백진오. 고문의 흔적 위론 붕대가 감겨 있었다. 당가의 제약당에서 파견 나온 의원들의 손길이었다. 안정을 취하라는 그들의 말에도, 백진오는 다시 이빙각으로 걸음을 옮겨 자신이 고문을 받던 의자에 앉았다. 그는 일렁이는 감정을 삼키며 도강언을 내려다봤다.

"이 실패는 쓰군."

백진오는 쓴웃음을 지으며 의자의 팔걸이 부분을 매만졌다. 검붉은 색으로 말라붙은 핏자국이 눈에 밟혔다. 고문으로 비단 육신의 피만 흐른 것이 아니었다. 원정에서 돌아온 간부들이 그의 실패를 어떤 방식으로 비웃을지, 그의 아버지는 또 자신에 대해서 어떤 생각을 할지. 상단주 대행인 자신의 정신에도 멎지 않는 피가 흐르고 있었다.

"이대로라면 서희가 내 대신이 되겠는걸."

백진오는 팔걸이를 가볍게 내리쳤다. 질투심 같은 건 없었다. 상인으로서는 자신이 뛰어남을 인지하고 있었기에. 다만 검을 쥐고 싱글거리던 동생의 모습이 아른거릴 뿐이었다.

"오랜만이라고 해야 하나."

중후한 목소리가 들려왔다. 목소리만으로도 깔리는 중압감은 그의 존재감을 역력하게 드러냈다. 백진오는 자리에서 일어나 몸을 돌렸다. 당가의 정복을 차려입은 당진천이 그를 바라보고 있었다.

"…제가 먼저 찾아뵀어야 했는데, 결례를 범했습니다."

"상심이 큰 것 같군."

고저가 없는 음성은 백진오의 긴장을 잡아당겼다. 백진오는 태연함을 덮어쓰고 고개를 숙였다.

"면목 없습니다. 귀 가문에게 받았던 은혜는, 반드시 몇 곱절을 쳐서라도 갚겠습니다."

"뭐, 그것도 이야기해야 할 문제긴 하지만, 그 이야기만을 하고자 찾아온 것이 아니네."

"허면…?"

"내가 짚고 넘어가려는 건 좀 더 근본적인 이야기라네."

당진천은 바닥에 모로 누워 있는 의자를 세워 그곳에 앉았다. 그리고 백진오에게 자리에 다시 앉으라는 손짓을 보냈다. 백진오가 자리에 앉자 당진천은 자신이 찾아온 이유를 꺼내 들었다.

"왜 도시가 습격을 받았는데, 관군이 침묵했는지에 대해 의견을 좀 나누고자 왔지."

"……."

"그것도 그냥 도시가 아니잖은가. 무려 백성의 삶과 직결되는 수원지를 공격했으니, 들불처럼 일어나 덮치는 게 정상이라는 것쯤은 자네도 알고 있지 않나?"

백진오의 눈가가 절로 찌푸려졌다. 관리들에게 내외로 찔러 넣었던 금전을 하나하나 세어본다면 백능상단 새 지부를 차리고도 한참 남을 금액이었다.

'더군다나 요 국國은 행정을 담당하는 관부와 군사를 담당하는 관부가 나뉘어 두 곱절의 금액이 들었다.'

당장이라도 억울해서 팔짝 뛰고 싶었지만 서둘러 감정을 추스르고 헛기침을 했다. 언제나 감정을 드러내는 것은 실책으로 이어지고, 실책은 곧 손해였으니까.

"솔직하게 말씀드리겠습니다. 백능상단이 관부에 찔러 넣은 돈만 해도 새 무역로를 하나 더 개척할 정도입니다. 관부가 응답하지 않은 이유는 저희와 관계가 없습니다."

"그걸 어찌 믿겠나? 자네가 당가의 전력을 깎아 먹기 위해 그들과 야합을 했을 수도 있지 않겠나?"

당진천의 매서운 시선이 백진오를 훑었다. 백진오가 얼굴에 발라둔 태연자약함에 점점 금이 가기 시작했다. 당진천은 그 표정을 보며 웃었다.

"영 분위기가 좋지 않아, 농담 한번 해본 것이라네. 관에게 책임을 묻는 자리는 차후에 자네가 마련토록 해주게."

"하하…."

백진오의 등줄기로 식은땀이 흘러내렸다. 감각적으로 상대에게 주도권이 넘어갔다는 경고 신호가 감지됐다. 사천당가의 독천이라는 거인을 상대로 협상하기엔 지금의 자신은 너무나도 심약한 상태였다. 거기에 애초부터 명분조차 사천당가에게 있었으니 지금 백진오가 할 수 있는 일은 그저 상대가 조금이나마 자비를 베풀어주기를 부처든, 천신이든 빌 수 있는 모든 상대에게 비는 것뿐.

'사천교류회…. 사천교류회가 문제였다. 무지한 자들이 잠룡의 역린을 건드렸어.'

백진오가 침을 삼켰다. 당진천이 내미는 다음 협상안이 들려왔다.

"다음으로 논해야 할 것은 도강언과 백능상단을 지키기 위해 희생된 우리 식구들에 대해서인데."

"사상자의 치료나 염습에 들어가는 모든 비용은 당연히 저희 금전에서 나갈 것입니다."

"난 누군가를 겁박하는 취미가 없네."

당진천은 눈썹을 긁으며 백진오를 바라봤다. 그의 말이 숨긴 저의가 무엇인지, 백진오는 최대한 머리를 굴려 고심해야 했다.

'무슨 뜻이지? 알아서 토해 낼 것은 다 토해 내라? 아니면 피해자 처지의 나에게 큰 책임을 물을 생각은 없다는 건가?'

당진천은 백진오의 눈을 직시했다.

"이 사건이 이대로 흘러간다면, 자네는 어떻게 되는 것이지?"

"……."

"도강언의 전소를 막았다지만, 백능상단의 본가는 불탔고 꽤 많은 직원이 죽었다. 기반시설도 꽤 파괴된 것으로 아는데."

백진오는 눈살을 찌푸렸다. 고민 중이던 사안인지라 불편한 심기를 감출 겨를조차 없었다. 당진천은 그 눈빛을 놓치지 않고 백진오를 노려봤다. 백진오는 눈을 감으며 한숨을 쉬었다.

"전 대방의 자리를 잃고, 상단주 대행이라는 위치에서도 내려갈 겁니다. 아마 제 자리는 제 누이가 받게 되겠지요."

"자네의 누이가 그걸 좋아하겠나?"

"호불호가 무슨 상관이겠습니까?"

백진오가 시선을 돌렸다.

"그러고자 하면, 그렇게 될 일인 것을."

"춘부장의 강직한 성향을 고려한다면, 자네의 말대로 흘러갈 가능성이 크군."

"아마 배상과 관련해선 제가 처리를 할 것이고, 이후의 책임 소재를 판가름하는 문제에 있어서는 제 아버지가 담당하게 될 것입니다."

"난 책임 소재도 자네가 담당했으면 좋겠는데."

당진천이 웃으며 백진오에게 말했다.

'어찌 보면 나보다 더 상인 같은 구석이 있으시군.'

"제 아버지가 허락하지 않을 것입니다."

"요구는 내가 해야 하는 것이라네. 아니면…."

웃음이 지워졌다.

"두 명 모두에게 받아도 무방하겠군."

"…제 아버지는 완고한 면이 있으셔서."

"난 자네에게 묻고 있거늘."

백진오는 당진천의 은근한 엄포에 표정을 굳혔다.

"일단…. 무엇을 받고자 하시는지 여쭙고 싶습니다만."

"자네는 무엇을 잃기 싫지?"

당진천의 선문답. 백진오는 또다시 고심에 빠졌다. 영 상대하기 버거운 상대였다. 그에겐 부족한 것이 없다. 금력, 무력, 인력. 어떤 것이든. 이런 부류의 인물에겐 자신의 주도가 통하지 않는다. 그저 그의 흐름을 따라가 더 합리적인 결론을 내리는 것이 최선이었다.

"모든 것을 잃기 싫지요. 금전, 가문, 직위. 비록 혈통의 후광으로 얻은 것들이라곤 하나, 노력하지 않은 것은 아니니."

"하나를 택한다면?"

"금전."

백진오의 대답은 거침없었다. 팔걸이를 두드리던 당진천의 손이 멎었다.

"거짓이군."

"진실입니다."

"난 자네가 왜 철혜검봉을 내게 들이밀었는지 알고 있다네. 정 그리 부정한다면…."

당진천은 자리에서 일어났다.

"절차 대로 진행하도록 하지."

"…직위입니다."

"어째서지?"

당진천의 시선이 내리꽂혔다. 백진오는 그 물음에 실소를 지었다. 그는 결국 능수능란하게 자신을 요리하는 당진천에게 감정을 감추는 것을 포기했다.

"멍청한 제 여동생이 지독한 아버지에게 쥐어짜이는 꼴이 보기 싫기 때문입니다. 상재는 한 톨도 없는 녀석이니, 가문을 망치지 말고 그리 좋아하는 칼이나 가지고 놀게 했었는데. 이젠 그 둔한 녀석이 와서 가문을 망칠 생각을 하니, 영 심기가 불편하더군요."

백진오는 고개를 숙이고 한숨을 푹 쉬었다.

"미련한 것."

"직위라."

당진천은 탁자 위에 손을 올렸다.

"자네에게 받을 것을 정했네."

백진오가 고개를 들어 당진천을 바라봤다.

"…예?"

"곧 상단주 대행에서 물러나게 된다고 했지."

"예, 맞습니다만…."

"아마 물러나게 되면 한직으로 물러날 테고?"

백진오는 굳이 답하지 않았다. 당진천은 그 태도에 웃었다.

"성도로 오게."

"예?"

"자네에게서 직위를 받겠네. 백능상단주에겐 보상 대신 자네를 백능상단의 성도지부장으로 임명하는 것을 대가로 요구하지."

"그게 무슨 의미를…. 아."

백진오는 감탄을 내뱉었다. 당진천이 손을 내민 것이었다.

"당문상단의 아래로 들어가라는 것입니까?"

"당가의 장로가 이끄는 상단에 자네가 들어갈 수 있나?"

"그럼…."

"그들과 경쟁하게. 독점권을 걸고."

그 손은, 백진오를 아귀다툼의 틈바구니에 던져 넣는 손이었다. 백진오는 당진천의 그 말에 더 이상 웃음을 참을 수 없었다. 키득거리는 웃음은, 어깨를 들썩이는 웃음으로 변해 방 안을 울렸다.

"다시 말해 저더러 근 백년 간 귀 가문과 독점으로 거래해온 당문상단을 적지에서 밀어내라는 뜻입니까?"

"왜, 또 실패할 것 같은가?"

당진천의 얇아진 눈초리가 백진오를 훑었다. 백진오가 자리에서 일어서며 손을 내밀었다.

"가주 님은 무인이 아니었으면, 상인이 되셨을 겁니다."

"칭찬으로 듣지."

당진천은 그의 손을 맞잡아 악수하고, 백진오의 손을 놓았다. 하고자 한다면 자신은 물론이고 백능상단의 상당한 재화를 취할 수도 있었을 것이다. 당가의 장로들 또한 파견에서 입은 손해를 좋게 보지는 않고 있을 것이었다. 그러나 당진천은 그 위기를 기회로 삼아 한 걸음 나아가고자 했다.

"가주 님."

마치 자신을 살리고 적을 무너뜨린 그녀처럼. 모든 손해를 이득으로 바꾸던 아름다운 그녀 말이다. 그 정도 외모라면, 그리고 그 정도 배경과 자신 정도 되는 배경이 합쳐진다면. 중원 그 어느 곳에서도 손해 보는 일은 없을 터였다.

"말하게."

몸에 남아 있는 고문의 흔적과 당진천과의 지난한 협상은 백진오의 이성을 마모시켰다. 항상 쓰고 다녔던 가면을 벗어던진 김에 백진오는 썩 푸근한 미소를 지으며 불쑥 솟은 감정을 토로했다.

"혹시 귀 가문과 본 상단의 긴밀한 공조에 대해 생각해 보신 적은 있으신지?"

"그게 무엇인가?"

"그러니까 정략…."

우직!

탁자가 그대로 찢겨나가며 바닥으로 푹 꺼졌다. 백진오는 침을 삼켰다. 당진천은 탁자를 찢어버린 자세 그대로 물었다.

"정략?"

"…아닙니다."

"아니, 괜찮네. 말해보게."

"정말 아무것도 아닙니다."

"그래? 싱거운 사람이구만."

당진천은 손을 거두며 웃었다.

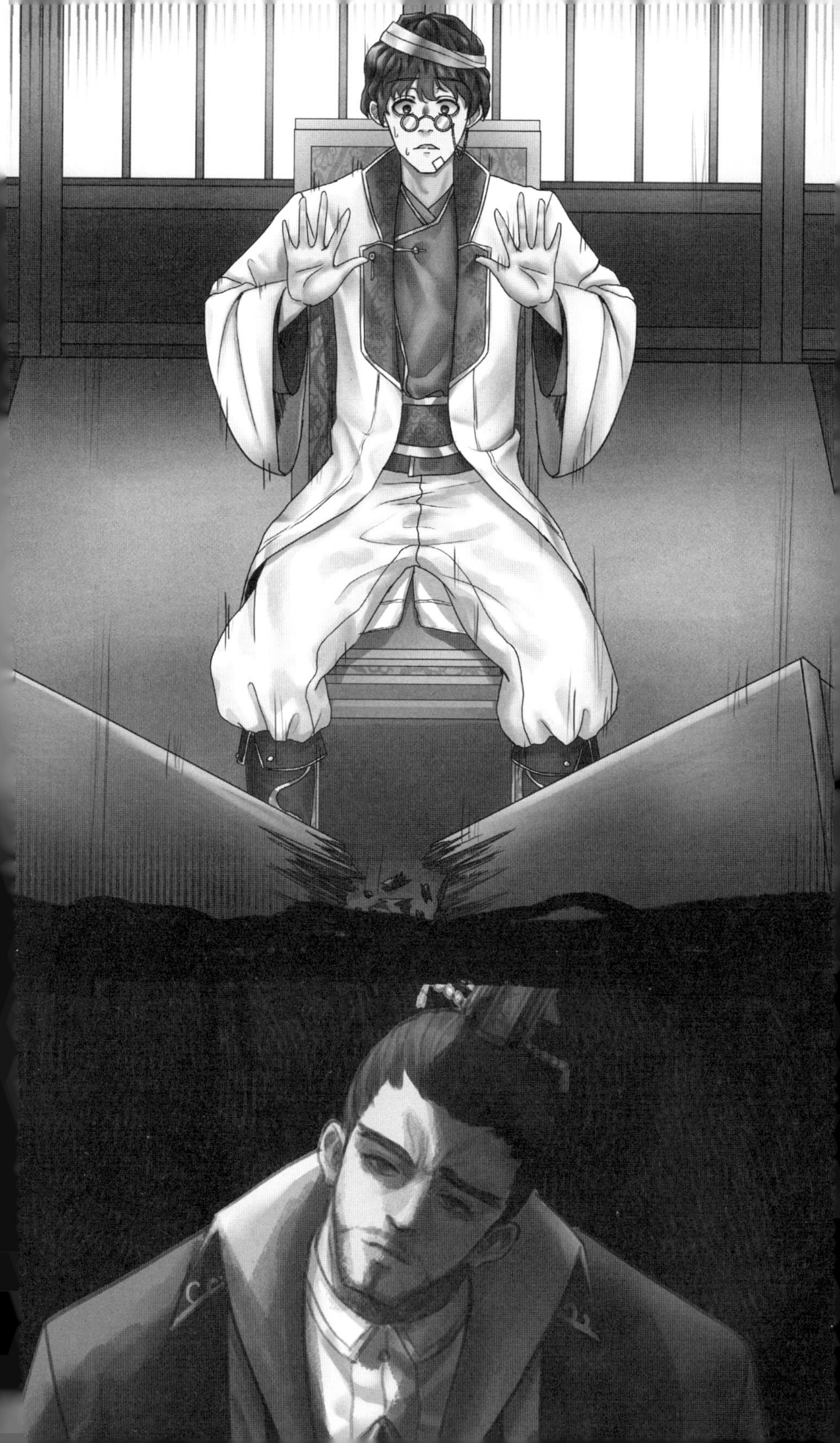

"그리고 또 하나 해줘야 할 것이 있네."

"…무, 무엇인지?"

백진오가 말을 더듬으며 묻자 당진천이 뒤돌아서며 말했다.

"자네에게 뇌물을 받아먹었던 자들의 명단을 오늘 중으로 내게 가져오게."

은은한 분노가 방안을 울렸다.

"내 딸과 스승님에게 꽤 큰 실례를 저지른 분들이시니까."

* * *

덜컹거리는 소리와 함께 마차가 흔들렸다. 마차 뒤편에는 심드렁한 얼굴로 턱을 괴고 있는 사마문이, 맞은편에는 장패군과 입에 재갈을 문 노인이 있었다. 노인은 몸을 비틀어대며 소리를 냈다.

"크흣, 읍!"

"강호유람은 어떠셨는지요? 소교주 님."

"그럭저럭."

사마문은 장패군의 말에 건성으로 답했다.

"독마는…."

"읍, 읍! 흡!"

노인의 숨죽인 비명에 사마문은 콱 인상을 쓰며 그의 발등을 짓밟았다. 노인은 시뻘게진 얼굴로 숨죽여 소리쳤다.

"으읍! 읏! 읍!"

"쯧, 정말 죽여버리고 싶군."

사마문이 귀찮다는 표정으로 손을 들어 올리자, 장패군이 그를 달래는 듯한 말투로 말했다.

"독마는 곧 합류할 것입니다."

장패군의 말에 사마문의 고개가 돌아가 그의 다음 말을 요구했다. 장패군은 가볍게 웃으며 덧붙였다.

"…그리고 사천당가의 시선을 독각혈가에 집중시키는 것 또한 성공했습니다. 당혁을 그들의 손에 쥐여줌으로써."

"흥, 스스로 독무후와의 일전을 자처했다던데."

"당혁이라는 달콤한 떡 하나를 먹으니, 시루째로 먹고 싶었던 게지요."

사마문은 장패군의 설명에 턱을 괸 손으로 볼을 두드리며 읊조렸다.

"연군의 지원을 받아 사천성으로 출정한다. 그리고 군부가 움직이지 않는다는 확답을 받고 사천성을 들쑤신다. 그 환란을 이용해 그가 가장 성가셔하던 이를 잡아간다."

"필연적으로 끌리게 되는 이목은 당혁을 대가로 합류한 독각혈가에 몰아주고, 저희는 그들을 부리며 이 노인…."

장패군은 노인의 입에 물린 재갈을 벗겼다. 노인이 크게 호통쳤다.

"이놈들, 감히 이 사천성주에게 무슨 짓이더냐!"

"사천성 행정부를 지휘하는 사천성주를 납치한다. 다소 잡음이 있었으나, 교의 지령을 훌륭하게 완수하셨습니다. 소교주 님."

"연군? 이 계획에 연군 그 배은망덕한 놈이…. 읍, 읍!"

사마문이 노인을 지그시 노려보자 장패군은 서둘러 노인의 입에 다시 재갈을 물렸다. 사마문은 흥미가 가신 듯 다시 턱을 괴고 마차의 창밖을 바라봤다.

"지령을 모두 완수하셔서 기뻐하셔도 무방하실 터인데, 무엇이 그리 심란하신 겁니까?"

"심란? 이 감정을 넌 심란이라고 하나?"

사마문이 물었다. 장패군은 난감한 웃음을 지으며 답했다.

"독화를 가지지 못해 아쉬운 것이 아닌지?"

"그런가."

사마문은 자신의 입술을 매만지더니 코웃음을 쳤다.

"이게 심란이라고 하는 건가."

"무엇이 소교주 님을 그리 매료시켰는지 모르겠습니다. 저에겐 그저 얼굴이 반반한 계집으로만 보이는데."

"정말 그렇게만 보이나?"

사마문이 조소를 지었다. 장패군은 입을 꾹 다물 수밖에 없었다. 절정을 넘어선 자신의 환술을 파훼하고 독각천시를 익힌 당혁을 무너뜨린 시점부터, 그녀는 이미 세상이 기억하고 있는 독화가 아니었다.

"실언이었습니다."

"그녀에 대해서 들어본 바는 있나?"

"예. 사천당가의 정보는 대부분 기억하고 있으니까요."

사마문은 고개를 주억거렸다.

"당하소소唐下素笑. 독천이 애지중지하는 고명딸이면서도 타고난 무능과 고약한 심성은 그 권위를 쫓지 못한다는 말이었지. 청성의 제자로 잠복하고 있던 내게 치근덕대던 그 시절을 떠올린다면 부정할 도리가 없었다."

그는 점점 입꼬리를 올렸다.

"그러나 어느 순간 눈을 비벼보니 다른 것이 앉아있더군."

달라진 말투. 점소이를 살리기 위해 감히 자신에게 대들던 모습. 열흘간의 고문에도 꺾이지 않던 의지. 무공 한 줌 없는 몸으로 두 절정고수를 패퇴시킨 기지. 장패군의 마수에도 굴하지 않고, 자신을 실험체로 썼던 상대를 쓰러뜨린 뒤 결국 펼쳐버린 투박한 날개.

사마문은 오하아몽이라는 말장난에서 유래한, 또 다른 말장난이 떠올랐다.

“괄목刮目하니, 피에 젖은血 봉황이 있더라鳳.”

“혈봉血鳳…. 그 처자에게는 꽤 어울리는 별호군요.”

“그치? 재밌는 물건이라니까.”

“…말을 아끼겠습니다.”

장패군은 선시요화안을 파훼하던 그녀의 귀기 어린 광기를 떠올리며 고개를 저었다. 사마문은 킬킬 웃으며 창밖을 바라봤다. 매 한 마리가 호선을 그리며 날아들고 있었다.

“교의 전서응傳書鷹?”

사마문이 팔을 내밀자 매가 팔에 내려앉으며 깃을 추슬렀다. 매의 다리에는 자그마한 통이 매달려 있었다. 사마문이 통을 다리에서 풀자 매는 크게 날갯짓을 하며 마차를 떠나갔다. 장패군은 떠나가는 매를 바라보며 말했다.

“시기상 교의 다음 지령이겠군요.”

“빌어먹을 새끼들, 너무 부려먹는군.”

사마문이 통을 열자 돌돌 말린 쪽지 하나가 들어 있었다.

— 정천무관正天武關.

— 멸살滅殺.

일러스트 박성완

일편독심을 구매해주셔서 감사합니다.
저는 지금 제 그림을 여러분께 보여드릴수 있다는 생각에
하루하루 즐거운 나날을 보내고 있습니다.
이런 멋지고 기쁜 기회를 얻을 수 있게 도와주신 천사같은 작가님과
느낌이있는책 출판사, 노벨피아 여러분, 그리고 독자님들께 정말 감사드립니다.
항상 행복하고 즐거운 하루 보내세요!

일편독심 3

초판 1쇄 인쇄일 | 2023년 8월 1일 초판 1쇄 발행일 | 2023년 8월 11일

지은이 | 천사같은
일러스트레이터 | 박성완
캘리 | 이현정
펴낸이 | 강창용
책임기획 | 강동균
책임편집 | 신선숙
디자인 | 가혜순

펴낸곳 | 도서출판 씨큐브
출판등록 | 1998년 5월 16일 제10-1588
주소 | 경기도 고양시 일산동구 중앙로 1233(현대타운빌) 302호
전화 | (代)031-932-7474
팩스 | 031-932-5962
이메일 | feelbooks@naver.com

ISBN 979-11-6195-213-0 13810

씨큐브는 느낌이있는책의 장르, 웹툰 분야 브랜드입니다.

* 책값은 뒤표지에 있습니다. * 잘못된 책은 구입처에서 교환해 드립니다.